承蒙新老读友的支持
《河神》终于同大家见面了
本书讲述的是沽上奇谈、津门怪案
在此特别感谢水上公安的几位老师傅
感谢他们为本书提供素材

2012.12.12

河神

鬼水怪谈

天下霸唱◎著

全国百佳图书出版单位

时代出版传媒股份有限公司

安徽人民出版社

天津卫遭受洪灾情景

天津卫金汤桥

天津卫老桥

天津卫老胡同

目 录

第一章　五河捞尸队

> 九河下稍天津卫，三道浮桥两道关；
>
> 南门外叫海光寺，北门外是北大关；
>
> 南门里是教军场，鼓楼炮台造中间；
>
> 三个垛子四尊炮，黄牌电车去海关。

这个顺口溜，是说旧时天津城的风物。民国那时候，南有上海滩，北有天津卫，乃是最繁华的所在。河神的故事，大部分发生在天津。首先得跟您讲明了，我可不敢保证全都是真人真事，毕竟年代久远，耳闻口传罢了。我一说您一听，信则有不信则无，不必深究。

上岁数的人们，提到天津经常说是"天津卫"，天津卫的"卫"当什么讲？明朝那时候燕王朱棣扫北，后来登基成为明成祖，在天津设卫，跟当时的孝陵卫一样属于军事单位，是驻兵的地方。大明皇帝把从安徽老家带过来的子弟兵驻防于天津，负责拱卫京师，所以管这地方叫天津卫。到了清朝末年，天津已是九国租借，城市空前繁荣，三教九流聚集，鱼龙混杂，奇闻异事层出不穷。

　　天津城北依燕山，东临渤海，上有白洋淀，下有渤海湾，地处九河下稍，实际上主要是五条河道，每年都会有不少人淹死在河里。打前清那阵子开始，成立了一支捞尸队，专门负责打捞河中的浮尸。进入民国以后，捞尸队归入警察部门，命名为"五河水上警察队"。

　　旧社会的警察局等同于衙门口，起初的捞尸队不是水警，属于自发性质的民间组织，个顶个是游泳健将。由于河中的浮尸腐烂发臭，会污染河水，看着也是可怕，因此城里的民众们有钱出钱有力出力，请水性好的人把浮尸打捞出来。但是做这行当，光凭水性好还不成，胆量也要够大，必须压得住邪祟。

　　各条河道中每年少说淹死上百人，主要是夏季游野泳溺亡，以及落水轻生之人，还有些来历不明从上游漂过来的浮尸，俗称"河漂子"，也有惨遭肢解，扔到河中毁尸灭迹的凶案遇害者。这横死、屈死的人多了，免不了闹鬼，不管现在怎么看这种事，反正老时年间的人们，对鬼神之事非常迷信。凡是从河中打捞上来的浮尸，通常是送到义庄存放，有人负责看尸守夜，直至最后抬到坟地埋葬，从头到尾全是捞尸队的人负责。这些人，除了水性好、胆量大，也有自己的一套法子，能够驱鬼除邪，否则做不了这份差事。

　　当然这些个旧皇历，全是以前的迷信之说，民国以来，捞尸队变成了"五河水上警察队"，不过老百姓仍习惯称他们为捞尸队，也叫巡河队，直到解放之后，才改为水上公安这个部门。咱们这本书里提到的"河神"，单指一人，此人姓郭名得友，在家里排行第二。郭二爷水性好得出奇，冬天河面冻住了，刨了冰窟窿就能潜下去。他俩眼珠子倍儿亮，猛一看好赛画中的人物。他在五河水上警察队当差，整天跟河漂子打交道，几十年间破过无数骇人听闻的奇案，也救过许许多多落水之人的性命，生平经历极富传奇色彩。天津人喜欢给人起绰号，叫起来上口、好记，也好听，老时年间的人们提起郭师傅，都说他是"河神"，倒不是龙王爷之类供在庙里的神明。

　　"河神"的故事全是听老辈儿人讲的，"鬼水怪谈"只是其中最精彩的部分，内容很离奇，情节是一环套着一环，听着特别勾人腮帮子，比评书还过瘾，咱们闲言少叙，开头先从"桥下水怪"说起。

第二章　闸桥底下的水怪

一

　　说话解放前，民国某年春节前后，捞尸队带头的老师傅因故身亡，郭师傅是土生土长的本地人，人头儿熟，地面儿也熟，由他在捞尸队挑了大梁，当时队里总共也没几个人，全指望这份差事混口饭吃。这些人算不上正式的警察，搁现在跟临时工的性质差不多，每月赚不了几块钱，收入甚至不如街面儿上的臭脚巡，平时还得找别的活儿养家糊口。咱们说"桥下水怪"这件事情，是发生在转过年来的夏天。

　　事发地点在闸桥附近，以往所说的闸桥，是指三岔河口附近的一道水闸，闸旁还有座大桥，建造于清朝末年，可以过人过车。实际上闸是闸、桥是桥，大闸和大桥是两码事儿，只不过挨得很近，人们习惯合起来叫"闸桥"。

　　当时天热得好似下火，闸桥河沿儿上整日里车水马龙，人来人往，做买卖的很多。天津卫是聚宝盆，养活穷人也养活富人，富人多了，贼偷就多。现今往往把贼和偷混为一谈，在旧社会却有不小分别。偷一般是指在街上掏人钱包的勾当，到店铺里顺手牵羊也算偷。贼这个行当同样分为好几种，有钻天儿的飞贼，蹿房越脊，走千家过百户，拧门撬锁，窃取财物；更有入地的土贼，挖坟掘墓，专门在死人身上发财；另外又有一路水贼，既然是水贼，可想而知离不开水。

西头住了个水贼，这人没大号，有个小名叫鱼四儿，不是什么了不起的大贼，拿天津卫老话来说是鸟屁一个，不值一提，可还有句老话——"鸟屁成精，气死老鹰"，鱼四儿就有点那个意思，本事不大贪心不小。他也没别的手艺，只会编"绝户网"。

咱得先说说什么叫绝户网，通常在河上打鱼，都是撑开一张网，围着网有圈竹篦子，伸到河里沉一会儿，然后抬上来，这样从河中捞出鱼虾，有时候能捞出鱼来，有时候捞不出来，捞一网水草、淤泥、河底的破鞋也是常事。鱼四儿编的这种绝户网，是河有多宽网有多宽，整个拦在河中，用竹竿子打桩，渔网缠着竹竿子绕上好几层，形成一个用网墙围成的迷宫，外边仅留一道口子，鱼从上游过来，到网前就给拦住了。河里的鱼哪识得厉害，只顾顺着网墙往口子里游，进去就让重重渔网困住了，好像进了迷魂阵，怎么绕也出不来。而且这渔网的网眼格外细密，再小的鱼也钻不过去，所以叫绝户网。这招太狠了，河里的鱼有一条是一条，不过来则可，只要过来，全得让这张"迷魂绝户网"给兜进去。

鱼四儿每天夜里偷着设网，天不亮再把网撤掉。早上出摊儿，叫卖晚上打到的鱼，各种各样的河鱼、河虾大小不一，装到木盆、木桶里吆喝出去。官面儿上不让用绝户网打鱼，河里平时还要行船，缠到网墙上也容易出事。鱼四儿怕让人逮着，总得换地方。这一天云阴月暗，他天黑之后到闸桥底下插网，忙活完了已是半夜，一个人在桥上蹲着抽烟。

此时有个拉车的，刚送完客人收车回来，正好打桥上过。这个拉车的认识鱼四儿，俩人是多年的街坊，好心告诉他："闸桥底下水深，夜里经常有人在桥底下看见水怪，那俩眼跟两盏小灯似的。据说前些年还有个女的在这儿投河，至今没捞到尸首，平时游泳的人们都不敢上这儿来，你可小心着点。"

鱼四儿啐道："别你妈吓唬四爷，四爷捞了这么多年的鱼，也没瞧见这条河里有什么出奇的东西，真要是捞个女尸上来，四爷就把这死人抱回家当媳妇儿，不图有用图热闹呗！"那拉车的借着说话走过来，找鱼四儿对个火抽烟，俩人在桥上有一句没一句地聊了起来。

鱼四儿问："你今天抽的是哪门子风，怎么这么晚才收车？不怕你媳妇儿在家偷汉子？"

拉车的一脸得意："今天拉了个好活儿，给钱多，就是道儿有点远，这刚完事儿。"

鱼四儿不信："嘛玩意儿就钱多？你个臭拉胶皮的见过钱吗？"

拉车的也骂："吹你妈个牛，就好像你见过似的，接着捞你的鱼吧！"说话要走，鱼四儿也想回去眯一觉，到后半夜再来撒网。这时候忽听河面上有动静，好像有人摇晃那些撑着网的竹竿。俩人好奇，起身往桥下看，桥底下的河面上黑漆漆一片，只看见插在河里的竹竿不停晃动。鱼四儿大喜，准是兜着大家伙了，挣扎起来能把整个网搅得直晃，想来这东西小不了。

民国初年，曾有人在三岔河口逮着过磨盘大的河鳖。鱼四儿就寻思："有可能是河里的大鳖，听闻鳖头里有颗肉疙瘩，把这东西挖出来泡水，然后再用这个水洗眼，有明目之效，瞎子洗过眼都能看见东西。该着四爷时来运转，今儿个可你妈发财了。"想到这儿，他赶紧让拉车的跟着帮把手，俩人在桥上起网。此时夜色正深，他俩把渔网整个提到大桥上，看不清那里面兜着什么，反正是挺大的一团，瞅那轮廓既不是鱼也不是鳖，似乎有胳膊有腿，散发着一股死鱼的气味，臭不可闻。

拉车的胆小，到这时候有点害怕了，跟鱼四儿说："四哥，你先忙活着啊，我媳妇儿还在家留着门等我回去呢，时辰不早了，我可得先走一步……"嘴里说着话，扭头拔腿要跑。鱼四儿贼胆包天，伸手拽住拉车的，看那洋车前头挂着一盏马灯，他一把摘下来，说道："走哪儿去？先借你的马灯照照，我得瞧瞧我从河里捞出来的这是什么东西。"

拉车的本不想借，奈何鱼四儿手快，只好一同去看。两个人走到近前，挑着马灯察看被绝户网缠住的东西，但网子编造得太密，不解开根本看不见里头有什么。鱼四儿也不敢把网子整个解开，扯开条缝儿往里看，一看看到了，吓得他叫了声："哎哟我的妈妈娘呀，是个死孩子！"

二

鱼四儿在三岔河口下绝户网，深更半夜捞出个死孩子，这小孩不大，身上黑乎乎的，看上去简直跟长毛的猴子相似，可把拉车的那位吓坏了，这不就是海河里的水猴子吗？

据说海河里有水猴子，这种怪物长得像小孩，浑身是毛，屁股后头有尾巴，偶尔也上岸，怕见光亮。在水里头力气很大，拽住人脚脖子就不撒手，好多游泳的人都是这么淹死的。别看说得有鼻子有眼，可是我一直不信，我觉得海河里不可能有水猴子，要是真有这种东西，生物史就该重写了。后来我听水上公安的师傅讲了一些情况，才知道此事并不是凭空胡说。海河里真有猴子，可跟传闻里的不一样。常言道"无风不起浪"，究其根由，到底是怎么一回事呢？

说话也是在解放前，确实有人在海河里发现了一个怪物的尸体，那死尸和小孩体形相近，有胳膊有腿，浑身是毛，屁股后头拖着条尾巴，看上去分明是只猴子。众所周知，河里不可能有猴子，老百姓们以讹传讹，都管这怪物叫水猴子，说是淹死在河里的小孩所变。一传十，十传百，把水猴子的事越说越邪乎，甚至有报纸刊发了照片，让人想不信都不行了。

其实从海河里捞出来的死尸，是猴子没错，但仅仅是一只普通的猴子，并非什么水猴子。之前有耍猴的江湖艺人途经此地，牵着几只活猴卖艺挣钱，其中一只猴子不知吃错了什么东西，一命呜呼了。那年头人死了都有扔到荒郊野地乱葬岗喂狗的，死了个猴子，当然不可能起坟立碑。这位跑江湖耍猴的艺人也是缺德，图省事儿，把死猴子扔到了河里，过了两天，死猴子尸体被人在海河中捞了出来，目击者们免不了大惊小怪一场，哪想得到是这么个由来，以至于引出许多关于水怪的谣传。官面儿上虽然辟了谣，奈何民智不开，人们仍是愿意相信海河里有水猴子出没。

拉车的这么一提醒，鱼四儿也想起水猴子的传闻了，两个人怕上心来，马灯都不要了，黑灯瞎火连滚带爬地往家逃。跑到半路撞上夜巡队的警察，让巡警当成贼偷抓了，要不是为非作歹的贼人，大半夜的跑什么？

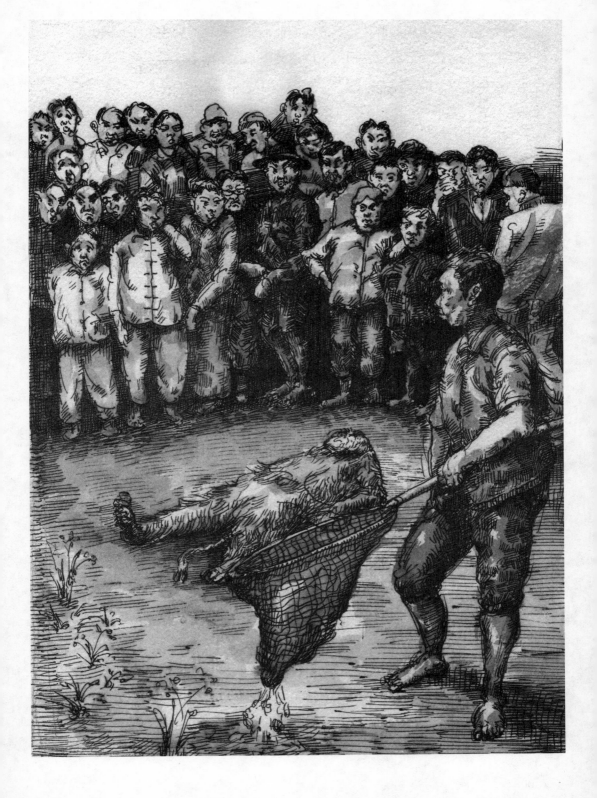

巡警先是把这俩人一顿胖揍，然后逼问他们在哪儿作的案？鱼四儿哭爹叫娘连声求饶，把自己在三岔河口下网逮到只水猴子的事说了一遍，有拉车的可以做证。

巡警问明情况，带他们两个人回到桥上核实，此时天色蒙蒙亮了，借着天光看出渔网兜上来的东西，不是水猴子，而是一个死孩子，只不过缠了不少水草淤泥。鱼四儿一开始没看错，让拉车的在旁边一咋呼，脑子里全蒙了，黑天半夜的也看不清楚，误以为遇到了水猴子，胆都吓破了。

等到天亮，人们看清楚这个死孩子，估计是让河底下的水草缠住了没浮上来，尸身已长出深绿色的河苔，面目难辨，仅具轮廓，散发着腥臭难闻的气味，也不知为什么还没腐烂。警察判断不是鱼四儿和拉车的杀人害命，落下口供，草草备个案，讹了几个钱，看没什么油水就把这俩人放了。海河里的浮尸太多，很多死漂儿无人认领，死孩子有的是，有生不下来的，也有生下来养不活的。像这种事，从来是民不举、官不究，下边无人报案，上边乐得糊涂。由于是在河里打捞出来的死尸，按惯例要交给巡河队处置，官面儿上的人找来巡河队郭师傅，让他把小孩的尸身拿草席卷了，两头用麻绳扎上，抬回义庄处置。这一抬回去不要紧，可就要闹鬼了。

三

依照当地风俗，水死不可土葬，溺水而亡属于横死，不是善终，一定得烧炼成灰，骨灰装进坛子里才能下葬，也不能立刻就烧，按规矩要在义庄停放几天，万一有主家前来报案认领，还需要辨别死者的身份。不过夏季天热，死尸的臭味太大，谁都受不了，这规矩也就形同虚设了。

义庄相当于现今的殡仪馆，巡河队使用的义庄叫河龙庙义庄，地方在西门外，位置相对来说比较偏僻。庙里一度供着龙王爷的泥胎塑像，蟒袍金面，龙首人身，是掌管江河之水的广济龙王，在各路龙王中排在第五，故民间称为龙五爷。蓟县盘山挂月峰上有座云罩寺，那是广济龙王的主庙，受过皇封，香火极盛，传说众多。河龙王是民间保佑风调雨顺的神明，而西门外这座广济龙王庙，还有一段关于旱魃尸的民间传说。

郭师傅曾听他的师傅说过这件事，早在几百年前，还没有天津卫的时候，此地发生过一场百年不遇的大旱，庄稼人在土里刨食儿，怕只怕老天爷不下雨。那次旱灾可了不得，连着九九八十一天没下半滴雨，田地都拔裂了，庄稼枯萎，旱得树木冒烟、石头出火。周围村庄的村民们愁得没办法，只好请位风水先生来看。风水先生听说了经过，不用看也知道准是哪座老坟中的僵尸成了旱魃，又赶过来实地观望。一看之下，不由得大惊失色，此处妖气之重，当真是前所未见，可不是旱魃那么简单，古尸已经变成了尸魔，没有人降得住了。

村民们为了求条活路，只好盖起一座庙祭拜旱魔大仙，还被迫准备了童男童女活祭。童男童女是抓阄选出来的，赶上哪家的孩子哪家便认倒霉。村里有个常年吃斋念佛的老太太，她孙女不幸被选中去做活祭，老太太舍不得这小孙女，但也无可奈何，一个人在屋里拜佛求神，哭得眼都快瞎了。夜里忽然做了个梦，有个自称老五的人找上门来，让老太太劝告村民们不要用童男童女祭祀旱魔大仙，明天准有一场大雷雨，那就是他来擒此尸魔。无奈孤掌难鸣，所以有两件事情相求，一是要村民们敲锣打鼓以助威势；二是那旱魔斩不得，因为这尸魔身上的血能传瘟疫，斩尸会使这方圆百里之内人畜无存，唯有用村头水井中的井绳捆住它。那条绳子绑在辘轳上打水，不知用了多少年多少代了，却不见有半分磨损，始终跟新的一样，可见其非比寻常之处。村民们务必提前把井绳解下来，以便让老五拿宝绳缚尸。说完，这个自称老五的人就不见了。

老太太自梦中醒来，把这件事告知其余村民，大伙半信半疑，犹豫再三，还是按照老太太说的做了。转过天来忽然响起一声炸雷，事先毫无征兆，震得房屋乱抖、地面摇颤，紧跟着狂风怒吼，大雨倾盆。有胆大的村民往屋外偷看，就见遮天的黑云中，有一条十几丈长的白龙，龙身卷住了一个全身红毛、头上生角的怪物，那怪物俩眼如同两盏红灯笼。村民们赶紧敲锣打鼓呐喊助威，天昏地暗。足足过了一个时辰，旱魔大仙终于被井绳捆得结结实实，让一道天雷打进了村头干涸的井中，随即地动山摇，枯井崩塌填死。村民们恍然醒悟，老五不是常人，是广济龙王爷显圣，于是在井上造了河龙庙镇住旱魔，代代烧香膜拜，供奉不绝。

河龙庙有这么一段来历，属于民间传说。民国之后就断了香火，龙五爷泥像尚存，别的建筑全没了，仅剩一座大殿，周围已经盖房子住上了居民，1923年改建成义庄。巡河队打捞出来的浮尸，大多往这座义庄里放。郭师傅的师傅懂些道术，经常替人操持白事，会看坟地和阴阳宅，还扎得一手好纸活儿。平时师徒两个就住这座破庙里，前殿隔了两间小屋做纸活儿铺，后殿当作义庄。老师傅去世之后，留下郭师傅一个人在此居住，捞尸守夜的收入不多，他除了到巡河队当差，回来还要在河龙庙义庄隔壁扎纸活儿，郭师傅手艺极好，纸人纸马经他的手做出来，如同活的一般。

当天在三岔河口捞出一个小孩的死尸，郭师傅同往常那样，把死尸带回义庄，天一黑就出事了。

四

咱们现在提起这件事，说不准究竟是哪天了，大致在阴历六月二十八。民间说阴历六月二十八，是秃尾巴老李回家给老娘哭坟的日子。相传以前有个姓李的妇人生下一条小黑蛇，关门的时候把蛇尾巴夹断了，这条小黑蛇本是河中黑龙投胎，也就是人们说的秃尾巴老李。这妇人死后黑龙也走了，每到阴历六月二十八前后，秃尾巴老李总要回来给老娘哭坟。这几天准是阴雨连绵，当天没下雨，那天色却也阴沉沉的，到义庄的时候已经快掌灯了。

那几天义庄里没有别的死尸，郭师傅用车把小孩的尸身推进后屋，这后屋以前是河龙庙大殿的后半截，尸身放在石台上，草席子没解开，他先把油灯点上，随后在小孩头旁烧了两炷香。按照迷信的说法，饿鬼闻见香火可以充饥，给死人点香等于让鬼吃饭。他可怜这小孩横死，烧香时特意多烧了一炷。

把死人的事忙活完了，该到前屋给活人做饭了。人们将郭师傅称为郭二爷，老天津卫讲究官二爷，遇上不认识的一概称呼二爷或二哥，除非是认识，知道行几，那就按二爷、三爷、四爷相称。郭师傅不是官二爷，而是实打实地排行第二。他本家大哥也住这屋，这话听着让人瘆得慌，刚说完郭师傅一个人住在义庄，屋里怎么突然冒出位大哥来？死的活的？

原来郭师傅的兄长是个泥娃娃，这叫娃娃大哥。旧社会有种拴娃娃的风俗，如果两口子结婚之后很长时间没孩子，可以到天后宫妈祖庙里许愿求子，天后娘娘的神坛上有很多泥塑娃娃，全开过光，相貌各不相同，有的伶俐活泼，有的憨态可掬。求子的夫妻交够了香火钱，相中哪个泥娃娃，便拿红绳拴上带回家，把这泥胎当成自己的孩子来养，往后两口子有了孩子，家中这泥娃娃就是老大，生下来的孩子是老二，故将泥娃娃称为娃娃大哥。每隔几年还要洗娃娃，那是请泥塑艺人给泥娃娃换衣服，容貌也要随着年龄往大处改，甚至得给娃娃大哥娶媳妇，也就是再请个女子形态的泥娃娃进家，跟娃娃大哥摆到一块，凑成一对，因为家里的孩子行二，如果大哥还没娶，二弟却提前成亲，显得不合规矩。

如今是没人信了，在旧社会，这里边的讲头太多了。由于泥塑的娃娃大哥常年接触人间烟火气息，也不免闹出些个灵异，老辈儿人经常喜欢讲这类故事，比如某家养的娃娃大哥半夜活过来偷喝秫米粥。

郭师傅上边有这么一位娃娃大哥，家里爹娘走得早，从小拿这泥娃娃当作亲大哥，每天进屋都说"大哥我回来了"。吃饭时也不忘给娃娃大哥摆双筷子，白天有什么不痛快，或是遇上什么难处，甭管好事坏事，回到家总要跟大哥念叨念叨。这天一如往常，对着泥娃娃吃完饭。天色几乎黑透了，又是个闷热无雨的夜晚，他收拾好碗筷转身一看，猛然发现桌子上的娃娃大哥不见了。

五

郭师傅那时候是年轻胆大，秉性仁义正直，天生一副热心肠，不做亏心事不怕鬼上门，否则怎敢一个人住在义庄旁边？要说当时真是邪行，娃娃大哥分明是摆在饭桌上，吃完饭收拾碗筷，晚饭后还想扎几件纸活儿，刚这么一扭脸儿的工夫，桌子上就空了。别看郭师傅天天跟这娃娃大哥说话，那只不过是解闷儿而已，难道这泥娃娃成精了不成？

他寻思娃娃大哥本来好端端地摆在桌子上，终不能说没就没了。仔细一看屋门关得好好的，不可能跑外头去，那就在屋里四处找吧，都翻遍了也没影儿，无意中一抬头，发现这泥娃娃趴在立柜上，脸朝下一动不动。

郭师傅心里这个纳闷儿，以前从没出过这种怪事，就算这东西真的成精作怪，跑立柜顶上去做什么？他自己宽慰自己，许不是记错了，再不然是看花眼了。话虽这么说，也没法不犯嘀咕，这叫皮裤套棉袄，必定有缘故。一时想不明白，仍将娃娃大哥放到屋中高处没动，心说"你愿意在上面待着就待着吧"，然后点上灯烛，到旁边的义庄前后巡视。天气又闷又热，晚上义庄里那股尸臭越来越重，捏着鼻子都挡不住。

他又一寻思，不能等天亮了，天气太热，该连夜把这小孩的尸身烧掉，可那死尸裹在草席子里，湿漉漉的还淌着水，烧也没法烧。义庄里有炼人盒，那是个人形轮廓的铜盒子，以前是庙里的东西，死尸放进盒中焚烧，不可能完全烧成灰烬，烧成焦炭装进骨灰坛里就行。带着水的死尸却烧不了，所以要点个火盆，先将尸身烘干。郭师傅准备好了火盆，取出火柴要点火，刚把一根火柴划着了，门外刮进来一阵阴风，手里这根火柴顿时灭了，接着再点，却怎么也点不着了。

火柴一根接一根地划，没一根划得着火，好像这盒火柴都受了潮，手上也湿乎乎全是水。屋子外头阴着天没下雨，可就觉得潮气特别大，墙壁上出现了一片片被水浸泡的痕迹，眼瞅着往上走，墙里似乎随时都会渗出水来。紧接着阴风四起，这风也没个准方向，一会儿西风，一会儿南风，好像围着河龙庙义庄打转。

郭师傅毛骨悚然，身上一阵阵地起鸡皮疙瘩，从心里往外的冷。火盆是别想点了，暗说："莫不是要闹鬼了？"

老师傅当年留下一幅关帝像，绘的是"关公夜观春秋"，画中的关公头戴夫子盔，身披鹦鹉绿的战袍，一手捧着春秋，一手将着五绺长髯，目射神光，当真是威风凛凛。关公身旁点着一根蜡烛，两旁一边是关平捧着大印，另一边是周仓扛举青龙偃月大刀。关公背后还有一匹赤兔马，四蹄生风，跃跃欲奔，简直画活了。这张关帝图一直挂在义庄里，画像正对着大门，据说关帝图可以镇宅辟邪。河龙庙改为义庄的年头不短了，从来没有发生过鬼怪作祟一类的事。

郭师傅抬头看见那幅关帝像，在屋里挂得好好的，心想："按说我没做过半件欺心的事，孤魂野鬼不该上门找寻我，有辟邪的关帝像挂在墙上，真有鬼也不敢进这屋，见怪不怪，其怪自败。"迷信不迷信姑且两说着，反正这个念头一出来，心里头就踏实多了，不耐烦多想，在电灯底下一边糊制纸人、纸马，一边哼两句小曲儿给自己解闷儿。

由打掌灯时分，直到五更天亮，郭师傅坐在河龙庙义庄里等了一夜，听到远处鸡都叫了，心里一块石头落了地，再看墙上的水浸痕迹十分明显，足有一人多高，屋里的被褥和衣服全受了潮，连那幅画像都模糊了，可惜了这幅关帝像。

这时他恍然明白过来，娃娃大哥自己躲到立柜顶上，是因为泥塑的东西怕受潮，可又没下雨，屋里怎么会这么潮湿？难道昨天晚上有河里的水鬼找上门来了，水鬼想进这屋，碍着有关帝像进不来，问题是哪来的鬼？

郭师傅脑子转得快，坐在屋子里琢磨这件事，越想越感到不对，多半跟这小孩的死尸有关，大早起来顾不上吃饭，急匆匆出了门。到城中找来几个巡河队的人帮忙，在三岔河口那座大桥底下摸排。他认定河里还有东西，跟谁说谁也不信，但是捞尸队这些人全听郭师傅的。几个人分别握着长竿往河底下探，一尺一尺地在深水中划拉，倘若是河底下有什么异物，凭手感就能知道，从天亮开始，摸排到中午时分，终于发现河底下沉着一具女尸，可是谁也捞不上来，死人好像在河底下生了根。

这时候是白天，周围有些看热闹的社会闲散人员，老百姓一看河底下捞出女尸了，争着围过来看，你一言我一语地在边上议论。以往海河里经常捞出死尸，死者以男子居多，大部分是游野泳淹死的。女人很少下河游泳，女人游泳在旧社会不成体统，所以海河中的女尸不多，但也不是绝对没有。河里一旦出现女尸，往往是凶杀抛尸或投河自杀。这种事传得特别快，不一会儿的工夫，河边的人群就挤满了。后边个儿矮看不见的，急得跳脚蹦高，真有爬上房顶看的。天津卫老少爷们儿最爱看热闹，走半道遇上热闹，家里纵有天大的急事，他也得先看够了再回家。

巡河队有几个人下了水，桥上还有人用绳钩拖拽，费了好半天的劲，总算把三岔河口这具女尸捞出水面。包括郭师傅在内，所有的人都感到奇怪，河底的女尸怎么会如此沉重？巡河队把女尸打捞上来，仔细这么一看，尸身上长满了河苔，剥也剥不掉，全部与尸身长为了一体。深绿色河苔覆盖下的皮肉坚硬如铁，死尸枯僵，面目难辨，看上去极是可怖，更可怕的是，女尸被五花大绑，牛筋索子缠麻绳打了死结，浸过水越勒越紧，解都解不开，背上捆着一个奇形怪状的大铁坨子，所以沉在河底没有浮上水面。巡河队也把铁块一同捞了出来。

围观人群亲眼目睹了整个捞尸的经过，凡是看见这女尸模样的人，没有一个不怕的，那样子根本看不出是死人了，简直是个浑身长着绿毛的怪物。这件事满城哄传，家家户户烧香、贴符求祥瑞。城里的善主大户买卖商家，纷纷凑钱请僧人到桥上来念经。在以往的迷信传说里，淹死的冤魂往往要找替身，比如一个人溺水身亡，枉死之人阴魂不散，去不了地府，却变成了浸死鬼，它会被困在原地。白天有太阳照着，鬼躲在河底一动也不能动；下雨觉得是乱箭穿身；刮风好似拿刀子割肉，处境极为凄惨，什么时候再有人打河边经过，这个鬼把人引到河里，那人即便会游泳，架不住有鬼在水底下抓住了脚脖子往下拽，挣脱不开就给淹死了。水鬼这么做等于找到了替死鬼，它才能重入轮回，留下刚死的那位在河底受罪。

旧社会人们的迷信观念很深，认为浸死鬼每年都要找替身，往往把河里淹死人的事情归结于这种原因，以至于说水鬼永远被困在生前淹死的地方。浮尸则有所不同，因为不知道是在哪儿淹死的，必须请僧人来念往生咒，超度这个水鬼，否则今后这桥底下还要有人送命。解放后才没了这个章程。

郭师傅身为五河水警，看到当天的情形，心知肚明是桩凶案，而且是双尸案。数年前有母子两个遇害沉尸河底，直到水贼下绝户网，才无意中带出了小孩的尸身。昨天半夜屋子里返潮，说不定就是河中的水鬼找上门要孩子，不过这种阴魂不散的事无法证实，也不知是不是僧人念诵的往生咒管用了，使河里的亡魂得以超度。反正三岔河口没再闹过鬼，这一大一小死尸的案子官面儿上无人过问，一度成为悬案。

七

解放前，天津卫的几条河，加上一些脏水洼子臭水坑，每年淹死两三百人都是少的。死者大多数系溺水身亡，十成里只有一成是凶案，这一成里能破的案子，超不过十分之三，说实话这也不算低了。三岔河口沉尸案轰动全城，谁破了这案子谁就能升官发财。可有经验的人都知道，这案子没法破，主要是这两具死尸在河底下的年头不少了，但尸身没有朽坏，也没让鱼啃噬。死人在河底下变成了僵尸，道理上无法解释，要按迷信的说法，或许是死得太冤，而衣服和鞋子早在河底淤泥中浸烂了，识别不出身份，又没有主家认领，那年月兵荒马乱，人命如同草芥，活人的事儿都顾不过来，破不了的命案更是多得数不清。因此官面儿上没人理会，备个案就不管了。

巡河水警通常不参与破案，按说也不该多想，可这件悬案，就像那女尸身上绑的铁坨子一样，沉沉地压在郭师傅胸口，始终移不开放不下。他谁都没告诉，一个人去桥下烧了几张纸钱。往后郭师傅终于挖出这个案子，引出一段"恶狗村捉拿连化青"，到时候还有更邪行的事。您先记着这个话头，咱们后文书还得接着说。

先说当时在三岔河口发现女尸，围观的人们都说郭师傅神了，怎么能事先知道河底下有女尸，必然是有观风望气的本事，简直是河神啊。前清时历任巡河队的老师傅，往往被百姓们送个"河神"的绰号，大伙从此就传开了，也管郭师傅叫"河神"。一提起来都说是"河神郭得友"，群众的嘴，赛过广播、报纸，传得那叫一个快。

郭师傅听到别人称自己为河神，立刻出了身冷汗，想起师傅生前再三叮嘱："将来谁管你叫河神你都别答应，不然准出要命的事。"然而为什么不能叫河神，师傅好像没提过，他记起这番话，挨个儿告诉那些熟人，可不敢这么称呼。

至于那个泥娃娃塑像，仍和以往一样摆在屋里看家。1949年全国解放之后，破除封建迷信，这一类东西，大多落得打破砸烂的下场，郭师傅家的娃娃大哥，也在那个时候莫名其妙地不知去向了，这次丢了可就再没找回来。不过郭师傅倒不怎么担心，他认为自己家中这位娃娃大哥有灵性，准是又躲出去避难了。

第三章　魏家坟镜子阵

一

三岔河口沉尸案的前一年，闹过一场大水，按以往的经验，头一年涝，转过年来容易大旱。发现河底沉尸那一年的夏天，雨水特别少，天气酷热，下河游泳的人比往年多出几倍，接连淹死了几个游野泳的，几乎全是不知深浅的半大小孩。虽说黄泉路上没老少，可看着也真让人心疼，自打捞出一具沉在河底的女尸，传得满城皆知，到海河里游泳的人一下子少了许多。

沉尸案出在阴历六月二十八前后，是秃尾巴老李哭坟的日子。之后半个多月，海河里只淹死了两个人，全都是不知情的外地人，按说河里淹死的人少，巡河队应该高兴才是，可拿的钱也少了。以往捞尸的时候，都有慈善会给份钱，没活儿的时候则没有这份犒劳。

郭师傅光棍一条，家里只有一位不吃不喝的娃娃大哥，此外没什么亲戚，但他时常帮衬更穷的街坊四邻和兄弟朋友，手头从来没富余过，眼看家里米缸见底儿了，日子越过越紧，不得不到处找外活儿，帮人家操持白事扎些纸人纸马，赚几个钱糊口。他在巡河队里有个小师弟，姓丁叫丁卯。这小伙子十分干练，机警伶俐，尤其能在外面张罗事儿。有一天，俩人找了个大活儿，城南娄家庄死了一位财主老太爷，当地的豪绅，人家家大业大，这场白事要风光大办。首先是请城里最好的裱糊匠，您要问裱糊匠是干什么活儿的？说白了就是扎纸活儿的，以前那房屋顶棚里面这层全是纸糊的，这也算是一门手艺，一般人家自己糊不了，非找裱糊匠来糊顶棚不可，糊的时候还要念叨几句"家宅平安、财气进屋"之类的吉祥话儿。做这行当还得会扎纸人、纸马、纸宅子，凡是办白事时烧给死人的纸活儿，只要是主家说得出来的东西，手巧的匠人全能给糊出来。

巡河队的老师傅有这门手艺，郭师傅和丁卯俩人扎扎实实地学过，手艺也是不错。到了吊丧的时候，府宅正屋里摆下灵堂，孝子贤孙跪在灵前守着，不断有亲戚朋友过来吊唁，走马灯似的络绎不绝。旧社会大户人家白事办得特别隆重，门口左右高搭素牌坊两座，上面有横匾，一边写着"凄风"，另一边对着"冷月"，门前还有座更大的纸牌坊，上写"当大事"三字，下列纸人纸马，长棚内是一班吹鼓手。来奔丧吊孝的人那叫一个多，得有两个迎来送往的"信马"。哥儿俩晚上扎完纸活儿，白天还得去给人家当信马。

什么叫"信马"？现在说信马，可能没几个人知道了，早年间才有这样的风俗，大户人家阔气，住好几进的大院套，那叫深宅大院。按当时的规矩，吊丧时要安排两个小厮，让俩小厮一个站在大门里，一个站在二门外，身穿圆领青布衫，腰里扎上红腰带，下身是红布裤子，脚踩薄底快靴，身背大蟒鞭一条，一个头上戴红帽，一个头上戴黑帽，有客人进了大门，戴红帽的引路喝道，举手投足跟台上唱戏的似的，把来客带到二门，换了戴黑帽的引至拜台，再由执事指引对灵位行礼磕头。这一个红帽、一个黑帽的两个小厮，并称"信马"。其实办丧事，没有信马也没问题，但是越有钱的人家越在乎排场，不安排信马总觉得少几分气派，提前没想到，临时想找，又没有合适的人，便让这俩裱糊匠去做。还真没有比这二位更合适的了，规矩不用教，全懂，那架势又好。二人装模作样喝道引路，跟着忙活一场，除了拿份应得的赏钱，每天混上一顿好饭菜，四碟八碗自不必说，还能顺带喝两吹烧刀子。郭师傅和丁卯得了这份差事，赛过升天一般美。

二

老时年间，天津卫大户人家办白事，讲究出大殡。出殡之前首先是吊丧送路，同样有各种迷信风俗。出殡当天，更要用棺材抬着死人游四门，在一大早的哭丧声中，杠夫们抬着大棺材离家，这叫起灵，头里是开道打幡的，外加吹鼓手，还有念经的和尚、老道，孝子贤孙们披麻戴孝在后头跟着，大队人马浩浩荡荡，要在街上绕行很大一圈，最后把棺材抬到坟地里埋下。出殡下葬的整个过程当中，要有两个撒纸钱的人。您别看撒纸钱简单，那也是功夫，里边的门道儿可不少，没两下子还真做不了。

按照旧例儿，棺材离家起灵之时先撒一阵纸钱，这是打发那些个"外祟"，比如孤魂野鬼之类，给点钱远远地打发走，不让它们在后面跟随。出殡这一路，途经十字路口、过河、拐弯、过桥，一律要撒纸钱，这是路钱，担心有鬼缠绕着迷了路。会撒纸钱的人，抓起一把纸钱抛出去，首先是扔得高，出手呈弧线形，其次是多而不散，落下来纷纷扬扬好似天女散花，散而不乱，围观看热闹的都跟着喊好，当时这也算是一景儿了。

郭师傅和丁卯经常掺和白事，出殡那天别的活儿全结了，他们俩又帮着撒纸钱，前后忙活了三天，裱糊、信马、撒纸钱，总共拿了三份赏钱，还有额外的犒劳，这就是给有钱有势的大户人家办白事的好处。一年到头顶多赶上个三五回。跟送葬的队伍出殡到坟地，埋了棺材回到城中，当天下午还有顿大席。到现在也是这种风俗，不管红事白事，必须摆酒席，最后一天格外丰盛，按照老例儿得是传统的八大碗。

下午主家开出席来，果然是最讲究的八大碗。八大碗具体有哪八个菜，根据档次不一样，也是各有各的分别，但肯定有八个热菜。这家做的八大碗在天津卫也算是头份了，四清蒸、四红烩，鸡鸭鱼肉、海参、干贝、大虾，一样一大碗，流水的席面，敞开了随便吃。

操持丧事的这些吹鼓手、杠夫、和尚、老道，以及管家下人，全在门前大棚里吃喝。郭师傅和丁卯平时在巡河队当差，吃不上什么好东西，见天儿窝头白菜。那些老天津卫的人，又特别讲究吃。天津卫有句俗话说得好，"当当吃海货，不算不会过"。所谓海货，在天津指的是"海蟹、对虾、黄花鱼"这几种海鲜，从前这一年到头，只有从清明到立夏期间，才有海货上市，每年趁着季节吃上几顿，错过就得等明年了。再怎么穷的人，等到海货上来的时候，也要把身上穿的衣服脱下来，拿到当铺里当掉，换几个钱买二斤海货回家解馋。这样的人家，在天津卫不算不会过日子。

他俩有时候替人家操持白事儿，逮住机会混吃混喝，偶尔也能解解馋，但还是觉得缺嘴。丁卯年轻没出息，一看菜好，忍不住多喝了几碗，眼花耳热之余，嘴上就没把门儿的了，也不管认识不认识，逮谁跟谁胡吹乱侃，舌头都短了半截。他跟旁边一个胖和尚说："咱俩得走一个啊，不为别的，就为了咱俩关系不一般，我的妻侄儿是你表弟，你表弟的姑妈是我媳妇儿。"

胖和尚也没少喝，让丁卯给绕蒙了，认不出这位撒纸钱的是谁，问道："阿弥陀佛，施主究竟是贫僧的什么人呢？"

三

丁卯笑道："我是你亲爹呗。"

那胖和尚怒道："我那个缺了八辈儿德的亲爹，早让黄土埋了，你算哪根儿葱啊？"

郭师傅同样没少喝，好在意识还算清醒，听丁卯在那说胡话八道占出家人的便宜，赶紧劝阻，免得闹出事儿来丢人现眼。

这位胖和尚，本名李大愣，法号顺口叫圆通。现在一提这名号，知道的是法号，不知道还以为是送快递的。他也不是省油的灯，属于来路不明混进庙里的酒肉和尚。天津卫这地方市面儿繁荣，养下一些不务正业的社会闲散人员，各个好逸恶劳。家里要房没房，要地没地，全部家当只有一套衣服，这种人再怎么穷，也有套像模像样的衣服，穿着出门叫开逛，也叫逛衣，全指这身行头招摇撞骗，家里失火他不怕，如果摔进水沟脏了衣服，可心疼得不得了。比如这位李大愣，有件僧袍袈裟，剃了个光头，刮得锃亮，脑袋顶上点几个香疤，遇上白事出殡，他就冒充和尚去给人家念经，讨两个钱混一顿吃喝。

李大愣同样喝得脸红脖子粗，正待跟丁卯分个高低，一看旁边劝架的这个人眼熟，说道："哎哟，这不是河神郭二爷吗？"赶忙站起身来，抱拳行礼。郭师傅心想这是什么和尚，穿着僧袍胡吃海喝，居然还抱拳行礼，可能也是个混白事会的。当即还礼，跟胖和尚李大愣随口聊了几句。

周围那些人一听是巡河队的郭师傅，纷纷过来敬酒，这叫"人的名，树的影"。前些天三岔河口捞出一具女尸，女尸身上长满了深绿色的河苔，五花大绑捆在生铁坨子上，沉到河底不知多少年了。这件事在城里传得沸沸扬扬，妇孺皆知，在座之人都说河神郭师傅有本事，不愧是保佑地方平安的"河神"。

郭师傅往常人缘就好，他说话诙谐风趣，走到哪儿都能招拢一群人听他说话，可他最怕别人提"河神"俩字。闻言连连摇手，不敢当此称呼，看此刻天色不早，吃饱喝足，该拿的犒劳也拿了，跟同席的人们应酬几句，带着师弟丁卯起身告辞，从娄家庄往城西他们住的地方走。这趟可不近，俩人酒后走这条夜路，黑灯瞎火的走错了道，不知不觉走到一大片瓦房当中的马路上，此地叫魏家瓦房，又叫魏家坟，是城南最邪行的地方。

四

清末以来，城区的规模扩得很大，马路两旁大多装有线杆电灯，贫民区虽然没有现在这么亮，但完全能看清路。大片大片的平房，被马路、胡同分割得支离破碎，除了老城里那一块地方坐北朝南，天津卫周围的民宅和马路，没有东西南北这么一说。马路和胡同全是斜的，不认识路的人进来，如同走进迷宫。

外地人到北京打听道儿，想去哪儿，怎么走，北京人指路很简单，往北往南，让问路的人一听就能明白。这和北京城的格局有关，四九城的建筑物全是坐北朝南，有几条斜街也不多。天津卫正相反，您要问路，可别跟天津人说东西南北，没几个人分得清，一般东西走向为道，南北走向为路，横道竖路。比如一说某某路，从地名上看，应当是一条南北向的马路，但这个方向并不准确。旧天津卫的道路赛过蜘蛛网，这跟河流分布以及各国划分租借地有关。民国年间城南还没有那么多高楼大厦，电灯路灯也少，好在没几条死胡同，你穿街过巷，只要不把大致方向搞错了，也不至于迷路。

郭师傅和丁卯这顿酒，从下午喝到天黑才回家，两个人脚底下没根，一步三晃，只好在半路停下来醒酒。等到明白过来的时候，发现自己坐在路边，大马路上黑灯瞎火，除了他俩一个人也没有，周围有很多平房，房屋高低错落，路旁有电线杆子也有树，路灯全都不亮。看起来像是在城里，但附近一片死寂，成片的平房全是空屋，附近隐隐约约有股死尸身上的臭味。

这么一大片平房，全部断了电，所有的房屋和路灯都不亮，天上只有朦胧的月光，那些房屋树木和电线杆子，在月影下显出黑黢黢的轮廓。听不到夏虫儿的鸣叫之声，反倒有股不知来源的臭味，好像是尸臭，不过这是在城里，闷热的三伏天，普通民宅里不可能放死人放到发臭。两人好不容易清醒过来，仔细打量这条马路和周围的房屋，觉得眼熟，一看路牌想起来了，这地方叫魏家瓦房。老话管绕远叫"走冤枉道儿"，哥儿俩心说咱这冤枉道儿走的，居然转到魏家瓦房来了。

如今魏家瓦房是南门外的一大片民宅，介于郊区和城区之间。早个二三十年，地名还叫魏家楼或魏家坟，本来是一大块坟地，那年头坟地多并不奇怪，城里死人城外埋，村里死人村外埋，所以老话说"哪处黄土不埋人"，活人周围住的全是死人。当初围着老城一圈，埋死人的坟地是东一片西一片，到处皆有。清朝末年漕运盐运发达，天津城面积不断扩张，那时候盖的很多房屋，以前几乎都是坟地。

说到魏家瓦房魏家楼，起先叫作魏家坟，变成居民区之后，人们避讳提坟，一说在哪儿住，住魏家坟，那不成鬼了？于是改称魏家楼。实际上根本没有这座楼，因此后来改叫魏家瓦房，那时候上点岁数的人一提起魏家坟，想到的往往是"吊死鬼"。

五

要说埋着吊死鬼的魏家坟，年代还不是太过久远。清朝末年的时候，天津卫当地有一户姓魏的人家，以卖炊饼为生，家道小康，一家三个兄弟，老大年少夭折，很早就死了，剩下二哥和三哥对半平分了家产。二哥继承祖业，挑个担子沿街叫卖蒸食，蒸食就是馒头炊饼之类的面食，早年间叫蒸食。三哥心高志大，不愿意再做蒸食这份营生，选择到金铺当学徒，跟掌柜学着打金银首饰。木匠、瓦匠学三年也就学会了，打金银首饰至少学六年，还要给掌柜白做三年。那个年代没有学费，学成手艺帮三年工，算是报答恩师。三哥当学徒当了十年，学会了满腹生意经，也把手艺学到家了，自己出来开了个小首饰铺，凭着货真价实，诚信可靠，手艺又好，精益求精，逐渐把买卖做大了，钱是越赚越多，几年之后扩充成了卖首饰的金楼。二哥那份买卖做得同样不错，娶个媳妇儿特别贤惠，两口子自做自卖，起早贪黑存下点辛苦钱，先是在街上赁了半间门脸儿房，后来也把生意做起来了，除了祖传的炊饼馒头，还开始卖各种糕点面食，店面也增加到前后三间，实在忙活不过来了，又雇了个小徒弟，让小徒弟在前头当伙计卖货，二哥两口子在后头做。跟三哥的首饰金楼相邻，彼此相互照应，日子过得越来越好。

　　谁承想好景不长，到庚子年八国联军打破大沽口杀进北京城，天津卫首当其冲遭了殃。乱兵在街上四处劫掠，各大店铺尽遭洗劫。三哥的首饰金楼让乱兵抢了一空，店面烧成了一片废墟，从此倒闭，再没缓起来，三哥夫妻俩一时心窄想不开，双双在屋子里上了吊，说白了这夫妻俩没得善终，是对吊死鬼。二哥那间点心铺，当天也遭乱兵洗劫，好在是糕点食品，没折大本儿，两口子四处借贷，东拼西凑，总算凑足了一笔本钱，再次装修了铺面房，还可以接着做生意。后来又把买卖做大了，有钱了买房子置地，有身份不能叫二哥得称二爷了。魏二爷发迹之后，时常想起三弟两口子上吊，死得太屈了。

　　亲哥们儿亲弟兄，那是打断骨头连着筋，有道是兄弟如手足，妻子如衣服，衣服破了可以补上，手足断了没法再续。人活一辈子，身边不能没个近人，爹娘只能陪你前半辈子，妻子和儿女顶多陪你后半辈子，唯有亲生兄弟，从小到老跟你一辈子，因此叫手足之情。

　　魏家二爷一想起自己的兄弟，忍不住就要流泪，先后多次请来高僧念经超度亡魂，又在城外买了块风水好的坟地，把老三夫妻的棺椁，以及魏家故去的祖先长辈，全部迁到这块坟地里重新安葬。坟地乃家族之基，后代乃家族之根。有根基才有福禄，魏二爷买下这块坟地，自是希望家门平安、生意兴隆。那年头大户人家的坟地，属于私有性质，这片坟地就叫魏家坟，坟前有祠堂叫魏家祠，坟地内松柏合抱，古木参天，一年到头雾气缭绕，隐隐传出蛇嘶狐鸣。整块地东西长近两里，南北宽近三里，挺大的一片，林木非常茂密，西南边地势很低，与南洼连成一片，是一眼望不到头的茫茫大泽。事先找专门看阴阳宅的张半仙看过风水，张半仙替魏二爷相中这块坟地，认为风水绝佳，哪知此地古怪甚多。

六

魏家坟方圆数里尽是古树，苍松偃柏，林子里躲着不少狐狸、黄狼、刺猬、恶獾之属，常有邪祟出没。拿张半仙这个神棍的话来讲，全因此地颇有灵气，如若是风水不好的所在，也不会有这些有道行的东西，结果魏家二爷的生意传到儿子那辈，惹了一场大官司，赔得倾家荡产，又赶上疫情，到头来家破人亡成了绝户。魏家坟从此荒废，变成了没有主家的乱坟。民国之后，随着城区面积扩大，魏家坟盖起了大片瓦房，地名变成了魏家楼，过了些年又改名魏家瓦房，以前那些苍松古树和坟头墓碑早都没了，不过人们仍习惯称这地方叫魏家坟。

郭师傅和丁卯认出这是魏家瓦房，也听过当年此地埋着吊死鬼，对这里说不上有多熟，只是以前来过几次，估摸自己喝多之后走错了路，不知不觉转到此处。此地居住者大多是平民百姓，胡同马路像蜘蛛网，去年发大水把这一大片瓦房全淹了，如今只有个别废屋中还住着一些无家可归的乞丐和拾荒者，多数则是危漏空屋，虽然也算城里，但是断电断水，迟迟没被拆除。

郭师傅不敢让别人称呼他河神，不提还好，一提河神准倒霉。当初老师傅说得没错，他没法不信这份邪。人要走起背字儿来，喝口凉水也能把牙塞着，魏家瓦房跟他们家是两个方向，深更半夜的怎么走到这地方来了？郭师傅想着赶紧回家，跟丁卯找准了方向，顺着马路往前走。他们以为出了魏家瓦房这段路就好走了，可周围那些马路胡同全是斜的，东撞一头西撞一头，走来走去净兜圈子了，哥儿俩这下是洋鬼子看京戏——傻了眼。

丁卯说："哥哥，魏家瓦房真邪行，咱俩走了这么半天，按说早该走到外头的大马路上了，可怎么还没走出去，冤魂缠腿不成？"

郭师傅说："兄弟，深更半夜的千万别胡说，眼下别看这些屋子全空了，以前可也是住人的地方，哪来的鬼？"

丁卯说："怎么是胡说，魏家坟埋着俩吊死鬼，这件事儿可不是我编的，城里城外谁不知道。"

郭师傅说："魏家坟埋吊死鬼那会儿还有大清国，现今是什么年月了？如若有块坟地就闹鬼，往后活人可没地方住了。况且人怕鬼三分，鬼怕人七分，咱哥儿俩行得正做得端，这辈子没做过让人在身后戳脊梁骨的勾当，别说魏家瓦房没鬼，有鬼也是它躲着咱们走。"

丁卯在捞尸队混饭吃，倒不怕那些不干净的东西，他说："哥哥，我说话你别不信，如果魏家瓦房没有鬼，房顶上那些东西是什么？"

酷暑时节闷热闷热的夜晚，待着不动都能出身汗，可郭师傅听完这句话，却觉得脊梁根直冒凉气，心里更是不解，问道："兄弟，大半夜的说这些你不嫌瘆得慌，房上都是瓦片啊，还能有什么东西？"

丁卯说："不信你自己抬头往上瞧瞧。"

七

郭师傅听丁卯说房上有东西，他就抬头往上看，没瞧见屋顶有鬼，但借着月光依稀看到，铺着瓦片的房屋檐脊上挂着几面镜子，旁边那家也有，还不是一家两家，这片平房，十家里头有八家在屋顶挂镜子。各家各户居民搬走之后，这些镜子也没取下来，仍旧在屋顶檐脊上挂着。住户们不可能吃饱了撑的，无缘无故在房上摆镜子阵。

丁卯说："哥哥，瞧见没有，谁们家过日子会在屋顶上挂镜子？魏家楼以前是片埋死人的乱坟，这地方没鬼才怪，早知道白天出殡的时候留点纸钱在身上了。据说遇上孤魂野鬼缠人腿，撒两把纸钱把它们打发走便没事了。"

郭师傅曾在城里看过见两户家人争执，险些闹出人命，起因是其中一家在屋顶上挂镜子，说是由于对面那家房子盖得不好，屋顶檐脊斜对着他们家大门，把家里的风水给破了，所以在屋顶挂镜子，要将这阵邪气挡回去。两家人为此事可没少打架，但魏家瓦房这么一大片屋子，家家户户都在房顶上摆镜子阵，这种怪事还真没见过，甚至连听都没听过。

他发现房上这些镜子，全都用铁丝绑在房顶，多年没有擦拭，镜子上落满了灰。那些镜子也不是铜镜，是很普通的镜子，有的齐整有的残缺。看这情形，即便不是用来镇压邪祟，也是种风水布局。

郭师傅对丁卯说："镜子阵无非辟邪，或是助风水、添形势，有这种布置就更不可能闹鬼了，况且直到去年发大水之后，魏家瓦房这一带才没什么人住，之前可没听说这里出过什么邪门儿的怪事。我看咱哥儿俩就别疑神疑鬼的胡猜了，要信这些东西，往后还怎么吃捞尸队这碗饭？"

丁卯认为郭师傅的这番话也是说在理儿上了，魏家瓦房屋顶上摆的镜子阵，或许只是种风水阵，但还有个怪异不明的情况，打刚才就闻到魏家楼这片平房里有股尸臭，会不会有盗贼杀人害命，死尸扔到了没人居住的空屋里，天热腐烂发臭了，半夜路过这的人迷路走不出去，是有冤魂拦挡。

郭师傅想了想，说道："眼见为实，咱先过去瞧瞧再说。"他们这两人真是胆大，循着这股臭味找过去，就看见路旁有一个白乎乎的东西倒在墙下，离得越近越觉得臭不可闻，而且走近了看，发现这东西居然还会动。

八

这片平房没有路灯，两人看不清路边的东西是什么，闻着有死尸的臭味，离远了看就是白乎乎的一团，走近一瞧似乎在动，再往近处走不得不捏住鼻子，那气味太臭了，又走近两步，走到伸手就能摸着的地方，俯身看这东西，这才看清楚是爬满了白蛆的腐尸。二人一看这可太恶心了，天热死尸身上长蛆了，忍不住想吐，赶紧用手按住了嘴，因为舍不得八大碗那四红烩四清蒸，一年到头吃不着两三回，吐出来太可惜，硬生生忍住没吐。先前一直闻到的臭味，全是从路边这个东西散发的尸臭，不过并不是死人，也不知是哪种动物的尸体，由大小轮廓上看，有可能是条野狗，估计过不了几天就烂没了。这也没什么可看的，但就在不远的地方，又看见两只死猫。

人死在路边那叫倒卧，也叫路倒尸，如果是在城里，不管有没有主家，总归有好心行善的人帮忙收尸掩埋，谁都不管官面儿上也会派人收敛。猫狗之类的动物死在路边，有收垃圾的捡，魏家坟这片空屋破平房，可能也是快拆了没人住，死猫死狗横尸路边无人理会，任其腐烂发臭，这种事不算奇怪。

郭师傅和丁卯看明白是怎么回事，也不再胡思乱想了，这时候天上的云层移开，月光明亮，把房屋马路照得格外清晰。他们一看顺着这条马路一直往前走，拐个弯就能走出魏家瓦房，这么条道怎么绕了这么半天走不出去？

两人寻思大概是喝多了，酒劲儿没过，心里还犯着迷糊，加上云埋月镜，路边又没有灯，也难免走转了向，现在趁着月明赶紧走。哥儿俩想到这儿拔腿便行，走着走着，郭师傅觉得好像有个东西跟过来了，跟着他俩往前走，转头往后看，什么也没有，心想："自己今儿个这是怎么了，为何总是疑神疑鬼？"

郭师傅心里头七上八下不安稳，不知不觉已经走到路口了，走到这儿就算出了魏家瓦房，可还是感觉身后有东西跟着，后脖子冷飕飕的。这时他看见月光照在地上，除了他和丁卯的影子，后头还有个很小的黑影，丁卯也瞧见了，俩人吃了一惊。再转头往身后看，只见一个比猫大比狗小的东西，毛茸茸尾巴挺长，"嗖"的一下突然从郭师傅背后蹿出来，一溜烟似的顺着墙根逃去，转眼间就没影了。

两人立在当场，看得目瞪口呆，根本不明白究竟发生了什么，后来他们找了个特别懂这些事的人，把这天半夜在魏家瓦房迷路，路边看到死猫死狗，屋顶上有镜子阵的经过，怎么来怎么去，从头到尾详细说了一遍。听人家讲，魏家瓦房以前就多狐獾精怪，当年那片坟地成为民宅之后也不太平，居民们不得安宁，经风水先生给指点，各家各户都在屋顶檐角上挂镜子。这镜子不是乱挂，摆成了阵法，那些有灵性的东西进了这片平房，往往会迷失方向走不出去，直至困死在里头，经常能看到死猫死狗。魏家瓦房的住户，在发大水的那年淹死了不少人，据说就是摆了这阴损的镜子阵，遭了报应。

大水退去之后，魏家瓦房留下大片的空屋，平时不论白天黑夜，谁打这儿过都没出过事，可能是郭师傅那阵子总被人称为"河神"，倒霉事接连不断。人在阳气重的时候，孤魂野鬼都不敢近前，如若是气运衰落，必定是灾星当头印堂发黑，阳气也随之减弱。当时那片平房里可能困着一只狸猫或狐狸一类的东西，它看郭师傅和丁卯身上阳气弱，用障眼法迷住这两个人，跟在后头逃出了魏家瓦房。还有另外一种可能，它被困在魏家瓦房出不去，是劫数到了该着一死，躲在河神郭师傅身边才得以避过此劫。

九

究竟是不是这么回事，倒也难说，郭师傅当时想不明白，过去也就过去了。直到解放之后，60年代了，有一天半夜，他骑着一辆老式自行车下班回家，那时已经立秋了，秋风萧瑟，天气一天凉似一天，又是深更半夜，路上几乎看不见行人。

当天白天他在海河打捞浮尸，忙活了一整天，水米没粘牙，饿得前心贴后背，想着赶紧回家吃口热乎饭。当他骑到一条沿河的路上，这辆老式自行车突然蹬不动了，好像有东西在后边拽着他的车，不让他往前去。

郭师傅只好停下车，扭头往后看，只见车后有个毛茸茸的东西，在马路上跑过去，转眼就看不到了，不知道是哪来的狸猫，瞅着也像狸猫，路上太黑，看不出究竟是个什么。此时从后头来了个骑自行车的年轻人，身上穿着工厂里的劳动服，车后夹着饭盒，瞧这样子是工厂里下夜班的工人。这个年轻工人蹬着自行车蹬得飞快，从郭师傅身边经过，带起一阵风，径直往前头去了。

郭师傅心说："这毛头小伙子，骑这么快赶着投胎去啊？"他看看自己这辆自行车没事，又蹬得动了，便蹬上车继续走。忽听前头"扑通"一声响，抬眼一看吓了一跳。原来那骑车很快的年轻工人，竟然把自行车骑进了河里，那河边都有半米多高的墙沿，这人骑得太快，撞在墙沿上整个人折着跟头翻到河里，大头朝下，脑袋陷进了淤泥里。

人命关天，岂同小可？郭师傅不敢怠慢，连衣服都顾不上脱，扔下车就跳进阴冷的河水中，拼命把这个年轻工人拖到岸边，此人的鼻子、耳朵、嘴里全塞满了淤泥，脸色铁青，刚拖上来已经没呼吸了，估计再稍迟半分钟，这个人就没救了，也真是命大碰上郭师傅，换旁人遇上这种情况，即使想救人都来不及。

郭师傅把这年轻工人救过来送去医院，情况稳定之后问他是怎么回事，这么宽的马路，怎么偏把自行车往河里骑，是不是下夜班太困了？骑着自行车打起了瞌睡？这可太危险了。年轻工人说骑到这儿根本没看见有河，他当时看得清清楚楚，那边分明是路，也不知怎么搞的，骑着车过去竟一头掉到了河里。

医院里的大夫和护士听到这些话，都以为这小子吓蒙了，路旁灯光明亮，又不是夜盲，怎么可能把河看成路？谁知过了几天，还是这地方，又有个下夜班的工人，骑着自行车一头撞进了河里，这次路上可没人看见，到天亮才发现河面上露出两只脚，一只脚上有鞋，另一只脚上没鞋，动也不动。等到从河里拽上来时，早没救了。

有一些话当时谁都不敢说出来，但人们心里清楚，没准是这地方有水鬼拿替身，把过路的人往河里引。那天夜里要不是郭师傅的自行车突然蹬不动了，掉在河里淹死的人就是他。他本事再大，水性再好，一头陷进河泥中也别想活命，另外郭师傅自行车蹬不动的时候，恍惚看到有个黑影在身后跑过去，或许是他当年在魏家坟中救出的小东西，又回来报恩来了。

第四章　老龙头火车站尸变

一

　　言归正传，再接着说"三岔河口沉尸案"，那个年代世道太乱，破不了的案子多得数不清，但引起轰动受到人们关注的大案，官面儿上至少会有个交代。五河水警队从河里打捞出的死尸不计其数，可算得上大案的并不多。据郭师傅讲，他当水上公安几十年，真正惊动全城让街头巷尾都跟着议论、惹得人心不安的案子，这么多年只有两起，头一个是"海河浮尸案"，再一个就是"三岔河口沉尸案"。当然还有些大案怪案也许更惊悚，但是没有传开，外界知道的人比较少。

　　说到这顺便提一下"海河浮尸案"，当年这件"海河浮尸案"曾被列为民国十大悬案之一。所谓民国十大悬案，是指从1911年辛亥革命满清王朝倒台，直到1949年新中国成立，这些年里发生的十件大案，各个震惊全国，无一例外都没有破获，到最后全变成了悬案。成为悬案的因素很多，这里边当然有官匪勾结、互相包庇，但也有几件案子，真是解不开的无头公案。

　　咱要一个案子说一遍，这十大悬案合起来也够一部书了，不过除了

"海河浮尸案"之外,其余那些案子跟"河神"关系不大,所以说不了那么详细。十大悬案当中有两件发生在天津,一是东陵国宝失踪案,军阀孙殿英夜盗清东陵,将慈禧、乾隆陪葬的珍宝席卷一空,但是到后来大部分珍宝下落不明。相传是孙殿英把珍宝藏在了天津睦南道二零零号洋房地下室中,后来那幢房屋几易其主,据说房子里有两层地下室,可始终没人找得到第二层地下室的入口,成了一桩悬案。

再者便是"海河浮尸案",要说海河里每年淹死的人太多了,那年月仅是逃难饿死的人就多了去了,河中三天两头有浮尸死漂出现。然而海河里出现的浮尸,之所以能被归为民国十大悬案,与失踪的东陵陪葬珍宝相提并论,其中又怎能没有其骇人听闻之处?

"海河浮尸案"有前后两件,头一件出在清朝末年,这个案子是有结果的。十大悬案里提到的案子与此无关,可经过差不多。当时海河里突然出现了几十具浮尸,大白天从上游顺着河往下漂进城里,浮尸接二连三,捞都捞不过来,满城皆惊,人山人海的过来围观。谣言四起,有说是土匪杀人,有说是河妖作怪,要是一两具浮尸也就罢了,同时出现这么多浮尸,必定是不祥之兆。官府出面收敛这些浮尸,数了数共有四十五具,还不算那些漏过去没捞上来的。找件作勘验尸首,几乎都已腐烂多时,没有一个是淹死的,这一来更奇怪了,谁吃饱了撑的,把坟里的死人挖出来扔到河里,总不会是死人自己从坟里爬出来,跳进河里游野泳?

另外这些死尸里头,没有一个女子,全是男尸,也没有小孩,其余各个年龄段的均有,面目大都辨认不出了,好在这案子线索比较多。首先尸骸上的衣服还在,可以依此核对死者的身份;其次上游没人看见这么多浮尸,好像从水里冒出来漂进城中。有了大致的方位,官府便派公差到那一带寻访,没多久案子告破。原来有个大烟馆,抽鸦片烟的地方,老板黑了心,低价进了一批变质的鸦片烟让人抽,晚上过来抽大烟的主顾,躺下抽几口就起不来了,嘴里吐着白沫死在了大烟馆里。这些主顾大多是偷着来的,家里没人知道,老板心知惹了大祸,让伙计在河边的桥墩子底下,挖出一个大坑,连夜把死人埋进去,万没料到,过了些天,海河上游突然下大雨涨水,冲开了埋死人的浮土,那些死尸都让大水冲进了城。大烟馆的老板和伙计全被问成死罪，押赴市曹开刀问斩。清朝末年那件哄传一时的"海河浮尸案"就此告破。

再说第二件"海河浮尸案"，那是至今没破的悬案。事情发生在1936年，和上次的情形差不多，海河里突然出现了大量浮尸，这次多达几百具，也都是男尸，以青壮年居多，看模样像全是乡下人，而且全被反绑双手，没有本地人，身份无从查对，这案子当时也不是不能查，只是不敢往下查了。

二

当时天津卫海光寺是日本驻军的兵营，有人就说河里这些浮尸，是日本鬼子从山东抓来修兵营的劳工，完工后为了保守营盘工事的秘密，用麻绳将劳工们逐个勒死，再把尸体扔到海光寺兵营下的坑洞里，上头用混凝土封盖，以为神不知鬼不觉，不料那是个大洞，与排水的暗渠相接，下大雨的时候积水从地下往海河里灌，几百具死尸被地下水从坑洞冲进了河道。

那阵子日军发动侵华战争在即，山雨欲来风满楼，这么大的案子到头来不了了之，多年以来没有定论，成了民国十大悬案中死人最多的一个案子。后来出现浮尸的这段河总是无缘无故淹死人，慈善会还特意请来大悲禅院的高僧超度。大悲禅院建于清朝初年，后殿供奉的大悲菩萨，是尊多臂观音。传说菩萨手目之数，多至八万四千，造像高八尺，有二十四臂、三十六目，金光四迸，此外两侧配殿分别供有罗汉像、地藏菩萨像，前殿有弥勒佛像以及韦陀菩萨像，均为建寺之初的古像，但与那尊多臂观音相比，显然处于居从地位。大悲院香火最盛，民国年间，甚至供养过唐僧玄奘法师的长生骨，庙中高僧云集。海河浮尸案发生之后，慈善总会请来大悲院里的高僧，连做三天法事超度那些亡魂，至于这法事管不管用，咱们也是不得而知。

海河浮尸案出在1936年，当时郭师傅还在巡河队跟着他师傅当学徒，河道让几百具浮尸堵塞的情形确实触目惊心，但整个案子的经过，他也不太清楚。咱说的这件"三岔河口沉尸案"，则是他亲历亲见，其中有很多令人难以置信的离奇之处，那真是到死也忘不了，在闸桥下发现一大一小两具长满绿苔的死尸，仅仅是一个开头，往后是越说越吓人。

河旱的那一年，淹死的人比往年少得多，郭师傅也没想到三岔河口沉尸案不算完。那两具尸体全烧了，骨灰埋到厉坛寺。老天津卫庙多观多庵多，教堂也多，厉坛寺位于厉坛寺胡同，寺中供奉地藏王菩萨，专门度化恶鬼，骨灰坛子埋到那里，算是安稳了。本以为这件事就这么过去了，谁成想还没完，还有后话。

<h2 style="text-align:center">三</h2>

话头挖回来，接着说郭师傅和丁卯二人，给办丧事的主家扎纸活儿，赚几个钱贴补家用。这天傍晚，哥儿俩正在义庄里糊纸人，李大愣突然上门拜访，带来一大包点心，是大户人家给庙里送的蜜供，也就是拜神祭祖之后留下的供品。人家本家只吃"供尖儿"，供品通常摆放成宝塔形，瓜果点心一样一盘，不能混着放，上边和下边的东西一样，但是摆在顶上的供品叫"供尖儿"。按早年间的说法，吃供尖儿能添福，剩下的供品就无所谓了。剩下的供品都会分给寺庙庵观的出家人，在地方上这算是积德行善的事。当天下午有人给了胖和尚一包蜜供，这是种像江米条一样的点心，一根根搭成宝塔形状，搭好之后浇上蜜糖，专门用于供奉神佛。

郭师傅和丁卯晌午就没开火，正好就拿这包蜜供充饥。丁卯拿起一根放到嘴中一尝，里头还带着枣泥儿馅料，挑起大拇指称赞道："太讲究了，冲这味道也错不了，准是祥德斋的蜜供啊。王宝水铺浮金鱼儿，祥德斋的点心吃枣泥儿，祥德斋这么多点心里，最好吃的还是有枣泥儿馅料的。"

郭师傅说："你真是卖烧饼不带干粮——吃货啊，才一口就尝出来了，这确实是祥德斋的点心。"

李大愣说："两位哥哥都是行家啊，吃块点心还有这么多讲究，我今天算是长见识了，善哉善哉。"

丁卯说："你平时冒充和尚去大户人家做法事，也没少往肚子里划拉上供的点心果子，可你光吃不走脑子，当然不清楚这里边的讲究了。你知道这蜜供是怎么个来历吗？我告诉你，早年间给祥德斋做蜜供点心的那位师傅，据说是鲁班的传人，手艺非同小可，人家用蜜糖做的供品，形状像宝塔，底儿大顶小，是一根压一根搭起来的。盘子多大，底儿多大，有窗有洞，里外透亮，最后又用熬好的蜜糖整个沾严实，做好以后，无论是放在灰里、土里，丁点儿不沾，如同琥珀色的玻璃瓷器一般。这位师傅做蜜供，做时谁也不让看，做完扭头就走，许多人连他住哪儿都不知道，所以说来历不一般，做的点心叫绝品。现在咱吃的蜜供，就是这家后人传下来的手艺。"

郭师傅道："要照这么说，哪家点心铺还没有一两样绝品？一品香的月饼、四远香的粽子、永源斋的家常烙、顺香居的太师饼，哪个没有来头，把手指头掰没了怕也数不完。"

丁卯说："师哥，你说的这些点心铺子，也都是有一两样绝品的，可终归不如人家祥德斋样样皆是绝品。祥德斋的点心我不用吃，闭上眼拿鼻子一闻，搁到嘴唇上一抿，就能分辨出是不是祥德斋的东西。你就拿最简单的糟子糕来说，别看用料简单，哪家都能做，人家祥德斋用的东西却和别家不同。鸡蛋要用河北大于的鸡蛋，油用荤油李的板儿油，糖是有名的潮白糖，面粉统统用精粉，像是老牌儿的天官、绿宝，都是常买常用，没有好料绝不做糟子糕，那东西还有得比吗？"

李大愣说："大半夜的咱说点别的不行吗？今天还没正经吃过饭，说真格的，我今天过来寻访两位哥哥，是打算跟二位说说那个全身绿毛的女尸。"

四

郭师傅就知道这个李大愣是属貔貅的，向来是只进不出，平白无故怎会拿这么好的点心上义庄来，果然不是扯闲篇儿来的，有说词。

李大愣道："有说词，有说词，没说词我就不过来了，有说词才过来。"

丁卯说："好歹是拎着点心匣子登门，比空手套白狼的多少强点儿，不过我还真没想到，李大愣你竟认识三岔河口的女尸，那女人生前是你相好？"

李大愣说："小哥哥咱别逗啊，我可胆小。你看这天都黑了，吃多少点心也不当饭不是，不如让兄弟我做东，请请你们二位。"

丁卯说："那敢情好，打算请我们吃什么？"

李大愣说："我也讲究啊，咱们这有句老话，春吃海蟹，夏吃河蟹，冬吃紫蟹，吃过紫蟹，百菜无味，请两位哥哥当然是吃顶好的紫蟹，可不是季节没地方吃去。要不咱去澄赢楼饭庄，我请两位吃炸晃虾、溜虾段、清炒虾仁、芙蓉全蟹、干烧鲫鱼、软溜鱼扇、官烧目鱼、烹炸刀鱼、清蒸桂鱼、暑蹦鲤鱼、白崩鱼丁、高丽银鱼，怎么样？"

郭师傅和丁卯齐道："讲究，上等的鱼虾宴。"

李大愣说："讲究是讲究，问题咱不是没钱吗，等改天有钱了，一定请二位去澄赢楼，我看咱哥儿仨还是吃烧饼、喝羊汤去算了，有件大事要跟两位说说，咱喝着羊汤说怎么样？"

郭师傅和丁卯很是好奇，想不出李大愣要说什么事，也是馋这碗羊汤，当即跟他去了。三个人来到西市大街一个卖羊汤的小吃铺，地方十分僻静，食客也少，坐下来要了四碗羊汤、一摞烧饼，又切了一大盘水爆肚。时值酷暑，在这个季节喝羊汤的人不多，但巡河队的人经常下到河沟子里跟死尸打交道，身上阴湿之气极重，喝碗热腾腾的羊汤可以补气，往碗里多放辣椒，喝完出身透汗，可比吃什么都强。

卖羊汤的地方离西大寺不远，大寺是指清真寺。天津卫有东南西北四座大清真寺，周围居住的回民很多。老话说"回民两把刀，一把卖切糕，一把卖羊肉"，可见做的羊杂碎羊汤很是地道。郭师傅等人经常来的这家食铺，门脸房处在街角，店主儿子平时推车在闹市贩卖，家里这间铺子只是作坊，不是熟客也找不到这里。三个人坐定了喝羊汤，郭师傅跟李大愣说："咱有话就直说吧，三岔河口的女尸怎么了？"

李大愣说："二位哥哥，你们在五河水上警察队当差，河底沉尸也是经由你们打捞出来的，我这不就想问问两位，这案子有结果吗？"

郭师傅说："既然吃了你和尚的烧饼羊汤，让你问起来我们也不能不说。当时很多人围观，百姓们看见那具女尸满身绿苔，这死尸五花大绑背着铁坨子沉在河底，浑身长满了绿苔，也不知怎么就变成这样了，可吓坏了不少人。官面儿上怕民心不安，当天便把死尸送到化人场里烧掉，骨灰埋到厉坛寺，就是这么个结果。你要问这女尸的身份，那可没法查了，据我看那铁坨子在河里锈蚀的程度，只怕几百年也是有的。就算牵扯人命，到今时今日也查不出什么结果了，查出来也没用不是，因此官面上没再追究。"

李大愣骇异地说道："噢，原来那死尸沉在河底这么多年了……"

郭师傅问李大愣："你怎么想起打听三岔河口的女尸？"

五

李大愣说："哥哥，你有所不知，此事一两句话交代不清，听我给你从头说说……"

他不是挖着根儿说，咱们却要把话交代清楚了。论起天津卫最有钱的大财东，一共有八户，合称八大家。八大家里首屈一指的要属石家，有个石家大院保留至今，那是好大一片古宅院套，青砖碧瓦，雕梁画栋，气派非凡，戏楼佛堂一应俱全，曾是石家老宅。石家祖上有良田万顷，得了个绰号唤作"石万顷"。城里还有好多买卖，钱多得数也数不完。关于石家最初是怎么发财的，在当地流传着几种传说：

其一是明末清初，闯王李自成打进北京城，逼得崇祯皇帝吊死煤山，有个宫女带着宫里的一件珍宝"如意夜光灯"，从京城逃到这里，夜里到石家投宿，看主人忠厚质朴，委身下嫁给了姓石的这户人家。那盏"如意夜光灯"是皇宫大内的无价之宝，石家娶了位财神奶奶，一下子发了横财，陡然暴富。

另有一说，清朝乾隆年间出了个大贪官和珅，聚敛的钱财堆积如山，富可敌国。到和珅被抄家问罪的时候，府上的一个小妾，趁乱逃到石家，这小妾当年很受和珅宠爱，身上带了好几件珍宝，为了避难，嫁给了石家，石家祖上从此发迹。

这些传说大致差不多，总而言之，言而总之，全是说石家祖上走运，娶了有钱的媳妇儿，好比是把一座金山请进了门，钱多得几代人也使不尽用不完。祖上留下一条遗训，有了钱不能为富不仁，石家世代积德行善，夏开粥厂，冬赊棉衣。十几年前，石家有位小姐和一个唱戏的小白脸私通，二人有了私情，搞大了肚子。婊子无情，戏子无义，这话一点儿不假。那唱戏的一看这小姐有了身孕，怕惹麻烦，而且老家有老婆有孩子，连夜就跟外地戏班子跑了，剩下这小姐挺着个大肚子，也没脸继续在家待着了，收拾细软离家出走，石老爷派人找了这多年，至今没有下落。

这三岔河口沉尸案一出可不要紧，有人就说石家小姐让戏子搞大了肚子，有辱门风，石家表面上说小姐离家出走了，实则不然，是把大着肚子临盆在即的小姐绑着铁坨子沉到河里了，这叫一尸两命。石家小姐死得冤，冤情不泯，死尸又被巡河队的人打捞出来，石家财大势大，把官面儿上打点到了，所以没人追查。自古道是人言可畏，说好事没人信，说坏事没人不信，传来传去添油加醋，那些话简直不堪入耳。石家一向以忠厚仁善之道传家，哪受得了这个。

郭师傅一听原来是这么回事："石家的家事怎样我们不清楚，但三岔河口沉尸案年头要早得多，不见得与石家小姐有关。"

李大愣道："谁说不是呢，可这流言四起，恰似伤人的暗箭。三岔河口沉尸案一日没有结果，一日堵不上造谣生事这帮人的嘴。"

当时官面儿根本不理会这案子，况且官吏们只会趁机盘剥敲诈要好处，没几个真能办事儿的人，石家老爷也信不过这些狗腿子，人家只信得过"河神"郭得友，死尸又是郭师傅找到的，因此想请郭师傅查个水落石出。石家常年斋僧，凡是和尚到那儿化缘，准是好吃好喝地招待，临走还给几个香火钱。李大愣经常冒充僧人去那儿混吃喝，前两天听石家老爷念叨起这件事，李大愣脸皮厚，自称跟巡河队的郭师傅是结拜兄弟，从中间当个中人，替石老爷请郭师傅帮忙，郭师傅冲他李大愣的面子准答应。石老爷大喜，承诺事成之后，必有一番重谢。

郭师傅听李大愣说了经过，感觉有些为难，五河水上警察队只负责捞河漂子，一向不参与破案，何况那具女尸已经烧成骨灰埋到地下了，应该出在前清的事，一点线索没有，如今还怎么查？但郭师傅素闻石家修桥铺路多行善举，不忍让石老爷背这恶名，有心要帮这个忙，苦于不知从何处着手。

丁卯说："哥哥，这是好事，把三岔河口沉尸案查个结果出来，一来告慰死者在天之灵，二来还石家一个善名，咱不仅有份赏钱，还可以传名积德。"李大愣跟丁卯一通审叨，劝得郭师傅动了心，便答应留意寻访。虽然说事在人为，但到最后成与不成，却要看老天爷的脸色。三个人喝着羊汤，商量怎么做这件事，起码要查明这个女尸的身份，又是因何缘故被捆绑在铁坨子上沉在河底。说来说去，没个头绪，这就不是着急的事儿，只能找个时间，到五河水上警察队的库房里，仔细看看跟女尸捆在一起的生铁坨子，那是仅有的一条线索。

喝完羊汤李大愣就回家去了，郭师傅和丁卯也是闲着没事，溜达回河龙庙义庄。还没进屋就有人找来了，可出大事儿了，让他俩赶紧过去看看。原来海河边的老龙头火车站六号门斗脚行，死了不少人，还有更邪的，听说有人见到了河中的走尸。

六

此事说起来稀奇古怪，那个老龙头火车站，是现在的天津东站，火车站位置紧邻海河，从风水上说这位置是龙头。以前此地没有火车站，住着不少庄户人家，共有季家楼和火神庙等七个村子。清朝末年外国人开始在这儿修铁道、建货场，最初称为老龙头火车站，后来也叫老站。那一带曾是俄国租借，袁世凯带兵驻防天津，部队要坐火车到老龙头，俄国人不干了，说"这是我们俄国租借地，不是你们的地盘，你袁世凯的队伍从这儿下车可以，枪支武装必须解除"，袁世凯窝火带憋气，他惹不起俄国大鼻子，又咽不下这口气，一赌气干脆另外造了一处北站，不用东站了。

虽然有了北站，可老龙头火车站的位置好，至今仍是主站。天津这地方是海运、漕运、水陆码头的重要交通枢纽，平时停靠火车堆积货物的场地叫东货场，那个年代从老龙头火车站运出的煤炭，仅一年就有上百万吨，还不算别的各种货物，您就可以想想老站的货场有多大。老龙头火车站的东货场有围墙，没围墙夜里容易丢东西，东货场围墙上开了八个大铁门用于进出，依次有编号，由北向南分别是从一号到八号，周围住的人家几乎全是脚夫搬运工。拿老话说，搬运工吃的是脚行这碗饭，脚行按八个铁门分成八伙人，人数多的上千，少的也有两三百，逐渐形成了行业垄断，外人不许插手。可都知道这是块肥肉，谁看着不眼红，凭什么你吃不让别人吃？

如若说起脚行，在天津卫可是由来已久，九河下稍作为南来北往的交通要道，从宋金时期开始有海运、盐运、漕运。明成祖迁都北京，在天津设卫，河运是保证朝廷运输的命脉。比如北仓南仓，那是朝廷的储备粮库，芦台产盐。清朝以来盐商多，盐陀桥是当年盐运的据点，所以几百年来做买卖从商的多，驻军也多。庚子年赔款割地，外国列强逼着满清朝廷，将天津卫的城墙城楼拆除，就是不让你有防御能力，此后划分了九国租借，交通运输更是进入了规模空前的鼎盛时期，搬运东西装货卸货全需要人力。这就是脚行，在三百六十行里，脚行是一大行业。

有行业就有规矩，尤其是这种发展了几百年的传统行业，行规简直大过了王法。起先由县衙给四面城划定地界，指定专人应差，别看搬东西这活儿吃苦受累甚至要命，还不是谁想干谁就能干，俗称"官脚行"，清末又出现了由混混儿无赖地头蛇把持的"私脚行"。

外国列强建造老龙头火车站，拆平了河边的七个村子，那时拆迁给不了多少钱，官府也不给他们保障性住房。当地老百姓没了家，官逼民反，有人开始聚众闹事，趴铁轨拦火车。官府一看拿这帮钉子户没辙了，被迫答应这七个村子的人成立私脚行，老龙头火车站东货场的活儿，全交给这七个村脚行来做，由官府发给龙票，龙票等于是官方授权的证书或执照，这才把事态压下去。东货场从一号到八号，总共有八个大铁门，七村脚行一个村占据一个大铁门，剩下一个也不能分成七份，只好分给外来的脚行。各自铁门里有什么活儿干什么活儿，有活儿干活儿，没活儿挨饿，这等于分好了地盘，互相之间不准越界，越界便视为抢饭碗，逮着可以往死了打，哪怕闹出人命，官府也不会追究。

外来的脚行为了到东货场抢活儿干，经常跟老站这八股脚行发生械斗，八号门的脚行之间相互也有争斗。旧社会争脚行打出人命，简直是家常便饭，这一次争脚行，双方死伤了上百人，当天打完了，两拨脚行清点人数，算上横尸就地的死者，数来数去对不上人数，怎么数都多出一个。

七

争脚行死了人可不出奇，老百姓只要有口饭吃饿不死，再苦再累，不逼到绝路上他不会造反，敢造反的人全是走投无路实在活不下去了。古往今来，莫不如此，脚行属于社会最底层。在东货场干搬运的这些人，一个钩子一个垫肩一身破棉袄，便是全部家当，没有多余的工具。每天要扛四五百斤的木箱，在一丈多高的跳板上弯着腰来回走，稍不小心摔下来非死即残，汗珠子掉地上摔八瓣儿，白天累死累活，晚上睡觉有间窝棚住就不错了，铺着地，盖着天，头底下枕块砖。吃饭吃的是橡子面杂合面，吃糠咽菜，一天两顿只管七成饱，可当时天灾人祸不断，各地逃饥荒的难民全往城里涌，就这种不是人干的活儿，还有的是人争破了头抢着干。

有一种地痞流氓专门吃脚行，这种吃脚行的无赖叫把头，他们世代相传，平时也不干活儿，平地抠饼，抄手拿佣，坐等着分钱。脚行采取当日分账，干完活儿就结钱，这笔钱一多半得给这些把头，等于是交保护费，由把头们保障这块地盘，不让外来的帮派势力侵入。把头给脚行定了许多狠毒的行规，一股脚行相当于一个帮派，不守规矩驱逐出去的人，别的脚行也不许收留，更不准私自揽活儿，争脚行说白了就是争夺搬运地盘。

这次争地盘的两股脚行，一股是六号门里的火神庙，另一股是山东来的钩子帮。火神庙是还没造老龙头火车站那时候当地的一个村名，村民们打清朝末年就在东货场六号门做搬运，有世代相传的龙票，别看龙票是前清的玩意儿，却证明火神庙帮祖辈儿起便吃六号门这碗饭。抢这块地盘跟抢人家祖坟差不多，山东钩子帮是外来的一大势力，以逃难过来的难民为主，也全都是父兄子弟。这些人非常抱团儿，打架不要命，受几个混混儿无赖的挑拨，来六号门抢地盘争脚行。

怎么抢呢？起初无非是寻衅挑事，人家火神庙的经常争脚行，对这种情况习以为常。既然来争，那就按规矩办，两边的把头让劳工们抽死签，抽到谁谁就上，双方是一个对一个，定好了日子，当晚各带数百人，来到东货场六号门的河边空地会面。

这天晚上月光明亮，按照老规矩，钩子帮先出来一个，自己往自己肚子上捅一刀，划开肚皮，拽出白花花的肚肠子给对方看。火神庙那边一看，可以啊，也派出来一个，要比对方那个人还狠，上去拿菜刀把自己胳膊砍下来一条，血如泉涌毫不在乎，还拎着刚砍下来的胳膊，亲自摆到钩子帮那伙人的面前："送各位一份见面礼。"

钩子帮不能示弱，因为稍一含糊，往后别想在这地方混了，也得接着派人。双方各出狠招，你砍胳膊、我卸大腿，到后来干脆支上一口滚沸的油锅，等热油煮开了，投进去一枚铜钱，火神庙派出一个人，光着膀子伸出胳膊往滚油锅里捞铜钱，即使动作再快，捞出铜钱之后那条胳膊也炸熟了，照样面不改色。钩子帮也出来一个脚夫，站到热油锅跟前正琢磨呢，要怎么做才能不输给火神庙，钩子帮的大把头便在后头飞起一脚，把这名脚夫踹进了滚开的油锅。

火神庙脚行一瞧钩子帮有种，敢往油锅里扔活人！既然划下道儿来了，双方就比着往油锅里扔活人。那活人下到油锅里，冒股黑烟这人就没了，到锅里捞只能捞出些残余的油渣，那也不带眨眼的。比来比去，谁比不过谁就输了，输的那方就要把地盘让出来，或者让对方插上一股。

比到最后分不出高低，想不出比活人下油锅更狠的招儿了，文比不分高低，接下来是武比。一个对一个斗狠是文比，两拨人抄家伙群殴是武比。火神庙脚行都使地牛和斧头，钩子帮则用拉货箱的铁钩和棍子，两拨人在河边打在一处，拼个你死我活，直打得血肉横飞，死伤了一百多人，地上倒下二十来具尸体，伤的缺胳膊断腿，一个个都跟血葫芦似的。

闹得这么厉害，官面儿上也是睁一只眼闭一只眼，因为货场码头的脚行之争，从前清以来官府就默许了，不管死伤多少人，各双方脚行自行承担。后来山东钩子帮扛不住了，停下械斗，答应不再插手东货场六号门，火神庙这边一看对方服了，也不死缠烂打，死伤各安天命，过后绝不寻仇，还要掏钱给钩子帮买药治伤，以及安葬死者。

两拨人住手不打了，裹伤的裹伤，收拾死尸的收拾死尸，一点人数对不上，地上应该有二十二具死尸，数来数去是二十三个。那死人大多满脸鲜血面目全非，天色也晚了，大片乌云遮蔽了明月，云阴月暗，辨认不出谁是谁，但活人有数，地上的死尸怎么数都多一个。

火神庙把头对钩子帮把头说："贵帮没数错吧，是不是刚才跳油锅里的多算了一位？"

钩子帮把头说不能够，跳油锅里让热油炸没了的人，你我双方各有两人，这还算得错吗？可地上多出来的死人究竟是谁？

东货场在老龙头火车站旁边，货场临着海河，大铁门一关，外人绝对

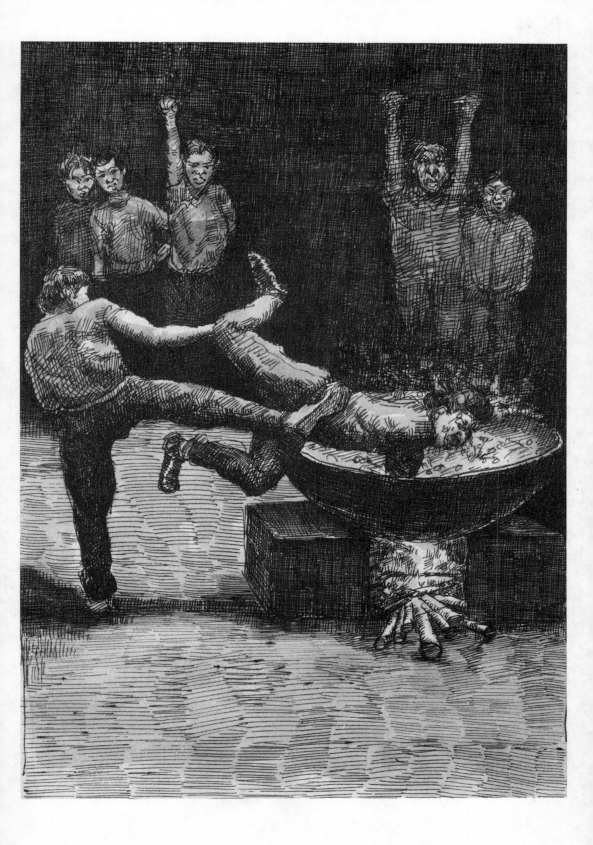

进不来，多出来的一个死人，肯定是双方脚行的人，两拨却都说没这么个人。点上马灯、火把，抹去死尸脸上血迹逐个辨认，发现地上多出来的那具死尸谁都没见过。这死人是个男子，黑衣、黑裤、黑棉鞋，衣服硬得像铜钱，指甲犹如铁钩，满身河底的淤泥，湿漉漉的都是水，好像刚从河里出来。

八

火神庙脚行有个小伙子，战战兢兢地告诉把头，天黑后双方斗得正激烈，混乱中他看见有个人从河里走出来，月光朦胧也看不清楚是谁，还以为是哪个脚夫被人打进河里，自己又跑上来了。此时一看，从河里爬出来的人，竟是这个"河漂子"。

这淹死在河里的人自己走上来，岂不是变成行尸了？脚行的人们全吓呆了，之前争脚行斗得白刀子进去红刀子出来，连眉头都不皱上一皱，但旧社会的人迷信，看见河中出来行尸，都吓得不知所措。还是火神庙脚行的一位老把头有见识，据他说当初修老龙头火车站，铲平了海河边好多坟头，先把棺材从坟里刨出来，准备迁去别的坟地掩埋，有些棺材当天没来得及迁走，暂时放在河边野地里。转天去搬取的时候，有一口棺材空了，看棺材盖子是从里面顶开的，棺中死尸不知去向。有人说是变成僵尸跑进河里去了，也有人说是盗贼开棺毁尸，因为是没主家的坟棺，当时无人往下追究，就这么不了了之了，说不定这河漂子正是坟中死人变成了行尸。迁坟时跑进河里躲了起来，刚才被脚行争斗的血腥气吸引，从河里爬上来了。之前有月光，借着月光的阴气它就能动，这会儿乌云遮月，行尸才倒下不能动了，河漂子没法烧，赶紧叫人去通知巡河队。

脚行忙着派人去找五河水上警察队，剩下的搬走死伤之人，谁也不敢动那个多出来的河漂子，又担心等会儿月亮出来，这河漂子突然起来，那还不把人吓死？商量来商量去怎么办呢？老把头把祖上的龙票取出来，拿块砖压到那死尸脸上。这大清龙票有官府压印，以前认为这种东西可以镇邪，压在脸上这个死人就不能动了，火神庙脚行留下两个守尸的脚夫，其余的人都撤了。留下的两个人，守着地上的死尸，眼看天上的乌云散开，月光又照下来了，不由得怕上心头。

这两个脚夫提心吊胆，不敢离近了，站到远处守住，看河边有条小蛇，抓过来压在石头底下，俩人用树枝逗弄那蛇解闷儿。俩人还互相说用不着怕，好歹有龙票官印按在河漂子脸上，能出什么事？

说是这么说，却不放心，他们心里想不看，可是忍不住，往横躺在地的死人身上这么一看，俩人同时一拍大腿："大事不好！"

原来忘了一件要命的事，这死尸身上全是泥水，龙票是一张黄纸，上头压着朱砂官印，那纸可不能见水，放在死尸脸上没多久，已经让水浸透了，上面的官印全模糊了。龙票是老龙头火车站六号门火神庙脚行祖传之物，没这龙票在脚行里立足都不硬气，这可要了命了。两个脚夫急忙扔下蛇，跑过去把湿透的龙票揭下来，但那龙票年代久远，湿透之后不成形，一揭就烂了，俩人心里正叫着苦，就看仰面躺在地上的死尸睁开眼了。

朦胧的月光照到那死人脸上，让人一看就是心中一寒，两个脚夫惊得魂飞魄散，口中叫声"我的个亲娘姥姥啊"，俩人是掉头就跑，耳听那行尸在后面追上来，这两位都吓蒙了，哪敢再往身后看。

东货场六号门另一侧紧邻铁道，俩脚夫在前头跑，行尸在后头追，追到铁道上正赶上过火车，也是这两个脚行的人命大不该死，驶过来一辆装煤的火轮车，把那个死尸碾到了铁轨上。等巡河队的郭师傅和丁卯赶来，铁轨上的死尸脑袋都被碾没了。

听脚行的人说了经过，郭师傅也不敢信，毕竟这是一面之词。你怎么知道不是两拨脚行的人械斗，误伤了外人，故意用河中行尸遮掩事实，但这些不归巡河队管，应该找警察来处理。这次火神庙脚行同山东钩子帮相争，死伤那么多人，在以往的脚行争斗中也不多见，警局为此抓了一大批人。郭师傅看山东钩子帮无以为生，在运河码头上替这些人找了活儿干，火神庙和钩子帮两股脚行深感其德，当时他看见河边有条小蛇让石头压住了，是那种不咬人的小草蛇，也是一时好心，把石头搬开，放这小蛇逃走。然而铁轨上碾掉脑袋的行尸，又到底怎么一回事？

这说法可多了，河里僵尸跑上来，是传得最多的说法。还有一说，是有凶徒打闷棍作案，打倒了一个外地老乡，本想抛尸河中灭迹，不料想死尸怎么也沉不下去，恰好看到东货场斗脚行，便把死尸拖进来充数。结果两拨脚行一点人数，地上躺的多出来一个。那人还没彻底咽气，躺一阵子缓过来，以为是那俩脚夫害他，追上去要去找这俩人拼命，结果被进站的火车撞死了。这是比较靠谱的说法，不过也没得到官面儿上证实，后来这消息不胫而走，在民间传来传去，许多人都信以为真了，各个说得好似亲眼所见一般，解放前老龙头火车站闹僵尸的传言，正是由此而来。

第五章　吴老显菜园奇遇

一

河神郭得友，一辈子最怕别人提他这绰号，无非在巡河队捞河漂子凭着出苦力挣碗饭吃，自问何德何能敢称"河神"？

起初想不通，后来想明白了。自古有神圣贤能之分，身负一技之长有真本事，这样的人可以算是能人，贤人不能单有本事，须是德才兼备，说白了可以辅佐君王治国安邦平天下，圣人则是没挑儿的完人，这个人超凡绝伦才能成圣。文圣孔子，武圣关羽，那就近乎于神了，吃五谷杂粮的人被称为河神，这得损多少寿，折多大福？

丁卯经常劝郭师傅："师哥你想太多了，无非是个绰号罢了，别的不说，《水浒传》里那些好汉，绰号带神的也有三五位，人家怎么没事？"

郭师傅说："什么叫没事？水浒一百单八将有几个得了好结果？再说人家是天罡地煞下界，死了回去接着当星君，我一个巡河队捞浮尸的，怕是上辈子没积德才做这行当。你要想让你哥哥我多活几年，咱就别提'河神'这俩字。"

郭师傅嘴上是这么说，脾气秉性可改不了，见不得不平之事，见了必管。在三岔河口发现沉尸以来，"河神"这名号算是叫开了，他正是从这儿开始走霉运的。老龙头火车站闹僵尸之后，李大愣又来催郭师傅，问三岔河口沉尸案的线索，他是惦记着石财主许下的那份钱。郭师傅心里也放不下这件事儿，便带着他和丁卯到巡河队的库房里看那个铁坨子，剥去锈蚀，发现这生铁坨子上刻着几行古字。仨人看了半天，一个字也不认识，另外这生铁坨子轮廓怪异，瞅着像一个圆脑袋长身子的动物，可在河底年头多了，锈苔斑驳，认不出是个什么东西。

郭师傅寻思这东西怕是一件镇河的古物，老辈儿人里或许有谁认识，如今只能去找那位卖药糖的老头问问。

提到这位卖药糖的老头，人称吴老显，论辈分郭师傅要管他叫一声师叔。此人腿脚不好，走路需要架拐，常年在城西北角楼下的城隍庙摆摊，以卖药糖为生。

咱先说说这药糖是什么，药糖可不能当药吃，那是旧社会的一种零食，现在卖这种东西的已经很少了。所谓药糖，一般是在熬好的砂糖中加入各种药材，比如砂仁、豆蔻、薄荷、鲜姜等，再切成小块，脖子上挎个玻璃匣子沿街叫卖。谁要几块，就拿竹夹子从玻璃匣中取出包好了递给人家。

早年间卖药糖的人大多有一手绝活儿，每个人又不一样，各有各的本事。卖药糖时要施展绝活儿吸引主顾来买，没这本事只凭卖药糖连西北风也喝不上，当年有这么几位卖药糖的师傅，堪称一绝。头一位叫蹁马李，李师傅会玩车技，开卖之前口讲指画，内容随口现编，唱几句通俗易懂的戏文典故，往往是信口开河、漫无边际。然后表演自行车绝技，别看他挺大个草包肚子，动作却真是干净利索，什么张飞蹁马、金鸡独立、八步赶蟾、镫里藏身，这些全都不在话下。他还能在车上拿大顶翻跟头，以此聚拢过往行人，等看热闹的人聚多了他再开始做买卖，边吆喝边卖，声音通透悠扬，听着像三伏天吃块冰镇西瓜那么舒畅，吆喝起来一套一套的。比如："香桃那个蜜桃，沙果葡萄，金橘那个青果，清痰去火，橘子还有蜜柑，山药仁丹，苹果还有香蕉，杏仁茶膏，樱桃菠萝烟台梨，酸梅那个红果薄荷凉糖，吃嘛有嘛。"

蹁马李是一位，另一位是叫王大哈，走街串巷。卖药糖有身行头，打扮得犹如士绅名流，头戴旧礼帽，身穿破洋服，脚踩一双开了嘴的破皮鞋，鼻梁上架一副缺条腿儿的金丝边眼镜，缺腿儿那边用绳子套到耳朵上，吆喝叫卖声打嘟噜，含混不清，到处装疯卖傻，从没有人见他笑过，车上挂个铁笼子，里面装着两只小松鼠，能按人的指挥做各种动作。王大哈不管走到哪儿，身后总跟一群小孩起哄看热闹，属他的茶膏糖卖得好。

再说这位吴老显，腿脚不好走不了路，每天坐在西北角城隍庙前，支起一口熬糖的铁锅，几张长条桌上摆满了各种中草药，当场熬制，一边熬汤配药，一边讲解每味药糖的功效，往往也是信口开河，还说当年黎元洪大总统最爱吃他的药糖，每个月都要买几十块钱的。要不然他就说《三侠剑》，这套书里的主要人物有三个侠客、三个剑客，合称三侠剑，讲的是大清康熙年间，以南京水西门外十三省镖局的昆仑侠胜英为首的英雄义士，捉拿各个山川海岛洞窟的绿林盗贼，这套书说得那叫一个热闹。吴老显腿没坏的时候会功夫，对江湖上的事了如指掌，所以说这类短打的评书说得最好，连说带讲还拿手比画，听起来格外引人入胜。每当说到热闹的地方，便打住不说，开始叫卖他的药糖，那些听故事的人们听上瘾了，等不及了要听个下回分解，纷纷掏钱来买，什么时候药糖卖得差不多了，他才接着往下讲。郭师傅要打听绿毛女尸的线索，找谁打听是个问题，思前想后，如若整个天津卫只有一个人知道，这个人也该是吴老显。

二

当天郭师傅带着两个兄弟，把铁坨子上的字照葫芦画瓢描下来，拿到西北角城隍庙，请吴老显看看，能不能认出这是什么东西。李大愣很是不解，吴老显不过是个卖药糖的，能知道这种事？郭师傅说："我师叔办案的时候还没你这一号呢，等见了面你就知道了。"三个人找到吴老显，郭师傅口称师叔，"今天您也别做买卖了，咱找个地方喝二两，我们哥儿几个有些事想跟您请教请教。"

吴老显说："那敢情好，你师叔我正馋酒呢！"说完话，让丁卯帮忙把糖锅收了，就近找了个吃涮肉的小馆子。还不是吃饭的时候，店里没什么人，四个人拣屋里墙角落座，招呼伙计支起炭炉，端个大砂锅架上，毛肚、百叶、肉片、青菜各拿几盘，打了两壶冷酒，天越热越要吃涮肉，吃完出身透汗泡澡堂子。那年头涮羊肉不是好东西，不入席，就是简单省事。郭师傅这些人也没什么钱，平时只来这种便宜的涮肉小馆。

郭师傅对吴老显说："师叔您还不认识，这胖和尚是在南市混的李大愣，也算我和丁卯的兄弟。"

李大愣赶紧给吴老显满上一杯酒，说道："郭爷、丁爷是我两位哥哥，我也跟着他们叫您师叔了，往后您有什么地方用得着我，尽管言语一声。"

丁卯说："李大愣你别狗掀帘子光拿嘴对付，一会儿吃完饭你把账结了，比说什么都强。"

吴老显说："行了，咱爷儿几个还有什么可见外的，直说吧，我一看你们来就知道是什么事儿，是不是冲着三岔河口沉尸案来的？"

李大愣说："哎哟，敢情师叔您未卜先知，除了卖药糖还会算卦，怪不得二哥要来请教您。"

吴老显干笑两声说："三岔河口沉尸案街知巷闻，我天天在外头摆摊卖药糖，能没听说吗？"

丁卯挑起大拇指说："师叔，您还是那么英明。"

吴老显摆摆手："不行了，腿不行，人也老了，身子一天不如一天，怕是没几年好活了。咱言归正传，别扯闲篇儿了，你们真是为了三岔河口沉尸案来的？"

郭师傅把整件事情详详细细地给吴老显说了一遍，请吴老显看看那铁坨子上的字迹。吴老显看得两眼直勾勾的，半晌才回过神来，告诉那哥仨儿："这铁坨子是只铁虎，铸在上面的字应该是——铁能治水，蛟龙远藏，唯金克木，永镇此邦。海河经常发大水闹洪灾，相传蛟龙怕铁，官府就造了铁铸的九牛二虎一只鸡，作为镇河之物，有的埋在地下，有的沉到河中填了河眼，这尊铁虎是其中一个。"

丁卯说："那可崴泥了，我们就担心这铁坨子是镇河的东西，从河底下取出来会招灾惹祸。"

李大愣奇道："三岔河口那具女尸是河妖？"

郭师傅看吴老显脸色不对,像是想起了什么事,让那俩兄弟别插嘴,请师叔给说说到底是怎么个因由。

　　吴老显两杯酒下肚,给这哥儿仨说了段惊心动魄的往事。三岔河口底下本来没有女尸,那河底下应该只有那尊铁虎。这九牛二虎一只鸡镇风水也是早年间的传说,那还是在明末嘉靖年间,填上河眼该发大水仍发大水,后来各处河眼地眼具体位置逐渐失传,也没什么人信这种事儿了。当年官府剿灭魔古道,有本记载妖法邪术的奇书流落民间,害死了不少人,三岔河口沉尸案很可能跟这件事有关。

　　说起来这是十多年前的事了,那时候吴老显的腿还没坏,他以前当过镖师练过武,清末就是公门中的捕头,到了民国初年,捕快改称踩访队,踩是跟踪追击,访是指打探消息,相当于警察部门的便衣侦缉队,旧社会叫俗了叫踩访队,专管捉拿贼匪凶犯。有天半夜,他追查一个案子,在菜园里碰到了一个妖怪。

<h2 style="text-align:center">三</h2>

　　吴老显遇到妖怪的菜园不在别处,就在李公祠后面。天津卫有片古建筑叫李公祠,盖得好赛王府一般,是北洋军阀李纯李督军的家庙,占地将近百亩,气势宏伟,古香古色,直到今时今日,大体上依然保存完好。整个宅邸坐北朝南,正门外有石狮华表,还有石牌坊、石人石马。进了大门先是花园,然后是头道院,依次有前中后三座殿,东西两边配殿相衬,三座大殿巍峨壮观,从内到外雕梁画栋、金碧辉煌。府内还有浮雕着玉龙夺珠的戏台,四周回廊相通,透着王宫内院的气派。解放后,李公祠改成工人文化宫了,后来又成了旧书市场,这几年也不是免费开放了,进去参观还需要买门票。列位,这座李公祠里头可有一怪,我要不说您注意不到,我一说您准觉得奇怪。

　　怪就怪在李公祠里的布局一反常规,别的宅院府邸,花园一律在后头,皇帝住的皇宫也是如此,唯独李公祠这套大宅院,花园设在一进门。进前门要先穿过花园才能去别的地方,天底下再没第二家是这样的,所以这地方风水不好。李纯李督军到头得了个横死的下场,不能说跟这座府邸的格局没有任何关系。

民国初年，民间流传着两句话"南方穷一省，北国富两家"，军阀李纯就是北国两家的其中一家。他当了好几年督军，那财可发大了。俗话说钱多烧身，钱多得不知道怎么花了，烧得他难受，一时心血来潮想起了自己的祖宗，决定大兴土木盖家庙，花了几十万现大洋，从北京买下了前清的整座庄王府，拆了之后原样搬到天津卫，木料、琉璃瓦全是最好的，按照王府格局盖他李家的家庙。当时有钱的财主流行买王府，买完先不住，而是拆了重盖，因为早几年有人拆豫王府的时候，拆出好多百余年前埋下的金银，别人瞅着眼红，谁不想发横财，所以买下王府即使不拆，也要大动大翻。

李督军为了造家庙祠堂，真是下了大本钱，也是请先生提前看好了风水格局，花园自然是在后头，没承想盖到一半出事了。有人背后议论，说李家祠堂盖得像宫殿，这位督军是不是有什么大野心？李督军这才注意到祠堂盖得超出规格了，前中后三座殿，周围有护祠河，后头还有个花园，真跟皇宫似的，可也不能拆了，那钱不都白花了？有人就给他出个主意，把花园挪到前边来，这不就避嫌了，李督军只好照办，却忽略了李公祠形势逆反，犯了风水上的大忌讳。

家庙祠堂盖好之后不久，他便在督军府遭手下开枪射杀身亡，时年四十六岁。真相众说纷纭，至今没有定论，据说是李督军苦于没有子嗣，多纳妻妾，做梦都想生儿子。其中一个姨太太为了争宠，暗中买通了一个马弁，偷着跟这马弁睡觉，想借个种怀上孩子，然后冒充李督军的血肉，母凭子贵，她也能跟着得宠。不料一天夜里，这位姨太太正和马弁幽会，李督军突然从外地回来，撞破了奸情，马弁心慌之余，掏枪打死了李督军，对外隐瞒实情，只说是猝死。要真是这样，也算应了阳宅风水格局逆反的凶兆，以至于出了以下犯上的灾祸。

李家衰败之后，李公祠也跟着荒废了，当时连打更的人都没有，祠堂后面本是大片菜园，有些老乡在这儿种菜，那时同样荒了。人们都说这地方风水不好，秋天让那冷风一刮，枯枝蒿草沙沙作响，不时传出癞蛤蟆和蟋蟀的叫声，附近的人们大白天也不敢上这边来。

四

当时城里城外总丢小孩，丢了便找不回来，一开始传言是有拍花子的拐子，踩访队的人到处蹲堵。城里查得严，自此太平无事，城外一些村庄又开始丢小孩，乡下人少，来个外人就容易引人注意。经过走访，逐渐得知丢孩子的地方，都有村民看见过一个来路不明的妇人。这妇人蒙着蓝布头巾看不到脸，身上穿的衣服长袍大袖，于是踩访队撒开网找这个人，虽然人手不够，但对付一个拍花子偷小孩的妇人，一两个人已绰绰有余。吴老显也是大意了，有天他自己一个人到附近村庄蹲点儿。

白天村民们大多下地干活，秋高气爽，田野里粗壮的高粱，顶着大红帽子。乡下有这么句话，三春不如一秋忙，收庄稼的时候农活最忙，往常干完活儿就睡觉。农村人睡觉都早，白天干完农活，回家吃了饭，天一擦黑就睡觉，一是累了一天，二是节省灯油。

这天的情况却不一样，村里几家地主出钱请来戏班，在村头搭了台子唱戏，因为那时田地多的大户人家，一到秋天，自家的农活忙不过来，必须临时雇些帮工，管吃管喝给份钱。农活儿非常辛苦，出的是大力，忙活完了之后，几家雇人的主家往往会掏钱请戏班子，来村里演几出戏犒劳帮工，村民们也跟着沾光，附近村的人全跑过来看。上演的戏码主要以打戏居多，文戏光听老生哼哼唧唧在那儿唱，村民们不喜欢看，也看不懂，男女老幼全都爱看武戏，因为打的热闹，看着过瘾。当天演的戏码是"钟馗嫁妹"。

别看是乡下戏班，最拿手的就是唱这出儿，行头也不简单，连人带马二十多位。旌旗、锣鼓、伞扇轿子，一应俱全，钟馗赤面红须，钟妹秀丽花俏，送亲的小鬼儿们奇形怪状，演起来真叫一个热闹。从日暮演到掌灯方散，村民们天黑看戏，睡的也晚。吴老显当天没访到什么线索，傍晚混在村民里看戏凑热闹。乡下地方，晚上没人打更值夜，村头的戏散场之后，大约是二更天不到三更，一轮皓月当空，村子里一片寂静。

吴老显看戏看得出神，竟然忘了时辰，戏散时不知不觉都二更天了，也没法回城了，就在村里借宿了一夜。第二天又闹肚子，耽搁了半天，下午赶着回城，一路奔着南门走。人烟渐渐稠密，路旁有卖菜卖蒸饼的，沿途有稀稀落落的行人，有负担的也有推车的。时候可不早了，日头将要落山，这天要黑还没黑，他走着走着，感觉腹中饥饿，肚子是不疼了，可还没顾得上吃东西，摸出钱来买了几个热蒸饼。当地说蒸饼要说成蒸饼儿，白面裹着豆沙馅儿，放在笼屉上蒸熟，在路边现蒸现卖。吴老显买了几个想充饥，付过钱拿到手里，边吃边往家走，刚咬了一口，就看路上走过来一个妇人，身穿粗布衣衫，宽袍大袖，脑袋上戴着头巾，粗布大头巾整个裹住脑袋，在下颌打了个结。旧社会的妇道人家，穿成这样并不奇怪，那妇人低着头看不见脸，走得十分匆忙，跟吴老显擦肩而过。

吴老显那双眼可不是吃素的，一看这妇人的身形，与传言中那个拍花子的人贩子颇为相似，心里先是一怔，就这么一愣神的工夫，那妇人从身边走过去了。他扭头从背后看了几眼，却不敢直接过去将那妇人揪住，他好歹是踩访队的头儿，万一误认错了，被当作调戏妇道人家，那就叫"满口排牙辨不明，浑身是嘴讲不清"，跳进黄河也洗不干净了。

他为人处世一向谨慎沉稳，没把握的事向来不做。暗自思量，不如先从后头跟着这妇人，看看她往哪儿走到哪去。打定了主意，暗地里在后尾随，发现这妇人进了城，专拣没人的小胡同走。

五

此时天色已黑，金乌西沉，月亮升起来了，吴老显心中更加疑惑，跟着那妇人东拐西绕。眼看走到了李公祠后的菜园子，这地方根本没人住，一个妇人天黑之后到荒废的菜园子里做什么？吴老显心说这也是阴差阳错，要不是在村中看戏转天又闹肚子耽搁到这时候才回，还真遇不上这个人，不管这妇人是不是拍花子偷小孩的拐子，我先拦住她问问再说。

吴老显想到这儿，加快脚步追到那妇人身后，想招呼一声让对方停下来，只要这妇人转过脸来，就能看到她到底长什么样了。谁知那妇人走在前头，离着不到三五步远，突然就不见了。

吴老显心中一凛，忽觉身后有股阴风，赶紧掉转身形，就看那妇人正站在他身后。天上虽然有月光，但那妇人在头巾下的脸，却仍是黑乎乎

的，好像根本没有一样，只能感觉到那张脸上的双眼，放出两道凶光，同时伸出两只长满了毛的大手，一把掐住了吴老显的脖子。

吴老显吃了一惊，看对方这两只手皮肤粗糙、指爪锋利，先前被宽大的衣袖挡住看不见什么样，直到伸出来才发现，这根本就不是人手。

那时候的吴老显少言寡语，话不多，能耐可不含糊，得过通背拳的传授，功夫底子很深，总是不声不响地办大事。一路跟踪到李公祠的菜园里，发现这妇人竟是一个他从来没见过的东西，也不知是什么怪物。那妇人两只大手跟两把铁钳相似，猝然抓住吴老显的脖子往死里掐，同时嘴里发出夜猫子般的怪叫。

吴老显大吃一惊，但临危不乱，脚底下使出连环鸳鸯腿，踢到那妇人身上，将她从面前蹬开，自己也借力退出几步。这个身穿旧袍头巾裹脸的妇人，不等吴老显站稳脚步，带着一阵怪风又扑到近前，在月下的荒菜园中，身形诡异，直如一缕黑烟。

吴老显看出对方是要置自己于死地，手下也不容情了。一伸手把插在背后的大烟袋锅子拽了出来，这烟袋锅子前头是个很沉的大铜疙瘩，平时抽烟叶子，遇上危急还可以用来防身，当即抡圆了狠狠打去。

那妇人伸过来的手爪，让吴老显的烟袋锅子打个正着，"嗷"的一声惨叫，连忙缩手。吴老显的烟袋锅子却没停下，不管青红皂白三七二十一，只顾兜头乱打。那妇人见势不好，返身要逃，但转身的一瞬间，头顶重重挨了吴老显一下，顿时鲜血飞溅，步履踉跄歪斜，跌跌撞撞地拼命逃窜。吴老显哪容这妇人脱身，在后面紧追不舍。

李公祠后面的这一大片菜园，好多年前还有人在这里种瓜种菜，后来水流改道，菜园子就此荒废了，田垄间长满了杂草，月夜之下，荒烟衰草，满目萧条凄凉的景象。

如果这个妇人头顶没挨那一记烟袋锅子，早就甩开了吴老显，奈何伤势不轻，只在荒芜已久的菜园子里逃出几步，已被吴老显从后面赶上，一把扯掉了头巾，露出一直遮着的脸孔。月光底下看得分明，这张脸竟比一般人长了一半，不仅脸长，嘴也大得出奇。

六

吴老显心里虽有防备，当时也不禁吓得冷汗直冒。那张怪脸上全是鲜血，在月光底下更显得诡异骇人，那鼻子那眼倒也和人一样，可脸形太长，像驴又像马，嘴里是白森森的獠牙。这东西被追得走投无路，张开两条全是毛的长臂返身回扑，吴老显借着月光看出了它的面目，竟是只人立行走的老马猴。马猴是民间的说法，旧社会大人吓唬小孩，总提这东西，说再不听话，就让老马猴抓走吃了。实际上，这是近似山魈或是山猿的灵长类，下半截脸奇长无比，在猿猴中也属罕见。

吴老显万没想到，这马猴已通人性，能够披上衣服、裹上头巾，扮成个妇人模样在路上行走，心中又惊又奇，稍一愣神的工夫，那马猴扑到面前了，吴老显躲闪不及，身上被抓出了几条口子，皮开肉绽鲜血淋漓，烟袋锅子掉在地上，急切间赤手空拳跟那猴妖撕扯到一处，不承想身后有口枯井，吴老显一脚踏空，立时跌了下去。

菜园子荒废之后，这枯井的井口被乱草挡住，吴老显只盯着那个猴妖，没留意菜园子里还有枯井，而这猴妖一直将枯井作为它的藏身之所，竟是有意将吴老显引来，要把这个人推到枯井里摔死。

吴老显掉下枯井，两手可没撒开，那猴妖也是挣脱不开，双方你揪着我，我抓着你，翻着跟头一同摔向井底。面临生死关头，吴老显不得不豁出性命相拼，以往多少年来五更爬半夜练就的苦功，这时候发挥了作用，半空中使一个云里翻身，在下落的同时将那马猴按到了身下，刚转过身就落到井底了，"啪"的一声闷响，那马猴摔得骨头碎裂，血肉横飞。

枯井干了多年，石壁溜光，半点水也没有，马猴是大头朝下落向井底，当场把脑袋撞进了腔子。吴老显落在马猴的尸体上，勉强捡回条命，腿骨却摔碎了，疼得昏死过去。等他醒转过来，眼前漆黑无光，身上刚好带了火折子，摸黑晃亮了，一看这井底下除了那猴妖的死尸，还死了一个老头。刚才这个老头的脑袋，跟从井上掉落的猴妖脑袋撞在一处，当场撞开了花，脑浆子流了一地。

枯井底下还有不少小孩的骸骨，估计城里城外丢小孩的案子，全是这一人一猴所为，吴老显从那老头的死尸身上搜出一本破破烂烂的古书，井底下黑灯瞎火，他也没有细看，顺手揣到怀里，忍着腿骨碎裂的疼痛，两手交替爬上枯井找人相助。出去翻开这本书一看，里面尽是古怪无比的妖法邪术，封面上没有字，只画着一朵白色的莲花。吴老显知道当年白莲教起兵造反，官府严拿各地会妖术邪法的人，那时此地出过魔古道，假借天书之名留下一卷记载妖术的奇书，魔古道被官府剿灭之后，这本奇书落在民间，让一个耍猴的江湖艺人意外找到。这耍猴的以前就常做拐卖人口、偷坟挖墓的勾当，驱使一只老马猴到处偷拐小孩，偷来之后贩卖到外地，他把没卖出去的孩子，或是收为徒弟，或是掐死在枯井之中，然后埋尸菜园。案子虽然破了，吴老显的腿也废了，从此没法再吃公门饭，便在西北角城隍庙前摆个摊子卖药糖度日，当时这丢小孩的案子算是破了。

郭师傅和丁卯知道吴老显做过捕头，还当过踩访队的头儿，这辈子破过无数大案，可也是直到这会儿，才听他说起在李公祠菜园遇妖的事情，原来师叔两条腿是那时候废的。

李大愣更是听得心服口服外带佩服，连连给吴老显倒酒："师叔，那本记载魔古道妖法的奇书后来落到谁手里了？"

丁卯说："此等妖术邪法留下也是祸害，师叔当时您就该将它一把火烧了。"

吴老显说："是该烧了，要是当初给烧了，我也就不用再跟你们念叨了。"

七

当年吴老显菜园子除妖，从枯井爬出去，断腿疼得他额头上直冒冷汗。李公祠废弃那些年很荒凉，招呼了半天也没有人过来，他想起怀里还有本书，是从井底那个死尸身上找到的，掏出来在月光底下翻看了两眼。一看全是旁门左道的邪术，他忍住不敢再看了，担心看进去着了魔管不住自己。

此时听墙上蒿草窸窸窣窣作响，吴老显定睛观瞧，只见月下有个乞丐模样的少年，也就是十六七岁，正趴在李公祠的后墙上，探头探脑地往菜园中张望。这小乞丐多半是无家可归，晚上就翻墙住到李公祠的空宅里，听到动静探出头来观望。

吴老显对那小乞丐说："你别害怕，我是踩访队的办差官，掉到菜园枯井里把腿摔断了，你快去找人来帮我一把。"

那小乞丐闻言从后墙上跃下来，小心翼翼走到吴老显近前。吴老显借着月光看到那小乞丐的模样，长得倒是眉清目秀，可清秀中透着股贼气，而且面有异相。额前一字眉，两条眉毛连着长，目生双瞳，一般人是一只眼里一个瞳仁，此人却是一只眼中有两个瞳仁，两眼四瞳，几千万人里也不见得有一个这样的。按相法上说这种人有奇运，但又有一说，单眉重瞳，是短命小鬼相。

吴老显见这小乞丐一脸邪气，想起那本奇书还握在手里，他趴在地上站不起来，下意识地把书挪到身子底下压住。这一来却引起了那个小乞丐的注意。这小子两个眼珠子滴溜溜一转，说道："老师傅，你那是什么宝物，还要藏着掖着怕让人看到？"

吴老显说："哪有什么，只是一本破书，你快到李公祠前头的大街上叫些人来帮忙，我自有好处与你。"

那小乞丐说："咳，我当是什么，原来是本破书，看你伤得不轻，趴在荒菜园子里小心让蛇咬了，我先扶你坐起来再去找人。"

吴老显心想也是，刚才太多心了，这一个无家可归的小乞丐，只怕是字也识不了几个，我何必担心他看见这本书。

这时那小丐把两只脏手在自己身上抹了抹，弯腰作势要扶，突然一脚踢向吴老显的断腿。吴老显重伤之余不及防备，让那小乞丐踢中了断腿，疼得眼前一黑，发觉怀里那本书让对方抢了去，心说："不好，终日打雁却被雁啄了眼！"

吴老显两条腿都断了，一步走不了，断腿上又挨了一脚，疼得几欲晕厥，可他毕竟是公门老手，一辈子抓过无数的盗寇，经验丰富，总留着后手。眼看那小乞丐腿脚轻快，一闪身逃到了三五步开外，立即抖手掷出一条套索，这是前清捕盗差官传下的套法，一套一个准，绳索抖出去立时将那小乞丐拦腰套住，吴老显手腕子往后一用力，立时把对方拽了个跟头，也是看对方年纪小，所以手下留情了，没让绳套勒住对方脖颈，可只要他不撒手，那小乞丐插上双翅也跑不掉。

不想这小乞丐摔倒在地一声不吭，忽然抓起一团物事，对准吴老显劈头盖脸地扔了过来，惊声叫道："有蛇！"吴老显让他吓了一跳，急忙抬手拨开来物，恍惚间以为真是条蛇，掉在地上才看清是对方勒裤子用的破草绳。就这么一分神的瞬间，那小乞丐早已拖着套索，飞似的跑远了。

八

事后踩访队查出来，枯井中这个耍猴的，还有别的徒弟，经过搜捕抓住几个，审明案由全部毙了。据那几个徒弟交代，耍猴的在破庙里得了奇书，按照旁门左道的养尸术，找准地方打捞出镇河的铁坨子，拐来一个有身孕的女子压到河底。据说河里的沉尸能把地气吸尽，等将来这地方闹旱灾发大水，耍猴的再自称得道高人，当着人们的面儿把女尸从河中找出来，用这种迷信的办法聚敛钱财。至于耍猴的具体害死了多少人，那具女尸又沉在什么地方，让官府抓住的那几个徒弟也交代不清。

直到巡河队发现三岔河口沉尸案，街头巷尾哄传此事，吴老显在街上摆摊儿卖药糖，一听说这件事，他就觉得跟当年那个耍猴的有关。今天郭师傅哥儿仨过来当面一说，可以断定无疑了，而当年在李公祠菜园抢走奇书的小乞丐，是那个耍猴老头收的小徒弟，名叫连化青，沉尸填河的所在，仅有耍猴的师傅和他这小徒弟连化青知道。

当年官府派人接连搜捕了几个月，这个叫连化青的小乞丐却踪迹全无，也不知躲到什么地方去了，案子至今没销。吴老显腿伤难愈，改行卖了药糖，他在踩访队巡河队的几个兄弟还有惦记着捉拿连化青，可凡是查出些线索的人，一个个全都死得不明不白，后来就不敢再找这个人了，甚至有人说连化青是河妖，谁动他谁倒霉。转眼过去那么多年，吴老显以为要把这件事儿带进棺材里去了，没想到今天在涮肉馆喝多了，话赶话全讲了出来。

吴老显知道不说则可，一旦说出来，郭师傅和丁卯这哥儿俩准去找连化青，劝也是白劝，只好再三嘱咐道："连化青必定是改名换姓，躲在城中某个地方。此人心眼儿极多，如今恐怕更不得了，比起他那跑江湖耍猴卖艺出身的师傅强过百倍，你们今后万一遇上连化青，千万不可粗心大意。"

丁卯有一事不解，问道："师叔，要换了我是顶着案子的连化青，得了这本奇书，我一定远走高飞再不回来，怎么就断定这个人还在附近？"

吴老显说："一来天津卫是块宝地，周围总共有十二件镇河的宝物，地气极盛。他那些旁门左道的手段离开这里不得施展；二来去到人生地不熟的地方，也容易露出行踪，不像咱这地方是水陆码头，南来北往的行人众多。我看连化青狡猾万分，他自认为躲到他熟悉的闹市当中，反而不会被人找到。"

郭师傅和丁卯听完，暗暗打定主意："连化青如若躲在天津卫，哪怕是掘地三尺，想方设法也要把此人挖出来。"常言道"好狗看三邻，好汉护三村"，他们有这份担当，可只因起了这个念头，后面才有"恶狗村捉妖"，早些年说起此事，可谓无人不知无人不晓，太离奇了。为什么说连化青是河妖？究竟是不是人？往下看您就知道了。

河神

第六章　铁盒冤魂

一

　　说是要捉拿河妖连化青，可不知道上哪儿找去，吴老显那是黄土快没脖子的上岁数人，根本帮不上什么忙。官面儿上也没人肯查这么多年以前的旧案，郭师傅和丁卯只能自己想办法。

　　李大愣要跟着帮忙，他是无利不早起，听吴老显说了十几年前李公祠菜园的遭遇，得知三岔河口沉尸案的年头，跟石家大小姐出走失踪的时间对得上，十有八九是同一个人。不抓住连化青这件案子不算完，为了石老爷许下的那份赏钱他也得玩命，要不然拿不着钱。

　　郭师傅心想李大愣虽然是个混饭吃的，可常在街上混迹，属耗子的，到处乱钻，没他打听不着的事，到外边拿耳朵一摸，有什么风吹草动都能知道，多他这一个帮手也不错，便应允了。从此开始暗中寻访，万事开头难，哪怕只找到一点线索，顺藤摸瓜也许就能抓住连化青。可是积年旧案，哪有那么好破，真如同海底捞针。

　　打听来打听去，得知这个连化青生在陈塘庄，离城并不算远，郭师傅和丁卯找一天不当差的日子，两个人前往陈塘庄寻找线索。陈塘庄就是传说中托塔天王李靖父子镇守的陈塘关，古时候关下就是大海，后来退海还地，变成了陈塘庄，解放前还有镇海庙和哪吒庙。郭师傅和丁卯到地方四处打听，一提连化青，当地真有不少人知道。姓连的也曾是当地大户人家，但那一家子早死绝了。

但是连家满门是怎么死的，连化青又为何要给那个耍猴的当徒弟，以及后来的去向，整个陈塘庄也没几个人能说得清楚，怎么说的都有，很多人是道听途说，没法把那些话当真。俩人打听了一天，没得着什么结果，傍晚想走的时候，突然阴云四合，下起了绵绵细雨。

前些天一直闷热无雨，旱到一定程度就该涝了。那年月兵荒马乱，老天爷也不给好脸儿。俩人又乏又饿，一看这雨下得黏黏糊糊，天也黑了，只好到附近一座土地庙里避雨，雨住了还可以赶回去过夜，雨不住那就得天亮再走了。这座土地庙年久破败，灰土蛛网遍布，冷飕飕八下子漏风，里面还住着个要饭的。庙中黑灯瞎火，加上这要饭的蓬头垢面，脸比灶王爷还黑，根本看不清长什么样。

要饭的看见有两个人进了土地庙，赶忙端起个破碗央求："二位爷行行好，您行行好，给口吃的……"郭师傅和丁卯当天也没顾得上吃饭，身边揣了几个烧饼当干粮，看这要饭的也是可怜，便给了他一个烧饼。要饭的接过去缩在墙角狼吞虎咽。

丁卯说："哥哥，别让这要饭的传咱俩一身跳蚤，离他远点儿。"可这土地庙只是四面破墙架个屋顶，地方并不大，还到处漏雨，两人只好拢了拢地上的干草，在对面的墙角坐下，一边啃着烧饼充饥，一边说起白天在陈塘庄打听到的消息。

那要饭的也是个多嘴之人，听这俩人提起连化青，忙说："二位爷可是想问河妖连化青的事？不瞒二位，小人我可知道不少，两位爷再赏几个烧饼，我把我知道的全告诉你们。"

郭师傅和丁卯以为这要饭的无非是想多要个烧饼，便说"我们出来一天也没吃东西，只带了这几个烧饼，都给你我们哥儿俩就得挨饿，顶天儿了再给你一个"，说完又扔给那要饭的一个烧饼。要饭的千恩万谢，说道：

"这陈塘庄不知道河妖连化青的人不多，真知道底细的却没几个，可我就是一个，因为我当年跟连化青一同要过饭。您两位要是不嫌小人嘴碎，且听小人给您念叨念叨……"

二

细雨如愁的夜晚，这要饭的在土地庙里，给郭师傅和丁卯说起了连化青的出身来历。连化青随的是母姓，当年陈塘庄有家大户人家姓连，家境很富裕，当家的员外膝下有两个儿子一个女儿。这女儿叫秋娘，到了该出阁的年纪，许配给东各庄一户人家，那家也是大户。旧时婚俗的讲究太多了，比如拜堂成亲之后的三天，夫妻之间要尽量少说话，话多寿短，第四天新媳妇儿可以回娘家。这回门儿究竟是哪天回，讲究也不一样，第四天回家是回四，第六天回是回六，回四夫妻两人来去都要见着日头，天黑了不能在娘家看见灯光，看见娘家灯死他乡，很不吉利。

那时候有的是这种老例儿，尤其是大户人家，对这套迷信的婚俗看得很重。想成亲首先要有父母之命、媒妁之言，之前男女双方谁也不认识谁，好比是隔山买老牛，全凭说媒的一张嘴两边说。到女方家说男方怎么怎么好，家里有多少多少钱，到男方家说女的怎么贤惠、怎么漂亮，说得双方家里长辈认可了，这还不能定亲，因为接下来是过帖儿。

以前说递帖子，就是递名帖，说合亲事过帖儿也近似交换名帖，不过那帖子上除了姓名还有生辰八字，两家各自请算命先生来批。那年头没有星座这么一说，主要看属相，属牛还是属马，是不是犯克，有的属相不能相配，诸如白马犯青牛，天龙冲地兔，白天生的和夜里生的犯冲，属蛇配属鼠叫蛇鼠一窝，属龙配属虎主龙争虎斗，虎配羊也不好，那叫羊入虎口。这些都犯忌讳，属相对上了再看生辰，由算命先生根据哪月哪天哪时哪刻，推算出是什么命，命分五行，金木水火土，水克火、火克金、金克木，也有一大堆名堂，全对上了都没问题，然后才能定亲。

亲事订下来，接着就是选挑个好日子。两家送聘礼过嫁妆，如果是有钱的大户人家，办这两件事也要摆酒席请宾朋，炫耀财势，广收聘礼，过门儿成亲的日子要选双双日，六月六八月八，越吉利越好，事先三媒六证大宾保都要请齐了。那时候也有结婚证，称为龙凤帖，三媒六证全都得写上姓名，证明这门亲事合理合法。陈塘庄连家有钱，这些老例儿全不能免，婚事大操大办，成亲前一天要亮轿，只把空轿子抬到男方家门口，不仅是摆阔气，也是为了驱邪，把邪气全冲掉，免得将邪祟带进家门。

　　亮轿这天要抬一乘空花轿，最高规格是八个人抬的八抬大轿，锣鼓班子吹吹打打，马队开道，旗罗伞盖跟随，一路上旗帜招展、锣鼓喧天，把成亲的过程整个演习一遍。掌灯时分轿子抬到门前，门口早已挑起几串大灯笼，照如白昼，安排童子转轿驱邪，八个童子头戴太子盔，身披大红袍，手提六角贵子灯，绕着轿子转圈，正转五圈，反转四圈，一圈不能多，一圈不能少。据说童子眼净，轿子里要有不干净的东西，转轿子的小孩中准有人哭。

　　转完轿子的八个童子由全乎人领着，离开男方家大门，直奔女方家里。全乎人也叫喜娘，都是女人来做，喜娘必须上有父母公婆，下有子女儿孙，一个不缺，一个不少，如此才算全乎。找全乎人同样是为了图个吉利，由她带领八个童子，一行人到女方家里，按老例儿女方家应该提前开门迎接，并且在炕上摆把椅子，椅子上是假新娘，也就是一个大掸瓶。以前家家户户都有，筒子形状，直上直下没有瓶肩，瓶里插根扫房用的鸡毛掸子，上头顶上新娘戴的凤冠，瓶身围罩霞帔，椅子下边齐齐整整放一双龙凤绣花鞋。

　　解放后这些迷信婚俗基本上全破除了，现在听这事儿都觉得瘆人。炕上放椅子，椅子上给掸瓶穿上凤冠霞帔，当成个人似的在那儿坐着，可以前确实有这种风俗，而且这里边全有讲儿。掸瓶的"瓶"与平安的"平"同音，鸡毛掸子的"鸡"和"吉祥"如意同音，其实就是牵强附会硬往上安，主要是为了带童子进屋，上炕绕着椅子转几圈。这时天都黑了，要是屋里有鬼，这八个小孩里就会有人被吓哭，所以成亲之前的一天，最忌讳童子进屋就哭。

　　童子哭未必是看到了什么吓人的东西，谁不知道小孩的脸是说变就变，这种事还有个准吗，但这太让人堵心了，大人们总是千方百计地去哄，连家亮轿那天，全乎人带着童子转完轿，刚要奔连家来，还没等抬腿，忽起一阵大风，飞沙走石，两家人也是大意了，以为不差这一节，当天没带童子进宅转屋。

第二天是完婚的黄道吉日，新媳妇儿上轿过门儿，这一路上到男方家门口，还有不少驱邪的婚俗。以前的人们迷信，那是真讲究这些，就怕娶进来的是个丧门星，也不知是赶巧了还是怎么回事，连家秋娘出嫁，头天亮轿没有童子转屋，成亲那天进门之前还要开门闩，迈火盆。迈火盆的风俗较为普遍，有些地方寡妇再嫁，进屋之前要迈火盆。点上一盆炭火，从上头迈过去，这是担心亡夫的鬼魂跟着进家，还有些地方去坟地之后要迈火盆，也是恐有孤魂野鬼跟回来。连家秋娘成亲这天，夫家门口也摆了个火盆，铜盆里头象征性地放点炭火，寓意进门后日子过得红火，可是等到全乎人扶着新媳妇儿往屋里走，却不知撞了哪门子邪，说什么也迈不过这个火盆。

三

连秋娘过门儿那天，夫家门口摆个火盆，横竖是迈不过去。老天津卫成亲是在掌灯之后，这点跟外地不同，外地娶媳妇儿大多是白天，这边把轿子抬到夫家门前，一般都是天黑掌灯的时候。大门前挑灯笼照着，其中有很多迷信的说头，也是从早上开始准备，新媳妇坐在童子转过的那把椅子上，让全乎人给梳妆盘头，但是您别忘了，前一天童子没来连家转椅子。

据说那天早上天一亮，秋娘按老例儿坐到椅子上，请来全乎人梳盘头。女子没出嫁之前梳辫子，出嫁了要把头发盘起来，盘好头开脸儿，擦胭脂抹粉剪齐眉穗儿。梳洗打扮完毕，金银首饰全戴上，头顶凤冠身穿霞帔，腿上穿绿绸子彩裤，新人穿红挂绿，取红官绿娘子的意思，拿霞帔罩住了，绿裤子不能露出来让人看见。等忙活完这一通，还要哭着喊着不出门，表示舍不得嫁出去离开父母双亲，再上轿抬到夫家，就是掌灯时分了。

有钱的大户人家嫁闺女，带的东西也多。专门有人跟着轿子送秋娘过门儿，抱着梳头匣子、首饰盒子，有的抱着大公鸡、有的拿着铜盆、有的拿着瓷瓶，总之各种各样的陪送之物，让秋娘上轿。这娶亲的花轿也是八抬大轿，内外两层大轿套小轿，当中是个轿芯，大轿不进院，小轿不进房。小轿抬到闺房门口，新人进去抬出院子，放进大轿抬上出发，一路上锣鼓鞭炮不在话下。

夫家那边也是一早准备，由另一位全乎人给新郎官梳洗打扮，身穿大红龙袍，绣着海水江涯的图案，胸前十字红花，脚蹬厚底朝靴，头顶双翅双插画的软盔，古代皇榜登科的状元怎么打扮他怎么打扮。因为成亲是人生大事，在旧社会叫小登科。拜天地的喜堂当中悬挂和合二仙图，还要供上福禄寿喜三星以及月下老人的神像，桌案上一对金蜡钎分列左右，钎上插大红喜烛，中间放香炉，后头摆粮斗，粮斗内红高粱堆得冒尖儿，拿三支射天箭插在粮堆上，旁边再放一对大掸瓶，架起一张弯弓，这也是镇宅保平安的意思。

轿子送到门口，夫家这边不出来迎接，反而先把大门关上。这些旧婚俗的规矩讲究实在太多，繁文缛节，干饽饽——例儿多，正因为太多了，很少有哪家都做齐全了。另外根据各家情况不同也会有所调整，按老例儿轿子抬到门口，夫家大门拿门插官儿插上推不开，新人要在外头叫婆婆开门，这就算改口承认自己是婆婆家的人了。婆婆出来把门插官儿也就是门闩取下来，扭头赶紧进屋，先不能见儿媳妇儿的面儿。随后是新郎官出来，拿起弓对准轿子连射三箭，意为三箭及第，再避邪气，地上铺好红毡，才请新娘落轿，在全乎人的扶持下迈火盆进正堂，要全按规矩办。应该是这么个过程，叫开了门，新郎官挽弓搭箭，对着花轿射了三箭，没一箭射中。

此事原本怪不得新郎官，那时候早没人会射箭了，弓都拉不开，无非拿起弓箭摆个样子，射完轿子放好火盆，请新人迈过火盆进正堂，把邪气挡在门外，但新娘子是到火盆跟前，怎么也迈不过去。这可太不吉利了，全乎人在旁边急得直跺脚，不住催促新娘子："小姑奶奶你倒是抬腿迈步啊！"边催边在后头使劲推，结果新娘踩到盆边竟把火盆踏翻了。

新娘自己也奇怪是怎么回事儿，感觉有人抱着自己的腿，掀开霞帔一看，迎亲送亲看热闹的人全傻了，霞帔底下躲着个面目清秀的小孩，三四岁的年纪，一眉横生，目有双瞳，抱着秋娘的两条腿不放，难怪迈不开步，可谁都没见过这个孩子，小孩不言不语，也问不出是从哪儿跑来的。

四

夫家一看不干了，首先新人过门踩翻火盆，这是带着邪气进宅，况且还有个来路不明的孩子，准是秋娘在家与人私通生了个野种，岂肯善罢甘休，说出天来这门亲事也得退了，当时就闹翻了，没办法又把轿子原样抬了回去。

连家当家的听说这事也气坏了，看起来是明摆着的事，秋娘一个没出嫁的大姑娘，身边突然多出个孩子，必然是跟人有了私情，怀上身孕把孩子生下来了。大宅大门里这种事并不是没有，此乃家门不幸，辱没祖宗，往后出门再也抬不起头了，得让人在背后戳断了脊梁骨。当家的气得口吐鲜血，秋娘也是个烈性女子，一时间羞愤难当，就在爹娘和两个哥哥面前，一脑袋撞到黄花梨木桌角上死在家中。

秋娘父母伤心女儿惨死，后悔怎么就没拦一把，这孩子究竟是半路跑来的，还是秋娘偷着生下来的，至此谁也说不清了，但连家总觉得是自家骨肉，舍不得赶出去，就当自己家里人抚养，取名叫连化青。也不许家人再提此事，却挡不住外头流言四起，因为这孩子会水，就有很多人说当年秋娘出门探亲搭乘渡船过永定河，渡船翻了落进永定河里，满船的人全死了，只她一个脱险，回家就怀上了身孕，肯定是河妖撞生投胎。掉在永定河里大难不死确有其事，至于河妖投胎，反正是一个人一个说法，说的还都不到家。

以前女子的衣服宽袍大袖，连家又是深宅大院，怀上孩子深居简出不易让人察觉，最后两个月推脱身子不适在房中休养，生下孩子都没人知道。秋娘大概把小孩托给别人收养，谁承想过门儿成亲那天，孩子又跑来抱住秋娘的腿不让进门，逼得秋娘在家自杀，看来这河妖就是个勾死鬼。

反正是各种流言谣传，连家也是家丑不便外扬，对这些事绝口不提，关起门来过日子。可越是遮掩，外头的谣言越多。过了十来年，连家当家的老两口先后故去，家中两个兄弟争夺家产，趁机把连化青赶出家门，哥儿俩根本就不认这孩子，也不想养他这白吃饭的，最好饿死在野地荒郊，或是让狼撕狗掳了去，落得干净。从此连化青流落街头，每天在破庙窑洞里安身，依靠乞讨偷窃度日，随后在一个月黑风高的夜晚，连家失火，风借火势，火助风威，这场大火把连家偌大的宅院烧成一片焦土，连男带女大人小孩烧死一十七口，一个也没逃出来。听说那天夜里有人看见一个小乞丐，偷偷摸摸把前后院门从外面反锁上了。

连化青的出身来历，说起来实在是扑朔迷离，人人皆有的生辰八字他都没有，陈塘庄的人们都离得他远远的，嫌他晦气。他要饭乞讨只能去城里，过夜再回来。为了活下来，偷鸡摸狗什么都干。有一天，在土地庙里碰上另外两个小要饭的，跟他年岁相仿，也都是十来岁的半大小孩，连化青见此二人，立时起了歹意。

五

连化青对两个小要饭的说："二位，咱都是没家没业孤苦一人，不如学桃园结义拜个把兄弟，相互间之也好有个照应。"

这俩小乞丐一听很是高兴，说道："太好了，正愁身边没个近人。"三个人当即结拜，没钱买香，撮土为炉，插上几根草当成香，对着土地爷的面叩头，结拜了兄弟。

连化青岁数比这两个小乞丐大一两岁，当了大哥，对俩小孩说道："以后咱就是兄弟了，有福同享，有难同当，老言古语说得好——有父从父，无父从兄，你们俩没爹没娘，往后可得听我这当哥哥的话。"

两个小要饭的齐声答应："大哥说的是，从今往后你就是兄长了，我们全听你这当大哥的。"

从这儿起，连化青就不出去要饭了，整天在破庙里睡觉，让那俩小的出去沿街乞讨，讨回来不管干的稀的，每次都是他先吃。那俩小乞丐寻思，怎么说连化青也是大哥，我们讨来东西让他吃也是理所当然，可你总不能天天如此，心里虽然有些不满，嘴上却不便多说。

这一年，恰好赶上荒年，庄稼大多旱死，饿死了不少人，要饭都没处要去。这俩小要饭的躺在破庙里快饿死了，连化青只好自己出去寻活路，也不知他从哪儿找来一点白饭，上头堆着菜，菜里还有块肉，饭菜不多，一个人大口吃两三口就能吃光，他把瓦罐拎到土地庙里生了堆火，要将冷饭煮热了再吃。

两个小要饭的闻见肉香，急忙爬起来说道："还是兄长有本事，一出去就找着吃的东西了，咱们有这口饭吃，就饿不死了。"连化青说："兄弟们，这是我豁出命从城里饭庄偷来的，不承想让人撞见，为此挨了一顿棍棒，你们在庙里躺着睡大觉，好意思吃我拿命换来的东西？"

俩小要饭的说："大哥你何出此言，今天我二人饿得走不动了才没出门，平时还不都是我们讨来饭给你吃？"

连化青说道："今时不同往日，遇上这种罕有的大饥荒，人命还不如狗，我有这口吃的没准就能活过去，分给你们俩我也活不了，你们可别怪为兄薄情寡义，要怪就怪自己命不好。为兄我吃了这罐子饭菜把命保住，绝忘不了你们哥儿俩的好处，往后如能有个升腾，三节两供我拿好酒好饭祭祀你们，你们俩就安心死了吧。"

六

陈塘庄还流传着一个说法，说是连化青还在连家大宅里住的时候，曾有个算命先生经过陈塘庄，找这算命先生算过命的人都说准，连家老爷把算命先生请过来，让他给连化青这孩子看相。那算命先生见了连化青，看这孩子纵纹灌顶，目生双瞳，只说他是短命相，别的话人家死活不说，宁可把招牌砸了也不给这孩子算命。陈塘庄的人们说起这件事，都说算命先生看出这小孩是河妖投胎，故此不敢明言。

不枉人们这么褒贬，别看连化青模样长得不错，心肠却是真狠，他不仅不给他这俩结拜的兄弟饭吃，还说什么你们俩穷命鬼活在世上也是受罪，与其活受罪倒不如死了舒服，说这话时他连眼皮子都没抬，只顾添加瓦罐下的火头，跟平时闲话唠家常没什么两样。说明他根本没拿这俩兄弟当回事儿，好像那只是两条快饿死的野狗，以往说什么同患难共富贵，无非是让这俩小要饭的替他出去乞讨。

两个小乞丐的心都寒透了，暗骂："好你个连化青，我们俩瞎了眼才认你当大哥，怪不得人们都说你是河妖变的，磕过头拜过把子的兄弟你都这么对待，简直是披着人皮的活鬼！"

连化青看出这俩小子直勾勾盯着瓦罐里的饭菜，说不给他们就敢抢，毕竟是双拳难敌四手，何况人急了拼命，真要厮打起来只怕不好对付，便说："两位兄弟，为兄我刚才说的也是玩笑话，咱都是磕过头的把兄弟，哥哥我好意思让你们在一旁看着我吃独食吗？"

两个小丐闻言颇感意外，抹着眼泪说道："大哥你仁义，兄弟们错怪你了。"连化青说："仁义归仁义，饭菜就这一份，先前我也说过了，一个人吃能活命，三个人分着吃全得死，不如咱各自说段数来宝，看谁说得最穷、最可怜，这口饭就归谁吃。"

两个小丐说："行啊，这叫各安天命，你是兄长你先说。"

连化青心想："两个半大的孩子，能说得过我吗？我说一段堵上你们的嘴，然后再吃饭，你们俩就等着饿死吧。"

当年要饭的都会说数来宝，也叫念穷歌，打着牛骨板触景生情临时编词。这可难不住连化青，只听他开口数道："家在破庙住，草帘当被褥，头枕一块砖，身披烂麻布，三年没吃荤，今天才见肉。"说完话，他伸出手要去抓瓦罐里的饭菜。

其中一个小乞丐拦住说："哥哥慢着，你说的不算穷，你听听兄弟我的：我是没有容身处，烂草当被褥，头枕半块砖，常年露着肉，顿顿喝凉水，今天才见饭。"这小子比连化青说得穷多了，头一次见着米饭，说完也是伸手要取那瓦罐中的饭菜。

另一个小乞丐挡下："大哥、二哥说的都不算穷，再听听我这个：我是没有立脚处，头枕胳膊肘，常年光屁股，蓝天当被褥，生下就挨饿，只等这口饭。两位哥哥肯定是穷不过我，当兄弟的不好意思了，我先吃点儿……"

此时瓦罐架在火上已久，热乎乎的饭菜香气升腾，这小乞丐饿得眼都绿了，过去就想吃瓦罐里的饭菜，先前那小乞丐不答应了，也过去抢夺。俩人还理论，一个说："三弟你胡说八道，生下来就挨饿怎么可能活到现在？"另一个说："二哥哥你喝了十几年凉水都能活到现在，我为什么不能一生下来就挨饿？"

俩人正在那儿争论不休，连化青不声不响地摸到一块大砖头，抄在手里，照这俩小乞丐后脑用力拍下去，一下撂倒一个。可怜两个小要饭的，还没明白过来是怎么回事儿，便已横尸就地，连化青骂了声死狗，扔下手中砖头，搬开两具死尸，随后从火堆上拎下瓦罐，吹开扑面的热气，抓起饭菜往自己嘴里塞。忽听一个阴森森的声音说道："好狠啊，为了争一口剩饭，你就敢下黑手害死自己的结拜兄弟，不怕遭报应吗？"

七

连化青猛一抬头，只见庙门外探进一个脑袋，是个脸上有道疤的瘦老头，单看长相也让人感到心中一寒，身后还跟着一只大马猴，看样子是位跑江湖耍猴卖把式的艺人。连化青心里也不免有些吃惊，却故作镇定地说道："他们俩小要饭的耗子动刀——窝里反，为了争口剩饭，致使二人互斗身亡，与我何干？"耍猴的算是逮着理了，嘿嘿冷笑两声，说道："行啊，瞪眼说瞎话。"连化青说："你一个耍猴的多管哪门子闲事，在此凭空污人清白，是想讹人不成？"耍猴的说："我不讹你，只想请你去河里寻一件东西。"

原来这耍猴的途经荒山，无意中得到一本魔古道奇书，那些旁门左道的伎俩，并没有长生不死出神入化的法门，仅是些招魂走尸的邪法，其中也有不少阴阳阵法。他这个耍猴卖把式的江湖艺人，文化程度有限，也没什么野心，只想借此聚敛钱财。识出天津卫的风水形势，知道三岔河口有镇河的铁物，河底下能养尸，如果把活人淹死在河眼里，死后怨恨之气不散，等过些年闹水灾旱灾的时候再捞出来，那死人会变得全身生满了河苔，像长毛的僵尸一样，谁看见都得害怕，可只有这耍猴的知道是怎么回事儿，到时便自称身怀异术的高人，施展神通降服此处的尸怪，要在此建庙造塔永镇河眼以保平安，上至达官显贵，下至贩夫走卒，这些个善男信女们，还不都得捐钱？

那时就能趁机发笔横财，无奈这耍猴的不会水，寻思要找个水贼为徒，当他的左膀右臂。听说了河妖连化青的事，关上关下顶属此人水性好，便一路找过来，正撞见连化青跟两个小丐争夺一口饭菜，从后拿砖头打死两条人命，又跟没事人一样坐在破庙里吃饭。耍猴的一看这孩子真厉害，能杀结拜的兄弟当然也能杀恩师，但眼下用得上这小子，只好花言巧语，对连化青许下承诺："你要是愿意给我当徒弟，今后有吃有喝，为师还会传授你通圣之法，往后安身立命，谁也不敢欺负你。"连化青走投无路，听完这耍猴的老头一番话，不由得动了心，当场磕头拜了师，在庙后歪脖子树下挖坑，埋好两个小要饭的死尸，然后跟着耍猴的进了城。后来那耍猴的恶贯满盈遭了天谴，横死在李公祠菜园枯井。连化青侥幸逃脱，但有案底在身，也不敢在城中轻易露面。你们若想拿他，有个金头蜈蚣……

八

郭师傅和丁卯白天在陈塘庄走访，打听出几件有关河妖连化青的旧事，可都没这要饭的说得详尽，不止详尽，说是历历如绘也不为过。二人心想这乞丐声称当年跟连化青一起要过饭，因此知道底细。不过按此人所言，当初在土地庙要饭的两个小乞丐，早就让连化青下黑手用砖头打死了。此刻他们忽然意识到："莫不是破土地庙里的死鬼在诉说冤屈？"

郭师傅想到这里，心中顿时一惊，开口问那要饭的："你是怎么知道得如此清楚？你到底是何人？"话刚说出口还没落地，忽然感到身上一冷，他和丁卯恍然似从梦中醒转，听到远处传来鸡鸣报晓的声音，揉揉眼看破庙外风雨已住，天光微亮，不知不觉打起瞌睡，竟已过了一夜。俩人起身去看坐在墙角的乞丐，却哪里有人，只有土地爷的泥像斜倒在墙边。

不知是当年的屈死鬼诉说冤情，还是庙里土地公显灵，或许夜里是有个要饭的在说话，天亮就走了。二人又惊又疑，后几句话都没听清楚，只好先把土地爷泥像扶正，拨去蒿草泥尘，插烛也似拜了几拜。

丁卯对郭师傅说道："半夜听那要饭的所言，连化青曾在土地庙后的歪脖子树下埋尸，也不知道是否真有此事。"二人起身到庙后一看，还真有一棵歪脖子枯树，下过雨后土地松软。俩人到村里借来家伙，在枯树底下挖了一阵，不久泥土下就露出一个生锈的大铁盒子，里头装着两具枯骨。

铁盒是以前土地庙里烧香用的香盒，民间传说铁器能辟邪镇鬼，连化青大概是担心那俩小要饭的冤魂缠腿，所以把死尸放进铁盒里。看得出当年事出匆忙，埋得并不算深。二人对连化青的所作所为咬牙切齿，当着土地爷的泥像起誓："天公有眼，不管连化青躲在什么地方，豁出我们这两条命不要，定将此人抓回来绳之以法。"

事后这两具枯骨被送到义庄，也经过了立案的程序，不过世道正乱，警察局眼前的大案要案都破不过来，一看这俩小要饭的已经死了十几年了，此等积年的旧案谁去理会，立了案也就不再过问了。但郭师傅等人则是铁了心要捉拿河妖连化青，到处寻访此人的踪迹，身边那些朋友全用上了，除了五河水上警察队，包括火神庙和山东钩子帮脚行的人们也都跟着帮忙，再加上李大愣认识的那些贩夫走卒、地痞无赖，这张网撒开了，城里城外几乎到处都是眼线。因此说当差办案首先一个必须人头儿熟，但凡有些风吹草动都能知道。就这么折腾，竟寻不到半点蛛丝马迹。

但是合该连化青气数将尽，鬼神都不容他。也是无巧无不巧，那天发生了一件很偶然的事，终于让巡河队发现了"金头蜈蚣"，这才引出"阴阳河遇险，恶狗村捉妖"。

河神

第七章　荷花池下的棺材

一

　　话分两头，有一天大胖子李大愣去赶白事会，某户有钱人家出大殡发丧，他冒充僧人去念经超度，蹭一顿吃喝讨几个赏钱，临走的时候顺手牵羊，偷了个蛐蛐儿罐子，寻思回去逮只蛐蛐儿放里面养着，拿回来一看罐子底，顿时两眼发光。

　　只见那蛐蛐儿罐子底下，落着三河刘的款儿，可把李大愣高兴坏了。因为那个年代非常讲究这个，尤其是清朝末年，提笼架鸟，捧名角斗蟋蟀，在八旗子弟王公贵族当中蔚然成风。想当年满清八旗铁甲进关，横扫天下，刚开国时候的女真人生活在深山老林中，山林之中野兽多人烟少，那些女真人渔猎为生。按史书上记载，人如龙，马如虎，上山如猿，下水如獭，能骑善射，悍勇绝伦，这么厉害的民族，打进关内坐了天下，也是东征西讨开疆拓土。可到了清末，这些八旗子弟，把祖宗的本事全部还回去了，连兔子都不会射，成天只顾吃喝玩乐，愣把大清朝给玩垮了。玩的东西五花八门，斗蟋蟀仅是其中一项。顶头的蛐蛐儿抵得过白银万两，名虫必须配名器，有好蛐蛐儿没好罐子也让人笑话，罐子又是传辈儿的东西，反而比蛐蛐儿更值钱，顶有名的罐子叫三河刘，是三河一位刘姓师傅做的。刘师傅手艺高超，他做的蛐蛐儿罐子在京津两地备受追捧，留到民国以后，变成了很值钱的珍品。

其实三河刘的真罐子底下不落款，带款儿的全是仿制，唯恐别人不知道是三河刘，李大愣不懂这套，他以为捡到宝了，拿去找买主。有多大脸，现多大眼，让人家好一通奚落，破罐子一文不值，气得李大愣把罐子摔在当街，碎片恰好崩到了路人的额头，划了个口子满脸是血，那位还是个惹不起的主儿，赔给人家不少钱才算完事。这些天走背字儿，急等着钱用，他找郭师傅去借，可郭师傅和丁卯忙于追查连化青的下落，只出不进，身上也瓢了底，仨人无奈，实在是闲不起了，被迫去帮短儿赚几个钱应急。

帮短儿说白了就是打短工，北运河边上总聚着一群人，大多是泥瓦匠，哪家用人就到这儿来雇帮短儿的，工钱是一天一结。当天李善人花园的荷花池清淤，要雇七八个人挖泥，也不用你会什么手艺，有膀子力气吃苦耐劳不怕脏就行，工钱按天结算，一天一块钱，还管两顿饭，那些泥瓦木匠仗着有门手艺，又嫌天气闷热，不愿意干这种出苦力的活儿，那哥儿仨急等着用钱，既然有活儿也就不多挑了，况且给的钱真不算少了，在老龙头火车站货场上扛一整天大包也就是这么多钱。扛大包那活儿能把人累死，相比到李善人公园荷花池挖泥这份事情，可要轻松多了。仨人兴高采烈，以为捡了便宜，当天就跟着雇主去挖淤泥，没想到从荷花池下挖出一口棺材。

二

冰窖胡同李善人造的花园，始建于清朝末年鸦片战争前后，由本地一位姓李的大盐商斥资兴建，命名为"荣园"。清朝盐商有的是钱，盖的园子很奢华，仿着苏州园林的格局来建，民国中后期已经是半对外开放的公园了，解放后正式改为人民公园。公园门口是毛主席亲笔提的字，园中有片很大的水塘，长满了荷花，四周点缀的假山宝塔、亭台楼阁，树木繁盛，每到盛夏的夜晚，满塘荷花绽放，凉风送爽，月夜下蛙鸣阵阵，风景宜人，是个乘凉消暑的绝佳去处。据说当年李善人花园刚建成之后，家里财路不顺，曾请风水先生来看，风水先生说这花园的形势妨主，因为池塘的形状如同奔马，奔马冲财，改风水要动两个地方，一是池塘边多种树，树多就把马拦住了无法奔跑；二是马腿一带的池塘面积扩大，李家依照风水先生所说，在花园里多植树木，扩大荷花池的水面，还在园中起了一座藏经阁作为镇物，后来几易其主，变成了随便进出的公园。面积不大，南北长三里，东西宽两里，公园内景致不错，尤以夏季观赏荷花著称，可就在这片荷花池的边缘，有块地方总是积满了淤泥，荷花无缘无故枯萎。

园方只好雇人来清理淤泥，郭师傅和他的两个兄弟在内，一共找来七个帮短儿的，每人发了把铁锹，先把那些枯死的荷花拔下来，然后挖出淤泥，装到小车里推走。这份钱可不好挣，烈日暴晒，淤泥恶臭，顶着三伏天的毒日头挖淤泥，浑身的臭汗臭泥，好在钱给的不算少，一天两顿饭，馒头和绿豆稀饭管够。挖到第二天晌午，荷花池子被挖成了一个凹坑，坑底露出一些塌碎的古砖，扒开混着臭泥的残砖，下面露出漆黑的棺材盖子，干活儿的人们一看这下面有古墓啊，消息传出去，引来不少人看热闹。满池淤泥，这些人只能站到远处看，郭师傅就发现围着荷花池看热闹的，可不光是人，还引出来了一些很奇怪的东西。

围观的人一个个伸脖子瞪眼，全盯着荷花池烂泥下挖出的棺材，没人注意还有别的东西跟他们一块看，郭师傅可在旁边看了个满眼，心里很是纳闷儿。

光天化日底下，没人觉得害怕。有人说挖出古墓这种事要报官，园方管事的也没主张，觉得荷花池下有古墓，理应挖出来移走，要不往后谁还敢上李善人花园来，可不管怎么说，也得先把棺材挖出来再作理会。那些干活儿的很兴奋，起哄说清淤泥挖出棺材，里头肯定有值钱的玩意儿，谁拿走就是谁的，当即接着挖泥，李大愣和丁卯也想动手，挖出来好东西可以分一份。

郭师傅说："我看这情形不太对，接下来可能要出事儿，咱别跟着挖了，不信你们往荷花池里瞧瞧，那是什么东西？"

原来不知从什么时候开始，荷花池附近聚集了十几只遍体碧绿的小青蛙，还陆续有青蛙从荷花池里出来，连蹦带跳凑到一处。那些青蛙是越聚越多，蛙头全朝着一个方向，齐刷刷对准从泥坑里露出来的棺材，群蛙不声不响怒容可掬。李善人花园里的水塘面积不小，种满了荷花，青蛙很常见，但从泥坑里挖出口棺材，人们来看热闹无可厚非，大群青蛙聚在旁边可就反常了。看青蛙的样子如临大敌，不知挖出这具棺材是吉是凶。

三

郭师傅感到事情有异，让李大愣和丁卯别跟那几个短工再挖下去了，其余四个短工却认为青蛙之类的活物儿太常见了，哪儿没有啊，李善人花园那么大片的荷花池，没有青蛙才怪呢。大白天挖出口棺材还怕诈尸不成，现在看着不动手的人，等会儿看见棺材里有好东西可别眼馋，四个人贪念一起，谁都劝不住了。周围那些看热闹的人也跟着撺掇，恨不得赶紧把棺材挖出来看个究竟。

从来是利动人心，四个干活儿的短工，一辈子都没像现在这么卖过力，就见他们四个人赤着膀子挖掘淤泥，酷暑时节烈日当头，汗如雨下也顾不上擦，顺着棺材的轮廓往四周挖下去。这四个人粗手笨脚，只会使用蛮力。挖了半天那棺材才露出半截，荷花池淤泥底下的古墓，有个很窄的墓室，上面起坟，下面有石砖砌成的墓室，看结构像是清朝早期的墓穴，到如今两百来年也算是老坟了。估计早年间李善人在这里造花园，坟头被铲平了，仅存的墓室被荷花池淤泥覆盖。常年受到泥水侵蚀，墓砖塌陷，棺木也让水浸得糟烂了，这口棺木的形状东高西低，方位是头朝东脚朝西，棺身还有漆金花纹没掉净，抹去淤泥能看出是水纹托着蝶蛾飞舞的图案，棺木上有水纹，说明其中安放的是女子。

李大愣说："这么多青蛙，许不是想吃这棺木上金漆彩绘的大蛾子？"郭师傅说："净胡扯，棺身的漆彩怎么能吃？"丁卯说："棺木上根本也不是飞蛾，那是蝴蝶。"三人在旁你一言我一语地低声议论。这时看热闹的那群人里来了个小张半仙，念过几本阴阳经，懂得观望些个风云气候。他家祖传就是看风水的，从他祖父那辈儿起就号称张半仙，到他这是第六代风水先生。此人岁数也不大，二十来岁还不到三十岁，他今天听说李善人公园挖出古墓，特地过来瞧热闹，认出巡河队的这些人，告诉郭师傅和丁卯："这棺材上的金漆不是飞蛾也不是蝴蝶，似蝶似蛾，介于两者之间，这叫青蚨。相传南方有这种飞虫，古时也将青蚨比作金钱，画成图案一见发财，可能棺材里的女子，生前是南方人，棺木上有青蚨水纹图案是给子孙后代留财之意。"

郭师傅说："原来如此，青蚨我可听说过，这种飞虫分为子母，母不离子，子不离母，把母虫和子虫的血分别涂抹在铜钱上，卖东西时拿子钱给人家，半夜里子钱必定会飞回母钱所在的地方，所以子母钱永远用不尽。"李大愣喜道："还有这等好事？我看咱也去逮些青蚨，把血涂在钱上，往后再也不会因为钱不够用发愁了。"郭师傅说："这不定是哪个想钱想疯了的主儿自己琢磨出来的，岂能当真？"他又问张半仙："小张先生，你看泥坑里挖出这口棺材，怎么会引来这么多青蛙？它们把这棺木上的彩绘当成能吃的飞蛾了？"张半仙摇头道："我瞅着不像，青蛙怎么会识得棺材上画的是青蚨还是飞蛾。"

说话这工夫，那四个帮短儿的已经把棺材挖得五面见天。怎么叫五面见天，棺材盖是一面，四周两短两长是四面棺材梆子，这五面都露出来了，只剩棺底还在泥里。荷花池塘中的青蛙也聚了数十只，大大小小看得人头皮子发麻。开始还有人拿石头丢过去，群蛙被赶得散开，不久又聚起来，列阵般排开，整整齐齐蹲在地上，一个个瞪目鼓腮，满脸怒容，对着坑底的棺木动也不动，好像临阵以待似的。至此，围观的人们皆有不祥之感，好心劝那几个帮短儿的别再挖了，指不定那棺材里有什么东西呢。

四

那四个帮短儿的也是见财起意，到这地步什么话也听不进去，看挖泥挖得差不多了，便拿铁锹撬动棺盖。那棺盖甚是厚实，这些人也不知道要先拔去棺盖上的长钉，接连撬了几下撬不动，但棺木底端被泥水浸烂了，棺底已朽出了大窟窿，只不过泥水挡住了看不见。这四个粗手笨脚的汉子在上头使劲撬棺盖，竟把莲花底给抠掉了，四周两短两长的棺材梆子，死人躺在其中，头顶祥云脚踩莲花，脚底对着的棺木有金漆莲花图案，头顶心对着的部分是祥云图案。四个帮短儿的用力过猛，棺木的莲花底本来也有窟窿，当时就掉了一大块，从里面露出两只穿着绣花鞋的三寸金莲。旧社会女人要裹小脚，尖尖细细，可死人的脚，虽然穿着绣鞋裹着锦被，仍让人一看就觉得硬邦邦的，要多不舒服有多不舒服。周围那些人踮起脚瞪着眼去看棺木中女尸的两只脚，一时间鸦雀无声。

棺木中露出的锦被绣鞋，让泥水浸得变质，颜色发乌，但鞋上还嵌有金丝和珍珠，让日头一照熠熠生辉。有个帮短儿的看直了眼，他哪还顾得了什么众目睽睽，伸出手去拽那两只嵌珠的绣鞋，可就觉得棺中女尸那双小脚在动。

李善人公园找短工清理荷花池淤泥，不承想挖出一口两百年前的棺木，其中一个帮短儿的仗着是白天，壮起胆子伸出手，刚摸到那双笋尖般的绣鞋，棺中女尸的两只脚忽然一动，吓得他急忙缩手，跌坐在泥坑中挣扎不起。另外三个帮短儿的跟他是同乡，一起出来找活儿干，赶紧过去扶起来，但怎么扶也扶不起来，这人被当场吓瘫了。

以前有人恶作剧，夜里扮鬼吓人，把人吓得坐在地上半天起不来，要拿迷信的话说，这是在一瞬之间吓掉了魂儿，魂魄再回来就不是原来的位置了，有时候缓几天还能恢复，有时候瘫一辈子再也治不好了。这个帮短儿的就是吓得腿一软坐在地，两条腿都没知觉了，嘴里一句话也说不出。他那三个同乡把他抬到泥坑外边，交给郭师傅等人扶着，他们要接着下去扒棺中女尸的绣鞋。

那些看热闹的都站在坑边，荷花池边缘清淤挖出个大泥坑，下面全是恶臭的淤泥，谁也不想往里走。有人眼尖，瞧见棺底露出的两只小脚好像动了一下，劝剩下的这三个帮短儿的别再去了，怕是要诈尸。那三个人哪里肯听，李善人公园管事过来的也拦不住他们，换作深更半夜，没准不敢去，响晴白日有什么好怕？

从来说"贫困"二字不分家，穷能困人，人穷了志短，没钱这人就被束缚住了，街上好吃好喝好东西应有尽有，没钱只能干看着。半夜做梦受用一番，睁开眼还是出苦力啃窝头，过日子处处都要用钱，没钱便受窘困。这些帮短儿的穷怕了，没瞧见棺中女尸的模样，只看到露出来的那双小脚，穿着镶金边掐金线的绣鞋，鞋上嵌着几个米粒儿般的小珍珠，裹着的锦被和裤子变质发黑了，也就绣鞋上的金线和珍珠还值几个钱。这三个帮短儿的看在眼里心中动火，走到棺木近前虽然不由自主地害怕，那也压不住贪念，一步一步凑过去，哆哆嗦嗦地去拽女尸小脚上那双绣鞋。

这时郭师傅在泥坑边扶着先前吓坏的那位，听此人嘴里一个劲儿在念叨着什么，郭师傅和丁卯俩人听他似乎在说那女尸会动，二人有些诧异。在巡河队捞河漂子这么些年，可没亲眼看见死人白天能动，前些天老龙头火车站货场虽然出过僵尸扑人的事，却是听旁人说的，无凭可查，无据可考，是真是假难以辨别。即便是真有其事，也是出在黑天半夜的时候，这人死如灯灭，荷花池下的棺木中这女尸，死了两百余年，况且白天阳气最盛，说这死尸光天化日之下能动，他们是无论如何也不会信，但今天这件事很反常，看那群青蛙如临大敌般围着棺材，其中必有古怪。

五

郭师傅一错神的工夫，那三个帮短儿的已经伸出手了，忽听那棺木中咕咚咕咚一阵怪响，把这哥儿仨吓得脸都白了。埋在荷花池淤泥下的棺材里怎么会有动静？难不成这女尸真的会动？别看乡下人没念过书，大字不识几个，鬼狐精怪的传说可听多了，刚才眼里只盯着这双金丝缠珠的绣鞋，此刻把以前听过那些山村坟地中的鬼怪尸妖，种种可惊可骇之事全想了起来。

这三人以为棺中女尸要爬出来了，不禁腿肚子转筋，后悔起了贪心，想掉头逃开，两条腿却灌了铅似的挪不动。此时就见从棺木莲花底中冒出一股黄烟，其中竟有咿呀作响的怪声。站在泥坑边看热闹的人们离得老远都闻到了尸臭，两眼辣得流泪，坑底那三个帮短儿的站在近前，让这股浓烟般的黄雾一撞，三根木桩子般扑倒在地。

郭师傅之前就感觉到事情不对，看那三个帮短儿的让棺中黄雾呛倒了，转瞬间那股黄烟又缩进棺木，他急忙蒙上口鼻，带着丁卯和李大愣趁此机会救人，一人拖一个，就像拖死狗似的将那三个人拖到坑边。再看这三人都闭着眼，脸色铁青，好像是让尸气呛着了，再迟上片刻命就没了。这一来周围的人们全惊了，赶紧给这三个帮短儿的捶后背揉前胸。

与此同时，从荷花池跳进泥坑里的那些青蛙，突然对着棺木鼓腮齐鸣，棺底窟窿里也不断发出咕哝咕哝的怪叫，随即从棺材莲花底下探出两个奇形怪状的脑袋，外皮疙里疙瘩，竟是两只大得出奇的鬼头蟾蜍。这两个一公一母，背上五彩纹鲜艳夺目，咕哝几声就张开大嘴，腹中咿呀作响，分别吐出一道如烟如雾的黄气。

众人这才明白，荷花池下的墓砖塌陷，棺材在泥水中早已糟朽，有只鬼头蟾蜍从棺板窟窿中爬了进去，竟把古墓棺材当成了洞穴。鬼头蟾蜍很喜欢躲在阴冷潮湿的泥穴中栖身，身上五彩纹越鲜艳毒性越猛，这只蟾蜍像是受不住群蛙鼓噪，被迫从棺材里爬出来喷吐黄雾，那些青蛙也不敢过于逼近，双方好像势不两立，在原地僵持了一阵，两只鬼头蟾蜍吐出的黄雾逐渐减少，背上锦绣斑斓的彩纹转为暗淡。

这时荷花池中跃出一只青蛙，大出其余青蛙两倍，它蹲在地上，足有常人伸开的手掌那么大，俨然有王者之姿。它伸出前肢与那两只鬼头蟾蜍相搏，双方势均力敌难分高下，围观的人们纷纷捡起石块，对准鬼头蟾蜍投掷，那两只鬼头蟾蜍几乎吐尽了毒雾，无奈落荒而逃，刚到泥坑边缘，就让人抄起铁锨拍成了两堆肉饼，还有人连称可惜，蟾蜍背上有酥，活着取下酥来，再掏出五脏六腑，放太阳底下晒干了，这蟾酥和蟾皮都是很值钱的东西，可以入药。再看那些青蛙，相继跃回荷花池，顷刻间散布水塘，就此不见踪影。后来还有人在李善人公园的藏经阁旁边，建造了一座蛙仙庙，供奉青蛙神，不过规模不大，没什么香火，解放后被拆除，改成人民公园后水面经过重整，可不管怎么收拾，却再也长不出以前那么多荷花了。

六

再说当时，不知是谁报了官，官厅的人这时候到了，郭师傅等人拿钱散了工，跟着看热闹的人群离开公园。事后听说这口棺材被迁到别处去了，外头又传河神郭得友在荷花池救了几条人命的事，那倒不在话下。只说当时领了钱往外走，哥儿仨商量着先去洗澡堂子泡个澡，好好搓搓身上的臭泥。出了李善人公园的大门，恰好跟张半仙同路，走到路口遇见一个推小车卖荷兰水的。

荷兰水其实就是最原始的汽水，薄荷粉加蔗糖对凉开水，也有人往里面放苏打粉，是种极其简单的清凉饮料。咱也不知道最早是不是由荷兰人发明的，反正传到咱这儿叫俗了，就叫荷兰水儿。清朝末年天津卫开始有卖的，到民国后期早已经有正经的汽水出售了，国内国外产的都有，可一般老百姓喝不起，仍习惯卖民间自己兑的荷兰水，喝完是容易闹肚子，早年间还喝死过人，好处是价格很低，比大碗凉茶还便宜，淡绿色的汽水放在荷花大瓷盆里，拿冰块镇上，看着就那么舒服。三伏天喝上一杯，清凉止渴，生津解暑，那也是一大享受。众人在李善人公园荷花池顶着日头站了大半天，晒得身上流油。酷热难当，郭师傅就请张半仙和他两个兄弟，站到街边喝两杯荷兰水，边喝边同张半仙议论荷花池群蛙斗蟾蜍的事。郭师傅说："这李善人公园我来过多少回了，真没想到这荷花池底下还有口棺材。"

张半仙说："这地方有棺材并不奇怪，从我爷爷那辈儿就知道了，他老人家早看出李善人公园形势不俗。"

丁卯笑道："半仙是风水世家出身，我们在半仙面前说这些，是圣人门前背《百家姓》，有点不知道天外有天了。"

李大愣不信小张半仙，说道："什么天外有天，我看张半仙是卖布的不预备剪子——扯，李善人公园荷花池下的棺材里都住进去蛤蟆了，也能算风水宝地？"

小张半仙说："真不是胡扯，咱这话都是有本儿的。"

李大愣说："嚯，还有本儿呢？那你可得给我们好好说说，到底有什么本儿？"

怎么叫"有本儿"？这也是给说白了。比方你说了什么话，如果是有根有据，引的是哪本书哪本经，论的是哪段典故，你能把根据找出来，这叫"有本儿"。说话没本儿属于胡扯。

小张半仙说："抬杠是不是？我张家祖传三代看风水断阴阳，泰山不是堆的，牛皮不是吹的，要没点真玩意儿，我安敢在列位仁兄面前滋出这丈二的尿去？告诉你李善人公园两旁河岔子多，形势浑然天成，犹如百足长虫，头圆身长尾细，按本儿说这是金尾蜈蚣形。一头一尾两个穴，能埋在穴中的人非富即贵，但这两个穴阴气也重，容易招引妖邪到古坟中栖身，先前在那儿挖泥开棺出了什么事，你们也瞧见了不是？"

郭师傅冷不丁听到这句话，恰似晴空里闻声霹雳，刚喝到嘴里的荷兰水喷了张半仙一脸，忙问道："你刚说李善人公园荷花池下边……是什么什么穴？"

小张半仙以为郭师傅刚才没听清楚，那也不至于有这么大反应啊。他擦着脸，又把那句话重复了一遍，李善人花园这个坟是"金尾蜈蚣穴"。

<h2 align="center">七</h2>

前些时候，郭师傅和丁卯到陈塘庄寻访连化青的踪迹，雨夜天黑住到破土地庙中，偶然得一怪梦，听说连化青在什么金头蜈蚣的脑袋里，当时只顾着吃惊，还以为自己听错了，什么蜈蚣这么大，能让一个大活人在它头中容身？这时听小张半仙一说才知道，阴阳风水中金尾蜈蚣形这么个形势，那没准就有金头蜈蚣穴。看来捉拿河妖连化青，很可能要着落在这个金尾蜈蚣形上。

大马路上不是讲话之所，郭师傅说："咱平时各忙各的，也难得见上一回，见一回就有好多话想说，不如让我们哥儿仨做东，请小张先生去澡堂子泡澡喝茶，趁这机会好好叙谈叙谈。"张半仙大喜，嘴里还说："这年头活得都不容易，平白无故怎么好意思让哥儿几个破费……"假意客气几句，半推半就地跟着去了。

老南市有家天兴池，属于那个年代的大众浴池，当街两层楼，门口挂有前清时留下的老匾，一层是雾气腾腾的澡池，二层设有老式的隔断厢座。堂子客们洗舒服了，还会在澡池子里高喊几嗓子，澡堂中拔罐、刮痧、修脚、搓背之类的服务一应俱全，价钱很便宜。你舍得花钱洗单间也行，不少人花上几毛钱在这儿一泡就是一天，洗完澡下棋、打牌、闲聊。所以说浴池不仅是洗澡的地方，还是个特殊的社交场所。来此泡澡的堂子客们目标单一，身份模糊，进浴池都是为洗澡而来，但表示身份的衣服全得脱掉。如果想私下里谈些事，到大众浴池是再合适不过了。

郭师傅带着丁卯等人进了天兴池，先到莲蓬头底下冲去满身污泥，又去热水池子里泡得红光满面，再冲个清爽，上二楼接住伙计迎面抛来的热毛巾擦干身体，裹着浴巾往角落里找张木榻一靠，真是浑身酥软。当天也是累了，朦朦胧胧进入梦乡，一觉醒来不知身在何处，等睡足了让跑堂的伙计给沏壶高末。高末，说简单点就是高级茶叶的渣子，喝不起那名贵茶叶，只能喝茶叶铺里卖完好茶叶剩的底子，混起来拿热水一冲，别有一股浓郁的茶香。澡堂里还卖"生梨、青萝卜、青橄榄、莲子"等清热祛火爽口的小食品，郭师傅要了几盘沙窝萝卜和一包三炮台高档纸烟，不断请张半仙喝茶抽烟吃萝卜。

张半仙说："无功不受禄，今天几位爷怎么又是请我泡澡又是请我喝茶，是不是有什么事儿啊？提前说一句，借钱我可没有，这两年世道不好，看风水相阴阳宅这碗饭是越来越不好吃了。不怕几位兄弟笑话，我都半年多没下过馆子了，顿顿在家吃糠咽菜，杂合面儿也舍不得敞开吃。"

郭师傅说："千万别多心，踏实住了在这歇着，咱都是穷光棍，谁还不知道谁，要借钱我们也不找你。"

张半仙一听说不是借钱，立刻放心了，摇头晃脑地说道："古人讲的好，铜臭足乃困人。这年月上无道，下无法，让张某这样的人物怀才不遇。然而怀才不遇者，又岂止张某一人乎？"

李大愣说："你别拽文行不行，我们这全是粗人，听不懂这套词儿，你说的这是什么意思？"

张半仙说："我是说啊，你们哥儿仨跟我一样，也够穷的，穷归穷，可全是有本事的人。郭爷和丁爷我不提了，咱们都认识多少年了，就拿你李大愣李爷来说，咱今天头一次见，我一看就觉得李爷你是一侠肝义胆的壮士，是朋友可让千金，话不投机争寸草，见文王恭谦有礼，遇桀纣干戈齐扬，你就是这么一条直来直去眼里不揉沙子的好汉。"

李大愣咧嘴笑道："还是你这半仙有眼光，你知道街面儿上那些人是怎么说我？他们却不说我侠义仁厚，那帮杂八地居然说我是把不是东西放小车上——忒他妈不是东西了。"

郭师傅对李大愣说："行了兄弟，你就别谦虚了，赶紧再给半仙切个萝卜，叫伙计把那壶高末换成香片。"

李大愣切萝卜倒茶递给张半仙："半仙你来这个，等我招呼伙计泡一大壶香片，萝卜就热茶，气得郎中满地爬。"

张半仙说："好嘛，高末改香片了？郭爷你找我必定是有事儿，你不把话说明白了，我可不敢再吃你的萝卜、喝你的茶了。"

郭师傅说："得嘞，我也不跟你兜圈子了，我们哥儿仨请你来洗澡喝茶，无非是想跟你请教请教金尾蜈蚣穴是怎么个说词？"

张半仙为难地说："这个……这个……刚才不是都跟列位说过了，再让我多说可不方便了。祖宗给立下的规矩，这东西传男不传女，传内不传外，我们一家子人全指着这个吃饭啊！"

郭师傅说："那些规矩我们都懂，你放心我们不是想抢你的饭碗，只是为了捉拿河妖连化青。"随即把整个缘由讲了一遍，肯请张半仙务必指点一二。

张半仙说道："郭爷，你问到我是看得起我，我再拿你一把可显得我太不识抬举了。我今天干脆交个实底，怎么说呢，金头蜈蚣和金尾蜈蚣本是一回事，是一条蜈蚣的一头一尾，待我把其中的奥妙告知列位。"

八

张半仙连比画带讲，他说天津卫的地势北高南低，南边有大片洼地，那片洼地像个聚宝盆，所以南富北穷。很多年前有条大河注入南洼湖，水枯之后形成了这片洼地，以前的河道变成了土沟。自清末以来，城区不断向南郊扩建，盖了很多房屋，铺马路立电杆，那条几十里长的土沟子几乎全被填住了。但在风水上说，这条枯河沟子的形势还在，风水形势上叫金尾蜈蚣形，犹如一条摇头摆尾正要爬进聚宝盆里的大蜈蚣。其首衔金，可助正财，其尾挂金，能勾偏财，蜈蚣尾在李善人公园荷花池下，至于这条金尾蜈蚣的蜈蚣头不在别处，在城南魏家坟。当年张半仙的爷爷老半仙，替魏家二爷选了一块坟地，那块坟地就是"金头蜈蚣穴"。

千百年以前，南洼是片湖沼，地气深厚，所以那地方树木茂盛，跟附近荒凉的盐碱地全然不同。金头蜈蚣的形势虽绝，却有一点看走眼了，怎料到这蜈蚣让一块大石碑给压住了。金尾蜈蚣的风水全让这块石碑给拿光了，吉穴变凶穴，这也是很久之后才被人发现。

19世纪初，人口迅速膨胀，魏家坟逐渐变成了大片瓦房民居的魏家瓦房，那块地方始终不太平。街道马路布局错综复杂，风水形势就更不好了，经常有黄狼、恶獾、山猫、土狗之类的东西出没，居者不得安宁，于是家家户户在屋顶挂镜子摆阵，那一带不时能看见死猫、死狗和死狐狸。别说哪条河发洪水，只要是下雨下大了，魏家瓦房那片屋子都得淹一半，如今房屋半毁，大多数都是空屋危房，只等着推平了重盖，可偏赶上这些年时局动荡，谁还顾得上拆魏家坟那片破房子？

过了魏家坟再往南是南郊，越走越荒凉，往北去是往城里走，那块大石碑在魏家坟西北方位，下边有赑屃驮负，民间称此石碑为驮龙镇河碑，到底是不是，无从知晓，反正都这么传。那石碑很高大，几个人摞起来也够不到顶，离得老远就能瞧见，是老年间挡煞气护城用的古物，这么多年修路盖房子都说要挪走一直没动。这金尾蜈蚣头朝南尾朝北，呈现出来的势态，原是想往聚宝盆里爬，却让这石碑给钉住了，只要这块石碑还在，蜈蚣脖子压在石碑底下动不了。所以，石碑附近定是列位要找的金头蜈蚣穴。

那三个人大眼瞪小眼地听着，等的就是张半仙这句话，做梦也想不到连化青躲在魏家坟。既然知道了地点随时可以过去拿人，别看没跟连化青照过面，这个人脸上的特征可太明显了，目生重瞳，找两眼四目的人准不会错。

陈塘庄铁盒藏尸案和三岔河口沉尸案，仅是这两个案子就够枪毙连化青好几回了，但五河水上警察队不管抓人，况且捉奸要双，捉贼要赃，你说连化青身上到底背了多少条人命，哪来的真凭实据，必须捉起来审讯落下口供才算，此外郭师傅还想到一件事，连化青哪儿都不去，偏躲在魏家坟石碑附近，那地方本身就邪行，可见这个人一定是有所图谋。到那里仔细看看，哪怕拿不到人，能找到一些相关线索也好。

张半仙说道："你们三位要去魏家坟捉妖，本是替天行道为民除害的举动，按说我不该阻拦，可我不得不说句不中听的，如今那金头蜈蚣的形势，已经变成了名副其实的凶穴。这些年那座大石碑更是聚了不少煞气，现在那形势简直是一条张开大嘴的蜈蚣精，专门要吃活人，来一个吃一个，来两个吃一双。今天看郭爷印堂发黑正走背字儿，因此是不去则可，一旦去了，准死不可，我绝非信口雌黄，咱这话也是有本儿的。"

哥儿仨不信，认为张半仙又在故弄玄虚，这些看风水算命的专会危言耸听，不这样搂不来钱。告诉他不用多费口舌，事成之后石财主给的犒赏必定有你一份，捉拿河妖连化青的头功是张半仙你的，到时我们摆一桌谢你，四冷荤六热炒八大海碗，外带一个锅子，最起码也是这样。

张半仙说："哥儿几个拿我当什么人了，我不是吓唬你们，郭爷要去魏家坟镇河碑，那是必死无疑，三天过后你要是还活着没死，我张半仙下半辈子再也不吃阴阳风水这碗饭了。列位，我话都说到这个地步了，你们还非去不可吗？"

他们哥儿仨听出张半仙也是一番好意，可还是觉得这话说重了，生死有命，哪是由人说了算的？张半仙无奈，别看郭爷平时挺好说话，脾气可是真倔。属牛的人都这样，只要他认准了的事儿，谁劝也不管用，何况旁边还有个李大愣不住撺掇，李大愣这号人贪字当头，满脑子只想结了三岔河口沉尸案邀功请赏，根本听不进别人的话。张半仙该说的全说了，明知拦也拦不住，索性不再言语了，心想："说不说在我，去不去在你郭得友，是要死还是要活，你自己掂量着办。"

郭师傅等人打定主意，要去魏家坟捉拿河妖连化青，但知道魏家坟那地方邪得厉害。当天白天在李善人公园挖荷花池挖出古墓，下午从澡堂里出来时天色已晚，没敢直接去魏家坟，辞别了张半仙，转天早上起了个大早，天蒙蒙亮的时候，三人在南门外会合，动身前往魏家坟镇河碑。

那位说了，张半仙的话到底准不准？您问得好，我告诉您，魏家坟金头蜈蚣穴的风水形势变了，以前欲爬进聚宝盆的金钱蜈蚣已经死了，变成了一只张着大嘴要吃人的蜈蚣，郭师傅正走背字儿，本身倒着霉，去魏家坟真是去送死。

您看到后边就知道了，张半仙说的话是真准，可河神的故事一直讲到解放后五六十年代，要是郭师傅这会儿死了，哪里还有后话？因此这是个扣儿。说书说扣儿，扣儿就是悬念，咱这扣子就扣在这儿了，来个下回分解。

第八章　闹鬼的十字路口

一

人们都说李大愣是虎相，大脑袋肉鼻子，铜铃似的一对圆眼，像只老虎。丁卯是龙相，小伙子精明干练，身子板儿鞭实，走路呼呼带风，拿起腿跑上二十里地，停下脚步气不长出面不改色。这一龙一虎要辅佐着河神郭得友，什么话让人传多了，都免不了添油加醋和过分夸大，可也说明这哥儿仨当年总在一块，到魏家坟捉拿河妖连化青，少了谁也不行。

金尾蜈蚣这条风水脉，是老年间的枯河沟子，一头在李善人公园，一头在魏家坟。近百年来，枯河沟子早已不复存在，只有会看风水的先生才能从中看出形势。郭师傅带着丁卯和李大愣，根据张半仙的指点，到城南魏家坟路口石碑周围找寻连化青的下落。一早起来，天热得好像下火，穿着鞋走在马路上都觉得烫脚，眼前灰黄一片，地下是雾，天上是云，浓云薄雾，天地间灰蒙蒙、黄腾腾地连成了一片，一群接一群的大蜻蜓擦着地皮乱飞。

似乎是要下大雨的兆头，他们仨到城根底下碰头，看街上行人稀少。

像这种要下大雨的日子，人们很少出门，尤其是卖苦力的穷人，天热干活儿累，满身出汗，心里有火，汗毛孔全张着，让大雨淋到，激这一下，至少半个月高烧不退。你一天不干活儿，全家大人孩子就一天没嚼谷，十天半个月可歇不起，况且生病吃不起药，只能在家硬扛着，扛过去也得落下病根。如若病得厉害，说不定当天就一命呜呼，一领草席子裹起来，埋到乱坟岗去喂野狗，家里干活儿挣钱的顶梁柱一死，这一家人便也散了。

郭师傅他们三个人全是光棍，也不做苦力，倒不在乎这个，眼见天色不好，心里犹豫了一下，还是决定去魏家坟。捉到连化青就能审出三岔河口沉尸案的详情，不管那具女尸是不是当年离家出走的石家小姐，都要给石家一个交代，此事该当尽早了结。用丁卯的话来说，拿住连化青，不仅传名积德，还有一份犒赏。他们也是把事情想得简单了，先在城根儿底下吃了套煎饼果子，然后直奔魏家坟。

魏家坟临近南洼，通着电道，电道就是马路，以前东北、天津、北平有这种叫法，听着很怪，好好的马路不叫马路，怎么叫电道？道路通着电，人走到上面还不得过电？在以前那个年代，老百姓对电的理解，只有一个字——快，电报、电车、电话，凡是跟电有关的速度都快。电道是铺好的板油马路，走车走人快捷稳当，所以人们就管马路叫电道。往南走不到洼地，是两条电道纵横交叉的大十字路口，老天津卫都知道这路口闹鬼，邪行的厉害。

若从正上方俯瞰，十字路东南是魏家坟那片平房瓦屋。魏家坟改成魏家瓦房以来，住户全是贫民百姓，去年一场大水，这片房屋塌了不少，砸死了七八口人，住在魏家瓦房的人们全当了难民，然后便没什么人住了，不通水电，等着拆除。跟魏家瓦房隔着一条大马路，十字路口的西南方向，是座烟草工厂——有名的哈德门香烟厂。民国初年，英美烟公司忽悠农民种美国烟，种子和种植技术免费提供，手把手地教你怎么种，种好了烟草公司高价收购，还有比这好的事吗？说得简直是天花乱坠，总之如何如何之好，掰开揉碎告诉大伙："种庄稼只是维持个温饱，想发财你就得种烟草。"乡下农民有很多人上当，要了烟籽回去种，只种还不行，收了烟叶必须烘干，这成本可也不小。烟农们四处借贷，自己买来炭，把烟叶烘好了，到日子送至英美烟公司，才发现收购价格不及付出成本的十分之一。不卖给烟草公司又没别的地方收，乡下人以种地为生，全家人一整年都指望这份收入过活，不料比预期的价格差了十倍，这就叫逼死人不偿命啊。以往赶上收烟的时候，经常看烟草厂门口挂着死尸，那些人实在没活路了，只好在路边拿麻绳上吊。

那几年为此而死的人着实不少，有传言说魏家瓦房下埋着吊死鬼，吊死鬼要拿替身，所以这路口经常有人上吊，不知道是否可信。总之这条路含恨屈死的孤魂野鬼很多，也是风水不好，时不时地出事。

二

后来烟草厂搬到了河东大王庄，魏家瓦房旁边烟草厂的这块地跟着也荒了。临着马路的几座楼，曾经是烟草厂的办公楼和宿舍楼，后来几此易主，居着皆不得安宁，空楼荒废至今。过了魏家坟和烟草厂往南，属于南洼，有大片的芦苇荡子，再远处全是庄稼地。

十字路口的横道以北，也有些偏僻，先是一大片臭水泥潭，再往北离城区渐近，住家和民房就逐渐多了。十字路口当中那块大石碑，据说是用来挡住南洼的煞气，同时把魏家坟和烟草厂的死鬼全挡住了，并且也拿尽了金尾蜈蚣的风水。这石碑的年头可不短了，不知道是哪朝哪代所留，底下驮碑的石兽，脑袋断掉了只剩半截，碑文模糊不可辨认，碑文的内容也早已失传。修路的时候想动，怎知一动这石碑就变天，这个活儿谁都不敢干了，推来推去，这么多年一直没动，不当不正地留在十字路口，过往都要绕着它走，不知道的还以为这是块纪念碑。

郭师傅他们三个人，平时很少到这边来，但大路都认识，别钻进魏家坟那蜘蛛网般的小胡同便好说。到十字路口的时候快中午了，灰蒙蒙的天彻底阴了下来，他们在路边看看四周，马路上并非没有行人，毕竟是白天，三三两两有过往的路人，大多是些菜贩子，天不亮赶着大车从郊区进城，到早市上把成筐的豆角、萝卜论斤吆喝出去，不到晌午就基本卖完了。此时开始陆续往家走，路口靠近烟草厂那边有个馄饨挑子，担挑子卖馄饨的是个老头，带个八九岁的小女孩，大概是爷孙两个。老头拿扁担挑个小炉，到路边摆几张小板凳，卖馄饨和烧饼。那些卖完菜往家走的乡民，如果当天收入不错，路过这儿往往会喝碗馄饨垫补一口。看样子爷孙俩这副馄饨挑子专做这些人的生意，摆的是常摊儿，可当天要下大雨了，买卖不好，摊子上没有吃馄饨的主顾，平时白天这路边也有几个做小买卖的。石碑南边人少，好在没有巡警来管，不过收的都很早，天黑之后可没人敢来。

哥儿仨在路口附近转了一圈，不知道是不是心理作用，这么闷热的天气，往石碑南边一走，竟觉得有些阴森。魏家坟这边的平房大多空着，有的房子上了锁，有的连锁都没有，因为四壁空空，没有怕偷的东西。石碑跟前哥儿仨也看过了，拿脚踩了个遍，下面全是实地，其次就是石碑西南角烟草厂的水泥楼。这时到饭点肚子也饿了，三人看路旁的馄饨挑，便过去喝碗馄饨吃几个烧饼当午饭。卖馄饨的那个老头，身材高大，下颔留着发黄的胡须，收拾得利利索索，可总是沉着个脸，见来了主顾，欠身起来招呼，那也看不见半点笑容。老头让小女孩给这三个人拿板凳，这小女孩长得乖巧，手脚勤快挺招人喜欢，很奇怪的是，这爷孙两个脸色发白，冰冷苍白中又带着些高深，让人觉得有几分可怕。

三

哥儿仨坐下，郭师傅问卖馄饨的老头说："老爷子，馄饨怎么卖？"卖馄饨的老头说："馄饨现包现煮，两个大子儿一碗。"李大愣问："馄饨汤要钱吗？"老头说："汤不要钱，可你得买了馄饨才能喝汤。"郭师傅说："劳驾，您给我们来三碗馄饨十个烧饼。"老头答应一声，烧沸锅里的水，准备往里头下馄饨。馄饨全是那小女孩现包的，小女孩手底下很熟练，馄饨包得飞快。郭师傅问卖馄饨的老头："是您孙女？"老头一边忙活一边答话："啊，我孙女，从小爹妈没了，这些年我们爷俩就摆这么个馄饨挑子为生。"郭师傅点点头："孩子可怜，看着也懂事，给您帮了不少的忙吧？"老头说："可不，平时就我一个人还真忙不过来……"说话这么会儿工夫，那馄饨也包好了，放到滚开的汤锅里一汆就得了。老头把馄饨从锅里捞出来，一碗一碗地盛好了，点几滴香油，放点香菜葱花，分别递给这哥儿仨。他说："趁热吃吧，眼瞅着要变天了，等吃完了馄饨，你们快回去，我们爷俩也要收挑子了，万一犯了天气，可不是闹着玩的。"

郭师傅他们不在乎下雨，又没干体力活儿，不怕让大雨淋了，如果遇上暴雨或是雹子，周围还有这么多空房破屋可以躲避，因此没拿老头的话当回事儿。李大愣充明白说："瞧着吧，这场大雨不憋到天快黑的时候下不起来。"卖馄饨的老头摇头说："先起了灰雾，什么时候来天气可说不准。听我的，吃碗馄饨赶快回家去避一避。"丁卯听卖馄饨老头话里话外的意思不对，问道："怪了，您怎么知道我们不是在这儿住的？"卖馄饨的老头说："你们要在这儿住才真是怪了，这是人住的地方吗？"丁卯说："这么多房子，不是人住的还是鬼住的？"卖馄饨老头说："后生，我在这路口卖了这么多年馄饨，这地方住着什么我可比你清楚多了，反正你们仨准不是住在这儿附近。你们快吃馄饨吧，趁热，放凉了不好吃了。"

哥儿仨一想也是，别跟这卖馄饨的抬杠，这老头的馄饨挑子常年摆在路口，看我们面生，所以知道我们不是在附近住的人。想到这儿，三个人不再乱琢磨了，闻着馄饨可真香，肚子早打鼓儿了，端起碗吹吹热气，拿勺往嘴里送，送到嘴里一尝，三个人立时呆住了，这是什么馄饨？

四

馄饨这东西谁都吃过，最便宜的要属街边馄饨挑子，以前也叫汤饼挑子，清汤寡水，馄饨馅儿小得几乎找不着，两三个大子儿一碗。稍好些的在早点铺子里卖，城里城外随处可见。再高档的是饭庄里做的馄饨，有钱人吃完酒席，再来上这么一碗小馄饨，当成饭后的点心，那种馄饨的面皮和馅儿料就比较讲究了，做面皮的面粉里加鸡蛋，馅儿料三鲜虾仁草菇之类的都有。

郭师傅他们仨穷是穷，缺钱可不缺嘴，经常给人家帮衬白事混吃喝，可这辈子没吃过这么好吃的馄饨，一吃全惊了，想不到路边这么个不起眼的馄饨挑子。这馅儿这面皮儿，还有这口汤，简直没的挑，仔细看馄饨本身没有出奇的地方，估计是老汤。卖汤食的要是能有一锅祖传的老汤，那味道可就不一般了。三个人心里这么想，嘴上光顾着吃，险些连自己舌头也给嚼了，顷刻间馄饨下肚吃了个碗底朝天。

眼看着黑云压顶，天色变得更暗了，马路上的行人们不由自主地加快了脚步，卖馄饨的老头带着孙女，也已经收拾东西要回去了，可他们哥儿仨没吃够，死活要再买几碗馄饨吃。老头很为难，看意思是怕遇上大雨，想赶紧回家，奈何这三个人非要吃，走不起身，不得不停地在路边给他们烧汤煮馄饨。郭师傅说："您这老汤馄饨的味道这么好，为什么不去城里卖？"卖馄饨老头说："城里人多，地面儿上管得严，咱馄饨挑子是小买卖，插不进去，不得以才到魏家坟路口摆摊。这地方偏僻，主顾本来就不多，不敢不用心啊。"郭师傅说："噢，那您在这条路上摆馄饨挑子的时间可不短了？"卖馄饨老头忙着烧汤锅，头也不抬地应了一句："有些年头了，你呀，别多问了，再吃一碗馄饨赶紧家走，我这是为你好。"

郭师傅心想不能不问，难得碰上这么一位——这老头在魏家坟路边摆馄饨挑子好多年了，对这一带很熟悉，我们大老远跑到这儿，可不是为了吃碗馄饨。他觉得魏家坟烟草厂靠近十字路口的那栋楼房，是石碑附近最容易藏人的地方，干脆跟卖馄饨老头打听打听。可开口总要有个因由，他没话找话地问："您住哪儿啊？"卖馄饨老头往路口北边指了一下，只说了两个字："不远。"

郭师傅心说："这话简直跟没说一样，不远是多远？"又问："怎么不到马路对面租间平房，在路边摆馄饨挑子可近多了。"卖馄饨老头说："不敢住，魏家坟这片平房以前住户是不少，可听说南洼风水一直不好，因为老年间是块坟地，去年发大水淹过一回，从那开始就没什么人住了。"

此时那个小女孩把剩下的面皮和馅儿料全包了馄饨，剩下这点东西不多，却也包出了四五碗馄饨。卖馄饨老头说："是多是少就这些了，本来想留着我们爷俩自己吃的，既然都包出来了，就算你们三碗的钱，吃完了赶紧家走吧。"郭师傅说："谢您了，再跟您打听一件事，魏家坟马路对面的烟草厂，也就是路口西南角这座水泥楼，如今还住着人吗？"卖馄饨老头闻言脸色稍变，说道："没住着什么人，那是处闹鬼的凶宅。"

郭师傅他们三个人，一上午把石碑周围转遍了，唯有这座水泥楼还没进去过，马路西面是废弃的烟草厂，路边有几座破败的水泥楼，当年是工厂的宿舍。离石碑最近那座楼盖得最好，二层楼带地下室的老式建筑，曾是英美烟草公司的分部。外檐是大块蘑菇石墙面，透着份厚重与沉稳的气势，比魏家坟贫民百姓住的平房瓦屋要坚固气派多了，但门窗紧闭，屋顶长出了蒿草，显然有段时间无人居住了。听卖馄饨老头说这楼里闹鬼，说话时的模样语气也不像有意吓唬人，郭师傅借机问卖馄饨老头："鬼楼？里面没住人？"

卖馄饨老头说："据说这栋楼不干净，下边有老坟，转了好几次主家，哪家也住不安稳，都说闹鬼。头二年，楼房让一位庙会的会首买下了，全家五口，连过日子带做生意，这位会首暗中做些见不得光的买卖，否则不会住到这么偏僻的地方来。后来全家五口莫名其妙地死在楼里，此处不是鬼楼凶宅是什么？打那开始真没人敢住了，你们啊，也别不信邪。"

这么会儿工夫，老头那边的汤锅早煮开了。馄饨跟饺子差不多，但煮起来非常快，水饺皮厚，要煮三沉三浮才能出锅，馄饨下到热汤锅里就熟。老头还和刚才一样，捞到碗里盛好了，加上佐料老汤，递给那三个人。郭师傅接这碗馄饨的时候，碰到了老头的手，那只手居然是冷冰冰的，简直像死人手。

五

这么闷热的天气，端着热馄饨碗，手怎么会如此冰冷？郭师傅在巡河队捞河漂子，印象中再怎么酷热的天，从河里打捞出来的浮尸，身上也是冷的——死人没有热乎气儿。一碰着卖馄饨老头的手，不免想到了那些死尸，心里不由自主一阵哆嗦。虽然天色阴沉，可怎么说也是白天，大白天的不会有死人在路边卖馄饨，不可能有那种事。

郭师傅心里疑神疑鬼，端着馄饨不敢吃。他那俩兄弟可不管这套，饿死鬼投胎似的端着碗吃馄饨，还是那么好的味道，三口两口这一碗馄饨就下了肚，再来几碗也吃得下去。卖馄饨老头看郭师傅发呆不动，催他趁热快吃。丁卯在旁听了，想起个笑话，就给李大愣说了：说以前有个乡下老头，家住在非常偏远的山沟子里，出门除了山就是山，交通不便，去趟县城都跟出国差不多。老头活了一把年纪，第一次到省城亲戚家串门，亲戚招待他吃元宵。老头一尝这东西太好吃了，世世代代住在穷乡僻壤，做梦也没吃过这东西，问亲戚这叫什么？亲戚不知道这位连元宵也没见过，加上他嘴里正吃着半个汤圆，说话含混不清，没听懂问的什么话，就说："您哪，趁热趁热，趁热吃啊。"老头听这话，以为元宵叫"趁热"，回乡下之后一直馋这口儿，有一次犯馋虫，馋得不行了，眼看出气多进气少，临死就想再吃一次"趁热"。他儿子为人至孝，看爹馋得快死了，便翻山越岭，到县城给老头买"趁热"，找谁打听都说不知道这是什么东西，那上哪儿问去？正着急的工夫，街上有个卖饺子的在那儿吆喝："刚出锅啊，趁热趁热。"儿子一听还真有这东西，赶紧过去买了一盆，拿回家给老头吃，老头得知儿子把趁热买回来了，身上的病立刻就好了一半，可一看不对啊，怎么变样了，他盯着饺子不住打量，好半天才憋出一句话："趁热啊趁热，两年没见，你长犄角哩。"

李大愣和卖馄饨的小女孩听完了都笑了，卖馄饨老头仍板着脸，也不理会丁卯说什么，好像根本就没听到，只是催促郭师傅快吃。

郭师傅心里边觉得不大对劲儿，偷眼去看卖馄饨老头和小女孩——这爷孙俩的脸色是那么白，身上是那么冷，简直像没有活气儿的死尸一样。可手中这碗馄饨是真香，他闻着闻着忍不住了，把心一横，反正刚才已经吃了一碗，再吃一碗又能怎样？当下端起碗，连馄饨带汤，几口吃个精光，那馄饨就像自己长了腿儿似的往肚子里跑，他吃完一抹嘴，顺手把空碗还给小女孩。

那老头见郭师傅把馄饨都吃了，先让孙女儿收拾好馄饨挑子和板凳碗筷，又对郭师傅说道："别惦记那栋闹鬼的楼房了，那里头什么也没有，眼瞅着要变天，赶紧回家避一避吧，现在走还不晚，别等到想走走不了的时候再后悔。"说完话，老头把馄饨挑子挑上肩，小女孩在旁边扶着他，一老一小两人往石碑下边走去。俩人走得匆匆忙忙，转眼就不见了，如同凭空消失了一样。

郭师傅一愣神，心想："听这话里话外的意思，老头好像知道我们要到那栋楼里去，一个在路边卖馄饨的老头怎么会知道我们想干什么？"等他回过神，抬眼再看的时候，马路上已经没人了，只有一尊驮碑的无头石兽立在路口。

六

郭师傅发觉卖馄饨的老头和小女孩太奇怪了，心说这俩人怎么知道我们要进那栋楼？那楼里当真一个人也没有？听这老头是好心劝他赶紧走，好像知道准要出事似的，这卖馄饨的老头究竟是什么来路？看这对爷孙的脸色像死人，总急着要走，而且一转眼就没了，大白天的会有死鬼在马路上卖馄饨吗？

他站在马路边上思前想后，把几件事结合到一块，总算悟出这么点儿意思。

丁卯问郭师傅："哥哥你没事儿吧，怎么好端端的两眼发直，眼眉自己往一块凑？"

李大愣说："准是听卖馄饨老头说楼里有鬼，正寻思这件事儿呗。其实有什么好想的，依我看是福不是祸，是祸躲不过，咱今儿个就是今儿个了。"

郭师傅回过神来，说道："没错，今儿个就是今儿个了，不入虎穴焉得虎子，非到这楼里看看不可。"

李大愣说："甭听卖馄饨的老头吓唬人，世上哪有什么凶宅，李爷我是放屁能崩出个坑儿的人，就这么厉害，我能怕他们这些糊弄鬼的话吗？"他是深信白天不会见鬼，才敢说这番话。一来不吹白不吹，二来也唯恐郭师傅和丁卯胆小，临时改主意不去找连化青了，快到手的赏钱无论如何不能打了水漂儿。

其实郭师傅不怕这个，他在五河水上警察队当差，寻河队虽说不管破案，但见的听的多了，比如这种一家子好好在屋里住着，突然全家失踪，也没人看见他们出屋，就在屋里下落不明了，像是被凶宅里的鬼给带走了。这事儿听着邪乎，却并不是没有，以前确实有过这样的案子。

听说那是清朝末年，天津卫还没通铁路的时候，北运河边上有家人，一家三口住大杂院里，两口子带个七八岁的儿子，家境贫穷。白天男的拉地排子卖苦力，女的在家缝补浆洗，小孩则出去拾煤核儿。煤核儿不是大多数人想象中的煤渣，以前穷人冬天买不起煤，只好让小孩捡人家烧剩下的煤核儿。孩子没钱上不了学，每天穿着补丁摞补丁的破棉袄，背个箩筐，手拿一根铁棍，捡那些没有完全烧尽燃透的煤球，用铁棍把上面的煤渣打去，留下里头还可以烧的，这叫煤核儿，放在箩筐里带回去。小孩也捡不了多少，一天天积少成多，到天寒地冻的时候，家里烧这点煤核儿取暖。那个年月，穷人家的孩子没有童年时光这么一说，注定生下来就是受罪的命。小孩到了稍微懂事儿的年龄，就得帮着家里干活了，偶尔逮个蛐蛐儿捕到只蝉，自己舍不得玩，必是卖给有钱人家的少爷，换几个小钱交给爹娘，知道爹娘累死累活不容易。全家有口吃的，从来是先紧着当爹的吃，如果吃的东西不够，女人和孩子就得饿着，因为当爹的白天要出去干活儿，没有这个劳力，全家只能干瞪眼饿死。有一天小孩捡完煤核儿回来，到河边看人捞鱼，孩子胆小，总听水鬼拽人的故事，不敢下河玩，老实巴交在河边看捞鱼的，看人家捞出来的鱼就馋得流口水，想吃熬鱼了。那捞鱼的有一网打出一条怪鱼，这鱼长得奇丑无比，嘴里居然有牙，看着挺吓人，在河里打这么多年的鱼，没见过这种鱼，连那些看热闹的人在内，谁也叫不出名。

有人说这是从海里游过来的鱼，未必能吃，劝他放了。捞鱼的想卖这条鱼，却没人愿意要，扔回河里又觉得可惜，一看这小孩蹲在旁边流口水，就说："孩子馋了吧，拿回家让你娘给你熬着吃。"孩子高高兴兴地把鱼拿回家，当娘的一看很高兴，家里太穷，逢年过节也不一定吃得上鱼，哪还嫌弃鱼长得不好——长成什么样那也是鱼啊。当即把这条鱼开膛破肚收拾了，东家借点酱油，西家借点盐，熬了一锅鱼，闻着可真鲜。鱼刚熬好当爹的回家了，一看有鱼也乐坏了，家里什么东西都先让他这位干活儿的吃，娘儿俩在旁边看着，等他吃剩下的。当爹的心里不好受，不忍心让孩子看嘴，非让娘儿俩跟着一块吃。住大杂院瞒不住任何事，谁家吃什么饭甚至说了什么话，同院邻居没有不知道的。邻居们全知道这一家三口在屋里吃熬鱼，可从这天开始，再也没见这家人出过那间屋子。一天两天还好说，三天四天那屋里仍是一点动静没有。街坊四邻们就不放心了，过去叫门没人应声，那门也没关，巴掌大的小破屋，推开门那屋里有什么东西，一眼全看到了，屋里根本没人。只有扑鼻的血腥气。这可把大伙吓着了，马上有人去报官，官府派人到现场勘验，屋里东西都摆得好好的，桌上还剩半条鱼，这一家三口却没影儿了。那时有经验的老办差官明白是怎么回事，一看这鱼是化骨鱼，吃了之后会让人血肉毛发化为脓血。河里捞上来的这条鱼，正是名副其实的化骨鱼，这也是当年满城皆知的一件奇案，称为"熬鱼化尸案"。

所以郭师傅知道，天下之大，无奇不有，并不一定任何怪事都与鬼神相关。他将此事说给丁卯和李大愣听，让他俩不用疑神疑鬼。三个人说完话，抬腿往路边那栋楼房走过去，此时打下一道闪电，跟着有闷雷之声滚滚而来。那栋楼有个破窗，后面原本很黑，电光闪过之际，他们都看到破窗里中有张模糊不清的脸，看不清是什么人，那两只眼和嘴都跟黑洞似的，再想仔细看就看不清了。

七

郭师傅暗暗吃惊，心想："不说这楼里没人住吗？如果当真没有人住，那岂不是大白天看见鬼了？"

不过越是如此，越说明这楼房里有些古怪。这哥儿仨也是胆壮心直，终归是邪不胜正，况且为了捉拿连化青，他们每人都带了家伙，没揣怀里，而是插在裹腿中。旧时男子出门必打裹腿，因为以前裤角大，不拿布带子勒上，出门等于扫马路，打上裹腿走道儿利索。短斧倒插在裹腿中，檀木把柄在下，斧刃贴着裤子露出半截。这种檀木柄短斧，想当初是地痞混混儿专用的凶器，别瞧砍柴嫌短，拔出来剁人，那可是一点都不含糊。三个人鼻子里能闻到雨腥味儿，眼看这天气要来了，要躲雨也得去那空楼房里躲。仨人不再多想，抬腿迈步过去。镶铜的楼门上原本贴有封条，风吹雨淋早脱落了，儿臂粗的门环上扣着一把大铁锁，也生满了锈蚀，楼窗户是竖起来的窄长方形，大多数用木条钉死了。门口这种笨锁并不难撬，奈何锁头已经锈死了，只好拿家伙撬开铜环，费了半天劲才撬断。门轴上也长了锈，仨人用力一推就发出嘎吱吱怪响。推开一道门缝，先是刺鼻的霉味，里面黑咕隆咚很阴森，感觉不像楼房，却似个深山古洞。

李大愣的胆量，远没有他平时吹嘘的大，往楼里一看是真怵头，立刻使出装傻充愣的本事，说道："二位兄长，我去门口替你们把风得了，里头万一出点儿什么事，咱好有个接应。"他刚想往外走，炸雷一声，黄豆大的雨点加着雹子就落下来了。雨下得天都亮了，老话说"亮一亮，下一丈"，这场大雨来势不小，到晚上都不见得停。李大愣道："得了，算我没说。"

郭师傅和丁卯见外头下起了大雨，想不进来都不行了，告诉李大愣不要声张。不过三个人白天出来，都没想到要带手电筒，这地方断水断电，楼内有电灯也不能照明，没法子只能掏出抽烟用的火柴，划着了一根，借着些许微弱的光亮看东西。哥儿仨怕让过路的人当成贼，那是有口也说不清了，进了楼房顾不上看眼前有什么，一个接一个闪身进来，赶紧把大门给掩上。外面风雨之声顿时变小了，仿佛隔得很远，首先一个感觉，楼房里可够潮的。那也难怪，去年这儿曾让大水淹过。仨人寻思楼房里没准有水月灯电石灯之类的东西，找出来照个亮，总好过用火柴照明，看这座楼房的结构，与普通的公馆相似，地面积了厚厚的一层灰。

进了楼门先是玄关，里头还有二门，三个人划了根火柴照明，摸索着往里走。郭师傅说："我觉得那卖馄饨老头的话不假，这栋楼里真没人住，地上的灰尘积了一层，要是屋里有人走动，绝不会这样。"李大愣说："不对呀，既然楼房里没有人，咱刚才隔着窗户看见的那张脸是谁？"丁卯眼尖，他说："我看那张脸上好像长着黑毛，可不是人脸。"

这句话一说，哥儿仨脑门子上都冒出了冷汗，揪着个心，推开玄关里侧的二门，进了房厅。在门口找到一盏水月灯，也叫马灯，里头放煤油，点起来照亮了四周。看屋中无非是些摆设家具，迎面挂着一大幅油画，占了不到半面墙。画中是这家主人五口的肖像，当中一个留着八字胡的中年商人，身边是位太太，显然是他老婆。两口子慈眉善目的很富态，身边站着三个子女，两个姑娘十五六岁，一个男孩十岁出头，想必是家中的少爷小姐。这当年的全家福，如今却变成了凶宅中的遗像。三个人为了捉拿连化青，人家说什么他们都不信，那卖馄饨的老头和小女孩是什么来路？怎么就知道这楼里准没有活人？河神郭得友进了凶宅是死是活？到底会遇上什么东西？说到这儿，扣子可大了，别说您着急，连我都急了，可咱还是得下回分解。

第九章　楼梯上的人头

一

魏家坟路口这栋楼，最后一位主家是庙会的会首，咱得先说说，庙会会首是做什么的，有道是"赶集上会做买卖"，赶大集赶庙会，全都是一回事。旧社会有大批跑江湖谋生的人，别看这帮人哪儿也不挨哪儿，各有各的营生，但在社会中自成一体，能把这些人聚集到一处的便是会首。会首必须是黑白两道都能吃得开，他看哪里开庙会有块空地，先掏钱包下来，请人扎好一排排的席棚，然后把那些江湖上卖艺摆摊儿的人全聚来。什么卖膏药的、算卦的、拿大顶的、耍狗熊的、卖把式的、卖针头线脑儿的、说评书的、说相声的、唱大鼓的、拉洋片的、练杂技的，总之跑江湖的这些人，全到会首包下的场子里做买卖。等到做完买卖，每人都得给会首一些钱，会首赚的是这份钱，为了能把庙会办热闹了，会首一般还要请高跷队和戏班子。住在这栋楼里的会首，自己也带高跷队，那些高跷行头装束之类的物事，平时都存放到他家里。

郭师傅他们三个人，看了看屋中摆设，也不过是桌椅、镜子、床铺、大掸瓶，和普通的人家没什么两样，只不过所有的东西上都蒙着一层灰，屋子里还有发大水那年淹过的痕迹，看不见有人，充斥着无法形容的诡异气息。

李大愣觉得头皮子一阵阵发麻，只好在口中哼哼几句荒腔走板的戏文给自己壮胆："黑脸儿的好汉属李逵，三国倒有个莽张飞，手使钢鞭黑敬德，包文正坐殿让过谁？"这两句唱词儿，全是演武镇宅的典故。民间俗传，在凶宅唱武戏，可以驱除妖邪。您别说，唱这两句还真是壮胆，所以郭师傅也没拦他，他接着哼唱："白脸儿的好汉属罗成，景阳冈打虎是武松，南唐报号高君宝，长坂坡下赵子龙。红脸儿的好汉属云长，杀人放火是孟良，手持大刀王君可，赵匡胤千里送京娘。青脸儿的好汉叫朱温，山西坐殿程咬金，河南霸府单雄信，手提大刀盖苏文……"

哥儿仨一步步踏着厚实的楼梯木板，往上走到二楼，就看这层楼有好几口大木箱，墙边竖满了高跷锣鼓，木箱子里装的都是行头，此外有不少道具，其中有个脸上带黑毛的熊头，是踩高跷扮相里的黑熊精。之前他们从破窗往屋里看，瞧见那张挺吓人的怪脸，有可能就是这个东西，哥儿仨紧张了半天，等看清是踩高跷装扮的行头，各自长出了一口气。

以往庙会或撵会里表演的高跷，不仅是站在木制的两根跷棍上行走，要边行走边表演各种动作，并且装扮成跑旱船、倒骑驴、傻妈妈、傻儿子，以及民间传说里的各路神仙鬼怪，高跷队的庙会会首家中有这些东西，也不奇怪。李大愣啐了一口，骂着要去砸那些神头鬼脸的行头："肏他八辈儿祖宗，差点让这玩意儿吓掉了魂，万一传扬出去，真能砸了咱哥儿仨的字号。"

郭师傅说："兄弟别耍老娘们儿脾气，谁都保不齐有看走眼的时候。"说罢当先到各处查看，可楼上楼下，包括阁楼在内，犄角旮旯儿都找遍了，灶冷人清，连只老鼠也见不到，仅有一些偷都没人偷的东西。看这楼里确实有两年没住过人，只剩地下室没去看过，三个人心想来都来了，也不差这几步，商量着先下去瞧瞧再说。他们揭开楼梯下的盖板，有段木板台阶，望下去发现里边很深，冷森森侵人毛骨，四壁用条形青砖砌成，这些青砖表面细腻光润，带着老坟里的阴气，一看就是古墓里的墓砖，想不到下边真有座老坟。

二

当年掏地下室，在楼底下挖出一座老坟，没人知道挖出过什么东西，但是青砖砌成的坟坑还在，坟砖很坚固，所以也没大动，抹上白灰面，被直接当成了存放东西的地下室。

从李善人公园到魏家瓦房路口，在会看风水的人眼中有个形势，称为金尾蜈蚣形。李善人公园的荷花池是尾，魏家瓦房路口是头，如果说这两个地方，存在有明清两朝甚至年代更久的古墓，那是半点也不奇怪。可如今只剩个坟窟窿，去年发大水淹了半个多月，墙皮上的白灰面脱落，四壁坟砖皆已松动。

郭师傅心中思量此事，顺手抠下一块砖，拿到眼前看了看。

李大愣问道："哥哥你拿块砖头是想唱哪出？"

郭师傅说："我看这是金砖，没听过陷魂阵砖打刘金锭吗？"

李大愣说："还真没听过这出，有讲儿？"

郭师傅说："当然有讲儿，北宋年间有个女将叫刘金锭，曾遇异人授以异术，凭着胯下马、掌中刀和五行道术，百万军中取上将首级如同探囊取物，在两军阵前向来没有敌手。直到敌营请来高人摆下陷魂阵，用三块金砖打死刘金锭，此女死后尸身百日不腐，也是她有道行，可见不管会什么邪法妖术的人，都怕挨砖头，即便不是金砖，这一板砖儿抡到谁脑袋上，也是受不了。"

李大愣一听，也在墙上抠下块坟砖揣到怀里，要是在楼里见到有人，二话不说，先拿这块坟砖招呼过去。

郭师傅这么说，是给李大愣壮壮胆子，他抠下墙上的古砖，其实是打算看明白到底是不是老坟里的砖。要说天津卫这地方确实有古墓，五六百年的都不算古，年代更久的也有，别看明朝才建卫造城，实际上北宋年间这儿已是河运枢纽。地名中有子牙河、陈塘庄，都是来自武王伐纣时的典故，历史可以追溯到好几千年以前。另外天津卫城根底下有很多旧窑厂，是古代烧砖造城的所在，地名大多带个"窑"字，比如吴家窑、南头窑之类，全带个砖窑的"窑"字。凡是这样的地方，地势普遍比较高，因为下面全是窑砖，当初烧坏了用不了的残砖，一层层堆起来，年复一年，日复一日，久而久之逐渐变成了地面，比别的地方高出一大块，所以每次发大水都淹不到这些地方。据说风水都不错，因为下面全是窑砖，没有坟头，住着干净，住在那儿的居民中还有几位世代烧窑砖的匠人，祖传的手艺。郭师傅认识几个这样的人，常听他们说砖头，年代不同，砖窑里烧出的窑砖也各有不同。他听的见的多了，称得上略通此道，看地下室里的青砖真是坟砖，而且是古坟中的老砖，上面阴刻着鱼龙纹，绝不是近代之物。

由于年代久远，地面变动很大，修路架桥盖房，以及原本的河流改道，使风水形势发生变化，所以张半仙也看不出以前的风水形势了，只知道大概是在路口一带。此时找到几百年前的老坟，看坟砖用的规格也不同一般，肯定是一座占据形势的坟穴，因此可以确定，魏家瓦房路口的金头蜈蚣穴，十有八九是指这座老坟。

坟洞里头空气不畅，让人喘不过气来，手中那盏水月灯忽明忽暗，看此处四壁空空，什么都没有，空坟一座。

郭师傅心说："魏家瓦房根本没有连化青的踪影，看来陈塘庄土地庙那个梦是不可尽信，这次可是扑空了，大下雨天钻了趟坟窟窿，受累吃苦不说，还白耽误工夫，这叫什么事儿呢？"

您说怎么这么寸，三个人不得结果，刚要转身出去，突然听坟洞上边传来一阵响动，似有人踩地板发出"咯吱咯吱"的声音。郭师傅心中一动："楼里一直没人住，坟也是空的，外边又下这么大的雨，有谁会进来？"

正诧异间，只见从台阶上骨碌碌滚下一个东西，坟穴中灯光太暗，那东西滚到脚边了还看不清是什么，郭师傅按下灯来一照，不由自主地退了半步。那是一颗血淋淋的人头，满头满脸的血，兀自睁着两只眼，仰面朝天瞪着他们三人，眼珠子动来动去，龇牙咧嘴也不知是想咬人，还是有什么话想说。

三

哥儿仁吃了一惊，大着胆子举灯往前照，瞧清楚了，一颗大肉脑袋，刚从腔子上砍下来，顺着楼梯滚到了坟穴中，人头脸上扭曲了两下，转眼就不动了。

他们心知一定有人在楼里行凶，立刻伸手拽出檀木斧子，纵身蹿上楼梯，到得厅堂之中，一看地上躺着个没头的尸身，旁边坐着个人，脸如死灰一般，另有一个女人，直如一缕黑烟，"嗖"一下闪进了灯烛照不到的死角，丁卯眼明手快，追过去却什么也没有，见了鬼似的。三个人转过头，再看坐在地上那位，不是旁人，正是在三岔河口捞出个死孩子的水贼鱼四儿。哥儿仨心里都纳闷儿，这个臭贼怎么跑到魏家坟来了？掉了脑袋那个人是谁？

郭师傅说："鱼四儿，你下绝户网倒也罢了，今天居然敢行凶害命，这场官司可够你打的。"

丁卯说："好个下绝户网的臭贼，海河里每年淹死那么多人，怎么不让你淹死，我天天等着捞你。"

李大愣也认识鱼四儿，骂道："你个坟头插冰棍、缺德冒凉气的玩意儿，到这儿偷什么来了？"

鱼四儿正吓得魂不附体，一看是这三位，哭丧着脸求饶："三位爷，三位爷，你们全是我亲大爷还不行吗，再借我俩胆我也不敢杀人啊，你瞧我都尿了裤子了……"

郭师傅心知鱼四儿绝没有杀人的胆子，先问个清楚再说，问他为什么到魏家坟，掉了头的死人是谁，又是谁下的手。郭师傅边问边吓唬鱼四儿，不说实话就让丁卯用斧子剁了他。

鱼四儿不敢隐瞒，一五一十地交代，原来自打他在老桥下绝户网，捞出个死孩子，吓得他不敢再去河边了，偷鸡摸狗地到处混日子，后来跟一个绰号大鸡子儿的地痞拜了把兄弟。

常言道"人分三六九等，木有花梨紫檀"，这俩没一个好鸟，凑在一块无非抢切糕抓馅儿饼，做不了什么好事。

老天津卫管鸡蛋叫鸡子儿，可想而知，大鸡子儿这个地痞脑袋溜光，赛过鸡蛋那么亮，为人穷横，七个不含糊八个不在乎，扎了一身龙，文了两膀子花，吃饭从不付钱，谁敢找他要钱，他就跟谁要胳膊根儿，不过他专拣软柿子捏，真正厉害的主儿他也惹不起。

前两天，大鸡子儿和鱼四儿在马路上闲逛，远远瞧见一个推独轮车卖切糕的，摊主是个老实巴交的外地人，看样子进城不久。大鸡子儿对鱼四儿使个眼色，鱼四儿屁颠屁颠跑到街边，装成没事人似的蹲着。他摸摸自己的光头，走到卖切糕的近前，也不说话，盯着人家的切糕看。

卖切糕的瞧出这位不好惹，走路横晃，大秃脑壳子，头上贴了两块膏药，歪脖子斜瞪眼，太阳穴鼓着，腮帮子努着，浑身的刺青，一看就是地痞，赶忙赔着笑脸问："您了，想吃切糕？"

大鸡子儿吃了枪子炸药一般，话都是横着出去的："废你妈话，不想吃切糕在这儿看嘛？"

卖切糕的不敢得罪他，忙说："现做的切糕，江米豆馅儿、黄米小枣，您想吃哪个？来多少？"

大鸡子儿也不问价，问哪种切糕黏糊，听人家说江米就是糯米，江米面儿的切糕最黏，他张口要二斤。

做小买卖的再老实，也没有不在称上偷分量的，要不然挣不着钱，可偷谁的分量，也不敢偷这个大秃脑壳的。眼看这位准是找事儿来的，卖切糕的小心招呼着，切下一大块江米豆馅儿切糕——刚蒸好，豆馅儿还热乎着，分量高高的二斤三两还往上，算是二斤，拿荷叶包好了，小心翼翼递到大鸡子儿手中。

大鸡子儿接过来，不掏钱，也没打算掏钱，一手托着切糕，一手揭开荷叶，皱眉道："我说，这可没有啊，让你自己看看，怎么只有江米没有豆馅儿？你也好意思要钱？"

卖切糕的心里叫屈，从车另一侧绕过来，说道："您老再看看，豆馅儿不少了啊……"

话没说完，大鸡子儿手中这二斤多黏糊糊、热腾腾的带馅儿切糕，全拍在卖切糕的脸上了，他还顺手把卖切糕的秤抢在手中。

卖切糕的再也忍不住了，白吃白拿带打人，还抢吃饭的家伙，哪有这么欺负人的。他抹了抹脸上的切糕，上去要拼命。大鸡子儿抢完秤杆子，扭头就跑，卖切糕的从后紧追不舍。一旁的鱼四儿看卖切糕的追远了，上前推起独轮车，一溜小跑钻进了胡同。

卖切糕的人没追上，回来再看连车带切糕，还有钱匣子，全没影儿了。

鱼四儿跟大鸡子儿俩坏种，平时就用这损招偷东西，当天把卖切糕的车推跑了，转回头得多少钱，他俩人再分。

这天也是鬼催的，鱼四儿慌不择路，推着独轮车一路逃进条死胡同，索性把车扔了，掏了钱匣子里的钱揣到怀里，卖切糕的能有多少钱，只是一把几毛几分的零钱。鱼四儿心有不甘，走着走着看胡同中全是门面房，里头一家屋门外挂了锁，屋顶窗户却没关严。他是惯偷，拿眼一瞅就知道能进去，趁着没人，他上房撬窗户溜进去，还没等下手，忽听屋外有开锁的声响，是主人家回来了。鱼四儿暗骂倒霉，他贼胆不小，也有些贼机灵，明白让人堵在屋里至少挨一顿胖揍，没准还得蹲大牢，脑中一转，闪身躲进了大衣柜，偷眼窥觑外边的动静，打算瞅准机会溜出去，万万想不到，天黑之后看见的情形，几乎把他当场吓死。

四

人家这屋里住的小两口，结婚不到一年，丈夫去外地做生意，把怀有身孕的小媳妇儿一个人留在家，不放心又雇了个仆妇照顾。夏季天热，屋顶窗户没关严，当天小媳妇儿带着仆妇出去逛弯儿，买完菜回来，哪想得到这么会儿工夫，屋里进来人了。

雇来伺候小媳妇儿的仆妇叫王嫂，打山东逃难来的，本分可靠，让她管买菜做饭洗洗涮涮这些事，晚上住在外屋，顺便跟这小媳妇儿做个伴儿。二人回到家中，做饭吃饭，小媳妇儿七八个月的身孕，挺着个肚子，身子发沉，不耐久坐，吃完洗罢上床躺着。王嫂搬把椅子坐在床头，桌上有个笸箩，她一边说话替这小媳妇儿解闷儿，一边做针线活。

鱼四儿寻思等到王嫂跟小媳妇儿都上床睡觉，轻手轻脚溜出去，谁也不会发觉，怎知这俩人家长里短聊到天黑还不睡。这可把他给急坏了，鱼四儿站在大衣柜里往外看着，两腿都僵了，要多难受有多难受，心里那个后悔就别提了，悔不该起了贼心，否则不至于让人堵在屋里出不去。这俩妇道人家，他倒不在乎，怕只怕声张起来，惊动了街坊四邻。他躲到衣柜里一口大气儿也不敢出，只盼这俩娘们儿赶紧快睡，哪有这么多闲话可聊？

说话二更天不到三更了，小媳妇儿困乏了，这才躺下睡觉，王嫂守在灯下，做完手头的针线活，在里屋门口搭了个地铺，因为孕妇行动不便，晚上起夜或是有什么事，她随时都能起来，铺好了也躺下睡觉。鱼四儿知道这时候不能出去，因为俩人刚躺下，还没睡实，苦苦忍着。又等了好一阵子，听王嫂和小媳妇儿都睡沉了，他揉了揉发麻的膝盖大腿，刚要推开衣柜出去，耳听外屋窗子"吱扭"一声。响动很小，鱼四儿是干什么的，专门到别人家偷鸡摸狗，他一听声音不对，好像有贼在外边试探着推这窗子，又怕惊醒了屋里睡觉的人，不敢用力，于是在外边轻轻地揉这个窗子。鱼四儿心中叫苦，暗说倒霉，全让四爷赶上了，不知是哪路的贼？

王嫂下午回家，做饭时发现窗子没关严，怕进来贼，赶紧关严了。鱼四儿全看在眼里。此刻听窗子外头那贼推了几下，一看推不开，立刻上房揭屋瓦，手脚轻得出奇，鱼四儿支着耳朵去听才听到，屋里睡觉的二人一点都没发觉，不一会儿，从屋顶下跳下个黑影，落在地上，就跟掉下片树叶似的，声息皆无。

鱼四儿心说："轻功可够好的，自打枪毙了活狸猫，没听说天津卫还有如此厉害的飞贼，这是哪一位？"

他屏住呼吸，睁大了眼，往衣柜外边看，可屋里灭了灯，只能看见个黑黢黢的轮廓，挺大的个子，端肩膀缩脑袋，两条胳膊很长，别的都看不清，蹑手蹑脚走到床前，盯着睡着的小媳妇儿看。

鱼四儿以为是个采花的淫贼，此刻月光从云层中透出，由屋顶的窟窿照下来，他看见屋里立着一个人，身上裹得十分严实，头上裹着头巾，转过身来，竟是雷公般的一张猴脸，目射邪光，把个鱼四儿骇得面如土色，捂住自己的嘴，硬生生忍住一声惊呼。只见这个一身长毛的老马猴，打扮得跟个妇人相似，它行迹诡异，三更半夜从屋顶偷入民宅，解开裤子撅起腚来，放出一股绿烟。鱼四儿躲在衣柜里捂着口鼻，还是闻到一股恶臭，呛得他眼前发黑，几乎晕死过去。睡在屋里的两个人都被呛昏了，耳边打雷也醒不转来。

老马猴不慌不忙拎起裤子，鬼鬼祟祟地走到床前，伸出毛茸茸的爪子，在那孕妇两腿间掏来掏去。

五

鱼四儿简直不敢相信自己的眼了，打死他也想不出这老马猴意欲何为，那里能掏出什么东西，掏鸟儿也没有啊？

此时就看老马猴从小媳妇儿两腿之间，搋出血淋淋的一个胎儿，八九个月的身孕，那胎儿已经成形了，掏出来两条小腿还在动。

老马猴捧起胎儿，放在脸边又挨又蹭，跟得了宝一样，喜欢得没边儿，摆弄一阵，开始张口吸允，嗍柿子似的，发出"唶呷唶呷"的声响。不一会儿那胎儿皮枯肉干，一动也不动了，它又把死胎塞进怀里，上房盖好屋瓦，借着夜色去得远了。屋里好像什么都没发生过，王嫂兀自昏睡不醒，小媳妇儿已在不知不觉中成了死尸。

鱼四儿吓坏了，要不是他偷东西不成，躲在衣柜中出不去，在月光下看了个真切，谁会知道这小媳妇儿是怎么死的，那个老马猴到底是何方的妖怪？他本想报官，但这么邪行的事一定没人相信，况且他进人家屋里是偷东西，这家出了人命，官面儿上还不得拿他顶罪？犯上人命官司，免不了押送小刘庄法场吃颗黑枣，做个屈死之鬼。

鱼四儿不敢留在屋里，悄么声地溜出去，逃奔至家。转过天来，见了大鸡子儿，二人当面分完钱。鱼四儿说起深夜所见，以为大鸡子儿不信，没想到他也见过那老马猴。大鸡子儿告诉鱼四儿，前些时候他在驴市见到个变戏法的，本领齐天了，可以在光天化日、大庭广众之下，使出"万人变鬼"的邪活。

九河下稍是水陆码头，商贾云集、五方杂聚、跑江湖耍把式的多如牛毛。老百姓什么玩意儿都见过，拿这个"万人变鬼"的戏法来说，通常是黑天半夜没月光的时候变，围观看热闹的站一圈，变戏法的在当中，先交代一番，比如什么"在家靠父母，出门靠朋友，初来贵宝地，要在列位面前现个丑，有钱的捧个钱场，没钱的站脚诸位，容我使一个祖传的把戏"，然后点起根蜡烛，往四下里一照，所有人的脸都变绿了，一时间鬼气森

森，使观者皆惊，这个戏法有名目，唤作"万人变鬼"。

老年间的戏法，也叫障眼法，全是假的，但不能让人看出假来，要不然准变砸了。当地人这些玩意儿看得太多了，小孩都知道这个戏法是蜡烛有名堂，使用特制的蜡烛，点上赛鬼火，别说照人脸，照砖头也是发绿。可据说"万人变鬼"这个戏法，已经失传了好几百年，如今跑江湖卖艺变的根本不是古法，古法没人见过。

大鸡子儿在驴市遇上一个变戏法的，驴市是比南洼还远的一片空地，每月初九，当地有交易骡马牲口的集市。他上次偷了一头驴，牵到驴市上贩卖，卖完驴得了钱，见有变戏法的便去看热闹，挑个理儿敲几个钱，怎知那变戏法的手段高明，大白天围着一群人看，能把围观之人的影子全变没，谁都看不出他是怎么变的，有明白人说，这才是失传多年的古术"万人变鬼"。

变戏法的使完一段"万人变鬼"，团团作揖，拿着铜锣讨赏钱，到驴市赶集贩牲口的，不乏土财主，还有口外来的大牲口贩子，全是有钱的主儿，大伙让变戏法的再露一手，如若使得好，真舍得给钱。

变戏法的也是贪钱，使了套更厉害的戏法叫"画中摘桃"。"万人变鬼"的古法，至少还有人听说过，"画中摘桃"听也没听过，今天围观的人们算是开眼了。

只见变戏法的牵来只老马猴，又取出一轴古画，打开让人们看，画中有株桃树，结着一枚饱满肥大的蟠桃，画纸古老发黄。等人们看明白了，他拿手一招，老马猴忽然起身，朝着古画走了过去。众人眼前一花，场子里已经没了老马猴的踪影，人们都说奇了，那猴怎么没了？再看古画中多了一只老马猴，变戏法的将古画一抖，老马猴又出现在当场，正捧着一枚蟠桃大啃大嚼，画还是那幅画，画中桃树上的蟠桃却已不见，看热闹的人们眼都直了，半天才回过神来，喝彩声如雷，纷纷掏钱。

大鸡子儿挤在人群里看热闹，看得他眼馋不已，想不到变戏法的能赚这么多钱，一会儿工夫挣了好几块钱。那位说几块钱还叫多？民国时东西便宜，一块钱能买四五十斤一袋的面粉，够一家子人吃一个月。大鸡子儿打起歪主意，要抢这个变戏法的钱，最好还能逼着此人把戏法的底交出来，学会使他这手段，往后还不是吃香的喝辣的。集市散了之后，他一路跟着变戏法的，跟到魏家坟路口的鬼楼跟前，走在前头的一人一猴突然没影了。大鸡子儿曾在这一带住过，他知道魏家坟鬼楼中多有暗室地道，当年那位会首买下这栋鬼楼凶宅，也是因为私底下贩运烟土，楼中暗道便于做见不得光的买卖，后来一家五口不明不白死在了楼中，自此无人敢住，一直空着。变戏法的准是从地道进了楼，可变戏法的挣钱不少，为什么要住凶宅？

六

大鸡子儿多了个心眼儿，守在马路对面的空屋里盯着，夜里看见那只老马猴出来，穿着人的衣服，行迹鬼鬼祟祟，进城去不知做些什么。变戏法的每次出外挣钱，都是往南洼走，从不进城。想不到鱼四儿意外撞见了那只老马猴，俩人当面一说，觉得变戏法的不是好鸟，转天各自拎了把菜刀，提了盏马灯，要到楼里揪住变戏法的，狠敲一笔钱财，再逼他把"万人变鬼"、"画中摘桃"的底交出来。大鸡子儿平时专要胳膊根儿，认为那个变戏法的做贼心虚，不敢跟哥儿俩放对，老马猴再厉害，也不过是个畜生，鱼四儿一贯贼胆包天，有混混大鸡子儿打头，自是二话没有。当天出门，走到半道下起了大雨，二人冒雨进了鬼楼，一进来瞧见老马猴正蹲在那儿，两眼盯着揭开板盖的坟穴，它见来了外人，立时暴起伤人。大鸡子儿菜刀还没抽出来，就让老马猴一把揪下了人头，鱼四儿吓个半死，坐在地上，以为今天要归位了。不承想人头滚进坟穴，郭师傅三人听到响动，快步上来，猴妖一看对方人多，转身逃走了。

郭师傅等人听完鱼四儿的话，无不骇异，变戏法的十之八九是连化青，此人曾拜过耍猴的为师，也收了只老猴跟在身边，躲在魏家坟不敢进城。外边大雨滂沱，马路都让水淹了，这一人一猴必定还在鬼楼中，当即四下里搜寻。

李大愣说："哥哥，你听鱼四儿说的没有，那个人会使邪活，凭咱们几个人能拿得住他？"

郭师傅说妖术和戏法没两样，全是障眼法，又叫魔昧之法，听老辈儿人说，清朝末年天津卫出了位孙仙姑，能够招妖请神，她点上根蜡烛，鬼神即至，身边带俩童子，全是精壮汉子。庚子年八国联军杀进来，孙仙姑声称要请天兵天将迎敌，带领俩三十多岁的童子，持了木剑到城楼上做法，天兵天将没请下来，她们三个先让洋人的炮弹崩上了天。其实孙仙姑点的蜡烛叫招妖烛，只是幻人耳目罢了，想来"万人变鬼"、"画中摘桃"、"五鬼搬尸"等出自魔古道的妖术，也不过如此。

丁卯问道："'五鬼搬尸'是个什么妖法？"

郭师傅听吴老显提过，"五鬼搬尸"是个魔古道开棺取宝的阵法，那些旁门左道的阵法，自清末以来已逐渐销声匿迹。还是那句话，年头不一样了，怎么叫"五鬼搬尸"？五鬼是指五个死人，相传以前有盗墓贼白天挖开坟土，但使多大劲儿也撬不开棺椁，那是棺中僵尸要躲天雷地火的劫数，遇上这种情况有两个办法，一是摆五鬼搬尸阵，二是念开棺咒。如今谁也不会相信这种欺神骗鬼的东西了，那年头却真有不少人信。

李大愣放下心来，拎个小鸡子似的拎着鱼四儿，跟在郭师傅身后，丁卯关死了楼门。四个人到处寻找暗道，发现壁炉里边是道门，做得跟砖墙一样，如果事先不知楼中有暗道，谁也不会想到这儿，推开暗门，里边黑洞洞的。

正往里头看的时候，那只老马猴突然蹿了出来，伸出怪爪，一把挠在鱼四儿的脸上。

鱼四儿吓住了躲不开，半张脸让它抓了下来，一声惨叫扑在地上，两腿蹬了几蹬，眼见是活不了了。

郭师傅等人吃了一惊，这么一会儿两条人命，三个人急忙将檀木柄斧子握在手中，对着老马猴当头就剁。

老马猴奇快无比，躲开斧子，突然撅起腚来。它快丁卯更快，抬腿一脚兜在猴屁股上。老马猴"嗷"地怪叫一声，嘴里吐出血沫子。

李大愣趁势上前，一斧子剁在猴头上，不容它起身，跟着又是几下，一斧狠似一斧。

老马猴虽然狡狯通灵，终究是个肉身，几斧子下去，已是血肉模糊，脑浆迸裂，当场毙命。

丁卯踹了一脚死猴，说道："今天算是有它一个报应。"

李大愣叫道："别走了连化青，先进去拿人！"他本以为老马猴有多厉害，一看原来也架不住斧子剁，那还有什么怕的，当即提着水月灯，口中连卷带骂，姐姐妹妹莲花落全招呼上了，叫骂声中钻进了鬼楼暗道。郭师傅怕他有闪失，顾不得多想，捡起鱼四儿的马灯，带上丁卯跟进去，却不知里边等着他们的，是死在鬼楼中的一家五口。

七

哥儿仁进去一瞧，楼中暗道上下相通，下层让水淹没，一层二层是过道，地势狭窄，三层有间屋子。魏家坟路口这座楼，二层带个阁楼，从外边看不出来，唯有通过暗道进出。阁楼中另有暗门通到楼顶，房间里边充满了潮湿腐朽的气息。进到阁楼之中，郭师傅提着水月灯四下照看，只见四壁抹着白灰，墙皮都快发霉了，也有铺盖衣服，但是除了他们仁，屋中并无一人。三个人以为连化青躲在屋里，想不到没有人，挨处搜寻一遍，再没有别的暗道了，估计连化青已经逃走了。此人何等奸猾，这一次扑个空，再找别的机会怕是不易。李大愣更是顿足起急，到手的赏钱没了。

丁卯说魏家坟路口的鬼楼，换了好几茬儿主人，哪户人家也住不长，几十年的楼不算很古老，但下边有墓室改成的地窖，路口吊死过不少人，肯定不干净，等闲从此路过都绕着走，楼里又有暗道，连化青要找地方躲藏，再没有比魏家坟鬼楼更合适的地方，此时人虽逃了，没准会留下蛛丝马迹。

正说着话，仁人脊梁根儿突然冒出一阵寒意，转头一看，可把他们吓得不轻，说来也怪，墙上出现了五个黑影，模模糊糊看不出是谁，但确实是有人站在灯前，映到墙上的身影，但屋里明明没有这五个人。

丁卯大着胆子，拿手摸到墙壁上，冷冰冰的一堵砖墙，墙面上什么也没有，可那五个黑影越来越清晰。

他们三个人提着一盏水月灯，面对这堵墙壁，自己的影子在身后，不知壁上五个黑影从何而来。

郭师傅说："瞧着有几分眼熟，好似在哪儿见过……"

丁卯说："是鬼楼里一家五口的画，壁上五个黑影是画中人的轮廓。"

李大愣："许不是死在凶宅里的冤鬼显魂了？要不平白无故，墙上怎么出来五个鬼影？"

郭师傅暗觉此事古怪，他想起孙仙姑的招妖烛，说道："水月灯是鬼楼里的东西，没准让人做过手脚，也可能墙上涂了墨鱼汁，平时看不见，在灯下一照便会显出痕迹。"

李大愣说："我当是什么，敢情是吓唬三岁小孩的伎俩。"

丁卯说："二哥言之有理，反正打人一拳，防人一脚，咱们在明处，连化青在暗，凡事小心，可别着了人家的道儿。"

郭师傅让李大愣灭掉那盏灯，只用鱼四儿从外边带进来的马灯照明。

李大愣依言灭掉水月灯，哥儿仨借着昏暗的马灯，抬头又往墙壁上观瞧，五个黑影仍在。

丁卯不信那份邪，抡起檀木柄短斧，一斧子剁到墙上，剁出一道斧痕，可是壁上的影子一动不动，越看越真，好像真有五个人站在灯前，犹如活的一般。三人心中骇惧，屏住气息，站立在原地瞪目直视，一时不敢妄动。

又等了片刻，不见它异，但夫妻二人加上两女一儿，在墙壁上的身影更为真切，简直呼之欲出。

郭师傅发觉墙上黑影跟刚才不一样了，问丁卯和李大愣，他们倒没发觉，郭师傅以为自己看错了。

李大愣心里发怵，说道："鬼楼里不干净，我看不行咱先回去，请道天师符带上，再来不迟。"

说话这么一会儿，三个人的视线无意中从墙壁上移开，再看墙上一家五口的鬼影不见了。他们忽然间感到阴冷的手掐住了脖颈，用手往颈中一摸，却什么也没有，侧头看去，原来是鬼影不知不觉间绕到了他们身后，掐住了他们映在地上的影子。此时马灯转过来，他们的影子却被那五个鬼按在身前不动。三人无不大惊，惶急之际扔出斧子，哪里打得到地上的鬼影，只觉掐住脖子的手越来越紧，一口气也转不过来，眼看要死在这魏家坟鬼楼。

八

郭师傅命在顷刻，意识到这马灯也不能点，不知屋中有什么东西，只要两眼能看见东西，便中了要命的邪法。他手一松，扔掉那盏马灯，眼前一黑，掐在三个人脖子上的手顿时松开了。他们惊魂难定，眼前漆黑一片，呼呼喘着粗气，亏得急中生智，捡回条命。

此刻郭师傅发觉面前还有个人。要说也怪，刚才点着灯看不见，等到屋里黑得伸手不见五指，那人趁黑凑到了近前，不知意欲何为。郭师傅感到此人来者不善，黑灯瞎火看不见东西，怎敢容对方近身，可是带来的斧子扔在地上，捏着双手没法应对，一摸摸到揣在怀中的那块坟砖，握在手中对着那人就拍了下去，一砖拍在那人头上，打个正着，耳听对方闷哼了一声，跌倒在地。

丁卯听到响动，划了根火柴，三人眼前一亮，就见地上倒着个男子，手里握着柄匕首，身穿麻衣，头戴小帽，套着件黑坎肩，脸颊上有膏药，看不出是谁，扯下膏药，见此人有二十来岁，面容英俊，两条眼眉连在一起，是个罕见的一字眉，不是连化青还能是谁。

原来连化青躲在鬼楼之中，发觉有人进了楼，他自恃有幻人耳目的妖法邪术——其实类似外国的催眠术，老时年间被当成妖法——因此有人进来他也不怕，可也是多行不义，活该他一死。该死活不了，让郭师傅发现了不能在这屋里点灯，看得见东西就会见鬼，屋中本有的东西却看不见了。连化青一看情况不妙，打算趁黑过去一刀一个捅死这三个人，哪知让郭二爷一砖拍在头顶。哥儿仨把他从阁楼上拖到楼下，一摸气息全无，竟被一砖打死了。

按相面的说法，一眉横生加上目有双瞳，属于君臣不配，是短命小鬼的面相，但三人在古墓棺材中见到连化青的死尸，仍感到十分意外。丁卯和李大愣本以为抓住连化青，还要交给官府治罪，按此人犯下的案子，免不了吃一颗黑枣。民国时没有砍头，死刑只有枪决，押到西关外的刑场正法，挨枪子儿叫"吃黑枣"。然后哥儿仨邀功请赏，传出名去立下字号，可没想到连化青就这么死了，不过无论是死是活，也该将尸首带回去，才好有个交代，说话这时候雨势不减，大水已漫进楼中。

哥儿仨的心都提到了嗓子眼儿，眼看积水越来越深，坟窟窿和一层的死尸，都被大水淹没，不得不上到二层。往外头看了一眼，心里头又是一沉，只见大雨如注，对面的魏家坟和路口石碑，完全被雨雾所覆盖，隔着马路就看不清了，各处积水成渠。以往汛情最严重的时候，像这么大的雨下到半夜，还不至于发洪水，可魏家坟地势低洼，城里的积水全往这儿流。头一年说要拆除那些平房，这边的几栋楼也都没人住了，虽然没拆，水电可全停了，往日里的排水沟被堵死了，遇上大雨时别的地方没事，魏家坟就得让水淹了。此时积水漫过多半层楼，马路早已变成了汪洋泽国。

当年有几片居民区，号称三级跳坑。三级是三层的意思，由于住房破旧，且房屋不断沉降，路面不断加高，头一层是马路的地面比胡同的地面高，第二层是胡同的地面比院子的地面高，院子的地面比屋里的地面高，这是第三层。一层层下来，顶数屋里最低，雨下得稍微大一些，家家户户就得上演那出《水漫金山》，全家老少全拿脸盆往屋外舀水，两三岁小孩坐到木盆里头，在屋里能浮到水面上当船划，日子过得苦不堪言。住这地方的人们最怕雨季，由于房屋地势低，屋内潮湿，加上通风条件差，特别到了夏天，赶上天气闷热，常常憋得人透不过气来。当年魏家坟没拆的时候，那一大片平房则是典型的四级跳坑，因为外围的地势比南洼还要高出一块，故此称为"四级跳坑"，民间俗称穷坑，形容住在魏家坟的全是穷苦百姓，能从穷坑里爬出去那就是发财了。后来整片房屋彻底拆除，填满了南洼，四级跳坑连同魏家坟的地名，永远成为了历史。城里其余一些有三级跳坑之称的居民区，直到20世纪80年代后期还存在，经过几次大规模房屋改造，才陆续得到改善。

可想而知，当时郭师傅等人带着连化青的尸首，想走已经没法走了，马路上的积水齐腰深，水面几乎漫过路口驮碑的石兽，好在那水再大，不至于把楼淹了，等大雨稍停，积水会很快退下去，不过估摸着这场雨怎么也要下到半夜才停。三个人守着连化青的死尸发愁，白天是不在乎，可天黑掌灯之后怎么办，谁能保证不出意外？

九

正犯愁的时候，哥儿仨看见远处有几艘小艇过来。原来魏家坟那片平房里，住着一些外地逃难和拾荒的人，人数不多，住得也分散。这些居民都是去年发大水之后住进去的，不知道这地方一下大雨就淹，等水漫上来，再想跑已经来不及了，只好躲到房顶上。城里有巡河队的水警，划着小艇到这边接人，将受了水灾的人们送往高地。魏家坟十字路口以北，没有那么大的水，他们三个人赶紧招呼。巡河队的水警认识这仨人，到近前接上，一看怎么还抬着个死人，也顾不上多说，借了一条空艇，把活人死人都接下来，掉头往石碑方向划去。

驮碑的石兽已让大水淹没，水面上的那座古碑，在漫天雨雾中看来，只是个很大的黑影，让人觉得十分不祥。如今城南洼地没有河流了，相传很多年前有条古河，没人清楚那是什么年头的事了。郭师傅祖上倒几代，全是土生土长的本地人，也没听说有条大河通到南洼，除了看风水的先生能瞧出这地方以前有条河，岁数再大的人也不知道此事。至于说驮着镇河碑的无头王八是赑屃，那也是人们一厢情愿的观点。龙生九子不成龙，分别是九种动物，当中有一种叫赑屃，力大无穷，寿命长，能负重，专门给帝王驮碑，其实也没准是某种镇妖辟邪的石兽，因为脑袋断掉了，无从追究它是什么。

古时候立碑的用意，大抵是为了让后人得知，此地曾经出过哪些大事，但这块石碑上的字迹饱受风吹日晒雨淋，加上岁月消磨，已经没人看得出石碑记载了什么内容。只听张半仙说，石碑至少是几百年前还有河水的时候所立，看形状像是官碑，因为压住了通往南洼的那条河流，挡住了不少阴气，整个魏家坟的风水全让它拿光了，所以这地方邪行，风水不好。

郭师傅等人上了小艇，他隔着雨雾，模模糊糊看见路口石碑，心里一走神，不免想起了这些事，寻思："张半仙不过是个家传几代看阴阳宅混饭吃的，之前还说我们到魏家坟捉拿连化青，这一去是有死无生，最后不是也没出事吗?"他正跟心里琢磨,却听李大愣说:"今天把连化青的尸首带回去,什么三岔河口沉尸案、土地庙铁盒藏尸案、魏家坟古墓缩尸案,等于全让咱们给破了,郭二哥啊,往后这些事传扬出去那还了得,你不是河神谁是河神?"郭师傅听李大愣这句话心里一哆嗦:"坏了,千万别提'河神',提了这称呼准倒霉。"

郭师傅有心告诉李大愣别说,可为时已晚,低头看了看连化青的尸首,只见那直挺挺、硬邦邦的死尸,也在盯着他看。连化青生有妖异之相,一目双瞳,一个眼中有两个瞳仁,所以那对眼珠子跟俩黑窟窿似的十分可怕。郭师傅听说死人尸变是半夜三更才会发生的事,此刻天还没黑,可连化青那双眼不知什么时候睁开了,骇异之际,忽然感到身子猛地一晃,他们三个和那死尸一同翻落水中。马路上的积水只漫过普通平房的一半,河神郭得友是什么水性,到水中先定下神闭住气,满以为两脚一蹬地就站起来了,可就觉得这水流比他想得要深,而且冷得刺骨,骇异之余,来不及多想什么,他和丁卯俩人拖着不会水的李大愣。三个人从水里出来挣扎爬上岸边,抬眼看看周围,雨雾蒙蒙,隐约看到不远处耸立着一块大石碑,连化青脸朝下趴在那石碑底下,魏家坟原本的马路和房子都不见了,石碑四周是大片的荒地。

咱这本书为什叫"河神·鬼水怪谈",因为会说到通往南洼的那条河,没有这条河怎么能叫鬼水怪谈呢?

第十章　恶狗村捉妖

一

　　书接前文，当天赶上一场大雨，水漫魏家坟，十字路口的石碑淹没了半截。郭师傅他们和连化青一同掉落水中，好不容易挣扎出来，爬上岸一看，无头王八驮负的石碑还在，可魏家坟原先的房屋马路全没了，周围尽是漫洼野地，大雨之中不见边际，身后有条河，河水滚滚奔流，一眼看不到头。要说也怪，怎么跑到这儿来了？这地方还是魏家坟路口吗？三个人全都呆住了，许不是到了阴间？看起来却又不像，那分明是魏家坟路口的石碑，他们意识到连化青还躺在石碑旁边，先前瞧见这个死人睁眼，此刻怎么又不动了？事到如今，哥儿仨只好硬着头皮，挪动脚步走近去看。只见那死尸突然起身，此人刚死，尸身却已僵如朽木，脸色发灰，身子和胳膊腿都不能打弯，指甲陡然长出半寸，直挺挺地从地上立起来。

　　郭师傅捞过的河漂子不计其数，每天守着义庄，见的死人多了，什么邪的怪的，他也知道不少，听说僵尸大致有四种：得道之人死后，留下的尸身叫作遗蜕，不仅不会腐朽发臭，还有异香，这是一种；从古墓里挖出来的古尸，死去几百年之久，但衣服色彩鲜艳如新，面目如生，那是隔绝空气的缘故，一见风那衣服色泽很快暗淡，再拿手一碰，像层纸灰一样，尸身皮肉也跟着变为干枯，这是第二种；其三是干尸，大多是脱水风化而成；再有第四种就是民间传说中的走尸，古书里说文了也叫走影，头发、指甲比一般人长出不少，说明毛发、指甲死后还继续生长，据说这种僵尸有了道行，夜里能出来走动。

僵尸之事传说众多，但凡上点岁数、有点见识的人，都能说出不少，不过人们大多是听说过没见过。郭师傅等人也没遇到过走尸，老龙头火车站争脚行时传出过行尸扑人的事情，传得非常邪乎，那也不是他们亲眼所见。早年间传说广济龙王爷捉拿旱魃大仙，旱魃大仙就是有了道行的僵尸、老坟中的旱魃，反正是传得神乎其神。要说大伙信以为真，那也不现实，没人会信，只不过是个民间传说而已。至于连化青挨了一砖，昏死过去，掉在河里让冷水一激，又活转过来，也并非全无可能，但眼前这情形怎么看怎么像尸变。

哥儿仨吓了一跳，真有僵尸？相传清朝那会儿有人练僵尸功，首先会闭气，指甲上有尸毒，扑跃进退，与行尸无异，却是活人装的，算不算一门奇功倒是其次，主要是吓也能把对方吓个半死。他们以为连化青练过僵尸功，可看上去完全不是活人。

二

三个人稍一愣神，那僵尸就扑到跟前了，脸色乌青，两只眼像两个黑窟窿，身上散发出的尸气让人睁不开眼。哥儿仨胆都寒了，绕着石碑便逃，僵尸在后头追。李大愣心里发慌，脚步乱了，跑慢了半步，让僵尸一下子扑到地上，爪子在他肉里越陷越深，好像被铁箍紧紧勒住，挣脱不得。郭师傅和丁卯见了，赶紧回头救人，可僵尸扑人不死不休，哪里拽得动分毫。郭师傅急切间摸到地上有块砖，是李大愣从魏家坟带过来防身用的，居然一直没扔，于是他抄起砖对准僵尸头上狠狠打下去，只听得一声闷响，僵尸头顶冒出一道黑气。

郭师傅连打了三砖，僵尸身上冒出黑气，一头扑倒在地，他自己都不知道是怎么回事。多年以后有人说他这是金砖打尸，咱讲可得讲明白了，头里提到过北宋初年，陷魂阵中三块金砖打死会使异术的女将刘金锭，那虽然是民间传说，但头顶天华宝盖是灵窍，让金砖砸一下能打掉多少年的道行，这种说法确实是有，以往说僵尸也怕金砖，打掉尸气就不能动了。

以往所说的金砖，并不是用黄金做成的砖，要是那种货真价实的金砖，再怎么有钱也扔不起。古时只有金条没有金砖，有金子做成金条或元宝，一般不会造成砖头形状，那会儿说金砖是另有所指。早年间的金砖说白了就是砖头，这种砖头，一点儿金子没有，表面油润如玉、光亮如镜、细腻如金、不涩不滑，拿在手里坚硬无比，专门有规格，多长多宽多厚，处处有讲究，不合这个尺寸，也不能称为金砖。最初是专为皇宫或寺庙殿堂烧制的细料方砖，颗粒细腻质地紧密，敲打可发出金石之声，民间称为金砖是打这儿来的。由于这种砖多在京师烧制，所以也叫京砖，传来传去，传成了金砖。据说金砖的尺度和用料不比寻常，用料中有辰州所产的朱砂，故此可以打尸降妖。

不过李大愣从魏家坟古墓里拿出的是坟砖，还不是早年间所说的金砖。郭师傅抡起砖打到僵尸头上，僵尸立刻不能动了，可是脸上恢复了几分人色——蜡皮似的黄，口鼻中有恶臭的黑水流出，气息奄奄、不省人事。郭师傅和丁卯面面相觑，只听过人死之后变为行僵，但是死尸变成活人的事从古未有今世罕闻，连听都没听过。二人不敢大意，不管是死是活，先拿绳子捆个结实再作道理。他俩捆上连化青，紧接着给李大愣揉胸口拍后背，这口气儿总算是喘过来了。李大愣身上满是乌青的瘀痕，再迟片刻命就没了，缓了半天说不出话，转头看捆在地上的连化青，虽然没什么意识，但踢一脚还哼两声，显然不是死人。

郭师傅以为此人练过僵尸功，头顶挨了三砖，打去了道行，其实不是那么回事儿。只说当时捆住连化青，可不认识这是什么地方。丁卯一抬头，瞧见那石碑上积存的泥土让雨水冲掉了，露出三个残缺不全的大字，还可以辨认出来，问郭师傅道："师哥，你看石碑上刻的什么字？"郭师傅举目观看，那三个字他还真认得，也不难，石碑上刻的是"恶狗村"三字。

丁卯称奇道："没听过有这么个地方，魏家坟路口这一带以前叫恶狗村？"

郭师傅摇了摇头没说话，想不明白出了什么事，许是掉进水中之后，让大水冲过了南洼，这有块和魏家坟相似的石碑，天津城应该在北边，要回去得往北走，他见河边的石碑下有条路，既然是路，前面总该有个去处。

三

这时李大愣缓过劲儿来，数他力气大，郭师傅让他把连化青夹在胳膊底下，三人当即埋头往前走。打石碑底下这条路走过去，不远是个村子，村子附近有庄稼地，可不见一个人影，真个冷清。那些庄稼也全荒着，村中进进出出之辈，皆是体形硕大的黑狗，看起来十分凶恶，不像寻常的土狗。哥儿仨越走越犯嘀咕，怪不得叫作恶狗村，但这村子里怎么只有狗？村子里没有人吗？

好在村中成群结队的恶狗，似乎对他们恍如不见，只是在原地徘徊。三人不敢多看，加快脚步往前走。他们见了这情形，不免想起上古林的一个渔村，那个渔村里也有很多狗。听上古林这个地名，很像远古森林，其实天津卫地名有三怪——"大站不大、小站不小、古林没林"。上古林是海边的一块荒滩盐碱地，古时候别说森林了，连一棵树一根草也不生长，那么荒凉的地方为什么会叫"古林"？

这其中也有个说头，当年皇上派钦差大臣到海边祭神。这位钦差带着队伍一路来到海边，那天的天气异常炎热，晒得人们口干舌燥，很多人都快虚脱了。钦差至少还有个伞盖，随从们走在荒滩上没处躲没出藏，一个个叫苦连天。钦差也吃不住这么暴晒，想找个地方让大伙歇歇，但海边一目千里，全在日头底下，没有阴凉之处可以歇脚，这时就看远处影影绰绰，似有大片森林。人们以为那是原始森林，这可有救了，到近处才看出来，原来是片很茂密的沙蒿丛，长得比人还高，从远处看就像一片古林。沙蒿虽然不是树林，却也能容人躲避毒辣的日头，那里头还有几户渔民住的窝棚。钦差命随从找渔民要水来喝，又打听此地是什么所在，渔民们说这海边荒地，没有名字。钦差大臣感慨道：普天之下，莫非王土，率土之民，皆属王民，回去要奏明我主万岁，赐这地方一个地名，回去果然禀明皇上，皇上金口玉言，说此地荒凉，但沙蒿如林，当以"古林"为名，所以以后有了上古林和下古林这两处地名。很多年前，全是长满沙蒿的荒滩，从清朝开始渔村规模变大了，当地渔村不打渔的时候斗狗成风，所以有很多恶狗。以前的上下古林渔村，村里村外的家狗、野狗比村民多出几倍，时常伤人，后来官府不得不明令禁止民间斗狗，却仍是屡禁不绝。

郭师傅他们走到"恶狗村"，瞧那村中全是狗，竟是一个村民也没有，寻思没准是走到了上古林，但那几个村子都在海边的荒滩上，没有庄稼地，也没有河，更没听说有村子以恶狗为名。三个人提心吊胆，一边胡思乱想，一边往头里走，经过了那个村子，路旁又出现了一座石碑，还是先前无头石兽所驮的古碑，上面刻着"恶狗村"三个字，天上仍下着雨，远处灰蒙蒙的什么也看不清楚。

郭师傅他们三个人当此情形，心里边没法不怕，一条路走过来，只经过一个村子，总共没走出多远，怎么又见到村头的石碑了？

他们且惊且疑，仍往头里走，行得一步是一步，可这条路如同坏掉的唱片，不管怎么走，反反复复经过那块石碑。哥儿仁也不敢往别处乱走，正没个定夺，忽见石碑后走边出两个人，竟是在魏家坟路口卖馄饨的老头和他孙女。

四

卖馄饨的老头冷冰冰地盯着三个人，说道："你们当初听我一句劝，也不至于落到恶狗村阴阳河。"

郭师傅没想到又遇上这个卖馄饨的老头，这一老一小两个人，大白天到魏家坟路口卖馄饨，理应不是孤魂野鬼，但也绝非常人，不管怎么说，眼下还得请卖馄饨的老头指点一条道路。

卖馄饨的老头对郭师傅说道："事到如今，不必相瞒，我早知道你是谁，我们爷孙两个一直住在这条河里，很少出去。前些时候这孩子不听我的话，一个人跑到外面，也是该她有一劫，多亏你出手相救，得以保全性命。常言道得好，人情是债，有借有还，何况是救命之恩，所以我会尽我所能报答你。你们要想活命，一定依我所言行事，顺着石碑旁这条路一直往前走，记住了，走就走了，一旦走过石碑，千万别回头往后看……"

郭师傅在巡河队救过不少人，虽说不可能都记得那么清楚，但自己做过的事，或多或少还会有些记忆。他打头想了一遍，想不起来在何时何地救过这个小女孩。忽然，他心里一动，听卖馄饨老头刚才说一直住在这条河里，这话可不对——要是说住在河边倒也罢了，怎么会有人住在河里？这一老一小是淹死在河里的水鬼不成？为什么走过石碑就不能再回头往后看，如果回过头去，会看见什么不该看的情形？

哥儿仨捉了连化青，走到石碑底下转不出去，听那卖馄饨老头说，走过这石碑，不能回头往身后看，可之前在这条路上走了好几遍，也没回头往身后看，还不是没走出去？况且这卖馄饨老头来路不明，指这条路不知有何居心，谁敢相信？

卖馄饨老头看出他们不信，就说："你们先前走这条路，没回头也走不出去，是因为我没在你们身后跟着，如今按我说的做，你们准能走出去，但是我有句话你们千万记住，走到半路上，别管听到身后有什么响动，千万别回头往后看。"

哥儿仨一听更诧异了，为什么卖馄饨老头要跟在他们身后？没准这一老一小也是困在这条路上的鬼怪，跟着人才能走出去。当初在魏家坟那片平房里，郭师傅遇上过这种事，不过仔细想想，又觉得不是这么回事。他说："老大爷能不能告诉我们，恶狗村究竟是什么地方？这石碑是不是魏家坟路口的石碑？"

卖馄饨老头只得实言相告："恶狗村的石碑，正是魏家坟路口那块碑。早在很多年前这儿是条河，河中能打到门板那么大的鱼，后来因地震，这条河不见了。相传变成了一条阴阳河，在河里淹死的水鬼，要从这去阴间，所以有官家立下块石碑，上面刻着'恶狗村'三个字，从此到阴间的孤魂野鬼再也不能回来，那是因为有村中恶狗守着。"

相传这条大河，当年一直通到南洼，那会儿的南洼还是个湖，常有水患发生，淹死在河里的人数不清，按形家之言是条凶河。后来这条河消失了，有可能是河道干枯，也有可能是渗进地下，总之是没水了，只剩路口那块孤零零的大石碑。别看河没了，但是在有本事的风水先生眼中，这条河的气脉还在，始终让石碑压着散不掉。风水讲究个形势理气，形势和条理都能用眼直接看，气则看不到，虽然看不到，却绝不等于没有，而是变成了阴阳河。城里上岁数的老人们，几乎都听过阴阳河的传说。

五

天津卫周边有许多地名带个"沽"字，号称有七十二沽。你现在到那儿去看，完全没有水，因为沽字分开来是"古水"，比如咱们一说古人，必是指活在以前的人。古水也是这个意思，专指那些以前有水的地方，后来退海还地，水都没有了。由于存在这种背景，早年间才有不少关于阴阳河的传说。有的说阴天下雨走到路上，能听到河流奔涌之声，可周围明明没有河，还有说这阴阳河通到阴间，活人看不见，也进不去，毕竟是阴阳有隔，人鬼殊途，发大水时那条河才会出现，掉进去的人别想再出来。有关阴阳河的种种离奇传说，经常会听人提到，在以往的迷信传说中，过了阴阳河是阴间，那是人死下阴的去处，不过阴阳河究竟在哪儿，谁也说不准。

郭师傅他们一听卖馄饨老头说阴阳河，心下也都明白了，原来魏家坟让大水漫过，三个人和连化青一同落入水中，不承想掉进了阴阳河。好在没往那村子里走，误入恶狗村不免要做阴世之鬼。郭师傅还有些事情想问，那卖馄饨的老头却说："别再多问了，别的事你们不该知道，等这场大雨一停，路口的大水退掉，你们谁也别想出去，按我所言，快往前走，一路走下去，还会看到这块石碑，你们从下面绕过石碑，只管往河里走。"

郭师傅听了此言，不敢多问了，带着他的两个兄弟，拎着连化青，打石碑下面过去，一路往前走，经过恶狗村，看见那块石碑又出现在前头，离得不远了，快步走过去，可一路下来，没听身后有脚步声。这时再往前走，他感到脊梁根儿冷飕飕的，心知身后有东西跟上来了，不是人走路发出的声响，倒似一阵打转的怪风，他们忍住了怕，不敢回头往后看。

哥儿仨只顾往前走，到石碑下面绕过去，来到了河边，蹚着水下河。李大愣不会水，他背着死狗般的连化青走到这儿，说什么也迈不开腿了。

郭师傅和丁卯转身拽着他："兄弟赶紧走……"话没说完，转身时无意中看到了跟在身后的东西，俩人骇得脸如死灰。

身后哪有什么卖馄饨的老头和小女孩，雨中是条粗如巨瓮的大蛇，头顶盘着一条小蛇，张开血盆的大口，露出四颗獠牙，正要吸这河里的水。郭师傅这才醒悟，一老一小全是阴阳河里的蛇仙。卖馄饨老头之所以说他救过那小女孩，是指老龙头火车站争脚行时，两个脚夫用石头压住一条小蛇，郭师傅一时好心，顺手拿开石头将小蛇放掉了。

老话说"会使天上无穷计，难躲命里一场灾"，再有灵性的东西，也躲不开命里注定的劫数，走在路上不让回头，是怕吓着郭师傅他们，也是不想让人看到原形。三人惊骇之际，大蛇张口吸水，河中出现一个旋涡，他们身不由己落到水里，随波逐流往下沉。

六

郭师傅和丁卯水性出众，发觉身子沉下去，急忙屏住一口气，托着李大愣和连化青凫水上来，冒头起身，却见身在魏家坟十字路口，滂沱的大雨，兀自下个没完，积水漫过了半截石碑，路口以南的平房让水淹了一多半。有巡河队的人看见这条小艇翻了，撑船过来搭救，三个人揪着连化青，挣扎上了巡河队的船。在外人看来，这前后不过一瞬间之事，他们三个却是脸色惨白、全身僵硬，嘴里起满了紫泡，心里明白，口中说不出话，抬到家灌下热汤才渐渐醒转。

他们醒转过来后，让巡河队到魏家坟收了大鸡子儿和鱼四儿的尸身，连化清仍是半死不活，把此人送交有司，验明正身果是其人。过了半个来月他才渐渐恢复意识，接下来审问案由治罪，随你是铁打的罗汉，到热堂上也得扒层皮，没有问不出来的口供，大刑伺候上，狗熊也得承认自己是兔子。

连化青受刑不过，说出当年自己怎么放火烧死了赶他出门的哥哥一家，又是怎么在土地庙害死了两个小要饭的，怎么跟耍猴的师傅进城，做下不少伤天害理的勾当。后来耍猴的横死在菜园枯井，他抢了魔古道传下的奇书逃之夭夭。为了躲避通缉，也一度逃往外省，他先记下书中内容，然后把书烧了灭迹，当时兵荒马乱，到外面人生地不熟，也只能以耍猴或乞讨、偷骗为生，仍不免忍饥受冻。想来想去，哪儿都不如天津卫这个三教九流聚集的水路大码头好，因此没过几年，他被迫回来，不敢进城，害死那一家五口，躲在魏家坟鬼楼。他和他那位耍猴的师傅不同，心眼儿多脑子好使，又训了一只巨猿，让其到民宅中偷取胎儿。他身上的妖术全凭死胎制成药粉，魔古道的摄魂妖术，全凭吃下活取出来的肉胎，他吃的全是死肉，身上阴气越来越重，落在河里是变成了行尸，还是有别的原因，他自己也不明就里，反正是让郭师傅拿砖头砸到头上，打掉了尸气，才恢复成本来的样子，但再也施展不出魔昧之法，让巡河队手到擒来，大致是这么个经过。

郭师傅和他两个兄弟，到魏家坟鬼楼捉拿连化青，落到阴阳河中，跟死过一回没什么两样，心知张半仙的话是真准。回去怎么请赏，怎么谢张半仙，不在话下，只说连化青负案在逃多年，身上背着好多条人命，按当时的法律，怎样开脱也躲不过一颗黑枣。

当时也曾游街示众，然后押出西门到小刘庄刑场处决，整个过程各家报馆、电台争相报道，街头巷尾谈说的也都是这件事，老百姓们听得消息，奔走相告。在连化青被游街枪毙的当天，人山人海的争相来看热闹，惹得全城鼎沸，咱一直说河妖连化青，传言此人是永定河里的水怪，究竟怎么回事，说到枪毙他那天您就知道了。

七

咱们这本书里谈奇说怪，所言皆是口传耳录的民间故事，什么叫口传耳录？一个人听来一件事，从别人口中说出来，他用耳朵一听记住了，回头再讲给别人，这么传过来传过去，其中免不了添油加醋，越传越神，到头来各有各的说法。

有人说郭师傅当年捉拿连化青是没错，但没有传言中的那样离奇，实际上这个连化青是民国年间的，老家在陈塘庄，会变戏法也会耍猴，经常在乱葬沟中捡死孩子做成药粉，自称能使一些歪门邪道的魔昧之术，一度逃到外省，官府缉拿多年，始终没抓到这个人。有一次连化青在外省混不下去了，跑回来到躲到魏家坟，正好郭师傅从那儿路过，凑巧拿住此人，送交有司，一审之下，审出好几件大案，问了个死罪，游街枪决之后弃尸于荒野。有养骨会的老道，收敛了连化青的尸首，埋到养骨塔。

再有一说，就离不开鬼神了，郭师傅捉拿连化青，这段事迹传到后来，说成是河神郭得友恶狗村捉妖，又在阴阳河遇到蛇仙指路，反正是传得神乎其神。据我所知，郭师傅怎么捉到的连化青，包括他至亲至近的人也不清楚，他自己很少说，只是有巡河队的人提到过一些，应该相对可信。枪毙连化青这件案子，在旧档案卷宗中的记录模糊，应该是有一部分灵异的东西，根本没法解释，但不把这些事写进去，整个破案的经过便不合逻辑。

解放后20世纪90年代，在天津郊区的一个水库边上，出过一件奇案，虽然破了案，但要说没有鬼，这案子也说不通。那时乡下有个村民姓黄叫黄老三，有一次黄老三到城里卖牛，卖完牛一个人揣着钱回家，路上喝了点儿酒，坐错了车，醒过来发现到水库附近了，这时遇上一个同村的刘七，在此有份看水库的差事，俩人闲聊几句，为这几句话，竟把性命丢在了水库。

刘七得知黄老三身上带着卖牛的钱，起了贪心，以带着看水库里的大鱼为名，将黄老三引到水库边上，抄起干活儿用的砍柴刀，对准黄老三后脑勺狠狠地就是一刀。那砍柴刀很钝，但跟斧子一样沉，一刀下去，黄老三头脑袋便开了花，刘七掏出他身上的钱，绑上块石头，把死尸沉进水库，从此这个黄老三就失踪了。水库在蓟县的山中，周围很荒凉，没有人家居住，死尸沉到水底下，神也不知鬼也不觉。

黄老三是坐错了车来到水库，除了刘七，谁都想不到他会到这种地方来。家里并不知道这个人遇害身亡，看黄老三接连几天没回家，到处找也找不着，家里人就不放心了，找公安报案，说黄老三进城卖牛，身上带着不少钱，准是半路遇上歹人图财害命。但公安局不听这些话，因为没根据，立案也是失踪案，你要说是凶案，得有死尸，没有死尸，只能当成失踪处理。

说起这件事儿真是邪了，报案之后，黄老三的老婆回到家，夜里做梦，梦到有人在屋外招呼他的名字，听声音像黄老三。他老婆就起身去找，边找边问当家的你死哪儿去了，怎么出去这么多天还不回来？对方却不答应，循着声音一路找过去，看山壁上刻着"七号水库"四个大字，似乎听到黄老三在那说："这下面太冷，你快给我送衣服来。"老婆心里一哆嗦，从梦中惊醒过来，纳闷儿当家的怎么跑水库去了，还说那下面冷，让家里人给他送衣服？

　　天亮之后，老婆把半夜的梦跟家里众人一说，黄老三的母亲就流泪了，说黄老三准是死在水库了，别人都不信，架不住婆媳二人哭求，只得去找五河水警队的人帮忙，又送东西又说好话，请巡河队帮忙到那座水库看看，有个结果好让大伙安心。没想到一下去就捞出死尸了，人命关天，有死尸肯定要立案侦破，最后查出凶手刘七，这件奇案终于告破。但在结案报告里，有些情况就没法记录，你总不能说有鬼，或是做梦梦到死人在水库里，做梦破案算怎么回事？

　　问题是不说这个梦，解释不出为什么要去那水库打捞死尸，这是半点不掺水的真人真事，是阴魂不散也好，是心念感应也罢，虽然不是看得见摸得到的东西，却不能一概归为迷信之说。当年郭师傅捉拿连化青的事迹，本身也是这么离奇，从三岔河口沉尸，到陈塘庄土地庙怪梦，直至游街示众押赴西门外法场枪毙，这可不算完。

八

　　众所周知，北京城出了宣武门有个菜市口，那是清朝以来专门处决罪犯的法场，因此宣武门俗称"死门"。前清时天津卫的刑场设在西关外，西关是指外城的关口，算不上很热闹的地方，不过也是路口，可以让百姓围观，镇压义和团那会儿，在这个法场砍下来不少人头，入民国后废除斩首，处决犯人改为枪毙，法场也不是设在街上了，改到西关外的小刘庄砖瓦场。枪毙连化青之时，行刑的地方正设在这个砖瓦场，可在当天，法场上出了让人意想不到的怪事。

　　天津卫有北关和西关两道关，北面的城楼规模大，叫作北大关；西边的城楼规模小，叫作小西关。前清时各有一座城门楼子，1900年被八国联军拆毁，解放后小西关改为监狱，押的全是重刑犯，出了关往西去，经过河龙庙义庄，是小刘庄砖瓦场，不是工厂的"厂"，是场地的"场"。那儿常年堆放残砖烂瓦的旷地，蒿草丛生，是很荒凉的一个去处，离着乱死坑非常近，那一带扔死孩子的最多，通常处决犯人，都要在小刘庄砖瓦场执行。

自打废除斩首之刑以来，押到西门外小刘庄砖瓦场枪毙的犯人，也不下数百人之多，值得一提的只有三次，头一次是民国初年枪毙活狸猫。活狸猫是一个飞贼的绰号，传说中这飞贼好生了得，他从来没有同伙，天大的案子也是一个人做，有一手撑竿上房的绝活儿，在房上高来高去，飞空走险，如履平地，谁都逮不住他。有一次也是赶巧了，踩访队的人正追他，活狸猫撑着长竿又想上房，料不到竿子选得不结实，撑到一半折为两截，活狸猫从半空掉下来，摔得爬不起身，让踩访队当场按住，插上招子游街示众，押送法场枪决。吃黑枣之前不栽面儿，这叫人倒架子不倒，活狸猫说了很多哗众取宠的豪言壮语，词儿全是评书戏文里听来的套话，比如"脑袋掉了碗大个疤"、"二十年后又是一条好汉"之类。当时看游街的百姓很多，挤得人山人海，人们特别爱听这些话，也听得懂，觉得英雄好汉不怕死，出红差就该说这些话，一路上跟着起哄喝彩，闹动了半座天津城。

最后一次是20世纪50年代枪毙袁三爷，袁文会袁三爷，天津卫头一号的大混混，天生秃头，会些武术。解放前已被捕在押多年，民国政府却一直不敢动他，因为此人是青帮头子，还管着脚行，势力太大，根基太深，可谓手眼通天，相当于本地的土皇上，他一跺脚，城里城外都要跟着颤上几颤。新中国成立之后人民政府决定对其执行枪决，那是在冬天，天寒地冻，袁文会被押出来时穿着一身棉袄，五花大绑，两眼通红，面色阴沉。也是被关得久了，他没精打采的一句话不说，被押送到小刘庄砖瓦场，跪在地上挨了三枪。当时开了公审大会，万人空巷，男女老少争相来看，主要是袁文会名头太响，人们都想瞧瞧他长什么样。

这两次是一头一尾，处决活狸猫以前，还是按清朝的王法开刀问斩，枪毙袁文会以后，社会局面逐渐稳定，死刑游街不让当热闹看了，枪毙连化青恰好在当中。天津卫这地方和北京城不同，北京是天子脚下，别看离得近，两地民风习气却不相同，京城处决的大人物多，同样是看法场上的热闹，京城百姓讲究看和政治有关的红差，比如什么农民起义军的首领，或是被朝廷问罪的大臣，更要看刽子手的刀法。

到天津地头上，不看这些名堂，也没有。作为水陆码头九国租界，三教九流各种闲人扎堆儿的地方，人们尤其爱看热闹，讲究的是看处决大混混儿或背着大案的巨盗，这种人大多是亡命之徒，临刑前游街示众，瞧见那么多人盯着自己看，不但不怕，往往还得意起来。嗓门儿豁亮会唱的，唱几句《定军山》《野猪林》，不会唱的也有话说，道一声："老少爷们儿，在下因为什么什么原因犯的事儿，马上要掉脑袋了，今天让老少爷们儿们认得我，二十年后还是一条好汉。"百姓们跟随着起哄叫好，一步一个彩儿，知道的是处斩枪毙死囚，不知道的还以为是迎送哪位京剧名角，这也是本地风气使然。

枪毙连化青那一天，也是这么热闹，大伙听说这个人目生双瞳，以为是怎样一位了不得的人物，这等热闹岂能不看。到了正日子，街上要饭的不要饭了，偷东西的不偷东西了，说相声的不说相声了，拉车的也不拉车了，成千上万的老百姓争着来看，人挤着人，人挨着人，人摞着人，马路两边码成了人墙，分不开的人头，这是多大的场面，可是谁也想不到，接下来会出什么事。您要问连化青是不是永定河里的妖怪，到枪毙他的小刘庄法场上才见分晓。

第十一章　枪毙连化青

一

连化青招供画押，认下好几件命案，报请上去断了个死罪，押在死牢中等待枪决。临刑那一天，连化青只求跟郭师傅见上一面，想认一认这个抓到他的人是谁。

郭师傅得知此事，答应当天跟去小刘庄砖瓦场，发送他一趟。到了上法场的日子，郭师傅带上丁卯，俩人来到大牢中看连化青，只见连化青低着脑袋，五花大绑钉着脚镣，坐在一个单人房内。他穿着一身破囚衣，后背插了招子，坐在那里一言不发，头也不抬。

丁卯说道："今天让你认得我哥哥，他就是拿你的人。"

连化青闻言抬起头，两只生有双瞳的眼像两个黑窟窿，盯着郭师傅打量一番，说道："想不到连某人栽在你手上，如今我记住你了，你等着，我早晚要来找你。"

丁卯见此人死到临头还放狠话，忍不住开口要骂。郭师傅摆手没让丁卯多言，说道："连化青，你做下的案子不少，今天只不过一死抵偿，不该再有什么怨言。"

连化青眼中闪过一道凶光，说道："罢了，今天我要上法场挨枪子儿，是不是该有长休饭诀别酒？"

郭师傅说："不错，是该有，上法场前一碗酒一盘肉可是老例儿，眼瞅时候不早了，随时会把人犯押到小刘庄法场枪毙，怎么还没送长休饭？"

他问管牢的几时送，管牢的说："二爷你想什么呢，这几年世道这么乱，枪毙的人太多，如果每个人一份酒一份肉，即便咱这死牢是个饭庄也架不住他们吃啊。实话告诉你吧，咱们牢里头只有棒子面儿窝头，我们看牢的都吃这个，犯人只管半饱，枪毙这天也不例外，他要是有什么亲人朋友，那些人该给他送酒饭衣服，让他吃饱喝足穿上新衣服上路，没人送也就没有了。"

郭师傅想了想，带丁卯出去，买了几个肉包子两个熟菜，打上半斤酒，拎回来想给连化青吃了好上路。可他前脚出去，后脚执法队便到了，提出人犯，押在大车上，一路游街示众，直奔西关外小刘庄砖瓦场。天要下雨，阴云密布，一路上看热闹的人海了去了。马路上人挤人，挤得风不透雨不透，郭师傅和丁卯想从后头赶上，但是人太多了，马路上是人，房顶上是人，树上都是人，二人急得脑门子冒汗，却哪里挤得过去。

总说老天津卫的人爱看热闹，虽然全国各省百姓都爱瞧热闹，但是比不过这地方，当年有人掏阴沟，都能围上一大圈人跟着看，还有论："宁堵城门，不堵阴沟，谁们家阴沟堵了，这可太有意思了。"

且说上法场游街那天，看热闹的人群一瞧，绑在车上的连化青衣衫褴褛，低着脑袋闭着嘴，好像还没枪毙就死了，实在是没劲，但是这些闲人们好不容易有场大热闹看，谁都舍不得走。人头攒动如潮，全在后边跟着，想着万一此人半道上精神了，一来劲冷不丁唱一嗓子："将身来在大街口，尊一声列位宾朋听从头……"这要没听着可亏大发了。

二

以往处决犯人，押送到法场这一路之上，犯人看见这么多人抬头望着自己，任谁这一辈子，都没有如此受过重视，最红的京剧名角也不会同时有这么多人围观，有的要诉说冤屈，有的要充好汉，而且天津卫看热闹的人们和别处不一样，尤其会起哄会喊好，所以再怎样贪生怕死，也得当着大伙的面交代几句话。

更有那些成了名的大混混儿，上法场时上身穿箭袖靠身蜈蚣纽，十三太保疙瘩襻，腰束英雄带，下身穿灯笼裤，脚踩抓地虎快靴，头戴英雄帽。评书京戏中的绿林英雄怎么打扮，他也怎么打扮，头上多插一朵白纸花，跟底下围观的人群有问有答，人们齐声问："好汉爷，给大伙说说，你怎舍得把娇妻幼子丢，怎舍得八十岁的老爹爹无人养，怎舍得抛下亲朋好友众兄弟？"

那位好汉绑在车上，必定是横眉怒目不肯低头，途中骂不绝口，下至大总统，上至老天爷，谁他都敢骂，听得有人问起，他便要答道："诸位老少爷们儿，我也舍不得老娘年迈高，舍不得河东河西好，舍不得兄弟朋友义气深，恨只恨平生志未酬，可是咱好汉做事好汉当，今天一命抵一命死也甘休，人头落地碗大个疤，十八年之后回来再报仇。"

那位好汉交代一句，底下的人群便大喝一声"好"，响彻云霄，声震屋瓦。好汉说完了骂够了再唱两段，抒发一下情怀，别管唱得好不好，临刑前这一嗓子，必定是感天动地声泪俱下，这才是上法场的热闹，至于犯了什么事儿掉脑袋，那倒是次要的。老百姓顶讨厌枪毙前喊口号的，反正喊什么也没人听得懂，其次是不愿意看吓破胆张不开嘴的人，最没劲的便是这种没嘴儿葫芦，转眼人头落地了，再不说哪还有机会？

押送连化青打街上经过的时候，人们一个个伸长了脖子踮起脚尖，眼巴巴地看着盼着，奈何这个不争气的一声不吭，活像一根木头桩子，可把这些看热闹的给急坏了。有人扯着脖子喊道："好汉，你倒是唱两句啊！"还有人出主意："咱给他来声好儿吧，大伙听我数啊，一……二……"接下来只听千百人同时叫声："好！"

连化青本来耷拉着脑袋，听到这个"好"字，慢慢抬起头来，人们立时屏息吞声，谁也不说话了，瞪大了眼等着连化青开口，此情此景，估计要唱"叹英雄生离死别遭危难"这段。天津卫的老少爷们儿爱听，也会听，上法场该唱什么不该唱什么，那全是讲究，唱不对了可不行。

没想到连化青不唱，只是望着人群求告道："老少爷们儿，我连化青老家在陈塘庄，长大没学好，误入魔古道，杀了人犯了法，今天上法场吃枪子儿，落到这般下场，也没什么话好说，仅有一事相求，望众位念在我无人看顾，这一去再不回了，容我在此要口酒饭，让我吃饱喝足了走到黄泉路上，不至于做了万劫不复的饿死鬼，我二辈子不忘报答众位。"

当年有句话是这么说："妖异邪术世间稀，五雷正法少人知。"清朝以前还能见得到妖术障眼法，民国之后已经很少见了。看热闹的人们以为连化青所用的无非是江湖上唬人的手段，听其说得可怜，便有好事之徒去找酒找肉，到街上做买卖的饭馆要来——饭馆也不收钱，因为是积德的事，押送法场处决的人吃了你店中酒肉，往后准有好报——交给执法队负责押送的军警，送到连化青嘴边，连化青狼吞虎咽把酒肉全吃了，低下头闭上眼一动不动了。

三

周围的人们看不明白，如今长休饭断头酒已经下了肚，怎么又不言语了？莫非觉得这酒肉不好吗？大伙一路上跟着起哄，那人却恍如不闻，一路出了西关，来到了小刘庄砖瓦场。执法队将连化青拖下车，到挖好的坑前让其跪下，听执法官念罢了罪由，有三个行刑的法警提枪上前，只等一声令下，便要执行枪决。

大多数人看到执法队把连化青押出西关，便起着哄回去了，觉得没意思，但是等候在小刘庄法场看枪决的也有百十来人，郭师傅和丁卯是一路跟来，还请了养骨会的道人，等着来给连化青收尸。正是中午，天色阴沉，只见连化青反绑双手，背后插着招子，低头跪在土坑前边，口中好像在叨咕着什么，突然从嘴里呕出一口黑水，在场的人离得老远，都闻到一阵腥臭，纷纷捂住口鼻，心中老大诧异：这是吃了什么不干净的东西，怎么比河里的死鱼还臭？

以前经常有被处决的人在枪毙之前，受不了惊吓，因为太紧张了，全身哆嗦，胃部急剧收缩，把胃里的食物吐出来，可没有如此腥臭的味道，事情显得有些古怪。这时下起阵雨，雨势不小，所有的人全被淋成了落汤

鸡。执法官挥挥手，示意赶快执行枪决，拔下招子抛在一旁，三个法警依次上前，头一个拎着枪上来，对准跪在地上的连化青后脑开了一枪，枪声一响，响彻荒郊，听得围观的人们心里跟着一颤。

连化青随着这一声枪响，身子向前倒下，滚进了土坑。第二个法警上来，对准倒在坑里的连化青又是一枪，接着还有第三个法警再补一枪。这是怕一枪死不了，也怕有执法队事先让人买通了，开枪时不打要害，所以枪决都是打三枪，执法队有人得下去查看是不是死透了，然后签下文书。如果没有家人朋友来收尸，便用草席子卷了，扔到附近乱死坑里喂野狗。当时有养骨会的道人来收尸，接下来的事执法队便不管了，匆匆收队回去，一下起雨来，四周看热闹的人也都散了。

郭师傅目睹了枪毙连化青的整个过程，感觉不太对劲儿。他瞧见连化青挨枪前吐了一地黑水，不像吃下去的东西，跟河中淤泥一样腥臭，等养骨会的道人把死尸抬上来，他到近前仔细观看，只见连化青脑袋让枪子儿打出一个大窟窿。他不放心，扒开死尸眼皮一看，眼中只有一个瞳仁，再看死前吐在地上的黑水，已经让雨水冲走了。

郭师傅心说："不好，据说当年家住陈塘庄的连秋娘经过永定河，不幸落在河里，命大没淹死，回到家便有了身孕，生下个来路不明的孩子，也就是连化青，有人说是永定河里的水鬼撞胎，所以称他是河妖。虽说这件事无从证实，但连化青枪毙前吐出一口黑水，死后眼中双瞳变成了单瞳，好似皮囊中躲着个鬼。死在小刘庄法场的连化青，仅是一具人形皮囊，而永定河里的河妖，准是借着大雨逃走了。"

四

五河水上警察队管着的五条河当中，有一条叫作永定河，只听这条河的名字也知道不怎么太平，要是太平无事，就不用叫永定河了。在枪毙连化青之后，郭师傅感觉要出事，可他没对旁人说，说了也未必有人相信，只在心里思量。

由于不是从河里打捞上来的浮尸，所以不送河龙庙义庄，当天有养骨会的道士，将连化青的尸身抬去火化，骨灰埋到养骨塔。城里有两个埋骨的地方，北边有厉坛寺，西边有养骨会。这俩地方不太一样，厉坛寺供着度化饿鬼的地藏王菩萨，养骨会拜北极佑圣真君，一佛一道，各不相干。不过厉坛寺的僧人只在庙里等着，有人送来骨灰坛，他们就接下，不出去找，养骨会正相反，每次法场上枪毙砍头，会中老道都去收尸。这次郭师傅也是从头跟到尾，等养骨会的道人将死尸收去烧化，骨灰放进塔中，眼瞅着没出什么岔子，他寻思也许是自己想得太多了，但盼着没事。

此时天快黑了，阴雨连绵，马路上行人稀少，他和丁卯起身往回走，那边李大愣领了犒赏，请上巡河队的人摆了两桌，等他俩过去吃饭。郭师傅的心思不在这，吃饭时别人说什么他都没仔细听，也无非是说他捉拿连化青，破了好几件奇案，如何如何了得，河神郭得友的名头算传开了。这些话他全没在意，只觉得眼皮子直跳，老年间有种说法"左眼跳财右眼跳灾"，他右眼皮子跳得厉害。

以往的迷信观念中，说这右眼皮子乱跳，是要出事儿的征兆，人们都盼着左眼跳财，右眼皮子跳动却让人提心吊胆。还有另外一说，俗传是"左眼跳财，右眼跳人来"，右眼皮子跳个不停，是家里要来人的征兆，来人总比有灾好一些，可那也是吉凶难料，你知道来的是什么人？

郭师傅先是右眼皮子乱跳，接这左眼皮子也跳，不知到是来人还是来灾，不免心神不安。他撕下指甲盖儿大的一块白纸，蘸湿了贴到眼皮子底下——以前认为这样做，可以止住眼皮子乱跳。从饭庄里出来，大家就各回各家。雨夜黑天，郭师傅一个人往家走，回到河龙庙义庄，将房前屋后的门户关好，眼皮子跳得睡不安稳，索性点上油灯，坐在灯底下捏纸元宝。

旧社会说扎纸活儿，包括纸人纸马纸元宝之类，凡是烧给死人的东西都算，跟裱糊房屋是同一门手艺。有些裱糊师傅手艺不错，不过不敢做纸活儿，只以裱糊房屋顶棚为生，因为这是烧送阴间的东西，八字不硬的人压不住，其中的讲究和忌讳也不少。郭师傅捏的纸元宝，是用锡纸叠成，灯下看就跟真的相似，但形状不同，真的元宝有金锭银锭，说老话儿叫大宝，锡纸做的金银锭，两头敲得高，底下还要写四个字：阴司冥府。相传夜里有孤魂野鬼拿了纸钱出来买东西，半夜看那纸捏的金钱元宝，和真的一样，天亮再看却是纸钱。做成这样是为了不让阴魂用纸钱骗人，如果商贩三更半夜接过钱来，看到底下有"阴司冥府"的字样，再怎么像真的也不敢收。郭师傅做的纸活儿，都有这般讲究。他睡不踏实，起身在屋里捏锡纸元宝，手里干着活儿，心里总觉得要出事：连化青被拉到小刘庄砖瓦场枪毙了，这个人虽然死了，却保不准会阴魂不散，半夜找上门来。

五

陈塘庄的人都说连化青是河妖，在永定河撞胎脱生为人，传的是有根有据。郭师傅不敢大意，他知道水里的东西都怕铁，老言古语里常说水能治铁，镇河之物大多是铁牛铁虎。他担心半夜出事，起身搬动义庄里的炼人铁盒，上下两半分开，前门后门各放一个顶住门，心里觉得安稳多了。听着外头淅淅沥沥的雨声，在灯下叠了百十个锡纸元宝，他想起还有中午买的包子，正好半夜里垫一口，吃完包子接着捏元宝，不知不觉困意上来，趴在桌子上睡着了。河龙庙前后两进，前头临着街是纸活儿铺，后面半间大殿是义庄。他在前屋睡到半截，半梦半醒之间，觉得身边有人说话，睡眼惺忪地睁开眼，只见面前站着个人，这人身穿长袍，十分高大，但屋里的油灯很暗，看不清对面这个人的脸，瞧那穿着打扮却有些眼熟。前后门都顶着，他也不知道这人是怎么进的屋，此人正指着后殿屋顶说话，声音不大，但是显得很急，似乎在告诉他："屋顶上有东西！"

郭师傅心里一惊，再看面前根本没有人，屋里油灯还亮着，赶忙捧起油灯到后头查看。后殿年久失修，大雨下到半夜，殿顶让雨水冲塌了一大块，残砖乱瓦掉下来，露出很大一个窟窿。他心说悬了，殿顶要是全塌下来，能把人当场活埋了。正想着，忽然闻到一股河中淤泥的腐臭，这股恶臭，跟连化青被枪毙前吐出的黑水味道一样，随即有个像人又不是人的怪物，从殿顶破洞中跃了进来。这怪物三尺来长，四肢有爪，身黑似漆，目光如炬，两只眼像两盏灯似的，直冲着他扑了过来。

他心知这是从连化青身上逃走的东西，全身暗绿色的河泥发出尸臭，还挂着许多水草。河龙庙义庄后殿中只有一盏油灯，雨水从殿顶落进来，将油灯打灭了，殿里立刻黑得伸手不见五指。漆黑一团的大殿中，怪物的两只眼如同鬼火一般，看不出到底是个什么。郭师傅骇异至极，一怔之下，怪物已带着腥风扑到眼前了，他手里连个家伙也没有，空捏着两个拳无法抵挡，此刻再想拿铁器也来不及了，只得绕着棺材躲避。在这义庄大殿住了多年，殿里的一砖一瓦在什么方位，他闭着眼也一清二楚，围着棺材东躲西藏全力周旋，浑身尸臭的怪物来势虽猛，一时半会儿却也扑不中他，不过他明白这么躲下去不是办法，心中不住叫苦。

从殿顶跃下来的怪物，接连几次扑不到人，追来追去，一下扑在棺材上。义庄中的破棺材已经用了几十年，棺底铺着层白米，柏木棺板糟朽不堪，一碰就散。耳听"咔嚓"一声，棺材板子和白米散落在地。郭师傅看不见脚下，绊了一个跟头，踉跄中撞到广济龙王爷的泥胎塑像身上。他死中求活，躲到泥像背后，感觉到那股腥臭的阴风逼近，此刻人急了拼命，肩膀脑袋顶住三丈多高的龙王爷神像，发声喊用力推过去。也不知从哪儿生出那么大的力气，只听"轰隆"一声响，殿中供奉的这尊广济龙王神像，顿时倒塌下来，正将那怪物砸到下面。三丈来高的神像虽是泥胎，那也够分量了，满身水草河泥的怪物两臂乱抓，但是让龙王爷的泥像死死压住挣扎不出，不久便不能动了。郭师傅用力过度，也在大殿中昏死过去。

待到天光放亮醒转过来，从殿顶大窟窿看出去，外头雨也住了，毒辣辣的日光照进来，广济龙王爷泥像下压死的东西，是具披头散发的死尸，面目肿胀难辨，身上尽是淤泥和水草，皮肉有鳞，臭不可闻，不到中午仅剩枯骨，皮肉化为一地的黑水。有认识的人说这是河魅，河中死尸被阴魂凭附，当年撞胎托生的连化青，本是永定河里的河魅，得了胎气托生成人也不容易，却让郭师傅在魏家坟捉住，送到小刘庄法场上枪毙了。一缕阴魂借着法水不散，逃回永定河，取了原形，也就是河底淤泥中的一具古尸，又上门来寻郭师傅，亏得广济龙王爷显圣，泥像倒下来压住了河妖。

六

郭师傅也是这么想，他寻思在灯下捏纸元宝时，有个穿长袍的人提醒他殿顶上有东西，但家里没这个人，不是龙五爷还能是谁？何况凭他的力气，无论如何也推不动那么沉重的泥胎塑像，可见广济龙王才是真正的"河神"。他许下愿，将来要给广济龙王重塑金身，却不知当着神灵绝不能轻易许愿，许了愿必须要还，当时想着是能够办到，一点点存钱，迟早有一天，可以重修河龙庙大殿。谁料想没过两年，全国解放了，新中国成立之后，破除迷信思想，龙王庙属于封建残余，怎么可能批准重修？解放后河龙庙义庄被拆除，周围全盖起了平房，当年广济龙王捉拿旱魔大仙，以及泥胎塑像显圣，压住永定河尸魃的旧事，便很少有人知道了，老辈儿人提起来，也只当成民间传说。

经过捉拿连化青一事之后，提起河神郭得友，在天津几乎是无人不知、无人不晓，郭师傅不敢当此称呼，仍是带着巡河队捞尸救人。五河水上警察队只有夏天忙，夏天游野泳的人多，到冬天河面冻结，掉冰窟窿里淹死的人也没法打捞，连着几个月没活儿可干。那时候他要以裱糊纸活儿及操持出殡为生。

再说魏家坟那块石碑。1949年年初平津战役，东北野战军几十万大军进攻天津，两路人马东西对进，拦腰斩断，魏家坟一带是解放军佯攻的突破口，战斗倒不十分激烈，只是打炮打得厉害，石碑在那时候毁于炮火，往后住在南洼的居民是一年多过一年，四级跳坑被逐步改造填平，不再受水患影响。由于炮火炸毁了那块石碑，魏家坟积郁的阴气也从此消失，往后没人再见过那卖馄饨的老头和小女孩。

从三岔河口沉尸案开始，陈塘庄土地庙托梦，李善人公园掘棺，魏家坟探鬼楼，恶狗村捉妖，阴阳河蛇仙指路，小刘庄砖瓦场枪毙连化青，直到龙五爷显圣压住永定河尸魃，关于河妖连化青的传闻，在天津卫流传了很多年。以前有说相声、说评书的艺人，把这些事攒成了评书，到茶馆里给听众们讲，主要围绕魏家坟阴阳河来讲，街头巷尾间传讲的人就更多了，内容也更加离奇。

当年天津每过几年就要发一场大水，而如今气候变化太大，水土流失严重，一年到头不下雨也是常事，想象不到当初闹水灾的情形了。九河下稍之地，在解放以前饱受水患之苦，所以出现了不少关于河妖水鬼的传说。自打1949年新中国成立，60年代发过最后一次大水，越往后人口密度越大，狐狸黄狼一类的动物在城中近乎绝迹，那些稀奇古怪的事也就少多了，却也不是完全没有，只不过说的人少罢了。比如捉拿河妖连化青，老百姓们口耳相传的内容，大致是由三岔河口打捞沉尸开始，到义庄大殿中的泥像倒塌压住怪物为止。魏家坟阴阳河这段书基本上算完了，但河神的故事还远没结束，这仅仅是前半部分"魏家坟捉妖"，接下来要说"粮房店胡同凶宅"，那是1949年中华人民共和国成立后的五六十年代，发生在海河边上的怪事，很少有人知道。

第十二章 河底电台

一

打这儿开始说"粮房胡同凶宅"。1949年1月天津解放，到10月新中国成立，免不了移风易俗，不准再抬棺绕城出大殡，也不让烧纸人纸马，"河神"之事都没人提了。冒充和尚混吃混喝的李大愣，还有替人看风水算命的张半仙，到这时候全丢了饭碗，不是在邮电局扛邮包，便是去火车站做搬运，累得要死要活。

郭师傅的纸活儿铺从此关张，殿顶崩塌的河龙庙义庄也被拆除，他的房子没了，搬到天津卫上边一处小平房里居住。怎么叫上边？拿海河来说，上北下南，以往有这么个概念。老话说"上京下卫"，那是说住北京住上边，住天津住下边，要知道北京城北贵南贫，按上北下南的格局，住在南城，等于是住在紫禁城的下头，皇权压顶，天威当头，一天到晚喘气也不敢大口，老时年间住北京南城的大多是穷人。天津卫却正好相反，是以下为贵，因为下边全是租借地，住那的人不仅有钱，有身份的也多。然而到了上边，住家全是脚行鱼行出身的苦力——解放前日子过得最好的人家，也是挣一天花一天，大多数人家吃了上顿愁下顿，不乏连日揭不开锅饿死的穷人，这里更是藏污纳垢，专出暗娼和贼偷，房子盖得也不行，低矮简陋。20世纪50年代政府开始对这一带翻修治理，一点一点地好了起来，那也没人愿意在此长住，都说风水不好。因为前清时有养蚕的住户，桑树特别的多——老天津卫人最迷信这个，俗语有云"桑梨杜榆槐，不进阴阳宅"，是说桑树、梨树、杜树、榆树、槐树，不该出现在民宅和坟地中。"桑"字发音同"丧"，主家有丧；"梨"字发音同"离"，主家分离；"杜"是杜绝的意思，主家绝户，听上去说起来都非常晦气；槐树带个鬼，有鬼进宅，更是不祥；至于榆树，"榆"象"偷"形，家里容易丢东西，榆树又生虫，也不该进阴阳宅。关上榆树桑树多，又是个大穷坑，专出地痞无赖，因此谁都不愿意住。比方说两个人初次见面，如若得知对方是住下边的人，便会刮目相看，觉得可以交个朋友；听说对方是住上边，口中虽也客气，心里却要打鼓，穷坑出刁人，不敢多套交情。

郭师傅搬去的地方叫斗姥庙胡同，当时他已经娶了媳妇儿。要说男子汉大丈夫，难保妻不贤子不孝，别管一个男人为人处世怎么顶天立地，保不准妻子不贤惠孩子不孝顺，找个母夜叉天天闹得家宅不宁，这种事儿就看命了，各有各命，可怜无用。郭师傅赶得还不错，自己特别知足，媳妇儿姓刘，名叫芳姐，人挺贤惠，但是身子不大好，平时坐在家中糊纸盒。两口子住两间小平房，之所以叫斗姥庙胡同，只因此地也曾有一座古庙。

解放之后，五河水警作为公安局下属单位，照旧是在河中打捞浮尸这份差事，不管年代怎么变，捞尸队的活儿也不能没人干，跟旧社会不同的是，巡河队有了固定的工资。没了裱糊纸活儿、操持白事儿那些额外进项，郭师傅有了家室，不比以往一个人的时候，日子过得很紧。不过那阵子好多街坊邻居过的还不如他们家，至少他有份差事，能让一家人吃口安稳饭，比上虽然不足，比下也还有余。

几年前捉拿河妖连化青的案子，郭师傅自己很少再说，也不让丁卯等人提起，是怕让公安局的人说他一脑袋迷信思想。有"河神"这么个称号已是过分，解放前居然还会捉妖，要不是看打捞河漂子的活儿没人愿意干，他连饭碗也保不住了。

但在1953年海河上接连出了几件诡异无比的案子，让公安部门的侦查员感到束手无策，又不得不请捞尸队的郭师傅帮忙。

二

一年接一年，时间过得是真快，转眼到了1953年8月，抗美援朝战场上的硝烟还没散尽，电台里广播的全是这些事。丁卯还年轻，打着光棍，他住的离郭师傅不远，每天跟着郭家一块吃饭，衣服也是嫂子给洗。这天晚上，郭师傅和丁卯坐在胡同里凉快，俩人借着路灯底下的亮儿，一边说话一边糊纸盒。

胡同里的小孩们缠着郭师傅讲故事，别看郭师傅没什么正经文化，以前专喜欢看戏听评书，两眼乾坤旧恨，一肚子古今闲愁，但在新社会讲古不合时宜，想来想去，没什么好讲的。丁卯就跟孩子们在那儿胡吹，他说："我前日吃了个馅儿饽饽，再没有比它大的了，包这一个馅儿饽饽，要用一百斤面、八十斤肉、二十斤菜，蒸好了用八张桌子才勉强放得下，我们二十个人围成一圈转着吃，吃了一天一夜没吃到一半。正吃得高兴，不见了两个人，到处寻不见，忽听馅儿饽饽里有人说话，揭开一看，那两人正在馅儿饽饽里掏馅儿吃呢，你们说这馅儿饽饽大不大？"

郭师傅说："兄弟你这个馅儿饽饽不算大，为兄当年吃过一个肉包子，几十人吃了三天三夜没吃到肉馅儿，再往里吃，吃出一座石碑，石碑上刻了一行字：此地离肉馅儿还有三里地。"

胡同里的孩子们平时就爱听郭师傅讲段子，挺平常一件事，从他嘴里讲出来就变得特别勾腮帮子，让人听不够，那叫吃铁丝拉笊篱——能在肚子里胡编，胡吹胡编也有意思。这次又是说到晚上9点多才散。

胡同里只剩下郭师傅和丁卯，当天晚上云阴月黑，有点月光，但是非常朦胧，又是个像蒸笼一样闷热的天气。郭师傅一看还有一堆纸盒没糊完，他对丁卯说："不早了，你先回去睡觉，我加点儿紧，把这几个纸盒糊完了再进屋，等明天让你嫂子去交了活儿，晚上咱改善改善……"

哥儿俩正说着话，胡同里进来个骑着自行车的人，他们俩一打眼，认识这个人，是公安局的侦查科长老梁，四十来岁的山东人，车轴汉子一个，在战争年代是扛过枪打过仗的军人。

郭师傅和丁卯说："梁大人，是哪阵风把你给吹来了？"老梁说："我今天晚上过来，是想找你们了解一些情况。"说着话，把自行车放在一旁，到胡同里坐下，说道："老郭、丁卯，正好你们俩都在，我就有什么说什么了，你们在五河水警队当差的年头可不少了？"

郭师傅说："老梁同志，你可别把我们捞尸队想象成旧社会衙门口里当差的，只会盘剥老百姓，在海河上打捞浮尸无非是出苦力度日，根本没什么油水，也别看我们住在城里，其实住的还不如你们乡下宽敞。我们家住这地方叫三级跳坑，怎么个三级？马路比院子高，院子比屋里地面儿高，不正好是三层大坑吗？只要一下雨，那水就往屋里灌，院子里都成河了，我为什么会游泳，全是在家练出来的，住这地方，不会水就得淹死。"

三

丁卯道："谁说不是呢，但凡家里趁点儿什么，能指着到河里捞死人挣饭吃吗？巡河队的这份差事，真是破鞋跟儿——提不上的玩意儿。要说苦我可比我二哥苦多了，我们家只有半间小屋，连床棉被都置办不起，寒冬腊月全家老小盖一块口罩睡觉。您说谁能有我们家条件困难？"

老梁不信，常听人说"京油子、卫嘴子，京油子讲说，卫嘴子讲斗，你有来言，他准有去语"，像郭得友和丁卯这号人，混在社会上不是一天两天了，平日里油嘴滑舌，跟他们说话是真有意思，可一不留神就让他们要弄了，所以他没敢接这话头儿。他说："你们俩想哪儿去了？我是觉得你们吃这碗饭的年头多，熟悉各条河道的情况，所以有件事我要请你们帮忙。"

郭师傅和丁卯这才明白老梁的意思，二人说道："只要梁大人你信得过我们，今后有凡是用得着我们哥俩儿的地方，尽管言语一声，到时候你就看我们够不够板，必定是光屁股坐板凳——板是板，眼是眼。"

老梁听完很高兴，点头道："有你们这句话就行。"接下来，老梁说了事情的原因，说出来有点吓人，因为近段时间，海河里有出现了淹死鬼。

海河是天津城里最大的一条河道，沿河有大大小小不下十几座桥，其中也有通火车的铁道桥。抗美援朝战争时期，为了支援志愿军在前线打仗，后方是全国总动员，临近铁道桥有个做棉被和胶鞋的军需厂，工厂里为了扩大生产，从乡下招收了大批职工，不分昼夜加班加点连轴转。朝鲜战争进行到1953年7月，终于签订了停战协议，厂里的任务一下子减轻了，生产线停掉好几条，但有些职工仍住在临时宿舍里待命。有两个工人在河边遇到浸死鬼的事，就发生在这个时候。

那时厂里管得比较松，领导只叮嘱不要到河里游野泳，厂区后边挨着海河，那段河道的河面开阔，河水也深，河底还有淤泥，下去游泳很容易出危险。可正好是三伏天，天气闷热无比，有俩年轻职工晚上热得受不住了，趁着夜深人静，溜出去准备下河洗个澡凉快凉快，出门时间大概是夜里11点多，还不到12点。

这哥儿俩是一家来的亲兄弟，乡下名字，一个叫金喜，一个叫银喜，平时倒也安分守己，只在厂里老老实实地干活儿，不招灾不惹祸。那天晚上天气憋闷，哥儿俩躺在床上透不过气儿，后背起了痱子，一身接一身地出汗，那难受劲儿就别提了，翻来覆去睡不着。俩人不谋而合，都寻思这时候如果能到河中游两圈得有多凉快？于是起身出了宿舍，翻墙来到河边，举目一看，一轮明月在天，虽然时值深夜，但是不用手电筒照明也没问题。

其实这天气是憋着一场大雨，空中阴云密布，那轮明月刚好从云层中露出来，空气里没有一丝凉风，铁道桥下的河边长满了荒草，四周围一片沉寂，偶尔传来一两声蛙鸣。如今这地方全是楼房住满了人，20世纪50年代初期还是人烟稀少的旷地，河边连路灯也没有。

金喜和银喜仗着在老家时经常到河里游泳，也算是水边长大的人，自以为水性不错，看这条河水流平缓，哪里放在意下，也是让鬼催的，只想赶紧下河凉快，跑到那草丛后面开始脱衣服。实际上大夏天的身上仅穿了条大裤衩子，上半截光着膀子，天黑游野泳，附近又没人，不怕被谁撞见，索性脱得溜儿光再下水。毕竟厂里有规定，不让工人们下河游泳，俩人偷着出来，自然不敢高声，在草丛后蹑手蹑脚刚脱掉衣服，金喜无意中一抬头，瞧见河边站着个全身湿漉漉的人。

四

哥儿俩有些意外，担心是厂里巡夜看更的老头，便躲在乱草后面悄悄张望。巡夜的老头平时只在厂区里转悠，很少出来走动，深更半夜到河边做什么？要说不是巡夜的老头，还有谁会到这么偏僻的地方来？

月光投下来，照到河边那个人的身上，从头到脚黑乎乎的看不清面目，轮廓像人，却一动不动。这时金喜和银喜哥儿俩觉得有点不对劲儿了。这俩人年轻胆大，也不怎么相信闹鬼的传闻，甚至连想都没往那方面去想，远远地看到有个人盯着河不动，认定对方是打算投河寻死，刚要出声招呼，那个人无声无息地迈开腿下到了水中，想不到河边是个陡坡，一转眼河水已经没过了脖颈。

俩人见情况紧急，赶忙跑过去救人，一前一后跳下河里，金喜离近了才稍稍看清，河中那个人一张大白脸，吐着半尺多长的舌头。这时起了一阵大风，霎时间乌云涌动，遮蔽了月光，黄豆大的雨点泼洒下来，大雨瓢泼之际，什么都看不见了，吓得金喜一佛升天二佛出世。他慌忙摸回河岸，上来之后招呼兄弟，可是喊破了嗓子，也没得到任何回应。

金喜有种不祥的预感，顾不得还光着腚，冒雨跑回宿舍找人帮忙。宿舍里的工人们一看金喜这副样子，光着屁股满身是水，脚底下连鞋子也没穿，气喘吁吁脸色刷白地跑进屋里，全让他吓了一跳。幸亏宿舍里没有女工，大半夜的这是干什么去了，莫非外出偷奸被人发现逃回来了？一时间七嘴八舌问个不休，等到众人听明白缘由，急忙披上雨衣抓起手电筒，一同出去在河边找了一夜，不仅没找到那个投河寻死的人，也没发现下河救人的银喜，结果是活不见人死不见尸。

转天早上雨停了，才有人在下游发现了一具赤身裸体的男尸。公安人员闻讯赶去，到河中捞起死尸，经辨认正是银喜。死尸两眼圆睁，到死也没闭上眼。金喜捶胸顿足抚尸痛哭，最后跟公安人员说起昨晚的经过，人们不禁面面相觑，听这情形，与浸死鬼找替身的传闻一模一样。铁道桥下的河里，真有浸死鬼吗？一时间闹得人人自危，谣言四起，说鬼的也有，说怪的也有。

公安局检验了银喜的尸体，确认尸身上有几处瘀伤，好像是被人拽住了拖到水底呛死的，谁能在河里把一个会水的大小伙子溺死？首先这就不能定性为普通游野泳意外淹死，而是一件凶案，只要不是河里有鬼，那就得抓住害死银喜的凶犯。至于金喜虽然有嫌疑，可公安局那帮人也不是吃干饭的，察言观色核对供述可以推断不是金喜下的黑手，那么破案的任务就落在公安局那些侦查员身上了。

公安人员办案无非八个字"走访询问、蹲堵摸排"。当时公安部门的侦查员，大多是部队的复转军人，接了这桩案子无不感到棘手，因为完全没有线索，如同要抓一个淹死鬼，你上哪儿抓去？再说海河里真有淹死鬼吗？

五

侦查员们束手无策，想来想去没办法，不得不找水上公安帮忙。20世纪50年代五河水上警察队已不叫这个名，改称水上公安了。郭师傅所在的水上公安，实质上和一百多年前清朝的捞尸队完全一样，只不过解放后不管义庄了。本地人仍习惯称他们为捞尸队，仅仅负责在河里打捞浮尸和凶器，从来不参与破案，岸上的事不归他们管。但郭师傅在解放前就吃这碗饭，一般人没有这么丰富的经验，这次只因要破海河里闹水鬼的案子，让做梦也梦不到的邪行事儿找上他了。

1953年8月，海河里的水鬼还没找到，铁道桥附近又出人命了。那一年天津市内发生了几件耸人听闻的案子，头一个是河底电台，二一个是人皮炸弹，咱得一个一个地说。

事情有先后，先说河底电台，距铁道桥不远是老龙头火车站，也叫东站，始建于清代，东南西北四个火车站，顶数东站最大，是货运客运的主要交通枢纽，有好几条铁道，其中一条经过铁道桥。铁道桥横跨海河，东侧是老火车站废弃的货厂，西侧是有年轻工人淹死的军需厂后墙，两边的桥膀子底下长满了荒草，夏天蚊虫极多，附近没有住家，入夜后，基本上没人到这来。

桥膀子是方言土语，指大桥两端跟河岸相接的地方。铁道桥当初由比利时人设计建造，日军占领时期经过加固，钢筋水泥结构，非常结实，下边的河水很深。有个铁道上的工人晚上值夜班，家里让孩子来给他送饭，十一二岁的半大孩子，给父亲儿送完饭，到废弃货厂后的野地里抓蛤蟆玩，一去再没回来，第二天让路人发现变成了河漂子。估计是昨天半夜掉进河里淹死了，家里人哭天喊地叫屈，这孩子不会水，也怕水，天再热也不可能下河游泳，平白无故怎么会淹死在河中？

因为几天以前，就在同样的地方，淹死过一个军需厂的工人，所以谣言传得更厉害了，都说这河里有淹死鬼拽人，各种各样的小道消息全跑出来了。打捞尸体的当天，郭师傅也在场，老梁问他怎么看，郭师傅说看这孩子身上穿着衣服，这些半大的小子，深更半夜下河游野泳，任谁也是光着屁股，既然穿着衣服，那就是没打算下水，准是走到河边，让什么东西给拽下去淹死的。

六

当天傍晚，郭师傅带着丁卯，开始在铁道桥的桥膀子底下蹲守，夜间躲在乱草丛中喂蚊子，这份罪简直不是人受的，可天黑后连个鬼影子也没见到，唯有星垂平野阔，月涌大江流。四处一派沉寂，他们两个人白天要当班，夜里到桥边蹲草窝子，野地里蚊虫多，尤其是有毒的海蚊子。在这儿说"海"，也是方言土语，是大的意思，海碗是大碗，海蚊子单指野地里的大蚊子，黑白相间带花翅儿，逮着人往死里咬，咬上一口好几天不消肿，只能多穿衣服，蒙住了头脸，好在河边荒地半夜很凉快，勉强可以忍耐。俩人苦等到天亮，河面上始终静悄悄的，什么都没出现。要是换成旁人，一天也受不住，郭师傅他们可真能咬牙，坚持到第三天深夜，看到河里有东西出来了。

那天有雨，雨下得很密，郭师傅和丁卯下了班，等到天一擦黑，俩人又去铁道桥货场一带蹲守，将自行车放倒，披上雨披坐在乱草丛里。下雨不至于再受蚊子叮咬，可三伏天捂着又厚又不透气的雨披子，身上捂出了湿疹，痒得忍不住，一挠全破了。躲在湿漉漉、潮乎乎的蒿草中，要不错眼珠儿地盯着河面，有月亮还好说，如果天色阴沉，深夜里远处什么都看不见，又不敢抽烟提神，就这么熬鹰似的盯着。

　　按丁卯的意思，没必要俩人全跟着受罪，可以一个人轮流盯一天，这么一晚上接一晚上地盯下去，忍受河边的闷热蚊虫潮湿之苦，白天又得当班，换了谁也是撑不住。郭师傅不这么想，铁道桥下边传出水鬼拽人的事情，接连出了两条人命，全出在深更半夜，透着邪行。他不放心丁卯一个人蹲守，两个人在这儿盯着，可以倒班睡一会儿，不至于放过河面上的动静，万一遇上事，哥儿俩也能有个照应。别看这么苦这么受罪，他是一点怨言没有，不是说觉悟有多高，那时没别的念头，只是觉得海河里出了人命，水上公安理所当然该管，吃哪碗饭办哪桩差，天经地义不是？

　　等到半夜，雨住了，天上有朦胧的月光透，紧跟着蚊子就出来了。河边蚊子最多，因为蚊子在水里产卵，如果拿手电筒照过去，能看见一圈圈黑色的雾团在飞，那都是野地里的大蚊子，咬完人身上长红点，专往人身上传疟疾和丝虫。哥儿俩有经验，一是捂严实了，二是带了两头大蒜，一旦让蚊子咬到，马上用蒜在红痒之处涂抹，虽说是土方子，可真管用，可那也架不住河边草丛里的蚊子狠叮。半夜丁卯身上一阵阵发冷，他跟郭师傅说要去拉肚子。他俩躲在河边桥膀子处，居高临下盯着海河。丁卯说完话刚要起身，看河上有个人，只露出个脑袋，在河面上一起一浮，像是在游野泳。

　　天津卫四季分明，冬天冷死，夏天热死，每年七八月份，都有太多人到海河里游野泳，不过可以确保安全游泳的地方不多，因为这条河道大部分是锅底坑，有很深的淤泥水草，下去就上不来，真正能让人安全游泳的河段，只有那么几处而已。铁道桥下绝对不适合游泳，此地河深水急，水草又密，很少有人到这儿游泳，何况又是黑天半夜，再看那个人随着河流起伏，本身却一动不动，不像晚上游夜泳，倒像河漂子。

　　哥儿俩跟海河浮尸打了十多年交道，看见河漂子早已见怪不怪。丁卯的肚子立时不疼了，他同郭师傅蹿出草丛，下到河里抓住那具浮尸，天黑看不清，拿手一碰感觉不对，只是个人头，没有身子，分量也轻，再一摸才摸出是半个西瓜皮，半夜在河上漂过，看起来跟个死人脑袋一样。丁卯骂声倒霉，随手将西瓜皮扔到河边。哥儿俩正想回去，就看桥墩子下的水面上，突然冒出好大一个脑袋，脸上蓝一道红一道，分明是在河里泡烂的浮尸。

七

郭师傅和丁卯在河里看见这么个东西，惊得咋舌不下，那淹死鬼在河面上看见有人，同样打了一愣，随即一猛子扎下水。郭师傅和丁卯心想："没准是下完雨天气闷热，海河里的淹死鬼上来透气，既然今天撞见这东西，可不能让它逃了。"俩人打个手势，也扎下河去追，他们身上带着防水电筒，在河里打开，照见那东西往河底下逃，河底淤泥水草中黑乎乎好像有个洞口。

郭师傅和丁卯那水性，当地找不出第三个能跟他们比肩的了，没让淹死鬼逃进河底的洞里，抓起来拽到河边一看，却是个瘦小的汉子，穿着水靠，戴了鬼脸面具，已呛水呛得半死。等公安人员赶到，海河淹死鬼一案就此告破。原来铁道桥中间一个水泥桥墩子里有密室，这座铁道桥，最初是比利时人设计建造，横跨海河，日军侵华时经过改造，桥墩子里挖空了，留下射击孔，相当于一个碉堡，作为防御工事。日本无条件投降之前，把桥墩子碉堡的入口和射击孔全给堵死了。解放后有特务在河底凿开了一个洞口，利用桥墩子中的密室，放置电台炸药武器，那密室在水面上头，入口却在河底，仅有两根隐蔽的铁管换气，谁都想不到水泥桥墩子里面可以躲人。

特务利用海河里有淹死鬼的传说，套上一个草台班子唱野戏用的无常鬼面具，每隔几天潜进桥墩子里发报。铁道桥两侧没有住家，万一遇上谁，别人看见他吐出半尺长的舌头，多半会以为是海河中的水鬼，不是当场吓跑了，也会吓得失去反抗能力。前些天下河游泳的工人，还有那个送饭的孩子，全是因为撞见了他下河发报，被他拖到河里溺毙。几天里接连害死两条人命，他心知这个地点会让公安盯上，想趁桥墩子里的密室没被人发现，尽快把电台和炸药转移走。这天下雨，他估计铁道桥附近不会有人，没想到不走运，刚下河便被水上公安擒获。

河底电台这件案子一破，也传得到人尽皆知，老百姓们又说郭师傅在解放前就是"河神"，如今还这么厉害，只要有他在，海河上没有破不了的案子。

郭师傅可不这么认为，他跟丁卯说："咱俩蹲守的位置并不好，特务是从对面下到河里，桥墩子下边又是个死角，根本看不见他，怎么这么寸，阴差阳错有块瓜皮在河上出现，让咱俩误当成浮尸，急忙下河打捞，刚好撞上特务从桥墩子出来。"

丁卯说："二哥你不说我不觉得，你一说我也觉得真寸，放屁扭腰——寸劲儿。"

郭师傅说："反正这天底下的事，是无巧无不巧。"

这些话传到老梁同志耳朵里，老梁不太高兴，拉下脸来说："老郭，眼下是新社会了，可不该再有因果报应的旧思想，照你说那块西瓜皮是冤鬼显魂，帮你抓到凶手破了案？"

郭师傅道："梁大人，我可没说有鬼，只不过说了句无巧无不巧。"

老梁没听懂："无巧无不巧？怎么说？到底是巧还是不巧？"

郭师傅说："你啊，仔细想想这些事，没有什么凑巧，也没有什么不凑巧，说到底，全是命。"铁道桥河底电台一案刚破几天，还没等到结案，海河上又出了一个案子——人皮炸弹。

第十三章　人皮炸弹

一

　　20世纪50年代初，新中国刚成立不久，社会仍处在军管过渡时期，安全方面的事由军队负责，虽然有公安局，那些公安侦查员也大多是军人出身，比如老梁这样的进城干部，对城里的情况和侦破案件不够熟悉。他听到一些社会上对郭师傅的议论，觉得这问题不小，专门找郭师傅说这件事，可是两个人想法不一样，怎么说也说不到一块。

　　老梁是一本正经，反复强调，河底电台这个案子很快告破，首先取决于国内革命形势一片大好，其次是上级领导指挥有方，最后是公安机关付出相当大的努力，但绝不能归咎于因果报应一类的迷信缘由，还有"河神"这个绰号，也不好。

　　郭师傅从不敢让大伙把他称为"河神"，提起这个称呼准倒霉，命里受不住，奈何跟着起哄的人太多，可也没法跟老梁明说，只好给老梁一只耳朵，心想："你说什么我听着，等你说完我走我的。"

　　等老梁唠叨完，已经是晚上7点多了，夏季天黑得晚，这时候天还亮着，正是吃晚饭的当口。郭师傅和丁卯接连在铁道桥下蹲守了几天，没少吃苦受累，好不容易破了案，想去吃份爆肚，当是犒劳了，因此没去食堂吃大灶。所谓爆肚即是爆羊肚，东西简单，平民百姓也吃得起，吃法却讲究，用羊肚加工成"板肚、肚葫芦、肚散丹、肚蘑菇、肚仁"等，除了羊肚新鲜，功夫全出在一个"爆"字上，要爆得恰到好处，又香又脆，会吃的主儿吃爆肚，总要喝二两。

　　他俩人蹬着自行车前往南大寺去。南大寺是清真寺，胡同深处有个不起眼儿的清真小馆，解放前卖爆肚和各种各样的回民小吃。门口有块爆肚冯的铜匾，当初店中只有五张半桌子，一个师傅一个伙计打理生意，别看这么一个小馆子，却经营了上百年之久，解放初期物资匮乏，改成国营后只供应少数几种。两人坐下要了两碗爆肚，丁卯问道："哥哥，今儿老梁找你说什么事说到这么晚？"郭师傅说："他那些话，我也听不明白。"丁卯说："那就别多想了，今天这爆肚不错，看来饿透了吃什么都香。"郭师傅说："爆肚冯啊，这错得了吗，老年间，住在北京城里的庆王爷都要专程到这儿吃水爆肚。"丁卯不信："王爷会吃这玩意儿？"郭师傅说："怎么不吃，你以为王府里吃什么？"丁卯说："我没那份见识，二哥你知道？"郭师傅说："我有个老街坊，会打通背拳，曾在庆王府做过护院保镖，我听他说过。"丁卯对此十分好奇，问道："哥哥你给我讲讲，王爷怎么吃饭？"

　　郭师傅说："兄弟，王府里跟咱老百姓家里吃饭不同，王爷是一天五顿，早上起来先练一趟剑，练罢更衣，到书房吃早点，比如马蹄烧饼、油炸果子、炸糖果子、螺丝转、粳米粥、冰糖脂油猪肉皮丁馅儿的水晶小包子，有街上买的，也有府里做的。"

　　丁卯说："原来王爷早上吃这些早点，中午吃什么呢？"

　　郭师傅说："到中午吃晌饭，无非是面食米饭，要和当天的晚饭岔开，不能吃重了，下饭的是六盘八碗两汤，这是热的，外带四个小冷荤，松仁小肚、牛羊酱肉什么的，作为下酒之物，有时也吃煮白肉和肉汤饭，天冷的时候吃羊肉涮锅子。下午4点来钟，王爷睡一觉起来，要吃下午点心，面茶、茶汤、豆汁、烫面蒸饺、熏鱼火烧、馓子、薄脆、糖麻花、趴糕、凉粉，也不麻烦，随便吃两口。要是赶上府里有朋友在，这顿就讲究多了，至少是两干两蜜四冷荤，一大碗冰糖莲子，四盘饽饽菜分别是炒榛子酱、炒木樨肉、鸡丝烩豌豆、烩三鲜，就着黄糕和提褶包子吃。"

丁卯说："王爷可真会吃，晚上这顿饭又是怎么个章程？"

郭师傅说："晚饭和晌饭一样，主食不同罢了。夜里11点前后吃夜宵，随意垫补垫补，馄饨、花卷、爆肚、糖三角，配着放在冰桶里存下的冷荤下肚。吃完这顿夜宵，家仆端上一杯新沏的小叶香片，略饮几口，有本修本，无本安歇。庆王爷除了喜欢吃爆肚冯，隔三差五还经常去砂锅居白肉馆，前清祭神用整牲口，放在特大的砂锅里白煮，那叫祭神肉。乾隆年间这路手艺流传到民间了，有位师傅在瓦缸市使用大砂锅煮白肉，砂锅最能保持肉的原味，而且上至达官显贵，下到贩夫走卒，无一例外地认为吃上一口祭神肉，是莫大的福气，因此这家白肉馆的砂锅肉，每天做多少卖多少。人家一位师傅带俩伙计，每天夜里做白煮肉，早晨开卖，不到晌午就卖完了，一卖完便摘幌子收摊，所以说砂锅居的幌子——过时不候。"

1949年全国解放以来，郭师傅和丁卯的纸活儿不让扎了，在海河里打捞尸体，也没了犒赏，更没有混白事出大殡的机会吃喝，俩人馋得都快不行了，说着王府里的吃喝，把这份再普通不过的爆肚，想象成八大碗四冷荤了，这叫享得起福，也吃得了苦。

晚上8点多，小馆子里已经坐了不少人，听那些人谈论的内容，是当时传遍大街小巷的"人皮炸弹"。

二

那个年代，这类谣传多得数不清，大致是说在长江上有座大桥，每天夜里有解放军战士执勤守卫。有一天半夜，一个背着孕妇的男子，匆匆忙忙来到桥头，说老婆要生了，急着过桥送医院。解放军战士好心帮忙，替这个人背上那个孕妇，跑着过桥，跑到一半觉得这女人怎么死沉死沉的，既不说话也不喘气，身上还有股火药味，这才猛然醒悟，是特务在一具女尸肚子里装了炸药，冒充送孕妇过江，要炸毁这座大桥。眼看炸弹要爆炸了，解放军战士抱着那具女尸，从大桥上跳了下去，终于在千钧一发的紧要关头，保住了桥梁的安全。

丁卯听到可笑之处，跟那些人说："老几位，我是没见过长江上的大桥是什么样子，不过长江肯定比咱这海河宽多了，想必那桥也更大，一具女尸肚子里能装多少炸药，炸得掉那么大的桥吗？再说那当兵的活腻了不成，发现女尸肚子里装满了炸药，扔下大桥也就是了，何必抱着女尸一同跳下去？这岂不是吃饱了撑的？"

在小馆里吃爆肚的人们纷纷点头称是，有个闲人说："丁爷所言极是，这一听就是胡编的。据我所知，人皮炸弹根本不是出在长江大桥上，实际上此事发生在北海公园。那天正好过节，公园里的人非常多，长椅上坐着一个白衣美女，长发披肩，低着头坐在长椅上一动不动，好像睡着了，来来往往那么多人，她也没醒。当时有个小孩的皮球踢到这美女头上，那女子仍是丝毫不动。恰好有位公安人员看见，发觉事情反常，过去一推那个白衣美女，发现早没气了，死尸肚子里传出钟表走动的声音。原来这女尸内脏先前让人掏空了，填满了烈性炸药，摆好姿势放在公园里，幸亏发现及时，定时炸弹还没有引爆。这位公安同志急中生智，用力将女尸推进了公园的湖里，否则公园里那么多人，后果简直不堪设想。"

这些人你一言我一语，七嘴八舌，说的全是"人皮炸弹"之事，内容相差无几，都是往女尸的肚子里面装填炸药，至于炸的是大桥还是公园，各说各话，好似亲眼所见一般，社会上那些无根无据的谣传流言，无一例外是这么来的。郭师傅听这些人扯了半天闲篇儿，也是图个解闷儿，听够了和丁卯蹬上车往家走。他告诉丁卯："你明天一早要当班，先回去睡觉，我绕一趟去买两个驴打滚，你嫂子这几天身子不好，吃不下东西，给她买俩驴打滚换换口儿。"丁卯说："哥哥还是你心疼嫂子，那我先回，黑天半夜你自己留点神。"

两人在路口分开，郭师傅去买驴打滚儿。这东西名字很怪，其实就是黄豆面做的豆面糕，称为驴打滚也是很形象的比喻。这种中间裹豆馅儿的黏食，成形之后要在黄豆面中滚一下，好比郊野中活驴打滚扬起灰尘一般，故而得名，如今大多数人只知驴打滚这个俗称，却不知豆面糕的正名。做驴打滚的师傅，平时也跟郭师傅相熟。他到那位师傅家里买了几个，跨在车把上往回骑。要不怎么说无巧无不巧，他不去买这个驴打滚，不会绕路回家，如果不是绕路回家，也不会遇上事儿。

说话是夜里10点多不到11点，郭师傅骑车骑到金汤桥，看见有个人推着辆三轮车从对面过来。推三轮这位四十来岁，天黑看不清穿什么衣服，没遇上郭师傅之前，这个人一路推着三轮走过来很正常，到近前突然变得很吃力，呼哧呼哧喘着粗气。奇了怪了，一不上坡，二不过坎，任他在金汤桥上咬牙蹬地，把全身的劲儿都使上，这辆三轮车却说什么也不往前走。要是拿句迷信的话说——当时好像有鬼在后边拽着。

三

早在清朝雍正年间，出了东门，在海河上有座东浮桥，清朝末年建成了永久性钢梁大桥，底下也有水泥桥墩子，钢桥上能过有轨电车，海河上有大轮船经过的时候，钢桥可以通过电力启合转动，整座大桥坚固无比，固若金汤，得名金汤桥。1947年，赶上一次几十年不遇的大旱，海河金汤桥下这一段都见底儿了。当时政府组织民夫挖河床上的淤泥，结果挖出两个白铁桶，揭开一看，铁桶里有一个死人，尸身被大卸八块了，分别装在两个铁桶里，沉到河底下毁尸灭迹。警察以铁桶和尸块上的衣服为线索，顺藤摸瓜破了一起发生在十几年前的凶案。如果不是这场百年罕见的大旱灾让海河见了底，永远不会有人发现这两个装有尸块的白铁皮桶。人们都说天降大旱才让河底屈死鬼的冤情得以见天，是冤情不泯天意如此。这个案子郭师傅也曾亲眼见过，每次路过金汤桥他都能想起来。

20世纪50年代初期，不像现在路灯整夜照明，半夜11点大桥上不供电了，月影朦胧，桥梁又宽，对面过来个推三轮的人，到金汤桥中间那辆三轮车突然推不动了。

郭师傅看对方推得吃力，他也是热心肠好管闲事，问了句："用不用帮忙？"那人一听他说话，扔下三轮车就跑。郭师傅有心想追，却发现三轮上放着一团物事，上边拿草席子遮住，散发着一股浓重的血腥气，招了许多苍蝇嗡嗡乱飞。他吃了一惊，以为草席子下是个死尸，揭开一看是几条死狗，心说这不怪了吗，用三轮车拉着死狗，为什么怕让人撞见？揭开三轮车上的草席，看那几条死狗肚子鼓起，用手一摸硬邦邦，显然填满了东西，立刻想起来在爆肚馆里听说的人皮炸弹，这是想炸大桥？

此时有巡逻的部队经过，郭师傅赶紧叫来帮忙，急着转移装在死狗肚子里的炸药，结果发现死狗肚里没有炸药，填的全是烟土，抽大烟的烟土。顺藤摸瓜查下去，破了一个案子，是解放前一个拉煤的，解放军攻打天津时，他趁着打炮打得厉害，到街上撬开一家烟馆，进去没找到钱，只偷了几箱烟土膏。这几年他一直把烟土埋在自家房后，到乡下寻了买主。大烟膏能镇痛，比如得了骨癌这种绝症，疼得人恨不得求死，就需要大烟膏来镇住痛楚。乡下一些土郎中听说拉煤的有货，肯出钱买，但烟土膏子是违禁品，苦于运不出城，这天拉煤的想了个办法，套来几条野狗，勒死之后掏去内脏，将烟土塞进狗肚子，拿三轮推着，装成送去肉铺的死狗，想借着天黑混过检查运到乡下。没想到过桥时三轮车链子卡住了，遇上郭师傅问他一句用不用帮忙，那人也是心虚胆怯，扔下三轮跑了，要不然还不至于让人发现。这个拉煤的不仅是偷运烟土，身上居然还背着人命案。

公安人员去拉煤的房后挖剩余烟土，有住在附近的邻居来举报，说这拉煤的两口子住一间小屋，小屋在一条很偏僻的死胡同里，那地方在鲇鱼窝，居民大多是社会底层苦力。拉煤的日子过得很穷，有钱也就不用拉煤了，身上穿的衣服是补丁摞补丁，可经常炖肉吃，隔着半条胡同都能闻见他们家炖肉的香味。

那一片的住户全是贫民，穷得连稀粥都喝不上，鲇鱼窝日子过得最宽裕的人家，逢年过节才舍得买手指大小的一条肉，还是最贱最贱的刮骨肉，买回来全家包顿饺子，因此大伙对炖肉的香味儿格外敏感。大伙就纳闷儿一个出苦力拉煤的，一个月能赚几个钱，怎么总吃炖肉，而且是半夜才炖肉？

四

街坊四邻听说这个拉煤的会套野狗，寻思大概炖的是狗肉，又怕街坊撞见分一口，才如此偷偷摸摸。老街旧邻们一直对此耿耿于怀，直到有公安人员到拉煤的家里取贼赃烟土，有几个好事的邻居检举揭发，公安感到事情蹊跷，回去审问拉煤的两口子，一审全交代了。

　　原来解放前这夫妻俩吃人，那时拉煤的活儿又脏又重，能把人累吐血，"拉煤"、"熬糖"、"磨豆腐"合称三大苦，拉煤占着头一苦，但凡有别的活路，也不会做这个行当，不只是用车拉煤，拉到地方还得给人家一筐一筐背到门口码放整齐，整天吃糠咽菜肚子里没食儿，哪天眼前一黑一头栽到地上，这条命也就扔了。有一年赶上大饥荒，乡下树皮全让人吃光了，想套野狗都没处套去，这个拉煤的饿得眼珠子发蓝，有天路过转子房，转子房离鲇鱼窝不远，都在谦德庄一带。以前有段话，说是"打小空、捡煤渣，穷人挑担去卖盐；拉地排、扛大个，愿出苦力上河坝；谦德庄、逛一逛，刨去吃喝都是当；鲇鱼窝、转子房，坑蒙拐带害人坑；棒子面、硬窝头，咽不下，用棍戳；要抽烟，有锯末，要喝水，有臭河"。说得很生动，足以想象鲇鱼窝、转子房这一片的穷苦景象，尤其是转子房，好几条转圈的小胡同，房屋多半低矮简陋，素有蒙偷拐带害人坑之称，住的都是江湖人，很多人贩子也住在这儿，往常他们从外地拐带来的人口，小孩卖给戏班，妇女卖进窑子，全在转子房一带交易。

　　拉煤的从那儿路过，遇上一个乡下女人要卖自己的儿子，这孩子长得很秀气，也挺白净，荒年饿得活不下去了，准备托中人卖给城里有名的戏班子学戏，不仅是一条活路，没准往后还能有个出头的机会。乡下妇人没进过城，听说卖儿卖女要到转子房，一路打听着找过来，走到附近饿得走不动了，坐在路边歇脚。拉煤的起了歹念，他假装好心，说是看孩子可怜，要带孩子去吃点东西，妇人信以为真，让孩子跟他去了，拉煤的把孩子带到僻静之处，抄起挖煤用的镐头，一镐抡下去打晕了那小孩，裹住尸身扔在拉煤的三轮车上，再用煤灰埋住，拉回家告诉他老婆，是在马路上捡回来的死孩子，然后把小孩身上的煤灰洗净，剁去头足双手，三更半夜生火，皮肉骨头内脏炖了一锅。拉煤的老婆在旁边看着，直吓得魂飞胆裂，饿死也不敢吃人，可一闻见肉香，便顾不上怕了。没想到人肉会这么香，两口子当晚就把这孩子吃了个净光，以为这时候街坊四邻全睡觉了，怎知肉香传得这么远，周围的人全闻到了。听说那丢了儿子的乡下妇女心思窄，得知孩子让人拐走了，乡下女人没见识，也不懂鸣冤报案，一时想不开，跳大桥当了河漂子。

河神

凡事有一便有二，自从有了这个开头，以后再饿得受不住，拉煤的两口子便出去偷拐小孩，不敢在近处作案，专去郊区。吃人肉吃上瘾了，不是饥荒之年也惦记着吃人，俩人用这辆三轮车拉到家里吃的小孩，这些年也不知道有多少个了。头骨毛发和衣服，全埋在屋里，公安刨开地面一看果不其然，在场的人们无不吃惊，没想到牵出如此骇人听闻的大案，后来拉煤的两口子全被判处了枪决，也是这俩人罪有应得。

1953年破的案子，真实情况基本上是这样，可什么事也架不住传，传出去没几天就全变样了。街头巷尾都说是郭师傅破了人皮炸弹的案子，那辆三轮车装了几个小孩的尸体，里头装着炸药，要炸海河上的大桥，让他逮个正着。本来解放后没什么人再提"河神"二字了，可在几天之内，他连破河底电台及人皮炸弹两个大案，"河神"的称呼又传遍了，郭师傅心知不好，又离倒霉不远了。

五

至于那天夜里在金汤桥上，三轮车为什么突然推不动了，到今天也说不清是怎么回事。老百姓普遍认为，那辆拉煤的三轮车装过太多冤死的小孩，老天爷都看不下去了，必是有鬼拽着车，让河神郭得友替屈死之人申冤报仇，要不怎么别人碰不上这种事，全让他撞上了？水上公安虽然很少参与破案，但1953年夏天侦破的几个案件，或多或少都与郭师傅有关。

河底电台及人皮炸弹两起大案刚破不久，郭师傅又在海河里救了个落水的人，过了几天老梁找他谈话，说是要替他请功。

郭师傅明白有些话不能再说了，担心言多语失，开始是老梁问一句他答一句，后来老梁让他别有顾虑，说一说为什么老百姓要将巡河队的队长称为"河神"？

郭师傅推脱不掉，只好说："老时年间，巡河队的师傅们会看烟辨冤，打捞浮尸的时候，先在河边点根烟，不必看死尸，只看那烟是怎么烧的，便能看出有没有冤情。比如是横死的还是屈死的，这些从烟灰里都能看出来，看烟的办法太神，当年会的人就不多，如今更是没什么人会看。以前巡河队的老师傅还会喊魂，比如有人掉在河里淹死了，死尸却没有浮上河

162

面，捞尸队下水寻找也打捞不到，那就得找来家属，将死者名姓和生辰八字属相住址全部写到黄纸上，再请捞尸队的师傅过来喊魂叫鬼，一边喊魂一边烧纸。据说河底的沉尸听到呼喊，会自己浮出水面。这些年代久远的方术，在民间传得神乎其神，所以捞尸队的首领往往有'河神'这么个称号。"

老梁听完不住摇头："看烟辨冤、河边喊魂这种事可太迷信了，你怎么还信这些？"

郭师傅说："不全是迷信，旧社会破案手段有限，以往捞尸队确实有些用于破案的古怪法子，普通老百姓不明就里，传来传去，都以为挺神的，其实不然，那都是多少代人用经验一点点积累出的土法子。"

老梁说："倒也是，九河下稍各种坑沟水洼多得数不清，捞尸队在这几条河上打捞浮尸有两百年之久，一定传下很多经验。老郭你跟我说说，看烟辨冤到底是怎么回事？抽根烟就能看出冤情？"

郭师傅不想实说，推脱道："我也只是听说过，听的不如学的全，砍的不如旋的圆。"

老梁追问无果，说道："我得嘱咐你一句，如今可是新社会了，捞尸队也改成了水上公安，不适合再提鬼神一类的迷信之说，本来还想给你请功，但'河神'这个称呼的影响很不好，咱公安机关又不是水泊梁山，要绰号有什么用？"

郭师傅自己也明白不能提"河神"的绰号，一提准倒霉，凡人受不起这种称呼，这不上级一句话，就把他破案的功劳全给抹了。这倒不可怕，可怕的是人要倒上霉，特别容易看见平时看不见的东西。

第十四章 僵尸媳妇儿鬼孩子

一

河神郭得友的事迹，经过添油加醋，如同长着腿儿的谣言，在解放后又迅速传开了，竟让一个想都想不到的东西找上门来。话说那天郭师傅听老梁唠叨完，从公安局骑车回家，自从河龙庙义庄拆除，他搬到了关上斗姥庙胡同，那也是一大片平房，直到20世纪三四十年代才盖起来，地名沿用旧时的地名，以前有座斗姥庙，所以叫斗姥庙胡同。

解放前胡同里还有这座庙的遗址，老天津卫寺庙庵观教堂众多，斗姥庙是其中之一，也叫太平宫，全名为护国太平蟠桃宫，前身是明代的五显财神庙。所谓五显财神，是指五个结拜的兄弟，姓氏不同，名字里都有个"显"字，生前广有钱财，经常周济穷苦人，夜里去给穷人家送元宝，死后受封五显财神。在以往的传统中，有大年初二到五显财神庙烧头香借元宝的习俗，每年正月初二开庙都要举办庙会。

到了明末清初，五显财神庙让大水冲毁，朝廷下令在此修造庙宇供奉西王母和八臂斗姥。斗姥庙盖在一个土台子上，前殿是王母娘娘的宝像，后殿供奉三目四首八臂的斗姥娘娘，正殿当中还有一座鳌山，塑着四面八方踏云而来的群仙到宫中参拜西王母的场面。庙虽不大，香火却很盛，烧香拴娃娃求子嗣的善男信女络绎不绝。

传说每年阴历三月初三，是西王母寿诞，每年那时候都要举行庙会。庙会期间正值春末夏初，气候宜人，因此格外热闹。八臂斗姥庙前车水马龙熙熙攘攘，游人如织，道路两边摊棚林立，卖药糖卖扒糕、凉粉的吆喝声此起彼伏，一嗓子能传出二里地去。可能由于香火太盛，辛亥年庙会发生了大火，整个斗姥宫烧成一片废墟，只留下给王母娘娘守宫门的一只石狮子。20世纪30年代陆续盖起了民房，那只石狮子还留在斗姥庙胡同口。郭师傅两口子住的小平房，门口正是这尊残缺不全的石狮子，好像门墩似的，可惜不是一对。

旧时，宅院跟前大多有石头雕刻成的门墩，摆在门轴处，也称门枕或门鼓，还有的地方叫抱鼓石，起到保护门轴和镇宅的作用。最常见的门墩是狮子形状，因为狮子是百兽之王，狮与"世、嗣、事"谐音，四只狮子叫四世同居，两只是事事如意，狮子有佩绶称好事不断，大狮子踩小狮子暗指子嗣昌盛，各种说头很多。郭师傅很喜欢自家门口这只石狮子，虽然残破，却正经是个老年间的古物，打有八臂斗姥庙那天开始，便有这石狮子了。郭师傅的师爷如果还活着，都没这石狮子岁数大，夏天到胡同里乘凉，每每坐在这石狮子上，高矮正合适，也是个镇宅守门的石兽，有它把门，半夜睡觉都睡得踏实。可这天到家门口一看，石狮子没了，他心里纳着一个闷儿："门口的狮子自己跑了？"

二

郭师傅先把自行车推进屋，那年头自行车是家里最值钱的东西，单位发的丢不起，不敢放门口，推车进屋问媳妇儿："咱家门口的狮子哪去了？"

媳妇儿说："白天胡同口修路，让干活儿的搬走填了路坑。"

郭师傅说："哪有这么毁东西的？那石狮子比我师傅的师傅的师傅岁数都大，凭什么让他们拿去填路坑？"

媳妇儿说："那又不是咱家的东西，我也不好管。"

郭师傅说:"可惜了,哪天我得给它刨出来。"

媳妇儿说:"老郭你可别多事,小心让人把你举报了,快洗把脸,先吃饭,哪天你得空,把胡同里那棵石榴树拔了才是正事。"

斗姥庙胡同有株石榴树,是株死树,早不结果实了。老天津卫的人迷信,忌讳自己家门口有石榴树,石榴一包开里头全是子儿,也叫百子果,"百"字发音同"败",百子就是败子,绝后的意思。

郭师傅说老娘们儿迷信,没再理会,他洗脸吃饭,哪里想得到,门口那只石狮子没了不要紧,夜里可就有东西进屋来找他了。

当天晚上在家吃饭,媳妇儿煮的荷叶粥。过去老百姓夏天喜欢煮这种粥,先把米熬开了花,粥汤滑腻黏稠,将折去根茎的荷叶盖在粥上,过一会儿,那热气腾腾的白粥,就变成了浅浅的绿色,荷叶的香气随之溢出。这时撤火端锅,盖上锅盖闷着,闷到荷叶的香气,全散到粥里,那种特有的香醇,只要吃过一口,永远也不会忘掉。端上桌配一盘拿醋和辣油拌过的萝卜丝,就着棒子面饼子吃,老百姓家再普通不过的粗茶淡饭。吃饭时,郭师傅看连雨天气候潮湿,家里墙皮脱落了好几处,想哪天找个空,重新裱糊一下,想到这不免跟媳妇儿感慨几句,可惜了他那裱糊扎纸活儿的手艺,如今只能用来糊墙皮捏纸盒,又和媳妇儿商量明天晚上吃什么饭,媳妇儿打算做麻酱面,让他转天下班回来顺道捎二斤切面,再不然便是榆树钱糠窝窝头,夏天的家常便饭也无非就是这几样。郭师傅说:"你身子不好,也不能总吃这些,得吃点好的补补,往后还指望你生个一男半女,不争是男是女,有这么一个子女,等咱们死后,坟前也好有个拜扫之人。"

两口子说着家里过日子的琐事,早把那石狮子忘到脑后去了,吃完饭,媳妇儿收拾碗筷。外头阴雨连绵,郭师傅坐在前屋糊纸盒,告诉媳妇儿明天会买些白羊头肉带回家当晚饭。他知道有一个做白水羊头的马回回,家传六代,推车摆摊卖羊头,手艺当真是一绝,人家做的白水羊头肉,切得其薄如纸,撒上椒盐面屑,堪称滋味无穷,夏天讲究冰镇,没尝到味道,光听他那吆喝声都能勾走人的魂儿。郭师傅爱吃会吃也懂吃,只是没钱,说起这些头头是道,等明天收摊买人家卖剩的白水羊头肉,不仅便宜得多，味道也不会走样。两口子又说了一会儿话，郭师傅让媳妇儿先去里屋睡觉，他要多糊几个纸盒。不知不觉到了半夜，听外头的雨也不下了，郭师傅打个哈欠，还剩下十几个纸盒，困得实在睁不开眼了，累得腰酸胳膊疼，看东西也看不清了，有心留到明天早上起来再糊。此时耳听屋门轻响，好像有人想推门进来，推得很轻，要不是半夜还没睡也不会听到，他心想："黉夜入室，非奸即盗，这深更半夜的，谁在外头推我们家的门？"

<h2 style="text-align:center">三</h2>

夜太深了，这个时间绝不会有街坊邻居来串门，即使是有人来找，也该敲门而不是偷偷摸摸地推门。斗姥庙胡同地皮干净，本是烧香敬神的地方，百余年来没有坟头，因此不疑心是鬼。以前有一路贼叫门虫儿，专等夜深人静鸡不叫狗不咬都睡死了的时候，挨家挨户地悄悄推门。谁家睡觉忘了顶门，贼就推开门，蹑手蹑脚摸着黑进屋，贼不走空，摸到什么就偷什么，有时也用刀伸进门缝里拨门闩，拨开门闩再进屋。以前家中老人总是不忘嘱咐小辈儿："半夜睡觉千万关紧了门户，别让门虫儿溜进来！"丢东西是小，万一盗贼用刀捅人，一家老小睡得正沉，到时候死都不知道自己怎么死的。

郭师傅毕竟是公安，水上公安也是公安，当然不怕"门虫儿"，听屋门外发出轻响，寻思："贼胆包天这话不假，此贼的胆子当真不小，我这屋里的灯还亮着他也敢推门，这还了得？"可那门里头插着插官，还有杠子顶住，从外边根本推不开。他顺手抄起顶门的棍子，起身拨去插官拽开门，拎着棍子往外看，胡同里其余的住家早都睡了，这地方也没路灯，门外黑咕隆咚，一个人影儿都没有。

郭师傅心说："这不怪了吗，如果是贼听见开门逃走了，不可能没有脚步声，上房了？"想到这，抬眼往上看，天太黑，看了半天什么都看不见，也感觉不到有东西。他心里纳着个闷儿，刚要推上门回屋睡觉，听对面有"叽叽咕咕"的响动，声音并不大，深夜听来却很真切，胡同中黑灯瞎火，离得虽然不远，可看不见是什么东西在那儿叫。

屋前有门头灯，郭师傅拉下门边的灯绳，一看真是怪了，家门口有只大老鼠，背毛斑白，活的年头可能不短了，两眼绿幽幽的，看见人也不跑，就蹲在那儿望着他。郭师傅心知是这只大老鼠在推屋门，挥手去赶："去！这屋里没有给你吃的东西。"

郭师傅轰了几次，见那只大老鼠仍是徘徊不走，似乎要做什么，问也没法问，想也想不通，好叫人不解。忽然想起听说过当年王母宫斗姥庙香火很盛，后殿供着八臂斗姥娘娘，每逢开庙会那几天，斗姥娘娘的宝像前要摆上百盏油灯，那时便有许多老鼠来到庙中，专偷殿内油灯里的香油，也啃牛油蜡烛。群鼠似有灵性，从来不敢走正门，总是从后殿墙根的破洞溜进去，不开庙会的时候这些老鼠就不出现。善男信女们以为老鼠也是仙家，到庙里是参拜西王母和斗姥娘娘，故此不予加害，对它们偷油啃蜡的举动，也往往睁一只眼闭一只眼。

郭师傅心想："平常的老鼠该当怕人才是，怎么会半夜来推门？见了灯光也不逃？更蹊跷的是平时不来，偏是今天守门的狮子被搬去填了路坑，这只老鼠才敢来，真是当年在庙里偷灯油的鼠仙不成？"

四

郭师傅想起当年斗姥庙鼠仙偷啃蜡烛的传说，这么大的白背老鼠也是少见，他心觉有异，可屋里并没有灯油蜡烛，又没有隔夜之粮，老鼠为什么在门前不走？

正纳着闷儿，那只老鼠掉过头顺着墙边走了，郭师傅以为自己想得太多，一看老鼠走了，他也想回屋睡觉，可那老鼠走出不远又停下，扭回脸盯着他。

郭师傅心说："这是要让我跟着走？"他回屋拿了手电筒，然后关好门跟着那只老鼠走，想看看究竟是怎么回事儿。八臂斗姥庙胡同算半个郊区，位置挺偏僻，出了胡同口往北去，是好大一处灰坑，两个体育场加起来那么大，周围没有住家，当年全是芦苇地，造斗姥庙的时候烧芦苇取土，形成了一个长方形的大坑，坑中土质不好，尽是暗灰色的淤泥，所以叫灰坑。另外还有个地方叫灰堆，跟这个大灰坑两码事，天热的雨季灰坑里积满了水，臭气熏天，坑底淤泥上长出了一人多高的蒿草，蚊虫滋生，那水里也没有鱼，却有不少蛤蟆秧子。说俗里叫蛤蟆秧子，无非是蝌蚪，长大了变成蛤蟆，经过有人拿铁丝纱布做个小抄网，蹲到坑边捞蛤蟆秧子玩，大人孩子都有，一不留神滑下去，爬不上来便陷在淤泥臭水里头淹死，灰坑每年至少要死两三个人。

郭师傅在后头跟着那只老鼠，走到灰坑边上，再找老鼠找不着了，可能是哪儿有个洞，顺窟窿钻了，眼看四周荒草掩人，黑漆漆没有灯火，深夜无人，野地里连蛤蟆的叫声也没有，这情形让他都觉得有点发怵，远远听到谯楼之上钟打三更三点。

由打明朝凿筑天津城开始，老城里便有鼓楼钟楼，晨钟暮鼓的报时方法，作为一种传统延续了几百年，20世纪50年代之后才逐渐取消。那年头很少有人戴得起手表，百姓们都习惯于听钟鼓报时，当时平房也多，平地开阔，鼓楼上一打更，声音能传出很远。刚解放那些年，人们说到晚间几点几点，仍习惯说几更，一夜分五更，每更一个时辰，一个时辰相当于两个钟头，晚上8点为定更，三更是零点前后，二更到五更只敲钟不击鼓，钟声清远，不至于影响老百姓睡觉，天亮后是先击鼓再敲钟。郭师傅一听城里鼓打三更，自己跟自己说："深更半夜跟着只老鼠跑到荒郊野地里，我这不是吃饱了撑的吗？"想想可笑，转身要走，手电筒照到灰坑水面上，隐约看到一个白乎乎的东西。

那地方是大灰坑的一个死角，平时捞蛤蟆秧子的人都不会上那儿去。换了旁人即使看见，也不会多心，可郭师傅那双眼是干什么吃的，一打眼就看出水里那东西是个死尸，脸朝下后背朝上浮在水面上，灰坑里尽是恶臭的淤泥水草，坑中积水也不流动，这个人死后一直在那儿没动过地方，在水面的蒿草中半掩半现，浸得肿胀发胖。正是天热的季节，死人身上已经长出了白蛆。

郭师傅见夜里没法打捞，只好先回去，让丁卯到公安局去找人，等到天亮，拴个绳套，把尸体拖拽上来。死尸身上有衣服鞋袜，周围看捞尸的住户指认，死尸是住在离灰坑不远小王庄的一个年轻人，前几天出门再没回家，找遍了也没找到，没想到滑进灰坑里淹死了，这地方这么偏僻，怎么让郭师傅找到了？

公安局的老梁也奇怪，问郭师傅怎么发现的死人？郭师傅说是赶巧了，昨天夜里我们家闹耗子，追着那只大耗子到这儿，才瞧见灰坑里有长满了蛆的死人。

五

住在周围的老人们就说了：这可不是巧，你知死的这位是谁？这年轻人的祖上，是地方上有名的孙善人，开了个孙记杂铺。杂铺就是杂货铺，老天津卫人说话吃字，说出来说成孙记杂铺，把"货"字省了。孙记杂铺的老掌柜，一辈子专好积德行善，扫地不伤蝼蚁命，在身上逮个虱子都不忍心捏死，年年到蟠桃宫八臂斗姥庙里烧香。当时蟠桃宫后殿老鼠多，年年庙会来偷灯油啃蜡烛，庙里看香的火工道不饶，打算收拾这些鼠辈。孙记杂铺老掌柜得知此事，劝火工道给那些老鼠留条生路，咬坏多少蜡烛偷吃多少灯油，这笔账都由孙记杂铺的老掌柜加倍还给火工道。这不是孙家杂铺的后人死在灰坑里，有只当年受过恩的大老鼠，把河神郭师傅引到这儿，要不然谁能在如此偏僻的地方找到这个死尸？民间传说胡黄白柳灰是五大家，老鼠是其中的灰家，尤其常年在庙里的老鼠，谁敢说它们没点灵性？

人们说着说着，又说到因果迷信上去了，郭师傅知道自己吃几碗干饭，一看老梁铁青着脸，赶紧让大伙别说了。可那些人仍是议论不绝，还说清朝那会儿出过一件老牛鸣冤的案子，有个乡农与人争执遇害，凶手把乡农的尸身埋到路面野地里，地僻人稀，凶犯以为神不知鬼不觉，谁承想杀人埋尸的经过，都让农夫牵的老牛瞧在眼中。后来农夫家人牵着这头老牛去耕地，每次走过埋尸的地方，这头老牛就跪地流泪，怎么打也不肯走。人们感到这老牛的举动反常，挖开地面看到了遇害者的死尸，于是报官破了案。八臂斗姥庙附近确有其事，既然以前有老牛鸣冤，如今出这件事也不稀奇。

老梁听完一脸的不悦，但他不想跟那些人多说，将郭师傅叫到一旁，他说按常理来看，大灰坑里的死者，很可能是意外陷进泥水溺亡，天气太热，尸体已高度腐败，具体原因还要送去进行尸检才会知道，至少三天以后才有结果。他对郭师傅以前提到过捞尸队点烟辨冤的事，感到难以置信，他认为郭师傅脑子里的迷信思想根深蒂固，怎么可能从香烟上看出死人有没有阴气和怨气？他想让郭师傅在这儿当场来一次点烟辨冤，看看在捞尸队传了几百年的迷信方法，究竟是怎么做，会练的不如会说的，只会耍嘴皮子的人往往说得神乎其神，却未必有什么真本事。

老梁这是想难为难为郭师傅，他认为看烟辨冤根本不可能，打算当着围观人群的面，让大伙都看看，这终归是旧社会的迷信手段。

郭师傅何尝不明白老梁同志的意思，水上公安平时只管捞出浮尸，从不过问人是怎么死的，可今天这事来得蹊跷，他要有个担当，听了老梁的话没法再推脱了，一摸口袋里没带烟，只好问老梁借。

老梁有包前进牌香烟，解放初期很普通的一种烟，他掏出来递给郭师傅，问道："老郭，这种烟能行吗？"他话里的意思其实是说："等会儿你那套迷信手段不灵，可别怪我给你的烟不好。"

他之前听郭师傅提过，从河里捞出一具腐臭发胀的死尸，巡河队点根烟就能瞧出这个人是不是有冤情，因为死人有阴气，掉在水里淹死的是横死，死后被人抛尸在河中，那是冤死，这两者的阴气不同，阴气重的有冤情，区别在于是不是死在河里，抽烟时看看烟雾，就能分辨出阴气，未免太玄了，老梁是坚决不信。

郭师傅接过烟说："不分好坏，是烟卷就行。"划火柴点上烟卷，然后蹲在死人旁边，一口接一口地抽烟，看也不看那具浮尸一眼。

老梁心想这和我往常吸烟没什么不同，哪看得出阴气？他问郭师傅："怎么样？瞧出什么没有？"

郭师傅不说话，连着抽烟，抽完这根烟，站起来对老梁说："有冤气，准是死后被人抛尸。"

围观的人们一阵哗然，都听过巡河队老师傅会看烟辨冤，但谁也没见过，今天看见郭师傅只蹲在死尸身旁抽了根烟，站起来就说有冤情，简直神了。

老梁暗中摇头，心说："故弄玄虚，我一直盯着你在死尸旁边抽烟，我怎么没看出哪里有冤气？"

从灰坑污水中打捞出的浮尸，很快被送去检验，过后老梁又把郭师傅找来说："上次还真让你蒙对了。"

郭师傅说："咱可不是蒙的，当年巡河队老师傅传下这法子，专看河漂子身上的阴气，十个里头至少能看准九个，只不过官面儿上有官面儿上的章程，我们这土法子上不了台面，一般只在私底下看看。"

老梁说："胡扯，抽根烟就能辨出死人有没有冤气，那还要公安和法医做什么？"

郭师傅说："咱们这个五河捞尸队，每年打捞的浮尸难以计数，见这种事见得太多了，积年累月总结出一些土法子，上不告父母，下不传子女，逢人不可告诉，只能师傅传徒弟，一代接一代口传心记。"

老梁很固执："你要不把话说明白了，究竟怎么从烟卷中看出有冤情，我就信不过你，只好认为你这是迷信残余。"

话说到这个份儿上，郭师傅也没法子了，不得已，只好把看烟辨冤的实情告知老梁，他在死人身边抽烟，不是看烟卷冒出的烟呈现出什么形状，喷云吐雾之际也看不到阴魂。

六

老梁说："你瞧，我就说在死人旁边抽烟什么也看不见，这不是装神弄鬼又是什么？"

郭师傅说抽烟时看不见鬼，却真能看出有没有冤情，怎么回事儿呢？天津卫是九河入海之处，河岔坑洼交错分布，河道中出现的浮尸，不光是游野泳淹死的人，各种死法都有。清末以来，世道荒乱，各路帮派林立，盗匪多如牛毛，杀人之后弃尸于河的事情屡见不鲜，捞尸队整天不干别的，只跟这些河漂子打交道。虽说不管破案，可浮尸见得多了，总结出不少经验，比如说这看烟辨冤，不一定非得用烟卷，当年也有烧黄纸符的，反正是能烧出灰的东西，或是烟灰，或是纸灰，或是香灰，拿这个灰撒到死人身上，看烟灰能附上多少，附的多阴气就重，阴气重说明有冤情。

这个阴气，很难明说，没法形容，也许能感觉到，但是看不见摸不着。捞尸队说阴气重，是指河漂子必然有冤，如果是死后抛尸下河，那死人气息已绝，与在水中淹死的人绝不相同，不过河道里出现浮尸，大多是在天热的时候，发现得早还好说，发现得晚那浮尸肿胀腐烂，面目都没法辨认。清朝那会儿，官府不作为，捞出的浮尸，先让巡河队的人看一下，看出有冤再去报官，巡河队的师傅们久而久之，摸索出一些经验，也相当于半个仵作了，拿烟灰纸灰撒到浮尸身上，能看出是不是有冤。所谓有冤，就是说入水前人已经死了，当年没有不迷信的人，直接说有冤没冤，不会有人相信，非要说阴气重，人们才肯信，民国以后，司法逐渐完善，这种土法子很少再用，至于其中的原理，郭师傅说不清楚，师傅也没告诉过他，可这法子是真准。

　　老梁听完郭师傅的话，终于明白是怎么回事了，他说："你以后真应该带几个徒弟，把捞尸队这些经验和方法传下去，对咱们破案大有帮助，但你可不能再提什么阴气冤情了，那全是封建迷信。"

　　说罢看烟辨冤之事，老梁又跟郭师傅说起灰坑里那具长满白蛆的腐尸，经过验尸，发现死者是被凶手用利器击打后脑毙命，抢走身上财物之后抛尸灰坑。解放以来，相同命案出了七八起，从凶器和作案手法上看系同一人所为。凶器是件很锋利的铁器，不是斧子，斧子砍人脑袋是竖口，这个却是横口，估计该凶器是木匠用的刨锛，这东西像锤子，铁头的一端扁如鸭嘴，另一端钝如榔头，下边接着个木柄。刨锛打劫在百余年前已有，始于关外黑龙江，凶徒通常是半夜时分，选地僻人稀之处下手，趁前边走路的人不备，从后快步跟上去，抡起刨锛朝那人后脑勺就是一下，这个手段非常狠，也叫"砸孤丁"，比打闷棍抢劫的危害更大，因为刨锛锋利沉重，砸到脑袋上非死即残，连哼都来不及哼一声便被撂倒了。夜里孤身行走的没有有钱人，只不过能抢得少许财物，有时遇害者身上一毛钱也没有，仅揣着两个烧饼，为这两个烧饼就把命搭上了，所以说刨锛打劫最遭人恨，抓住行凶之辈千刀万剐也不为过。后来随着时代的变迁，木匠使刨锛干活儿的越来越少，很少再有这类的事情发生，没想到解放后居然还有人用刨锛打劫。公安人员虽然掌握了凶器的线索，却找不到来源，因此这几件案子一直没破。老梁知道郭师傅熟悉本地情况，这次又要请他帮忙。

　　郭师傅曾听过刨锛打劫之事，那是老时年间的传闻，以前哪个地方一有刨锛打劫的案子发生，当地木匠全跟着受牵连，木匠们为了避嫌，不敢再用刨锛干活儿了。到如今，刨锛这种东西已经很难见到，总不可能挨家挨户地去搜。他答应老梁留心寻访，天底下没有破不了的命案，不管隔多少年，准有个结果。斗姥庙里的老鼠深夜叩门，引他在灰坑找到死尸，你能说这不是阴魂报冤？

七

郭师傅有了这个念头，却不敢当同老梁的面说，自此起开始留意寻访。

您瞧天津和北京离得这么近，两地民风却大有不同。举个例子，北京城那些混社会的叫玩主，天津卫混社会的叫玩闹，同样是在社会上玩起来混出头的，一字之差，这分别可就大了，也体现出两地人的特点。天津卫跟着到处起哄架秧子的闲人太多，好凑热闹，唯恐天下不乱。1953年夏天，灰坑捞出一具长蛆的腐尸，据公安机关判断是刨锛打劫的遇害者，水上公安郭得友发现的死尸，发动群众举报线索，很平常的一件事，传出去可就不一样了。人们说起刨锛打劫的凶案，不免添油加醋，描绘得极其血腥惊悚，甚至给作案的凶徒起了个代号叫"木匠"，说这木匠心黑手狠，行踪神出鬼没，出动多少公安也拿不住他。直到斗姥庙鼠仙鸣冤，带河神郭得友在灰坑找到死尸。郭二爷是谁，那是"河神"，他出手没有破不了的案子，"木匠"算是折腾到头了，早晚要落在河神郭得友手里。

评书相声之类的传统曲艺，何以在天津这么吃得开？只因当地百姓专喜欢听这些有传奇色彩的故事，别管真的假的，哪怕是谣言呢，说起来耸人听闻便好。本来老梁只是让郭师傅帮着寻访相关线索，可一传十，十传百，外边全说郭师傅要破刨锛打劫的案子。人言可畏，传得跟真事儿似的，让那些做木工活儿的师傅学徒们人人自危，纷纷找上门，向郭师傅述说自己的清白，一家大小都跟着来哭诉："我们木匠招谁惹谁了？"

且说外边传遍了河神郭得友要破刨锛打劫案，真正作案的那位也吓坏了，关上关下提起字号，那时候谁不知道"河神"？

刨锛打劫的凶徒姓白，住到北站一带，三十来岁不到四十，名叫白四虎，原先是个杀猪宰牛的屠户，放着正道不走，专想邪的歪的。前些年路过卖旧货的鬼市儿，看摆地摊儿的卖一柄扁嘴铁锤，摆摊儿的人也不知道那是什么。他们家原先开过棺材铺，以前常在一旁看木匠活儿，认得刨锛，也听说过当年关外有人用刨锛砸人劫财，锤子、榔头、斧子都不如刨锛好使，砸孤丁是一下一个，不留活口，他当即掏钱买下，揣到怀里，趁着天还没亮，去河边砸倒了一个人，劫得一捆皮货，死尸踹进阴沟。当时正在打仗，无人过问此事，白四虎尝到了甜头，经常到郊外砸孤丁，有时候能劫到钱，有时候劫点粮食，也有两手空空的时候。

白四虎这个人平时少言寡语，三脚踹不出个屁来，出门跟什么人也没有话说，其貌不扬，看起来老实巴交，为人很窝囊，谁逮谁欺负，却有一肚子阴狠，嗜杀成瘾。他杀猪宰牛之时，总是先把牲口折磨够了再弄死，宰杀大牲口一般都是天没亮的时候下手，可他在屠房里宰猪发出的惨叫声直到天亮才停，把住在附近的人吓得昼夜难安，没人敢买他的肉。久而之折尽了本钱，无以为生，便靠着刨锛砸孤丁劫取财物，对付口饭吃。

新中国成立之后城里实行军管，军管会将危害社会治安的犯罪分子，该抓捕的抓捕，该枪毙的枪毙。解放前的帮派混混儿、地痞流氓、抽大烟的和妓女全部接受了改造，治安情况比以前好多了，可在月黑风高的时候，白四虎仍敢揣上刨锛出去作案。1953年夏天，郭师傅在斗姥庙后边大灰坑里找到的那具腐尸，也是此人下的黑手，什么都没劫到。这白四虎是胆大亡命、心黑手狠的凶徒，从不把公安放在眼里，自认为作案没有规律，不会被任何人发现，但他听外边风传河神郭得友要查刨锛打劫的案子，解放前早已听说郭师傅怎么怎么厉害，想起因果报应之说，心里竟不免发慌打怵，晚上睡觉都睡不踏实，总觉得自己让人给盯上了，只要身边有些个风吹草动，便以为是河神郭得友带公安找上门来。

1954年正好进行肃反运动，全城大搜捕，军管会、民兵、巡防队全部出动，马路上十步一岗五步一哨，挨家挨户登记户口，到处张贴布告，严查一切身份来历不明的可疑之人，并且指明了要拿刨锛打劫的凶犯。

然而以当时的情况而言，公安怎么查也查不到白四虎头上，谁会想到他是刨锛打劫的凶徒？郭师傅又在捞尸队干活，每天家里外边地忙，也不是专管破案的，只是白四虎自己做贼心虚，越想越怕，又由怕生恨，把郭师傅当成了眼中钉、肉中刺，在家忍着一直不敢再去作案。说话到了1954

年，阴历五月初四，端午节之前那天，家家户户包粽子，白四虎实在忍不住了，半夜躺在床上翻来覆去睡不着，低声跟他媳妇儿商量："我这两天心神不安，只怕要出事，我想我也别等着姓郭的上门逮我了，干脆一不做二不休，我上他家把他弄死，往后咱们一家三口就睡得安稳了，你看行不行？"他媳妇儿躺在一旁不言语。白四虎又问："你要不言语我可当你答应了？"他媳妇儿仍然一动不动地躺着不出声，也不可能开口说话，因为这个女的不是活人。

八

刨锛打劫的白四虎，家里有媳妇儿、有孩子，一家三口，活人却只有他一个，他媳妇儿是个死人，孩子是小鬼儿，除了白四虎谁也看不见。

咱得交代一下这是怎么个由来。前几年，白四虎在路上遇到一个女子，她半夜三更孤身一人走路，走在半道让白四虎用刨锛砸倒了。白四虎越看这个女人越觉得长得好，后悔怎么一下给砸死了，一时心生邪念，将女尸放在车上推回家。他家住的地方很偏，天还没亮，周围的住户都没发现，回到家看这女尸面容如生，脑袋后边也不冒血了，就跟睡着了一样。白四虎打了三十多年光棍，没娶过媳妇儿，便躺在炕上搂着死人睡觉。不睡觉的时候跟女尸说话解闷儿，每天给女尸喂肉汤，抹身子，当成自己的媳妇儿来照顾。说来也怪，这个女的死是死了，可是并未腐臭，还能灌得下汤水，民间称此为活尸。过了几个月，肚子吹气似的变大，居然还有了身孕，但不足月就生产了，生下来是个死胎。他却每天在屋里呼来唤去，起个小名叫小虎，好像家中真有个孩子满地跑。

半年后这个女人身上开始发臭，肉汤再也灌不进去，之前还是"活死人"，那时候不懂什么植物人，说老话就是"活死人"，后来确实死了。白四虎舍不得将女尸埋掉，但尸臭遮不住，天也热，死人味儿越来越大，过不了几天，周围的住户都得找来，他一想怎么办呢，心生一计，一大袋一大袋地往家背盐，用盐把女尸腌起来。街坊邻居看见了，都以为白四虎口重，爱吃咸。天津卫临近海口，芦台自古产盐，也没人觉得奇怪。这一来死尸没味儿了，只是不能再亲热，因为太咸，能齁死卖盐的。

白四虎脑子不正常，仍把这女尸当媳妇儿，又想象那个孩子也在，一家三口关起门来过日子，周围的邻居竟没一人发觉。夜里他起了杀心，天亮后跟媳妇儿说："你在家好好看着孩子，我去找姓郭的，不在他脑袋上凿个窟窿，咱往后过不安稳，等我回来给你们娘儿俩买粽子吃。"

他自己叨叨咕咕，起身穿上衣服，先忙家里的活儿。阴历五月初五是端午节，当时还保持着旧俗，家家门楣上挂艾蒿。因为天时渐热，挂艾蒿的用意是驱除毒虫，百姓们用艾蒿搓成绳子，晒干后点燃了，可以赶蚊虫驱邪祟，老话说得好"端午不带艾，死了变妖怪"。

以前过端午，还把雄黄掺到酒中，用雄黄酒给小孩画虎，就是蘸上雄黄酒，在小孩额头上画个"王"字，并且在口鼻耳目等处画圈，据说这样也可以防虫，并用红纸剪成五毒形象，糊在窗户墙角各处，这是五毒纸，在民间也叫除五毒。五毒是指蝎子、蜈蚣、长虫、蟾蜍、壁虎，根据地区不同，五毒也不完全一样。除五毒的日子多在清明、谷雨前后，家里有孩子的，还要请老娘妇女用五彩丝线，做成小粽子、小笸子、小老虎等物，给小孩挂在脖子上。白四虎也按照过端午的习俗，在家里糊上五毒纸，又给那个根本不存在的儿子画虎，忙活到下午，将刨锛凶器塞到后腰，径直去找郭师傅。

可走到胡同口又转回来，别看白四虎以往砸孤丁时心黑手狠，到这会儿却不敢动手，心里真是怵，垂头丧气地回了家。刚是下午，天还没黑，但是关门闭户，也没点灯，屋里很暗，他蹲在墙角抱着脑袋呜呜地哭，使劲揪自己的头发，一把一把地拽下来，满腔怨愤，又恨又怕又委屈，胸口好似要炸裂开来，想老老实实过日子怎么这么难，万一让那姓郭的拿住，媳妇儿和孩子怎么办？

炕上的女尸忽然开口说道："没用的东西，这点胆子都没有。"

九

女尸说话的声音很低，好像由于很多年没动，喉咙和舌头十分僵硬。

白四虎目瞪口呆，怔了半晌，说道："你终于跟我说话了！"

您说白四虎头脑不正常，女尸说话是不是他自己想象出来的？不是，他当真是听到屋里有人说话，咱们是越说越瘆人，可白四虎该怕的不怕。他听完这句话，两眼直勾勾地蹲在角落里，思前想后胡乱琢磨，为了老婆孩子，终于狠下心来，揣上刨锛出了门，一路去找过师傅。解放前他就听过郭师傅的名字，听得耳朵都起茧子了，事先打听准了，也看好了相貌身形，候到郭师傅下夜班，他悄么声地跟在后头，准备走到没人的地方一锛儿撂倒。

郭师傅半点也不知情，下班骑上自行车往家去，正过端午，五毒并出的日子，天一黑马路上就没人了，万没想到身后跟着个白四虎。

白四虎也没想到郭师傅骑自行车，他却是用两条腿跑，好不容易追上，远远跟到一条偏僻的马路，看左右无人，正可下手。他气喘吁吁地跑上去，抢起刨锛，朝着郭师傅脑袋后头便砸，可是跑得累了，脚步发沉，传出了抬腿落足之声。

郭师傅听到后边有人跑过来，以为有熟人找他，回头一看，却是个粗眉大眼的汉子，左耳边似乎有块青色瘀痕，手里抢着什么东西从后赶来，瞧见他回头，惊得那人掉头便逃。郭师傅还没明白是怎么回事儿，只在昏暗的路灯底下，瞧见对方手里握的似乎是刨锛，心里也是打个激灵，寻思没准是刨锛打劫的案犯，急忙骑车去追，却不知那个人跑哪儿去了。

不提郭师傅，再说白四虎，端午节当天跟随郭师傅，跟到半路想要下手，哪知对方突然回头，他心里本来就怵，让郭师傅一看，惊得赶紧逃开，逃到家中顶上门。他自知一半天之内，必定有人找上门来拿他，悔得肠子都青了。他不怪自己，只怪郭师傅，他越想越恨，蹲到屋里用脑袋咣咣撞墙。

白四虎家是祖上传下来的老房子，年头很多，不下五六十年，虽说只是普通的民房，房子却盖得很是规正，一明两暗三间正房，截去一间，等于是一明一暗两间屋，门在外屋，里屋在侧面，海漫的青砖铺地。老房子没有洋灰地面，都是在地上铺砖，地砖不平铺，而是竖起来码齐对正，这么铺叫海漫，因为砖头竖面窄，受力面积小，不容易踩坏，也不怕雨水浸泡，能用很多年，不过海漫铺要比平铺用的砖多。白四虎家这两间房不大，但全部是真材实料，地面和四壁用清一色的"磨砖"。磨砖即是古砖，头里咱们说过，早年间天津卫砖窑多，而且多为官窑，烧出来的大砖用于造城。1900年八国联军逼迫清政府拆除天津的城墙城楼，有不少人捡拆城拆下来的城砖，拿车推回家盖房。在当时称旧城砖为一宝，有句俗话"烂砖头垒墙墙不倒"，便是这么来的，屋瓦大多使用青板瓦，正反相扣，再用青灰抹顶。

据说白四虎家打祖上好几代开棺材铺，那时候有点钱，置下一座宅院，分为内外两院，进门有影壁，外院横长，内院竖窄，坐北朝南，正房只有三间。因为那时候还有朝廷，庶民房舍不过三间五架，不许用斗拱饰彩绘，封建社会有这么个制度。

正房两边是耳房，这样的格局叫作"纱帽翅"，有升官发财的意思。传到他这辈儿棺材铺开不下去了，家里仅留下两间小平房，加起来约有二十平方米，在北站前身的一条胡同里，其余各间旧屋已是几经拆改，胡同院子房屋的格局全变了。白四虎他们家里屋是一间屋子半间炕，女尸放在炕上，用被子盖住。端午节这天半夜，他一个人蹲在外屋叫苦，此时只听炕上女尸又开口说道："姓郭的死了吗？"

白四虎多年以来习惯了，在外头一句话没有，到家跟这女尸什么话都说，当下叹了口气，说道："别提了，我跟那姓郭的走到半路，正要一锛砸倒他，怎知那厮好不警觉，听到我的脚步声便转过头来看我，我……我一时胆怯，没敢下手，却让他看见我了。唉，想来咱家这日子要过到头了，不出三两天，官衣儿定会找上门来拿我，我舍不得你跟孩子，我也不想蹲土窑吃黑枣。"

女尸出声说道："我给你出个主意，你依我之言，保你平安无事，却准让那姓郭的死，你如此如此，这般这般……"

要说白四虎家里的女尸，死了有五六年，死尸用盐裹住，几年来一动不动地躺在炕上，此时突然开口说话，这不是见鬼了吗？她又给白四虎出了什么主意？这也是个扣子，咱们埋住这个话头，留到下回分解。

河神

第十五章　灶王爷变脸

一

　　说足了白四虎那头，再说郭师傅这头。1954年端午节，阴历五月初五，五毒齐出的日子，郭师傅在回家的路上，看到有个人手持刨锛，从后边跟上来要砸他，转头又跑了，他赶紧回去告诉老梁。

　　老梁不以为然，他说："今年开展肃反运动，全城大搜捕，刨锛打劫的凶犯吃了熊心豹子胆，敢在这时候出来顶风作案？又专门对你下手？哪有这么巧的事？没准是认识你的人，跟你闹着玩，你呀，别多想了，赶紧回家过节去。"

　　郭师傅一看老梁不当回事儿，不好再多说了，但他心知肚明，半道遇见那个人很可能是刨锛打劫的凶犯，暗暗记住此人的形貌，准备留意寻访。当天先奔家去了，到家已是夜里，媳妇儿包了粽子给他留着。他一想丁卯光棍没粽子吃，让媳妇儿先睡，自己拎了几个粽子，出门去找丁卯，俩人住的不远，隔条胡同。

　　20世纪50年代，关上桑树、槐树还多，当时桑葚刚下来，那阵子吃桑葚，不论斤两，都用脸盆盛着，也不是什么值钱的东西。丁卯捧了一脸盆桑葚，俩人蹲在路边吃桑葚，眼见胡同口过来一个人，呼哧呼哧地蹬着辆平板三轮，到跟前一看是张半仙。解放后张半仙也搬到这一带居住，各忙各的，别看都住在一片，却难得打头碰脸见上一回。

郭师傅和丁卯站起身，跟张半仙打招呼："这不张先吗，您了挺好？"

旧社会称呼算命的和说书的为先生，文不过算命，武不过混混，因为能吃这碗饭的都有文化，肚子里全是开杂货铺的，尤其受社会底层民众的尊敬。郭师傅仍按以前的习惯称呼张半仙，开口就叫"先生"，但老天津卫人嘴皮子快，说话吃字儿，话一说出来，张先生的"生"字就给吃了："张先张先，有日子没见，您了怎么个好法儿？"

以前算命看风水有门派，比如龙门、麻衣、阴阳、玄洞、天眼等，张家是柳庄相术的支派，讲究"撞面看相"，俩人一见面，抬眼一看印堂，便知吉凶，断语无有不验，向来不挑幌子摆摊。摆摊算卦看相的以江湖骗子居多，走到哪儿骗到哪儿，张半仙则是祖上创下的字号，专门给达官显贵相取阴阳二宅的风水。如果有人要想请张半仙出来看家宅坟地，必须先封礼金登门下帖，至于请得动请不动还另说着。传到如今这代落魄了，解放后没法再吃那碗饭，只好出苦力蹬平板三轮糊口，忙活到半夜刚回来。想当年，关上关下谁不高看张半仙一眼？今时却不同往日，没法再指着看阴阳二宅吃饭，可他除此之外，别无所长，万般无奈蹬着平板三轮，往西门里运大纸。那是整方的纸，分量最沉，几十捆大纸装上平板三轮，加起来上千斤，能把车轴压断了。平地倒好说，有时遇到上坡，干瞪眼上不去，那真是叫天天不应，叫地地不灵，一天下来累死累活，受老了罪了。他满肚子苦水，正想找人念叨念叨。

郭师傅把张半仙请进屋里，一问还没吃，赶紧让丁卯下点面条，三个人坐在家中叙话。

张半仙狼吞虎咽吃了两碗面条、几个粽子，眯上眼打着饱嗝儿，喝着丁卯泡的茶，抽着郭师傅给点上的烟卷，总算找回点儿当年的感觉，他说："郭爷、丁爷，你们二位是知道张某人的，别看咱是俩胳膊俩腿，什么都没多长，但是真人不露相，能耐暗中藏，也不是咱吹，老张家祖上那是有本儿的，传下几代的字号，阴阳有准，走到哪儿不是吃香的喝辣的，哪承想到了我这辈儿，改行蹬三轮卖臭汗了，真给祖宗丢脸。"

郭师傅和丁卯能说什么，只得劝他："旧皇历不该再提，如今凭力气吃饭不丢人。"

张半仙说："当着外人的面我也不敢叫苦，可见了你们二位，再不说些肺腑之言，还不憋死我了？"他絮絮叨叨说到半夜，忽然住口不说了，瞪大了两眼，直愣愣盯着郭师傅的脸反复端详。

郭师傅让他看得心里直发毛，问道："半仙你看什么？我脸上有东西不成？"

张半仙使劲揉了揉眼，又看了一阵，说道："怪了怪了，郭爷你的气色刚才还凑合，可我现在看你气色怎么变得不对了，你印堂发黑，要走背运，倒霉都挂相了！"

二

"倒霉挂相"是方言土语，形容一个人正走背字儿，运气不好，看脸色能看出来，不好的气色全都在脸上了。挂相就是挂在面相上，印堂发暗，或者说成"挂脸儿"。

张半仙专会看相，眼力非同一般，刚见面时他看郭师傅的脸，虽然只能说是凑合，但和以前没有两样，正想告辞离开的时候，一抬眼发现郭师傅脸上气色不对，印堂灰暗。印堂是算命看相里第一紧要的"命宫"，位置在额前两眉当中，人逢好运，印堂必定光泽如镜；运气不好，印堂上便会显得晦暗无光。可从没见过人的气色变得如此突然，转眼间印堂发黑，事先全无征兆，活像让倒霉鬼撞上身，将死之人的脸色什么样，郭师傅的脸色就是什么样。

张半仙大骇，说道："郭爷，这么一会儿不到，你气色怎会变得如此低落？"

丁卯看看郭师傅的脸，他不会看，什么都没看出来："半仙你别吓唬人成不成，我师哥这不好端端的，他又哪里气色不对了？"

张半仙恍如不闻，自言自语地说道："太邪行了，刚还好好的，怎么突然间印堂发黑，一脸的晦气……"

丁卯说:"半仙你既然会看时运,怎么没看出自己混到蹬板儿车拉大纸的地步?"

张半仙说:"丁爷,你有所不知,我们算命的,没人敢给自己看相,你想想,倘若我事先知道自己解放后蹬了板儿车,你说我还活得到如今吗?"

郭师傅以为张半仙想找解放前的感觉,在跟他们说笑,没把这番话当真,说时候不早,咱也该回家歇着了。

张半仙正色道:"郭爷,我可不是跟你逗,你都倒霉挂相了,还有心思睡觉?"

郭师傅说:"半仙你别吓唬我,到底是怎么一回事?"

张半仙说:"我看有人要对付你,你得留大神了,明天一早你等我,我不到你别出屋。"他说完之后,不等郭师傅答话,匆匆忙忙地蹬上板儿车走了。

郭师傅见了张半仙的举动,心里也不免犯嘀咕,又一想是福不是祸,是祸躲不过,反正是这一条命,愿意怎么样怎么样吧。

郭师傅当晚回到家,告诉媳妇儿,张半仙明天早上准是空着肚子上门,多预备一份早点。他白天累了一天,倒头就睡,转天一早他还没睁眼,张半仙已经到了。

郭师傅说:"半仙你起得够早,吃了吗?"

张半仙说:"没吃,嫂子做什么早点?"

郭师傅媳妇儿给做的手擀面,还有烧饼、油条,端到桌上摆好,然后挎上篮子赶早买菜去了。

郭师傅穿上衣服洗把脸,请张半仙一同吃早饭。

张半仙一闻面条可真香,比丁卯那个光棍煮的好多了,油条炸的也好,一根是一根。这顿早点吃下去,起码能顶一天,如若再有六必居的酱果仁儿搭配,那就无话可说了。

郭师傅说:"这不是昨天晚上才知道你来,没顾得上预备,等下次备齐了再请你。"

张半仙三口两口吃完了手擀面,说道:"郭爷,你先别想吃的了,你跟我说,你到底惹上了谁?"

郭师傅琢磨了半天,实在想不起来自己有什么仇人。

张半仙说："你再好好想想，有谁要置你于死地？秦桧有朋友，岳飞有冤家，人活一辈子，谁还能没有仨俩对头？"

郭师傅想起刨锛打劫的凶徒，他把昨天回家遇上的事，怎么来怎么去，全对张半仙说了一遍。

张半仙说："定是这个刨锛的听到外边传言，外边可都传你要拿他，昨天半夜人家给你下道儿了，这叫光棍打光棍，一顿还一顿，你不把他拿住，你得倒一辈子的霉。"

郭师傅不太信："气运有起有落，人不可能总在高处，也不至于总在低处，世上有什么法子，能让人一直倒霉？"

张半仙说："别人不好说，让你倒霉可容易，咱这么说吧，你信我不信？"

郭师傅不明白："信怎么讲？不信又怎么说？"

张半仙说："你不信我，你该怎么过还怎么过，之前的话只当我没说；你要是信我的话，你听我接着往下说，但是说完你可别怕，你有血光之灾。"

三

郭师傅说："你这不是勾我腮帮子吗，有话不妨直说，到底怎么了？"

张半仙道："容某直言，你河神郭得友的名号不好，太过了，什么人受得起这个？不过让大伙口头上说说，你至多少些福分。昨天我看你气色一下变了，定是人家供起你的牌位，拿个小木牌，刻上河神郭得友之位，放在家里打板儿烧香，一天几次地磕头拜你。你是活人，你受得住吗？你不倒霉谁倒霉？"

郭师傅听完张半仙的话，脑门子上冷汗直冒，以前的人都信这些，吃五谷杂粮的凡人，有个"河神"的绰号已是非分，更何况进生祠上牌位，这得削掉多少福折去多少寿，不走背字儿才怪，如何是好？

张半仙说："郭爷，咱们是朋友道儿，别的忙我帮不上，话是有多少跟你说多少，此刻看你气色更为低落，只怕过不去今天，不过……"

郭师傅说："你别说话大喘气行不行，不过什么？"

张半仙说："我也是刚看出来，虽然你身上气运衰落，但你家宅中的风水不错。"

郭师傅知道张半仙会看阴阳宅，是他有望气的眼力，便问："我这破屋还有风水？在哪儿呢？"

有能耐的人好卖弄，不愿意把话说明了，张半仙也是如此，他拿手一指郭师傅家的灶台。

郭师傅好生纳闷儿："怎么个意思？再来碗面汤？"

郭师家住在斗姥庙胡同一处老平房，里外两间，那时候的民宅，全是十平方米左右，两间即是二十平方米，前头加盖一个小房，用来做饭及堆放杂物，里屋住人。外屋墙角有个旧灶，还是早年间的土灶，多年不用，灶台已然开裂。天热的时候，裂缝中时常会有"穷蝉"爬出来，这玩意儿在老房子墙缝或砖下实属常见，外形有几分接近蟑螂，又像黄皮的蝉，后腿儿特别长，蹦得很高，因在穷人家年久失修潮气重的破房子里多见，故此得了"穷蝉"这样一个称呼。有些商周时期出土的青铜器，上头铸有蝉纹，其实不是真正的蝉，而是穷蝉。可见从古以来，穷蝉多在灶下出没，郭师傅家的破灶台，有时候蹦出一两只穷蝉，哪里成什么风水形势，他以为张半仙还想喝面汤。

张半仙说："想到哪儿去了，你看看你们家灶台后墙。"

郭师傅家灶台后头，有一幅灶王爷和灶王奶奶的年画，那还是解放前糊上去的。灶王爷是家神，又称灶君，画中灶公灶母红衣红袄红帽翅儿，胖墩墩的慈眉善目。俗传每年腊月二十三吃糖瓜，是灶王爷上天的日子。这一天，上至王公下至百姓都要祭灶，肯请灶王爷上天在玉皇大帝面前，多说人间的好话。当天最忌讳在灶君面前发牢骚、说怨言，因此祭灶时不准女人上前，否则灶王爷听了妇道人家的口舌，上天在玉皇大帝面前一说这家怎么怎么不好，一个禀帖儿打上去，便会折人阳寿，重者去一纪，轻者少一算，一纪三百天，一算一百天，旧时忌讳颇多，所以说男不拜月女不祭灶。腊月二十三祭完灶王爷，还要把灶台上的画像揭下来烧掉，年三十儿再重新糊上一幅。但自民国以来，逐渐没有那么多讲究了，郭师傅家的灶王爷画像，打他搬来也没换过，居家过日子，灶台上有灶王爷的画像，再是平常不过，你挨家挨户推门进去看，十家里怕有八九家如此，如何出了风水形势？

张半仙说："隔行如隔山，你不会看，当然看不出门道，我告诉你说，简而言之，你们家灶台连同灶王爷的画像，自成一个形势，是镇宅八仙灶，能够消灾免祸。你千万记住了，别拆别改，倒还不至于出事，一旦有了变动，你可要倒大霉。"

四

灶王爷和灶王奶奶在民间传说中的身份，各地不尽相同，黄河以北，认为张奎夫妇为灶神，这两口子是《封神传》里的人物，上天言好事，下界保平安。

郭师傅家的灶君年画挂了很多年，墙下灶台也是长期不用。张半仙告诉他，此乃八仙灶，能保气运平安，但是哪天变了样，郭师傅的大限就到了，除非尽快拿住刨锛打劫的凶犯，此外别无他法。

张半仙还要蹬板儿车拉大纸，别的忙他也帮不上了，说罢匆匆忙忙地去了。

郭师傅一个人坐在家里寻思。过了会儿媳妇儿买菜会来，一看郭师傅坐着不动，问道："老郭，你怎么还不去上班？"

郭师傅回过神来，声称"浑身脑袋疼，满脑袋牙疼"，总之是哪儿都不舒服，告几天假在家歇一歇，又找个借口，送媳妇儿先回娘家住上十天半个月。当天找来李大愣和丁卯，还有几个以前同在巡河队的人，跟大伙说明了缘由。他虽然跟刨锛打劫的恶贼照过面，也只看出此人三十来岁，中等身高，左耳有块青色胎记。天津卫太大了，人口又多，找这样一个人，可没处打听去，好在可以缩小范围。此人使用刨锛打劫，必然做过木匠，也可能后来改行不干了，但肯定跟木匠沾边，城里城外会做木工活儿的人有数。解放前天津的木匠们老家多在山东，大部分是出来挣钱，过春节还回山东老家，也有一小部分人定居下来。因为木匠祖师爷鲁班是山东人，那边有这个传统，尤其讲究师徒传承，再一个不是单帮，有时来个活儿，一两个木匠做不完，要找别的木匠帮忙，经常凑在一处，来往较多，所以相互间都认识，也许一辈子没见过面，但提起来能知道说的是谁。从这些木匠师傅学徒的口中打听，没准能问出这个人来。

郭师傅他们一连几天，四处找木匠打听，包括以前做过木匠，后来改行不做的，其中有没有一个长年住在天津，三四十岁且左耳有块胎记的人，腿儿都跑细了，可问到谁谁摇头，全说没这么个人。

转眼过去七八天，一点线索也没找到。这天下午，有个小伙子陷在西门里大水沟，郭师傅亲自下去把人摸出来，再一看已经没气了。每年一过五月节，河沟水坑里淹死的人就见多，越往后越忙。

老梁得知郭师傅前几天请了病假，却有人看到他送媳妇儿回娘家，这让老梁十分恼火，认为这些从旧社会过来的人，脱不开又懒又馋的习气。

郭师傅下到大水沟摸人，带出一身臭泥，等候家属认尸的时候，又让老梁好一顿说，没心思再去寻访木匠。傍晚往家走，半路看见个推车卖羊杂碎的，人家这羊杂碎收拾得干净，不腥不腻，做得入味，也有单卖的羊肝羊蹄。他一闻那味道走不动了，舍不得买羊肝，买了两个羊蹄，坐在卖羊杂碎的车前喝闷酒。

卖羊杂碎这位姓庄，他们家八代人卖过羊杂碎，别人都叫他庄八辈儿，六十多岁，每天推个小车在路边摆摊儿。车底下掏空了装有火炉，支一口锅煮羊杂碎；车前是两条板凳，能坐四五个人。有人买完带回家吃，也有趁热坐在车前吃的，天黑后挂一盏马灯照亮，后半夜才收。当天晚上没什么人，郭师傅边喝酒，边跟庄八辈儿有一搭没一搭地闲聊，啃完的羊蹄残骨，顺手扔在一旁，忽听路边有窸窸窣窣的脚步声，侧头看过去，却不见一人。

五

庄八辈儿起先是在西北角卖羊杂碎，今年刚转到西门里。那时候路灯少，当天夜里阴天，没有星月之光，马路上很黑，郭师傅听到路边有窸窸窣窣的响动。若是细听，好像还有人低声说话，可路上分明没有人，他心觉奇怪，摘下马灯过去看到底是谁。提灯一看，原来是十几个小人，各个是五六寸高，在捡被人扔在地上的羊骨。他也是胆大，抓起通炉子用的火筷子，对着其中一个就戳过去，那小人惊叫一声扑倒在地，其余的一哄而散。他提灯再看，有几只狐狸正叼起残骨逃开，另有一只被火筷子捅到翻着白眼装死的狐狸崽子，发觉有灯光照过来，也蹿起来逃了。

郭师傅心下一惊，问卖羊杂碎的庄八辈儿："你瞧见没有？"

庄八辈儿说："狐狸还是黄狼？没什么，它们常在此偷吃别人扔掉的羊骨头。"

郭师傅心想："人的时运衰落，身上阳气就弱，会看见不该看见的东西，我当真气数已尽？"

庄八辈儿看他神色恍惚，说道："郭爷你累了，备不住看走了眼，黑天半夜难免的，你啊，睁一只眼闭一只眼，看见了只当看不见，那就对了。听说你到处打听木匠，可是要缉拿刨镲打劫的恶贼？"

郭师傅点点头，心说："好嘛，此事连卖羊杂碎的都知道了？"

庄八辈儿说："昨天丁爷和李爷上我这儿吃羊杂碎，还问过我。你别看我是卖羊杂碎的，可解放前在我这吃羊杂碎的老主顾里，也有好几位是干木工活儿的。"

郭师傅说："您可知道有哪个木匠，大概三十来岁，左耳有块青色胎记？"

庄八辈儿说："那可没听说过，要真有这样左耳有青胎的木匠，不至于找不出来。"

郭师傅听说丁卯昨天已经来问过了，再问也是多余，叹了口气，起身想要往家走。

哪知庄八辈儿又说："昨天丁爷问过我，我回去想了半天，想起当年有两位木匠师傅，到我这儿吃羊杂碎，聊起一件挺吓人的事……"

郭师傅心中一动，再不忙着走了，问道："您给说说，是怎么个事情？"

庄八辈儿告诉郭师傅，解放前，北门有个白记棺材铺。棺材又叫寿材，一般是卖出去一口再做一口，棺材不敢多备，毕竟是发死人财，好说不好听。除非有大户人家，家里老人上了岁数，会提前准备寿材。因为好木料不是随时有，所以大户人家一旦遇上好木料，便出钱买下来。事先说好了尺寸、宽窄、刷几道大漆，付钱请棺材铺的师傅做成寿材，内衬盖板，两端描金彩绘莲花福字，里面放进寿衣寿帽和全套的铺盖就可以了。做成的寿材不能进宅门，存放在棺材铺里，放个十年八年，那也是常有的事。如果别家死了人，临时找不到好棺材，孝子可以跟提前备好寿材的主人商量，先借取寿材安葬先人，然后照原样再给做一口相同寿材还回来。此乃积德行善之举，通常自备寿材的主人家都会同意。至于普通人家，虽不至于穷到裹草席子，却也用不起上好的寿材，大多使用最便宜的柏木板子，白茬儿棺材不刷漆，或者只走一道漆。当天要当天现做也来得及，所以棺材铺常年备工备料。白记寿材铺老掌柜的自己会木工活儿，还雇了两个山东的木匠师傅当长工。

十年前，白记棺材铺关门大吉，俩木工师傅临回老家的头天晚上，到庄八辈儿的摊子上喝酒吃羊杂碎，当时俩木匠就说他们棺材铺东家遇到鬼了。

六

寿材铺东家姓白，雇了两个伙计和两位木匠师傅。寿材铺并排三间铺面，左边放寿材，右边是账房，当中接待主顾。买卖做的不小，可寿材铺不是饭庄，没有门庭若市的时候，只是棺材利儿大，特别是大户人家来取棺椁，那是要多少钱给多少钱，从无二价，也许一个月不开张，开张一次够吃三个月。老东家去世之后，他儿子白四虎接下了家产，有一个四合院，还有寿材铺的生意。白四虎不会打棺材，有时会在旁边盯着木匠干活儿。他为人少言寡语、窝窝囊囊，寿材铺的伙计和木匠师傅欺他不懂账目，串通好了私底下吃钱，卖出多少棺材也是亏空，买卖是一天不如一天。

白四虎不得已，将家里的房子一间一间地卖掉，只留下两间破屋，平时跟两个伙计住到店里，俩木匠师傅住在后边。有一天下午，备好的寿材让人取走了，天黑以后寿材铺里的人都睡觉了，只听外边有人砸门。

深更半夜砰砰敲门，换作别的店铺，伙计非急了不可，但棺材铺和药铺有个规矩，主顾多晚来都没问题——半夜跑到棺材铺和药铺敲门的人，家里定有生死大事。所以伙计一听叫门，马上披衣服爬起来，门上有个小插板，也是为了防备盗匪，不开大门，只把插板打开往外看，就见寿材铺外有人提着白纸灯笼，说是某家死了人，让店里赶紧给备寿材。正是三伏天，死人搁不住，急等着用，明天务必取走，说完扔下定钱，赶着往亲戚家报丧去了。

　　寿材铺里的人一看来买卖了，也别睡了，都起来干活儿，在后屋点上灯，俩木匠立即备料钉棺材，两个伙计跟着打下手，全在那儿忙活。按老例儿，夜里起来干活，东家得把早饭备好，不是平常的早点，必须有鱼有肉、米饭白酒，干完活吃饱喝足了好补觉。白四虎一看没有他插手的地方，便去菜市买菜。话说这时候，是四更天不到五更，五更才鸡叫，四更是后半夜，天还没亮。

　　出了西门里大水沟，有个菜市，五更过后开始有赶车卖菜的乡农，要赶早只能去这个地方。白四虎出来得太早，还没走到菜市，天上忽然打下个炸雷，暴雨如倾，把他淋成了落汤鸡。他急忙找地方躲雨。大水沟一带没多少住户，有些清朝末年留下的老房子，白四虎看路边有间破屋，木板门拿麻绳拴着，屋里黑灯瞎火，应该是没人住的空屋子，当下解开麻绳，推开门躲到屋中，想关门却关不上了。

　　外边疾风骤雨，吹得破门板不住撞墙，门板上原本安有铜锁，不知让什么人撬掉了，留下两个窟窿。白四虎又用麻绳穿进去，重新拴上门。借着窗外闪过的雷电，他看见屋里四壁空空，积满了尘土，只有一个土炕，于是他蹲到土炕上，闭目等着雨势减小。大约过了一顿饭的工夫，身上突然一阵发冷，同时听到有人在屋里来回走动，他睁开眼一看，惊见一个女子，低了头在屋里绕圈。

　　白四虎大骇，他蹲在炕上，张着嘴瞪着眼，呆住了不敢稍动。屋中的女人忽然走到他面前，只见这个女人脸白如纸，一头长发，口中吐出一条舌头。白四虎正自手足无措，眼看女人的舌头伸过来，立即往旁躲避，舌头舔到了他左耳上。他狂呼惊走，跳下炕来想推门逃出去，奈何拴住门户的麻绳浸过水，越缠越死，急切间竟然推不开。白四虎只好用头撞开窗子，连人带窗扑到外边，当即昏死过去。这时到了五更天，有过路的人把他救起，左耳已是血肉模糊。事后得知，前些年有个女人在这屋里上吊身亡，破屋空置至今，从来无人敢住。定是遇上吊死鬼了，白四虎受此一番惊吓，脑子开始变得不大正常，不久棺材铺倒闭关张，店中的伙计木匠各奔东西，听说白四虎改行做了屠户，往后也没再开过棺材铺。

　　十九年前，庄八辈儿卖羊杂碎时听棺材铺两位木匠提及此事：白四虎

不会做木工活儿，左耳上的痕迹也不是生下来便有的胎记。庄八辈儿的嘴勤，有什么说什么，想起来他就同郭师傅说了一遍。他还听那两位木匠师傅说到，外边有传言说，棺材铺老宅中有宝，那是白家祖上埋的宝，给后人留下过话：即使哪天吃不上饭了，也不许卖这两间正房。

按年份推算，庚子年拆天津城，白家是捡旧城砖盖的房子，是白四虎爷爷辈儿置下的房屋，到如今1954年，也才不过五十来年，可当初埋宝的秘密没能传下来，没人清楚宅中有什么宝。白四虎就更不知道了，他曾在家中挖地三尺，无奈什么也没找到。

七

白四虎棺材铺的买卖有内贼，亏空大的堵不上了。他脑子虽然不好，却记得先人交代过的话，留下两间正房没卖，但也始终没找到任何东西。他那两间房在粮店胡同，离北站不远，反正解放前他是住那一带。往后的事，庄八辈儿就不知道了。

说者无心，听者有意，郭师傅怎么听怎么觉得白四虎是他要找的凶犯。头一个，岁数对得上，二一个，左耳有伤痕，虽然没当过木匠，却开过棺材铺。所以说，人熟是一宝。要不是认识庄八辈儿，人家愿意跟他念叨陈芝麻烂谷子的旧事，怎能知道凶徒左边耳朵上不是胎记，当年也没做过木匠，原来以前问得全不对，难怪打听不出来。

郭师傅谢过庄八辈儿，起身回家，转天一早，他和丁卯去北站附近打听了一下，真有这么个白四虎。周围邻居都说此人老实巴交，平日里很少出门，除了口重，吃盐吃的多，也没有任何反常的举动。

郭师傅探明了，不敢打草惊蛇，回去告知老梁，北站粮店胡同有个白四虎，很可能是刨锛打劫的凶犯。

老梁虽然信得过郭师傅，可此事比较棘手。"刨锛打劫"在天津卫传了十九年，前前后后至少有二三十条人命，使得民心不安，城里人多的地方还好，天黑之后，周边的偏僻所在没人敢去，可这个凶犯作案没规律，从来不留活口，缉拿了十年没有结果。拿贼要拿赃，无凭无据，总不能进屋就抓人，你不把刨锛打劫的凶器找出来，怎么认定是白四虎所为？

不过官衣儿要想查个人，可太容易了，以查户口为名去敲白四虎家的门，先摸摸此人的底。当天中午就派去了两个人，敲开门还没等问话，白四虎突然撞开人就逃。派去的公安一看这人就知道是做贼心虚，一个人从后头紧追，留下的那个人进屋查看。进到里屋，公安看到竟有河神郭得友的牌位，感到奇怪不解，纳着闷儿再往炕上一看，躺着白乎乎的一个人，怎么跟个雪人似的，定睛细看，却是满身盐霜的一具女尸。

这案子可大了，公安、民兵、巡防队乃至驻军，出动了不下七八百人，分成几路追捕逃走的白四虎。这就没处跑了，最后他们在一条臭水沟里把人抓住了。二十多人在臭水沟中又摸了两天，摸出了白四虎扔下的刨锛，铁证如山，容不得他不认。白四虎供出解放前他怎么在地摊儿上看到刨锛，怎么起了歹心，购得刨锛揣在身上，分别在哪些地方做过案。有一次，他刨倒了一个外地来的女人，他见这女子颇有姿色，便趁天黑将死人带到家中，每天跟女尸一同睡觉。一年之后，死尸竟有了身孕，再后来现出腐坏之状，他怕有尸臭传出去让邻居发觉，便用大盐腌着。听外边传言说郭师傅要来拿他，他心下惊慌不知所措。女尸给他出主意，让他打板上香，供上郭师傅的牌位，拜几天此人必死。没想到刚过了几天他就被捉拿归案了。

老梁认为供词非常诡异。可见白四虎迷信思想甚深，女尸怎么可能生孩子，还给此人出主意？再说打板儿上香能把人拜死，世上哪有这种事？白四虎刨倒的女子，起初应该是脑死亡，肉身还活着，后来肉身怀了胎，尸身腐坏发臭。那时候是真死了，因白四虎不明究竟，以为这女人进家之前已是一具死尸。民间将脑死之人称为活尸，他这么说也对，至于白四虎声称前几天女尸忽然开口说话，定是他自己胡思乱想出来的。最后是怎么定的案，如何批捕，如何伏法，不在话下。

至于白四虎屋中的女尸，端午那天是不是真的说话了，给白四虎出主意，打板儿上香拜死郭师傅？

这么跟您说，女尸裹在盐霜里，不可能开口出声，但也不是白四虎听错了。您别忘了，白四虎粮店胡同的老房子里有东西，怎么找也找不出来。实际上跟他说话的不是女尸，而是另有其人。如果是短篇小说，"刨锛打劫"一案告破，凶犯认罪伏法，咱们讲到此处也该完结了，可河神的故事却是长篇，里头有个前因后果，说到后文书"粮房胡同凶宅"，才能解开前边的扣子。

八

那两年街头巷尾议论纷纷，都在传郭师傅连破三个奇案"河底电台"、"人皮炸弹"、"刨锛打劫"，其中不乏以讹传讹的内容，比如"人皮炸弹"，原本是用死狗偷运烟土，传来传去，不知怎么给传成往小孩肚子里装炸弹了，反正越是捂着盖着，社会上传得越离奇。

"刨锛打劫"一案本身就怪。白四虎躲在家里，绝没人想得到是他，他鬼使神差偏要去找郭师傅，所以说活该他死，该死活不了。

白四虎这个人也是邪行，刨死一个外地女子带回家，将女尸当媳妇儿。据说那女尸还给他生了个孩子，粮店胡同凶宅中有僵尸媳妇儿、鬼孩子的传说就传开了，那两间房子被封，人们都说是凶宅，周围的住户想到这么些年隔壁躺着一具女尸，尸身上的盐抹得太多，长起了白茧般的盐霜，有谁能不发怵？所以该搬走的全搬走了，粮店胡同住户本来不多，这一惊动，又空了一多半。

旧时地名起的随意，粮店胡同以前有过官办粮房，故此称为粮店胡同，其全称是粮房店胡同。在北站边上，临近"宁园"。宁园是清朝末年建的一个种植园，里头有开挖出来的湖。民国二十年，也就是1931年改为北宁公园，到了20世纪五六十年代，人们还是习惯用"宁园"的旧名。

白四虎家就住北站宁园粮房店胡同。他被抓捕枪毙之后，房产充公，门上贴了封条，周围的住户并不多，后来北宁公园扩大湖面，拆了不少老房子。白四虎的两间房也在那时候拆掉了，这全是后话，暂且按下不表。

白四虎家中的女尸，死了不下十年，解放前来逃难的外地人多，兵荒马乱，查不出身份了。死尸送去火化，粮房店胡同的房子贴了封条，此案算是告一段落，社会上不明真相的人多，仍是谣言四起，说什么的都有。

郭师傅不敢居功，这不是他一个人能破的案子，也轮不到他立功。1954年6月底白四虎被枪毙了，社会治安越来越稳定，郭师傅的运气说不上好，也说不上坏，日子一天天的过去。转眼到了1957年，连降暴雨，海河水位猛涨。

"河神"里提到最多的海河，河道并不算长，打从金刚桥开始，直到大沽口入海，全长七十三公里，但是海河的水系很大，共有五大支流，分别是："北三河、永定河、大清河、子牙河、漳卫南运河"。五大支流又分出三百多条河道，形同在华北大地上展开的扇子面。天津卫的海河好似扇柄，至此突然收窄，地势是西北高，东南低，北有燕山，西有太行山，东南则是大平原。发源于高原的河流，侵蚀疏松的黄土，吞下大量泥沙流进海河，致使海河河底年复一年地往上抬升，应对洪水的能力越到下游越不行，所以经常发大水。

夏汛期河水陡涨陡落，各次洪水皆是来势凶猛。根据记载，明代在天津设卫凿城以来，海河流域发生过387次严重水灾，天津城让大水淹过七十多次，军民房屋多受水患之害。解放后毛主席曾做出指示，一定要根治海河水灾。因此每到旱期，国家都要给海河清淤，同时挖防洪的沟渠。

到了1958年夏季，气候反常，连续几个月没有降雨，酷暑闷热，人们贪图凉爽，下河游野泳的人多了起来，接二连三的有人被淹死。伏天里头，即使不会水的人，也忍不住到河里洗个澡。由于天旱，水位低，河底的淤泥水草接近水面，下去很容易陷在臭泥中，或是被水草缠住，越挣扎缠得越紧，水性再好也活不了。

有一天，郭师傅在河上打捞浮尸，忙完了回到家，太累了，睡得很早，半夜听外屋有声响。他以为进来贼了，穿上鞋出来看，一看外屋没人，可一抬头，墙上的灶王爷画像把他惊出一身冷汗，画中的灶王爷和灶王奶奶脸变了。

那是毛茸茸的两张怪脸，四个黑溜溜的眼珠子来回乱转。郭师傅抓起鞋子扔过去，就见两个毛色苍黄的东西，从灶台上跳下，由门底缝隙间钻出去逃走了。原来是两只大狐狸蹲在灶台上。

郭师傅看鞋子扔在了灶王爷画像上，这还了得，赶紧用手去擦鞋印，怎知画像在墙上贴了多年，画纸已经糟了，用手一抹，画像便碎了，再也不可能恢复原状。

前几年他在庄八辈儿的摊子上吃羊杂碎，用火筷子捅倒一只狐狸崽子，到底是不是这东西上门寻仇，郭师傅也无从追究，反正八仙灶的风水破了，恐怕不是祥瑞之兆，但他无论如何也料想不到，"粮房店胡同凶宅"里的东西要出来了。

第十六章　海张五埋骨

一

　　郭师傅家的灶王爷画像被毁，按张半仙的话说是破了风水，要走背字儿，可他整天忙着捞河漂子，也没顾得上多想。

　　第二天，老梁找到郭师傅，说是各部门各支队都要抽调人手充河工，挖掘防洪沟治理河患，他决定让郭师傅和丁卯去参加劳动。

　　从此他们俩每天去挖大河。挖河是最苦最累的活儿，尤其是闷热无雨的夏季，天热得好似下火，顶着毒辣辣的日头，挖河沟里的淤泥，淤泥让烈日一晒，泛出青绿的颜色，臭不可闻，郭师傅不止挖大河，什么时候河里淹死人，他们还得赶去打捞死尸。

　　防洪沟主要是趁旱期水枯，挖开河道中的淤泥，加深拓宽河道，遇上暴雨，不至于让大水直接灌到城里。郭师傅和丁卯挖大河的地方，在西北郊区，绿陇遍野，有大片的菜园，再往西不远是"得胜口"，古称小稍口。清朝咸丰年间，林凤祥、李开芳指挥太平军北伐，打到小稍口准备渡河，突然受到民团伏击，在此一溃而败，因此朝廷赐名"得胜口"。

天气炎热，两拨人轮着挖大河。这天中午，轮到郭师傅歇晌，河工们围着他，让他讲海河里的水鬼。

郭师傅不敢说鬼神之事，怕说错了话，又惹得老梁恼火，想起往西是"得胜口"，又听说此地有海张五的墓，便说了个关于海张五的段子。清朝末年，海张五是天津卫第一有名的大盐枭。他幼时随母乞讨为生，后来闯过关东，回到天津卫当了吃盐运的混混儿。旧社会盐税很重，但家家户户要吃盐，谁也离不开。盐又是从海里来的，无本的买卖，各行各业做什么买卖，皆是"将本图利"，只有盐商是无本取利，所以清末的巨富全是盐商。天津又出盐，别人运盐他海张五去要保护费，不给钱便是红刀子进白刀子出，白手起家占了盐运，就这样发的财。当年太平军北伐打到天津城，他出钱组织民团练勇，埋伏在稍直口打排枪，太平军一片一片倒在民勇的土枪下，兵败如山倒，终于让僧格林沁的马队歼灭。海张五由此受到朝廷赏识，封了个从三品的武官，别看有了顶戴花翎，斗大的字他识不了半筐，扁担横在地上不知道念个一。有一次钦差大臣下来视察，海张五前去接待。跟钦差大人叙话，说完了公事，为了显得近乎，上下级之间拉些家常，海张五问钦差大臣家里有几个孩子？钦差大臣说有两个犬子，说完了也问海张五家里的情况。海张五心想："钦差这么大的官，尚且称家里的公子为犬子，我一个从三品的武官该怎么说，总之我家的孩子，无论如何也不能跟钦差的公子相提并论。"当下欠身答道："让老大人见笑了，下官家里只有一个王八羔子。"

挖大河的河工们听完都笑，正要让郭师傅再说一段，忽听挖河泥的那群人一阵哗然，他们竟在淤泥下挖出了怪物。

二

1958年天津卫两件大事，一是跟随形势大炼钢铁，二是抗旱防汛挖大河。挖河主要是挖泄洪河，当时真挖出了不少东西，因为河泥淤泥年久，埋住了河边的坟地或村子，所以会挖出几百年前的东西。现在一些上岁数的人，说起当年的事还有印象，即使不是亲眼目睹，也都有所耳闻。真正可惊可骇的，前后有四次，郭师傅和丁卯见到的是第四次。

城外挖泄洪河防汛沟的地点有十几处，四次并不在同一地点，头一件怪事出在子牙河。那一年挖大河，白天干活儿，挖出淤泥，装在小车上推走，河边搭了大棚，离家远的几个河工，晚上在大棚里过夜。夏天闷热，蚊虫也多，但是挖河泥的活儿太累，河工们一躺下就睡着了，这时大棚外来了六个穿黑衣服的小孩，长得都差不多，推开棚门，进来对河工们说了些莫名其妙的话，什么"我们兄弟一直住在这儿，别让我们分开"。当时没人听得明白，也不知这六个小孩从哪儿来的，想要追问，却见棚门关得好好的，已不见了那六个孩子的去向，河工们以为是做梦，转天接着挖河清淤，在河泥下挖出六个铁猫。铁铸的大猫，长满了锈蚀，看不出细部，轮廓像猫，不知道是什么朝代沉在河中的东西，那时候为国家献铜献铁光荣，走到路上捡根铁钉子都不忘上缴，因此六个铁猫被送去打成了土铁。河工大多是以前鱼行脚行出身的苦力，这些人很迷信，认定那天的六个小孩，是河底六只铁猫所变，古物有了灵气，毁之不祥，暗中烧香祷告，但是此后也没有别的怪事发生。

第二次是在西门外。老时年间，天津卫有四座城门，分别是"拱北门、镇东门、安西门、定南门"，庚子年城墙城门全部拆除，但人们仍习惯沿用旧地名。西门外有条墙子河，曾经是城下壕沟，在那清淤挖泥，挖出个老坟，里头没有棺材，是很窄的夯土坑，躺着一具干尸，朽烂的衣服还在，裹着死尸。挖大河清淤那几年，挖出的坟墓不下数百，只有这个吓人，那干尸脸部凹陷，或是头上没有脸了，下颌到眉骨是拳头大小的一个凹坑，积了黄水，恶臭难闻，过后古尸让谁收走就不得而知了，此事引出不少谣言，但都不尽可信。

第三次是在窑洼浮桥，那曾是清朝直隶总督衙门的所在地。河工挖泄洪河挖出一条怪蛇，尺许长，像小孩儿的臂膀一样粗细，遍体赤红，头上有个肉疙瘩，奇怪的是这条蛇会叫，口中能出声。有个胆大的河工，抢起铁锹拍死了怪蛇，血溅到周围的人身上，皮肤便开始溃烂流脓，为此死了两三个人。过后也有谣言说那一年属龙属蛇的有灾，必须吃桃避劫，造成一度无桃可买。

第四次让郭师傅赶上了，正是他们挖大河的那个地方。这次更邪乎，挖河泥挖到块两张八仙桌面大小的青石板，厚达数尺，轮廓像某种动物，阴刻水波纹，既然有石板，下边准有东西。

河底淤泥中挖出的石板上似有碑文，依稀有"张锦文"三字，还有是什么年什么月之类，起初以为是海张五的墓。海张五原名张锦文，他在天津卫的名声非常之不好，一是没功名，你武官也得是武举出身才受人敬重。功名说白了就是文凭，在封建社会有功名可不得了，一个人有了功名，身份和地位便不同一般百姓，比如同样犯了王法，虽然也会被带上公堂接受审问，但是有功名在身的人，见了县官不用下跪，有过错不准责打，要先革去功名，方可责打。海张五一个地痞无赖白吃白拿滚热堂的主儿，当官当得再大，说起来也教人瞧不起。他出身不好，认的字也不多，不过心眼子不少，给朝廷写折子全是师爷代笔。这还没什么，主要是咸丰八年英法联军打进来的时候，此人替联军当过走狗，名声从那会儿彻底臭了，百姓们没有不骂他的，据说海张五死后，便被埋在西门外。

大伙觉得这有可能是海张五的墓。挖开也就挖开了，何况海张五官儿不小，做过盐枭，家里有的是金银财宝，墓里备不住有些好东西，趁乱拿走一两样，岂不是白捡的便宜，众人存了这个念头，各个铆足了劲挖泥，谁承想挖开淤泥石板，才发现这根本不是墓穴，从里边出来的东西把河工们都吓坏了。

三

一众河工撬开石板，喧声四起，旁边轮歇的人们也都赶过去看，郭师傅和丁卯挤到前边。只见石板下是个大洞，壁上全是土锈，黑咕隆咚的不知有多深，看来像是海张五的墓，没人见过这样的墓穴。有两个胆大不怕死的河工想下去，让人找绳子，绳子还没找到，忽听洞里有声响传出，好像许多秫秸秆被折断了。

河工们无不吃惊，两个打算下去的人这会儿也怕了，听那声音又像潮水升涨，由打深处越来越高。众人脸上变色，感觉洞里有东西要上来，想到老时年间的传说，龙五爷捆住旱魔大仙扔进一口古井，那地方正是在西门外，难道挖大河挖出了旱魔大仙？

　　河工们心里发怵，都不由自主地往后缩。丁卯胆大包天，还要往前去看，让郭师傅一把拽到后边。此时从洞里冲出大群黄尾蜻蜓，多得没法数了，乌泱乌泱地飞出来，恍如一团黄云，遮天蔽日地盘旋，看得众人身上直起鸡皮疙瘩。那些黄尾蜻蜓样子很怪，只有一对翅膀，头宽尾细，飞不了多高。转眼四下散开，没头没脑地落到田间地头，附近的小孩们都跑着到处捉蜻蜓，也引来鸟雀啄食。挖大河的人们却都呆了，这辈子没见过这么多黄尾蜻蜓，淤泥下的大洞中又怎会有蜻蜓？

　　中午挖出一个大洞，下午有人来找郭师傅和丁卯，子牙河淹死一个游野泳的学生，陷到河底的水草淤泥中捞不出来，让他们赶去帮忙。二人匆匆忙忙地去了，不说郭师傅怎么去子牙河捞尸，单说其余的河工们围着大洞议论纷纷。有迷信的人说，蜻蜓是旱魔大仙的化身，谁碰谁死，不让孩子们去捉，难怪今年旱得厉害，说不定旱魔大仙要出来了；还有人说是河脉龙气所变，不是好兆头。各说各的话，莫衷一是，惹得人心惶惶。到了下午，洞中不再有蜻蜓飞出来，但也没人敢下去了。耽搁到傍晚，天一擦黑就没法再干活儿了，河工们也是怕出事，先把石板盖上，如果明天继续挖，洞口必定是越挖越大，天知道里边还有什么东西。

　　天色渐晚，留下三个人住在大棚里守夜，看着挖河泥用的铲镐和独轮车，其余的人都走了。夏更天，黑的晚，已是夜里8点左右，留下的三个人可没闲着。他们三人是解放前鱼行的苦力，结为盟兄弟，老大、老二和老三，老大是个莠大胆，老二鬼主意多，老三手脚不干净，小偷小摸。物以类聚，人以群分，他们仨敢偷敢抢的穷光棍凑一块，憋不出半个好屁。等别的河工都走了，他们吃过饭，守在漫洼野地里，用草纸烧烟熏蚊子，四顾无人，又看云阴月暗，不免生出贪心邪念。

　　老大说："你们哥儿俩说说，河底下这个大洞里有什么？"

　　老三说："别是有旱魔大仙？"

　　老二说："愚民胡说八道，哪有那回事，石碑上有张锦文的名字，我看一定是海张五的墓。"

　　老大说："老二说的对，淤泥下的石板是墓门，下边有海张五的棺材。"

　　老三说："墓中怎会有那么多蜻蜓飞出来？"

老二说:"你真是一脑袋高粱花子,那是墓中宝气所变。"

老三说:"大哥二哥,我明白了,听你们说话这意思,是打算……"

老大说:"打算干什么,那还用说吗?海张五是大盐枭出身,打太平军有功,封为朝廷命官,有的是钱,他墓里陪葬的全是好东西。"

老二说:"明天再往下一挖,海张五身边的珠宝全得交公,现在却只有咱们三人在此,不如下去拿它几样,机不可失,时不再来啊!"

老大和老三不住点头:"人不得外财不富,马不吃夜草不肥,谁愿意穷一辈子,此时机会摆到眼前,还没胆子下手,那就活该受穷,饿死也没人可怜。"三个人商商量量,准备下到洞里挖出海张五的棺材,当即收拾家伙,捏了个纸皮灯笼揣在怀里,缠起几根火把,带上挖大河的镐铲和绳索,趁着月色正黑,摸到河底的石板近前,看时辰刚好在三更前后。偷坟掘墓,正是后半夜干的活儿。

四

时逢大旱,河道水枯,荒草深处连声蛙鸣虫叫也没有,四下里黑咕隆咚,按说至少该留下一个人在洞口接应,另外两人下去开棺取宝。可三个人互不放心,亲哥们儿也会因财失义,何况只是盟兄弟,商量到最后,哥儿仨决定一同下去,得了宝三一三十一,每人平分一份。洞口的大石板白天已被凿裂,再扒开轻而易举,他们喝了几口白酒壮胆,老大握着火把照亮,也是防备洞底有蛇,老二背了条麻袋装东西,老三手持撬棺材用的铲子,找来三条长绳,一端绑在河边大树上,一端抛进洞中,把三捆绳索都放尽了,勉强到底。三个人一同顺绳子下去,只见这个大洞,直上直下,又深又阔。外头闷热无比,里边阴气袭人,他们一进去,不约而同地打个寒战,周身上下生出毛栗子。

河底走势垂直的洞穴,深处通到更大的洞窟。说也奇怪,洞中有个极高大的石墩,有棱有角,两丈多高,上窄下阔,周围黑漆漆的看不见尽头,只觉阴风阵阵,落脚处满是泥泞。他们以为河底石墩里有海张五的尸身,应该是个大石椁,可也太大了。用手抹去泥污,借着火把的光亮打量了半天,怎么看怎么不像是棺椁,而是沉到河底的一座白色石塔。塔高五重，通体白石，里头是实心的，下边的台座八面八方，嵌着冷冰冰的大铜镜，抹去泥水，大铜镜还能照出人脸，有半截陷进泥中。哥儿仨心里都犯嘀咕，他们再没见识，也能看出不是海张五的棺材。

要说那位海张五，一个臭要饭的能从穷坑里爬出来，做到盐运大把头受封朝廷命官，有此等作为，绝不是等闲之辈，论心机论胆识，皆是第一等的人物。不光会耍胳膊根儿，能做买卖能打仗，遇事儿豁得出去，逮住机会拼命往上爬。可本事再大，也不是出家的僧人，不该在自己的墓中放座石塔，况且是有八面八方底座的宝塔，他们不由得想起了镇妖塔。

天津卫地处九河下稍，自古以来水患不绝。当年青蛇白蛇闹许仙，让法海和尚压在雷峰塔下，从此宝塔镇妖的传说深入人心。以前说起《白蛇传》里的白蛇，不能跟近代港台电视剧表现的白娘子相比，港台电视剧里将白娘子美化了。旧时说起来那就是个妖怪，放出声色迷惑正人君子，她给许仙的钱全是偷国库的，又水漫金山，淹死无数军民，压在塔下罪有应得，也说明自古便有造塔镇妖的风俗。清朝末年商贾们为了行善积德，出资造塔，有的用于镇妖辟邪，有的用于收敛无主尸骸，老天津卫没人不知道镇妖塔和养骨塔。白天挖出的石板上有海张五的名字，因为这是海张五出钱，是用于填河挡煞的八卦镜镇妖塔。

老大和老二眼见这没有海张五的棺材，仍不死心，举着火把到处看，洞里全是散发腐臭的死鱼。

老三说："哥哥哎，塔底下不知镇着什么鬼怪，惊动不得，咱们赶紧出去，别撞上什么才好。"

老二说："老三你这辈子成不了大事，二他妈换房檩——顶到这儿了。"

老大说："老二，我也没想到这里是镇妖塔，不是海张五的墓，没值钱的东西，不行咱先撤？"

老二说："大哥，咱担惊受怕下到河底一趟，总不能空手而回，不如把塔座上的铜镜撬下来。"

老大说："嗯……这几面大铜镜，不下百十斤，哪怕撬下来献给国家，也少不了有咱们兄弟一份功劳，此乃现成的便宜，不能让旁人捡了去。"

老三说："是是……还是二哥主意多，别听我的，我是二他妈哭孩子——二死了。"

老大说："快动手，免得耽搁到天亮，那可是二他妈剥蒜——两耽误。"

说话之时，不知从哪儿刮来一股子阴风，三个人手里的火把全灭了。

有火把照亮的时候，他们还都有几分贼胆，火把一灭，眼前黑得伸手不见五指，顿觉毛发森竖。老大忙张罗着找火柴，划火柴重新点上火把，火光刚亮起来，阴风一转，火把又被吹灭了，接连点了几次火把，点一次灭一次。

五

三个光棍心里发了毛，怎么一点火把那股子阴风就吹过来，这不邪了吗？

哥儿仨心惊肉跳，也顾不上撬铜镜了，只想尽快出去，可是两眼一抹黑，伸出手去到处摸，找不到放下来的绳子在哪儿。

老三找不到绳子，急道："大哥你再点上一根火把，照个亮咱们好出去！"

老大伸手掏火柴，一掏心里边一凉，只剩最后一根火柴，如若点上火把再被阴风吹灭怎么办？

老二说："别点火把了，不是还有个纸皮灯笼吗，纸皮灯笼能够防风，只要有些许亮光，找到绳子就好办了。"

老大说："没错，你看我都急糊涂了，可不是带着纸皮灯笼吗！"他到怀中摸出叠起的纸灯，抖开来支上蜡烛，三个人围在一块，闭嘴屏息，伸手遮风，心里暗暗念佛，千万别让灯笼灭了，西天佛祖太上老君玉皇大帝前后地主龙王，把能想起来的神佛挨个求了一遍。

老大手都颤了，哆哆嗦嗦地划着最后一根火柴，点亮纸皮灯笼。眼看灯笼亮起来没灭掉，三个人长出一口气。提着灯笼一转身，吓得老大险些把手中的灯笼扔出去。

火把灭掉这么一会儿，哥儿仨再点起灯笼，立时照到几张面如白纸的人脸，也不知这些人是从哪儿出来的。纸皮灯笼不过是用纸皮子叠成的简易灯笼，三圈竹篾糊上纸，当中插根蜡烛。住大棚的河工夜里上茅房，勉强照个亮，照不了多远，在漆黑的河底洞穴中，亮度更为有限，他在灯笼前边隐隐约约看到有几个人，灯笼照不到的黑处好像也有人。那些人一个个浑浑噩噩，面无人色，衣衫褴褛，有的甚至没衣服，身上瘦得皮包骨头，什么岁数的都有，大多是男子，年纪小的只有十来岁，直勾勾盯着他们三个，一言不发。

哥儿仨心里纳闷儿，河底下哪来这么些人？以前有种迷信的说法，鬼在灯底下没有影子。举着灯笼照过去，眼前那些惨白又没有表情的脸，好像有影子，又好像只是人头。洞里太黑，睁大了眼也看不清楚，想来不会是鬼，倘若真是横死的阴魂，他们三个人早没命了。老大壮起胆子去问，想问那些人是从哪儿来的，怎么会在河底的大洞中。

那些人脸色木然，一声不吭，看到灯光，便越凑越近，似乎能听到呻吟哭泣之声。

老大心想："洞里这么多人，是不是别处的河工被困在此地，没有灯光找不到路，想跟我们出去？看样子困在河底可有年头了，是吃死鱼为生？"他也不敢往别处想，即便有心不答应，那伙人已经凑到跟前了，他们三个光棍也没办法，还能不让人家跟着吗？三个人你瞧瞧我，我看看你，感觉有阵阴风围着他们打转，眼见纸皮灯笼随时会灭，心里边好似十五个打水的吊桶——七上八下，不由自主地往后退。

老大手提纸皮灯笼转过身，到处找之前放下来的绳子。其实绳子离得不远，一伸手便能够到，刚才黑灯瞎火心里发慌没摸到，他见了救命稻草，心里踏实了几分，可旁边的老二和老三好似突然让蛇咬了，身上直打哆嗦。

老大是个蔫大胆，人蔫胆大，心里奇怪这俩兄弟怎么了，要怕也是怕身后那些人，面前不就是那座塔吗，看见什么了？举目一看塔下的铜镜，他头皮子发麻，魂儿都飞了，原来那铜镜里只有他们哥儿仨，紧跟在身后那些人，一个也没有出现在铜镜之中。

哥儿仨霎时间明白了，跟在身后不是人，全是孤魂野鬼。三个人吓得脸都青了，心里想着要逃，怎知那些饿鬼从后边伸出手来，抓住他们往后扯。这时候是爹死娘嫁人，个人顾个人。老大拼命挣脱，他够到身前一条绳子，也顾不得俩兄弟了，扔掉纸皮灯笼，双手拽绳，两脚蹬着石塔，爬上洞口。

转天河工们来了一看，老大躺在淤泥中，只比死人多口气儿，赶紧架起来问是怎么回事，其余两个守夜的人哪儿去了？

老大受这一场惊吓，又出了人命，没法隐瞒不报，一五一十地全说了。他说以为下面是海张五的墓，同两个兄弟下去捡便宜，怎知河里是镇妖塔。

六

1958年挖大河，搭上两条人命，挖出个镇妖塔，社会上的谣言自然不会少。

在当时来说，出了人命也不是小事，活要见人，死要见尸，可谁都不敢下去。没办法，等郭师傅过来，请他带人下去查看情况。郭师傅也是吃那碗饭，办那桩差，他和丁卯等人带上手电筒，下到河底的大洞里，看下边果真有座塔。两个河工倒在淤泥中，脸色发青，像是活活憋死的，绑上绳子拖上洞去。白天下去的，没看见有鬼，不过郭师傅捞河漂子守义庄，以前没怵头过，这次可让他感到毛骨悚然，怎么呢？原来河底淤泥中有不少死尸，白乎乎的好似裹了层茧。郭师傅和丁卯在捞尸队这么多年，第一次看到这样的死人，别看挖出许多死尸，却不能立案，因为至少死了七八十年，隔了这么久，几辈儿人都过去了，再也无法追查。

官面儿上有官面儿上的说法，根据巡河队旧档案所载，挖河这地方，原本有个大洞，通到下边的暗河，是民间传说里的河眼。其实河眼没传说中的那么离奇，只是地面河道与地底河道间相连的洞穴，可也非常危险。平时在河中形成漩涡，人被吸进去别想再出来。游野泳的溺水者，以及上游漂下来的浮尸，都是让漩涡吸进了下层暗河的。这一带是盐碱地，暗河中有盐碱，落进洞中的死鱼和死人，在淤泥中让盐碱裹住，始终保持着刚死不久的样子，多少年没变。今年大旱，地下水脉枯竭，从河底大洞里飞出的昆虫，应当是阴暗潮湿洞穴里的蜉蝣，并不是蜻蜓。蜻蜓有两对翅膀，蜉蝣是单翅长尾。三个河工下去盗墓，那下边腐气极重，氧气不足，使得火把点一次灭一次，其中两人吸进腐晦之气死在洞中。活下来的一个是命大，但进到空气不流通的地洞中，也因缺氧，致使心神恍惚，误以为自己看到鬼了，用这种说法平息了谣言，让人们不要以讹传讹。

以前官府常用铁兽或石板堵住河眼，河底下的石板上之所以有海张五的名字，那是因为堵河眼的塔正是此人所埋。地方志里有明确记载，以前那些有身份、有地位的人，愿意积德行善，修桥铺路，建塔造庙，收敛无主尸骸，全社会公认此乃是仁者所为。人一旦有钱有了地位，再想要的就是个名声，钱和地位不容易得到，好名声来得更不易。海张五这种没有功名、白手起家的混混儿无赖，自卑感强烈，尤其想要个好名声。咸丰年间，海张五组织民团打完太平军，朝廷封赏他三品顶戴，搁到现在，那相当于军队里的团级干部。紧接着河南、山东地面上又闹太平军，离京津两地不远，朝廷下旨说城防吃紧，要修炮台。想修炮台得花钱啊，连年的战乱，官府和老百姓都没钱了，实在没什么油水可榨。上至官员下至百姓，听到花钱的事儿全躲着走。海张五听到这个信儿，却是大包大揽，声称此乃小事一桩，愿意出这份钱替朝廷分忧。那年正好发大水，他不仅修固炮台城防，还要捎带脚造塔填河眼，这笔钱可不是小数目。海张五那是从穷坑里爬出来的人，银子到他手里能攥出水儿来，绝不会自掏腰包。他掌管盐运，以打仗和闹水患运输不便为借口，到处吃拿卡要，增加了三倍的盐税。他心知盐商利润大挣钱多，即使狮子大开口多要几倍的税银，那些做买卖的也不敢不给。果然，他筹到巨款，用一小半的银子修炮台加固城墙，又请了座镇妖的埋骨镇妖塔，沉下河里堵住河眼，余下的一大半银两，全进了海张五自己的腰包。1958年挖泄洪河防汛，挖出的就是这座塔。直至20世纪90年代中期，1997年至1998年那会儿，西关外施工盖房，偶然挖出了海张五的坟墓。听说棺材不起眼儿，也不甚大，里边的死尸并未腐坏，死人身穿朝服脚蹬朝靴，很像香港电影里的清朝僵尸，身边放有金饭碗、金筷子。陪葬品遭到民工和看热闹的群众哄抢，金碗金筷子从此失落，未能全部追缴。那是后话，书要简言，不必细说。

咱们说1958年旱灾，挖大河挖出埋骨镇妖塔，可跟粮房店胡同凶宅有关。找出两个河工尸首的那天下午，张半仙来给郭师傅算了一卦，提醒郭师傅多加留意。郭家的八仙灶风水破了，当心要走背字儿，凶卦在北，估计是粮房店胡同凶宅对郭师傅不利。所谓"粮店胡同凶宅"，是指刨锛打劫的白四虎住处。白四虎被捕枪毙之后，两间房子贴上封条空了好几年，那还是白家祖上在清朝末年拆天津城的时候，捡回旧城砖盖的老房子。房子里埋着个不得了的东西，那东西一旦出来，定会水漫海河。那时候天津卫要闹大水，据说白四虎把女尸当成媳妇儿，整天躲在家里跟死人说话，其实不是他脑子不正常，是那屋里真有个能说话的东西，不过不是躺在炕上的女尸，而是白四虎老家放在屋里的东西。不过说到凶宅里究竟有什么，张半仙实在推算不出。

郭师傅心想："几年前围捕白四虎，粮房店胡同那处凶宅，让人翻了不下十几遍，两间屋子上上下下里里外外，哪还有什么东西？"故此没有多心，怎知张半仙的话还是那么准。1958年大旱，按以往的惯例，头一年旱，转过年来多半要发生洪涝。旱得如此厉害，来年的洪水怕是不小。虽然出了两条人命，但是挖河泥防汛的活儿不能停，还得接着挖，又挖了多半个月，眼看将要挖开河底的大洞，出土下半截埋骨镇妖塔，却挖不下去了。

因为当时出了一件耸人听闻的奇事，如今还有些上岁数的人记得。听他们说的内容大致一样，细节不尽相同。不管怎么说，都会说到"209号坟墓"。在20世纪五六十年代说起"209号坟墓"，能吓得小儿不敢夜啼。这可不是一般的瘆人，如若有小孩子不听话，大人往往吓唬他："你再闹，我把你扔到209号坟墓去！"俨然这已经是个让人毛骨悚然的代名词，此事一出，1958年天津卫挖大河的活儿全停。

第十七章　行水丹取宝

一

在说"209号坟墓"之前，得先说"行水丹取宝"，因为这件事也跟粮房店胡同凶宅有关，又出在"209号坟墓"前头。话说1958年大旱，怪的是一夏无雨，挖河泥闹出两条人命。当天郭师傅忙活完了，傍晚同丁卯蹬着自行车往家走，在路上说着粮房店胡同凶宅，忽然发觉身后有人，转头一看，见那人也蹬着辆自行车，是个卖杨村糕干的。

卖杨村糕干的小贩，不远不近地跟在二人后头，见他们回头，忙吆喝："买糕干，热糕干，现做的杨村糕干，二位买不买糕干？"

丁卯干了一天的活儿，饿着肚子没顾得上吃饭，听到那小贩招呼，便停下来想买几块糕干。

郭师傅说："这么热的天，又没有水，吃什么糕干，你嫂子在家做捞面了，咱们回家吃饭。"

丁卯说："饿得前胸贴后背了，不如先垫补两块糕干。"

小贩见他们俩人停下，忙把糕干拿出来，用荷叶纸包好了递过去。

郭师傅接到手里觉得不对，问那小贩："你不是说现做的糕干，怎么是凉的？"

小贩说："凉糕干也好吃，下火的天，哪有人吃热糕干？"

杨村糕干是天津杨村独有的蒸食，以前进城卖糕干的全是杨村人，大都是乡下小伙子，个顶个的实在，收拾的干净利落，让人买着放心。糕干有现蒸的热糕干，里边有豆馅儿，撒几根青红丝，也有不带馅儿的凉糕干，绝没有人把凉糕干当热糕干卖，但是半路上遇到的这个小贩，听口音不像是杨村人，说话也不实诚。

郭师傅和丁卯是吃公门饭的，眼尖耳刁，搭话就发觉此人不对劲儿，起码没说实话。

小贩说："两位别多心，我吆喝习惯了，今天卖的是凉糕干，一顺嘴说成热糕干了。"

郭师傅上下打量卖杨村糕干的小贩，问他："你是杨村人？"

小贩说："土生土长的杨村人，祖上全是卖糕干的，你们尝尝我的手艺，吃一口能惦记一辈子。"

郭师傅又问："你姓杜？"

小贩说："你们到底买不买糕干，怎么还查上户口了？"

郭师傅说："你也别多心，杨村糕干正宗传人姓杜，别家做的糕干都差点意思，所以问你姓什么，我们哥儿俩穷讲究，只吃杜记杨村糕干。"

小贩一听放心了，说道："我姓杜，是正宗嫡传的杜记杨村糕干，你二位买几块糕干家走？"

郭师傅听出来了，卖糕干小贩油嘴滑舌，口中说的没一句实话。此人声称自己是正宗杨村杜记糕干，这番话或许瞒得了旁人，却瞒不过郭师傅。说到这又得插段书外话，交代一下杨村糕干的由来。相传在明朝初年，有个姓杜的绍兴人到北方安家落户，定居在杨村卖蒸食。杨村这个地方处在运河边上，那时候南粮北调，漕运民夫多达数万，都要在杨村歇脚打尖，因此小饭馆、小饭铺特别多。漕运民夫大部分为南方人，爱吃大米，杜家为了适应民夫们的口味，用大米面撒白糖蒸成糕干，久而久之，形成了杨村糕干。当年巴拿马运河通航，举办万国品赛会，展销各国各地的土特名品，杨村糕干被选去参赛，获得了奖牌，从此名声大振。日军占领平津之后，大米是军粮，老百姓只能种不能吃。谁敢吃大米，一旦让日本鬼子发现，没二话，刺刀的给。杨村糕干一直是用大米面粉为原料，日军不让用大米，没办法只好拿玉米面代替，那就有名无实了。解放后恢复了传统制作方法，选用上等小站稻米，用水浸泡后晾干，碾成面粉，过细箩筛出来，加糖和面，使刀划线成块，上屉蒸熟，制成的糕干，柔韧细腻，清甜爽口。后来不止是杜记糕干，还有芝兰斋糕干，杜记专做带豆馅儿的热糕干，芝兰斋以凉糕干为主。在天津卫杨村糕干是很平常的东西，郭师傅和丁卯吃过见过，怎会不知道两者有别。这个小贩卖的明明是芝兰斋糕干，却说成杜记糕干，借着天黑以为别人看不出来，你这不是糊弄鬼吗？

二

原来卖杨村糕干的小贩，姓乌，有个诨号"大乌豆"。乌豆可不是黑豆，在天津是指煮熟的蚕豆，煮熟了蚕豆先不出锅，扣着木盖捂一段时间，将蚕豆捂得软烂入味，故名捂豆。天津卫方言说话顺音，说成了乌豆，实际是蚕豆。这人绰号叫乌豆，可想而知长得歪瓜裂枣，前梆子后勺子，额头往前凸，后脑勺往里凹，大饼子脸，脑袋瓜子特别像乌豆，另有个外号叫"行水丹"。

旧社会的天津卫是个水陆大码头，行帮林立，八方齐聚，养活了大批不务正业的闲散人员，大乌豆就是这样一个人，又馋又懒，拿他的话说是："馋有馋的命，懒有懒的命，不馋不懒的没好命"，从不愿意出苦力干活，凭着油嘴滑舌对付口饭吃。他后脑勺瘪进去一块，并非生下来胎里带，而是让人家打的，因为他卖过"行水丹"。老天津卫卖行水丹的人不少，这是一种骗术，听说以前有个老道，在街上卖野药，自称是仙药行水丹。怎么叫行水丹呢，吃了他这丹药，可以在水面上走，过江河如履平地。开始没人信，别看人们平时说神道鬼，真到眼前了未必肯信，认定老道胡说，什么仙丹妙药能让人渡河如履平地？老道却信誓旦旦，可以写文书立字据，吃了他的行水丹，百日之后若不能走水皮如踩平地，他愿意赔偿十倍的钱。有好事之人一听有便宜可占，就想掏钱买他的行水丹，可一问价都掏不起钱。老道说仙丹岂是寻常之物，一枚行水丹要价一百两纹银，不是大财主买不起。此事传出去，真有位有钱的主儿来买，买来仙丹吃下去，过了一百天往河边一走，方才明白上当了。过了百日，天已隆冬，河上全封冻了，那还不是如履平地吗？虽有文书字据，却占不到理，只好吃这哑巴亏。

旧时将这些设套诓钱让人吃哑巴亏的称为行水丹。大乌豆以此为生，坑蒙拐骗什么坏事都干过，那些年没少挨打，后脑勺在那时候被人一闷棍打瘪了，险些丧命，至今也不知道谁下的黑手。大乌豆的媳妇儿也不是什么好东西，那张嘴比他还能说，以前专替人保媒拉纤，但不是正经保媒，坑人的缺德事没少做。比如听说某富户家有个姑娘，快三十了还没嫁出去，大乌豆想出个坏主意，支使他媳妇儿去说成这门亲事挣几个钱花。你想那个年头，三十岁没出嫁，已经是老姑娘了，娘家又有钱，如果没什么缘故，怎么可能找不到人家？其中必然是有缘故。不过那姑娘即便有天大的不好，从保媒的媒婆子嘴里说出来，也能变成林黛玉。有句俗话说得好："只要媒人一开口，尺水能兴万丈波。"那是一点不假，大乌豆的媳妇儿尤其会说。她先找到一个挑水的汉子，进屋落座，客套完了说道："大兄弟也不小了，怎么还不成家，不如让当嫂子的给你说个媳妇儿，你有心气儿要吗？"

挑水的说："大嫂子，您别瞧我只是一个卖苦力的，心气儿却高，要娶婆好女。宁肯打一辈子光棍，也不要结过婚的寡妇，我是非黄花闺女不娶。"

大乌豆的媳妇儿说："你出去打听打听，你嫂子我的为人，一是一，二是二，向来不说半句虚言妄语，真儿真儿的黄花大姑娘。"

挑水的大喜，问道："人家黄花大姑娘能瞧得上我这穷光棍？该不会长得猪不叼狗不啃？咱得把话说头里，长得不周正的我也不娶。"

大乌豆的媳妇儿说："嫂子今天给你打个包票，尽管放你一百二十个心，正经大户人家如花似玉的黄花姑娘，模样长得别提多周正了，只可惜……只可惜嘴不太严实……"

挑水的一听姑娘嘴不严实，那不算什么缺点。女人嘛，没有几个不嚼舌头说闲话的，当即应允下来，掏钱请大乌豆媳妇儿到女方家里提亲。

大乌豆他媳妇儿是两头糊弄。挑水的这边定了，到富户家里说给你家姑娘说门亲事，有个挑水的，小伙子怎么怎么好，相貌堂堂，只不过眼下少点东西。富户也让大乌豆媳妇儿说得动了心，虽然两家一穷一富，门不当户不对，但是姑娘大了，总嫁不出去也不是事儿，既然说那挑水的眼下少点东西，自然是指缺钱了，那还不好办吗？富户答应拿出一笔钱帮衬帮衬未来女婿，尽快让姑娘过门，也好了却一桩心事。于是定了亲，择黄道吉日拜堂，新郎新娘进了洞房，新郎官揭开新娘子的盖头，夫妻两个一照面，全傻眼了，怎么呢？新娘子是个豁嘴，搁现在说就是兔唇，敢情这叫"嘴不严实"。再看新郎官也好不到哪去，脸上没鼻子，要不怎么说"眼下少点东西"。两家人将保媒的大乌豆媳妇儿一通骂，缺了八辈子德了。且不管这新婚夫妻往后的日子过不过得下去，大乌豆的媳妇儿早已把钱诓到手了，又接着走东家串西家说合亲事。解放前他们两口子以此度日，过得还算不错，只是招人恨。

　　1949年新中国成立以来，保媒拉纤的勾当算是没法做了，天津卫也不再是旧社会的江湖码头。妓女从良，烟馆关张，当年横行一方的地头蛇和无赖混混儿，不是被抓便是被送去改造，社会治安一天比一天稳定。年头不一样了，不出力气干活儿不行，张半仙那样的算命先生都去蹬了三轮。大乌豆两口子什么也不会干，加之又馋又懒，平日里免不了做些小偷小摸的事情。这天大乌豆看见一个卖杨村糕干的人，把车放在路边上厕所，他趁机推上卖糕干的车便跑，可是糕干不能带回家，偶尔吃两块还行，吃多了容易腻。南甜北咸东辣西酸，北方人吃不惯甜，正好半道遇上郭师傅和丁卯。大乌豆想借着天黑，把偷来的糕干吆喝出去，得俩钱儿回家，他哪知道郭师傅是水上公安，几句话就把他问住了。大乌豆是个惯偷，说到一半，已发觉到情况不好，瞅冷子扔下卖糕干的车，头也不回地往小胡同里扎，结果掉在一条大水沟里，跌得头破血流。好在天黑没被人追到，他心说："今儿个倒了邪霉，好不容易偷来一车糕干，却撞上两个丧门神，多亏走得快没让人家逮住，可空手回去怎么跟媳妇儿交代？"他一转念，想起路上听那俩人说粮房胡同凶宅里有宝，多年以来始终没人找得到，据说当初围捕刨镦打劫的凶犯，只发现那屋里有具女尸。到底是凶宅埋宝，还是凶宅闹鬼？

三

　　早年间有种迷信观念"财宝认主"，大乌豆心想："无风不起浪，人们都说粮房胡同凶宅埋宝，那屋子里一定有些东西，别人找不到，我未必也找不到，何不去碰碰运气？"他又怕在凶宅里有鬼，搭上身家性命岂不亏本，一时拿不定主意，况且掉进大水沟里摔得不轻，好像把腰给扭了，他想先去苏郎中家讨贴膏药。

　　老天津卫有两个姓苏的名医，同样姓苏，一个名声好，另一个名声不好。名声好的苏大夫，乃是祖传的中医世家，专治跌打损伤，尤其会接骨上环。其家祖辈在清朝末年跟随法国人学过骨科，接骨之术神乎其技，上环则是治脱臼，那又是另外一功。苏家有这两手绝活儿代代相传。清朝末年天津卫混混儿多，当混混儿讲究滚热堂，犯了事儿被拿到公堂之上，随便官府怎么用刑，混混儿们哼也不能哼一声，一旦服软，往后就没法混了。在公堂上受大刑岂同儿戏，不用别的刑罚，单是打板子也能要了人命。五十大板打下来，免不了皮开肉绽骨断筋折，整个人都给打酥了。放到软兜里抬到苏大夫处，请他把全身打酥打断的骨头逐一接上，保准你过堂挨打之前什么样，一百天之后还是什么样。人家苏大夫就敢放这样的大话，因为真有这么大的本事。从清末闯下的字号，直到今天，人们去骨科医院，也都争着挂苏大夫的号。不管是不是正骨苏家的后人，只要姓苏，大伙就觉得水平一定够高。提起名声不好的那位，也是人尽皆知，为了加以区别，人们称其为苏郎中，苏郎中是位跑江湖赶庙会专卖野药的郎中。解放前他常在路边挑个幌子，摆起口大锅熬膏药，什么伤筋动骨风湿受寒啊，头疼脑热上吐下泻了，反正不管任何症状，到苏郎中这全是贴膏药。望闻问切、把脉、看舌苔那套他是半点不懂，也不写方子，只会熬膏药。

　　当年有这么句话，苏郎中的膏药——找病。因为苏郎中熬膏药熬的不行，未得真传，火候总也掌握不好，不是老就是嫩，熬出来的膏药黏度不够。解放前有个人脖子受了风，到他这买了贴膏药，揭开贴到后脖梗子上，到家睡了一宿觉，起来一摸脖子后边满手膏药油，又黑又黏，气冲冲来找苏郎中质问。苏郎中强词夺理说来者病重，膏药劲儿小了拿不住病，必须换帖劲儿大的膏药，让那人又掏钱买了一贴。那位仍是贴在后脖梗子上，睡一宿觉，起来一摸膏药没了，原来膏药火候不够，夜里挪了地方，顺着脖子溜到了屁股上，揭都揭不掉。那位憋了一肚子气，二次来找苏郎中，要求退钱。苏郎中是七个不服，八个不忿，一百二十个不愿意，非说来人的病根儿不在脖子而在屁股，他苏家的膏药有灵性，能够自己找到病根儿，所以溜到了屁股上，岂有退钱之理？此事传出去成了笑料，故此有了"苏郎中的膏药——找病"这么句俏皮话，后来引申为自找倒霉或自己找不痛快的意思。

大乌豆从大水沟里爬出来，看这地方离苏郎中家不远，便找上门去讨膏药。苏郎中名声不好，得看跟谁比，毕竟熬了半辈子膏药，虽不是灵丹妙药，那也多少管点用。他给大乌豆糊上膏药，然后伸手要钱。大乌豆耍无赖，一拍一瞪眼，分文没有。苏郎中旧时也在江湖上混过，怎么耍王八蛋的没见过？根本不吃这套。不给钱别想走，他一手揪着大乌豆不放，一手脱下鞋子往大乌豆脸上乱打。大乌豆做贼心虚，只怕闹动起招人耳目，慌忙中推开苏郎中，夺门而出。怎知苏郎中太阳穴撞在桌角上，当场呜呼哀哉，这位熬膏药卖野药的江湖郎中竟死于非命。

大乌豆不知道这一推要了苏郎中的命，只见对方头破血流。他慌里慌张推门出去，耳听苏家老婆哭孩子叫，担心让人家追出来打，脚下不敢停步，此时腰上贴了膏药，又跑这么几步，竟不疼了。他财迷心窍，一个念头转上来，直奔粮房店胡同凶宅。那条胡同在北站宁园附近，北站紧邻北宁公园，清朝末年还是个臭水坑，民房稀稀落落。袁世凯开湖造园兴建火车站，到了20世纪50年代，周围已经住了不少居民。为了运送货物方便，北站前的马路修得很宽阔，一水儿的柏油路。家在北站一带的住户，大多是吃铁道的穷人。有力气的到车站上抗大包，小孩和妇女们，则沿着铁道捡火车上掉落的煤渣。有门路的去铁道货场上挣饭吃，如果能当上铁道工人，全家老小一年到头的嚼谷算有着落了。那个年代处处拉帮结伙，结党成风，不相干的人别想近前，哪怕是吃铁道捡煤渣，不认识熟人也不让你干，排挤外地人的情况很严重，发生过多次争斗。北站作为客货两用的大火车站，不仅是南来北往上下车的旅客，每天还有用列车运输的物资，站前人流拥挤，交通繁忙。咱们话再说回来，1958年夏天，正在伏里，酷暑干旱，白天又闷又热，赛过蒸笼，宁园里的湖也干了，划船游玩之人不多。天黑之后稍好一点，住在附近的人们贪图凉爽，大人孩子全到路边纳凉，既凉快又省电，可往粮房店胡同一走，就一个人也看不见了。

四

死过人的老房子哪儿都有，有人横死的才是凶宅。解放之初，公安机关侦破了刨锛打劫一案，在凶犯白四虎家中找到一具女尸，打那天开始，粮房胡同凶宅的传说不胫而走。住户们以前不觉得怎样，发现女尸之后是越想越怕，能搬走的全搬走了，加上宁园扩建，又拆掉了一部分民房，到了1958年，胡同里的住户没剩下几家。白四虎家的两间房是粮房店胡同72号，房后是北宁公园的东湖。20世纪五六十年代，宁园的湖面远没有今天这么大，园中也没有白塔，夜里一片黑，颇为荒寂。

大乌豆早听说过粮房店胡同凶宅。枪毙白四虎之后，那两间房贴了封条，好几年无人居住，风吹雨淋，封条早已剥落。他找到地方摸进去，不费吹灰之力。那屋里四壁皆空，也没个灯烛，他是做贼的，更不敢点灯，借着破纸窗透进来的月光，勉强能看见个大致轮廓，屋里除了他自己喘气心跳的声音，再没半点动静。进屋之前他脑子里全是取宝发财的念头，到屋里掩上门，黑灯瞎火的只有他一个人，身上也不由得发毛。他自己给自己哼个小曲儿以壮贼胆："喝饱了东南西北风，饿得光棍吃草根；行行走走上坟墓，碰见个寡妇看上了他；拉拉扯扯到家中，寡妇倒贴他俩烧饼，吃完了烧饼愣个里格儿愣……"

当年白四虎刨锛打劫行凶作案，传遍了街头巷尾，人们说起白四虎如何将女尸带回家当媳妇儿，每天躲在屋里跟死人说话，又如何怕街坊四邻发觉尸臭，整袋整袋地往家搬大盐腌住死尸，以至于粮房店胡同的蝙蝠特别多……那时候的人认为耗子吃盐吃多了能变蝙蝠，胡同里的蝙蝠全是白四虎家的耗子所变，因为白四虎家里全是盐。传得简直是有鼻子有眼儿，各个都好似亲眼所见一般。但社会上的流言如同一阵风，1954年破的案子，到1958年，已经很少有人再提了。大乌豆听郭师傅和丁卯提到凶宅埋宝，他可上了心了，哼唱几句壮起胆子，硬着头皮在屋里四处摸索，想要撞大运发邪财。

旧社会的天津卫有种风气不好，很多人好逸恶劳，讲究一个"混"字。自己混日子不说，还看不起老实巴交卖力气干活儿的人，视投机取巧为能耐。大乌豆也是这样，解放后仍脱不开旧时的歪风邪气，放着正道不走，偏来凶宅寻宝。粮房店胡同这处凶宅，起先是白记棺材铺老掌柜在清朝末年捡城砖盖起的房子，据说在屋里藏了东西。老时年间的大户人家是这样，有钱了不往银号里存，觉得不放心，往往是在自家掘个地洞，或埋银子或埋一些珍宝，留着以备将来急用。尘世滚滚，岁月匆匆，埋宝的宅子几易其主，终于遇到有福缘的人，无意中掘藏发财。像这种一夜而富的好事，大乌豆做梦都盼着遇到一次，要他半世的指望，全落在了粮房店胡同凶宅，此刻"贪"字当头，"怕"字先扔在了脑后。

他蹑手蹑脚，顺墙壁一点点的摸索，比刷浆刮腻子的还要细致。两间屋子全是磨砖砌墙，外抹白灰，有的墙皮已然脱落，一摸就能摸到里面冷冰冰的旧砖，拿手一敲是实心的，墙里没有夹层。他摸遍了四壁，又在地上找，脚下是海漫的砖头，已有多处松动，砖下是房基，无非砖石泥土。忙活了一阵，破碗也没找到一只，大乌豆倚墙坐地，累得呼呼气喘，正自唉声叹气骂骂咧咧，忽听头顶上"啪嗒"一声响。

粮房店胡同凶宅和大多数老房子一样，四面砖墙，上头有房梁房檩，房屋不大，有梁无柱，屋顶铺瓦，瓦上是一层毡子防雨，可在屋里往上看，看不见房梁。那个年代的老房子必须裱糊，否则住不得人。四壁抹白灰面，传统说法叫四白落地，还要用牛皮纸糊上顶棚，以防落灰，牛皮纸裱糊的顶棚，用不了半年便会受潮发黄，到时再糊上一层，普通百姓家家户户如此。大乌豆趁着有月光，仰面往上看，听动静像是屋顶上闹耗子，那会儿老鼠多，有耗子在房梁上跑来跑去，一不留神掉到牛皮纸糊的顶棚上，发出"啪嗒"一声响，摔不死，打个滚就跑走了。夜深人静，平房里时常听到此类响动，还有俩耗子打架，在顶棚上折跟头耍把式，搅得人无法安歇。甚至有的硕鼠肥大，行动鲁莽，将牛皮纸糊的顶棚踩出窟窿，直接掉到做饭烧汤的热锅里，那也是屡见不鲜。煮饭的人看见了还好，大不了晚饭不吃，看不见的话，全家就要喝老鼠汤了。以前很少有不闹耗子的人家，大乌豆听到屋顶有耗子，并不放在心上，可他一愣神，猛然想到粮房胡同凶宅里的东西，会不会在屋顶上？

五

粮房胡同凶宅中半夜闹耗子，听动静像两只耗子打架，其中一只跌落在了牛皮纸糊裱的顶棚，发出"啪嗒"一声响，恰好提醒了大乌豆。他寻思这两间屋子让人翻过多次，掘地三尺也没找出什么东西，却很少有人会想到屋顶。若按常理，大户人家的金银财宝，大多是埋在灶膛之下，其实放在房梁顶棚上才是神不知鬼不觉。他心下窃喜，自古说人活一世，穷通有命，贫富贵贱，如云踪无定，该他大乌豆的时运到了，要不然怎么恰巧有只耗子掉在顶棚上，想来是他命中有此横财。他总以为自己应当发迹，却不知"前程如漆黑，暗里摸不出"，哪想得到屋顶上有什么东西在等着他。

粮房胡同凶宅坐北朝南，一明一暗两间屋。带大门的是外间屋，墙角是灶台，里屋有炕。20世纪五六十年的老房子，年久失修，白四虎被枪毙之后，房子一直空置。牛皮纸糊的顶棚，出现了一片片的潮痕，颜色暗黄，有些地方已经长霉了。里间屋的顶棚破了好几个窟窿，大乌豆抖擞精神爬上炕，踮起脚尖举高了手，勉强够到屋顶的牛皮纸，无奈之余，他只得到屋外找东西垫脚。扩建宁园，拆了不到半条胡同，遍地是砖头。他搬进一摞砖，码在炕上，这下能把脑袋伸到顶棚里了，抬手抠住窟窿扯开一片牛皮纸，裱糊顶棚的牛皮纸上全是塌灰，一碰就"噗噗"往下掉。大乌豆可遭了罪，老房子里积了多少年的灰，黑乎乎黏腻腻，落在嘴里那个味道就别提了，迷了眼睁不开，又往鼻子里钻，呛得连打喷嚏。担心让人听到，他强行忍住不敢高声，最后废了不小的劲，好歹把顶棚撕开了一个大洞。传统民宅顶部多是金字形结构，里边应该是梁檩卯榫。旧时讲究的人家，盖房不用一根铁钉，全凭梁柱间卯榫接合。据说民宅殿堂用铁钉不利子嗣，那年头有这样的忌讳。正值黑天半夜，屋中虽有月光，可往屋顶里头看，却是什么也看不见，只有受潮腐朽的霉变之气刺鼻撞脑。大乌豆烟瘾大，天天抽纸烟，走到哪儿抽到哪儿，身上总揣着洋火。他划着一根火柴，捏着火柴杆，用手拢住光亮，把脑袋伸进屋顶，一看到眼前的东西，忍不住想要张口呕吐。一层层的灰网，从屋梁上垂下，积下污垢有一指头厚，即使没有灰网遮挡，也看不见半尺开外的情形。他眼前是个死掉的耗子，死鼠已经腐烂发臭，各种潮虫、蟑螂、墙串子受到惊动，没头没脑地乱爬。老房子的屋顶中大多是这样，平时看不见不觉得恶心，一旦看见了，换谁也受不了。大乌豆捂着嘴干呕了半天，心里还想夜里看到墙串子是个好征兆，要发财了。墙串子就是蚰蜒，长得像蜈蚣，常躲在屋顶和墙缝里，民间叫俗了叫"墙串子"，也说是"钱串子"。因为古代的铜钱要用麻绳穿成串，"串"字主财，在家宅中见到墙串子是有财运，但不是什么时候看见都好。俗语有云"早串福，晚串财，不早不晚串祸害"，那是说早上看见墙串子是有福运，晚上看到是财运，中午见到则不祥。如今没人再相信以墙串子定吉凶，以前是真有人信。大乌豆半夜时分看到屋顶上有墙串子，自以为发财的指望又大了几分，只要是能找到粮房胡同凶宅里的财宝，些许肮脏又算得了什么。他忍住恶心，又划了根火柴，瞪大了眼往里头看，此时突然发觉黑处有双眼，也在不怀好意地盯着他看。

大乌豆只知道粮房胡同凶宅埋宝，怎知屋顶会躲着个人？这两间房子的顶棚，裱糊于几十年前，从庚子年拆城捡砖到1958年，当中从没动过，虽然牛皮纸顶棚破了几个窟窿，但也得撕扯开洞口，才钻得进去脑袋，谁都不可能躲在积满灰土的屋梁上几十年不动，除非是不吃不喝的神仙，或是凶宅里阴魂不散之鬼。十之八九是后者，再说屋顶漆黑无光，只能看见对面似乎是两只眼。那两个黑溜溜的眼珠子，大得让人难以置信，没有茶盘子般大的脸，怕也按不下这两只眼，问题是哪有人的脸大如茶盘？如果此人脸有茶盘子一样大，身子又得有多大？大乌豆被吓得半死，手脚都不是自己的了，张开口合不上，吐出舌缩不回，伸着脑袋呆在原地。

看到凶宅里的东西，大乌豆惊得三魂不见七魄，裤裆里夹不住了，屎尿齐流。蓦然间起了一阵风，真好似"吹动地狱门前土，刮起风都顶上尘"。他手里捏着的火柴熄灭了，眼前一黑，从头到脚打个寒战，身子不由自主地往后一仰，忘了脚下垫着的是一摞砖，立足不稳，"啊呀"一声倒在炕上，摔了个四仰八叉，屁滚尿流地撞开门往外跑。来时如骑龙驾虎，去时似丧家之犬，逃到家没等进屋就让人按住了。原来苏郎中的老婆报了案，告大乌豆贴完膏药不给钱，还动手闹出人命。公安局的一看死了人，那还了得，不出人命没大事，出了人命没小事，片刻也不容耽搁，立即找上门来，逮了他一个正着。

大乌豆吓破了胆，到了公安局供认不讳，从他怎么偷东西、怎么掉进水沟、怎么去讨膏药、怎么起了争执，再到怎么推倒苏郎中误伤人命，半点不敢隐瞒。又交代听闻粮房店胡同凶宅有宝，便起了贪念，想来个顺手牵羊，趁天黑摸进去，扯开糊在房顶的牛皮纸，伸进脑袋去看里边是否有东西，哪知凶宅房梁下有鬼。

大乌豆偷杨村糕干误伤人命，皆是板上钉钉的事实，说到夜入凶宅盗宝，却不好定他这个罪名。粮房店胡同凶宅从1954年被封至今，由于扩建宁园，房子眼看要拆了，屋里住满了老鼠和潮虫，没有任何出奇的东西。进到那破屋空房中走一趟，终究不是不得了的大罪过。人们以为大乌豆在屋顶看见的是耗子，可耗子的脑壳，总不可能有茶盘子那般大。公安机关白天派人去屋里查看，见牛皮纸顶棚扯开一个大洞，炕上有几块砖头，均与大乌豆交代的情况吻合。然而房梁屋檩之间，布满了灰土，确实没有别的东西，昨晚黑灯瞎火的准是大乌豆看错了，没有人相信他说的话。可大乌豆从此吓傻了，关了几天没等再审，开始前言不搭后语地说胡话，至于往后如何发落他，那也不在话下。

郭师傅得知大乌豆是卖杨村糕干的贼偷，那天晚上他和丁卯在后头追了半天，却没能追上，怎知此贼当晚又去了粮房店胡同凶宅，并且一口咬定屋子里有鬼，郭师傅觉得疑惑。可他是水上公安，管不到这样的案子，因此没有过问，只在心中留意，白天继续到河边挖泥，忙活着担土运石。由于人力有限，挖大河的进度缓慢，已经出了三伏，仍是天旱无雨——每年农历大暑小暑之间为三伏。转眼到了1958年的农历七月中旬，已经挖出了海张五镇妖塔的塔座，上半截石塔已被凿开了，还留下整块巨石的塔基，天气依然是那么热。

农历七月有两个节，一是七月七"乞巧"，相传每逢七月初七，牛郎织女天河会。按旧时风俗，当晚，女子们结彩缕穿七孔针，摆出瓜果点心对空祭拜，祈求能有织女一样的巧手，裁得出合体的衣裳，皇宫大内中的宫女嫔妃们也不例外。听老辈人所讲，乞巧当天中午，将一根针放进水碗中，针会浮在水面上不沉，女孩子们以针影占卜巧拙，俗称"棒槌针"。更说这天晚上，一个人在瓜棚底下，能听到牛郎织女在天上说悄悄话。虽然是个传说，听着可也够吓人的，没有谁家的孩子敢在半夜去瓜棚底下躲着。过完"乞巧"，没几天便到农历七月十五"鬼节"，俗传阴历十五鬼门关大开，那是放河灯超度亡魂的日子。

挖大河的那一年，挖到阴历七月十五鬼节这一天，当天还好好的一切如常，该挖泥的挖泥，该推土的推土，但是到阴历七月十六就没法接着挖了。以后连续几年也没再挖过，挖泥的河工们私底下都说："这是老天爷不让挖了。"

那时候人们说起挖大河挖不下去，也是因为出了"209号坟墓"这件事，此事刚好发生在农历七月十五那天晚上。

第十八章　209号坟墓

一

俗家说阴历七月十五是鬼节，道家称中元节，佛教则称为"盂兰盆会"——世间并没有盂兰盆这么个盆，这个词来源于佛教，按照梵文发音读出来便是盂兰盆，本意为救倒悬，解救地狱中饿鬼们的倒悬之苦。农历七月十五这一天，信徒开道场、放河灯，供奉十方僧众。

到了近代，鬼节主要保留下来的内容有烧纸及放河灯。烧纸是给自家先人烧，同时备一些纸钱烧给孤魂野鬼。放河灯则是以解救那些孤魂野鬼为主，是件能积阴德的善举，折纸做成荷花灯，底部涂蜡防水，上面托着蜡烛，到了农历七月十五夜里，点燃蜡烛，让河灯顺水漂流，相传一切亡魂，皆可随河灯超度，脱离无边苦海。不过自己做的河灯没有用，要买寺庙里和尚们做的。善男信女掏钱买河灯，也不能说买，必须说成捐助，其中不乏财主直接给寺院里一笔钱，换成纸灯若干，到时由僧人替他放河灯。有钱的多捐，没钱的少捐，反正是一盏河灯超度一个饿鬼，不论灯多灯少，同样是行善之举，故此民间有"富人万灯、穷人一灯"之说。以前每逢鬼节，城中有水的去处灯光点点，望去好似万点繁星，请来僧尼道士诵经念咒，扔馒头、放焰口，又搭施孤台，挂招魂幡，开水陆全堂的法会，好不热闹。没水的地方只放焰口烧纸钱，不出去烧纸放河灯的人们大多早早回家，天刚黑就关门，不再出屋。毕竟阴历七月十五鬼门关大开，普通人家，没有十分要紧的事情，谁也不敢黑天半夜出去。

以往每年阴历七月十五，巡河队要到各个桥下烧纸，1949年之后移风易俗，烧纸放河等被视为封建迷信的旧传统，一度禁绝。1954年春节甚至不让放鞭炮，说是以防有反动分子借着鞭炮声的掩护，趁机搞破坏，可延续了千百年的观念和风俗，还真没有办法一下子转变过来。那年大年三十晚上，本来夜深人静，一点年味儿没有，到了半夜12点，也不知是哪家带的头，突然噼里啪啦地放起了鞭炮。有他这一家人敢放，其余的人家便起哄跟着放，接下来全城都放，过年的气氛立刻恢复了。转过年来，不许放鞭炮的禁令成了一纸空文，但烧纸、放河灯、开道场、做法会之类的迷信活动，在20世纪五六十年代的城里真的是看不见了。

城里不能烧纸，乡下和城外荒郊却很少有人管，农村仍旧是土葬，清明冬至上坟烧纸的人还是那么多，有些城里的居民也到郊区烧纸。咱们还是说1958年阴历七月十五，当时有个叫王苦娃的小伙子，二十七八岁，出身穷苦，乡下人没有大号，登记户口的时候就登记的是"王苦娃"，老家在关中，前些年到天津搬煤为生。那时有不少住楼房的人家，冬季烧煤取暖，送煤的人倒拖两轮车把煤拉到楼下，再用筐装上煤，一筐一筐往楼上背，背到人家门口，码放在楼道里，挣这份辛苦钱，又脏又累，特别不容易。王苦娃家中的老娘信佛，吃口常素，专好积德行善，由于腿脚不便，每年阴历十五，都让王苦娃替她去烧纸，超度孤魂野鬼，为的是积阴德，这年也不例外。

王苦娃很是为难，解放以来不让烧纸了，他去年烧纸差点被逮到，今年怎么敢再去？奈何老娘是农村的迷信老太太，非让他去，纸钱都扎好了。他没办法，到了阴历七月十五半夜，不得不出去烧纸，又担心让人看见举报，想找个偏僻的去处。他也住在北站宁园附近，宁园以北当时还有条泄洪河，清朝时由人力挖出的一条大土沟，干旱无水，河道中长满了蒿草，过了土沟往前是片荒地，再远处是盐碱地和芦苇荡子，地势是个死角。清朝道光年间还有几家住户在此种高粱，后来都搬走了，荒烟衰草，时常有狐狸、刺猬出没其中，即使是白天也没人往这边来。他是傻小子睡凉炕——全凭火力壮，不知道什么叫怕，一个人抱着捆烧纸过了土沟，来到那片荒地上，打算在这儿烧纸。他是外地来的，只听在这里住过的人说，因为是盐碱地，种不了庄稼，住户们在光绪年间迁往他处，别的事情他是一概不知。当天正值十五，皓月当空，但见荒草掩映中是座破庙，山墙塌了半壁，微风吹过，檐角生出的蒿草在月影下婆娑摇摆。庙旁石碑上三个大字他只认得一个"三"字，庙后是个土坑，里头横七竖八的全是棺材。

二

棺材前的古砖上有编号，刚解放时遍地文盲，王苦娃识数不识字，那就算不错的了，因为送煤要看门牌号，不识数的送不了煤。他瞧见破庙里供着三尊神像，不是福禄寿三星，也不是道教三清。当中端坐着的一个将军，面貌慈祥，有王者之姿，腰悬双股剑，一个黑脸将军和一个红脸将军分立左右，怒容可畏，黑脸将军使蛇矛，红脸将军使偃月刀。这下知道了，是座三义庙，供奉的是刘备、关羽、张飞——桃园三结义的英雄，乡下人或许不认识字，提起刘关张可没有不认识的。三义庙后的大土坑里到处是荒草，摆满了棺材。

大土坑里刨出许多坟穴，一层压一层，每个坟穴里都有一口或两口棺材，也没有好棺材，全是土坟里的柏木薄棺。埋的年头也不一样，大都窄小，饱受风吹雨淋。棺材板子多已朽烂，有的甚至破了窟窿，借着月光能看见里边的枯骨。两只野狗在远处徘徊，王苦娃怕倒不怕，但是很纳闷儿，要说庙后是片坟地，怎么棺材都被挖出来了，又扔在此处没人理会？更奇怪的是坟前没有碑，只用青砖竖在棺材前头，半截埋在土里，上边半截漆着数字，好像特意给棺材编了号。他没多想，以为这是个义庄，心下寻思在哪儿烧纸都是烧，不如烧给这个大坟坑中的孤魂野鬼，趁着没人赶紧烧，烧完纸钱回家睡觉。

　　王苦娃不知道这个大坟坑里为什么有许多棺材，咱可得交代清楚了，那又得往解放前说。旧时天津卫有二李，两位有钱有势的人都姓李，两个人姓氏相同，此外没有任何关系，毕竟姓李的人多，张王李赵遍地刘，李是第一大姓。天津卫二李之一是督军李纯，拆王府造李公祠的那位，前边说过他的事；另有一李，名叫李延章，他是青帮里的人物，早先也是个穷扛活儿的，在船上替人搬东西挣口饭吃。当时有位山西老客在外地做买卖，辛苦经营多年，攒下一皮箱金银财宝，带着东西回家，坐了李延章的船，下船时皮箱找不到了，因为李延章看出皮箱里有金银财宝，便如苍蝇见血，趁那老客不备，将皮箱暗中藏匿起来。那山西老客临走时才发现东西不见了，一股急火攻心，张口吐出鲜血，他报官无路，求助无门，一时想不开寻了短见，跳大桥投河而死。

　　李延章得了山西老客皮箱中的宝货，从此暴富，买下一张脚行的"龙票"，做上了剥削运河脚行的大把头。手中有龙票属于官脚行，那是替朝廷管事，不必为了抢活儿打得头破血流，拿青帮行话说这叫"混清水的"，整条北运河上货下货，全是他手下的脚夫来做。后来他到又宁河投机取利，用钱买了个县太爷做。宁河是个县名，天津宁河县，当年有句话"金宝坻、银武清，顶不上宁河一五更"，可不是指五更黑夜能在宁河县挖出宝来，说的是宝坻县、武清县虽好，各辖千百个村子，在这两个县当官算得上是肥缺，却不如在宁河县当官一天赚的钱多，皆因宁河出盐，遍地是钱。在宁河县当官肥得流油，单是盐商们给的贿赂都收不过来。李延章上任前为了笼络民心，到庙里发誓，声称一定为官清廉，绝不贪污受贿，左手接钱烂左手，右手接钱烂右手。到了任上，他就后悔了，想起曾发过狠誓，不能伸手接钱，可有钱不接比剁手还难受，他便用茶盘子接钱，要烂也是烂茶盘子——他这是以前穷怕了。这种人一旦得势发了横财，多半变得为富不仁，越有钱越不是东西，用尽一切手段敛财，人称刮地虎，到宁河县之后发财发的更是没边了。有钱了当然要置办产业买房子买地，他听说河东有个地方叫李公楼，其实那位李公跟他一点关系没有。他做脚行把头起家，提起来好说不好听，再有钱别人也看不起他，所以总惦记着往自己脸上贴金，他就觉得李公这称呼好，顺杆儿往上爬，也想做李公。

李公楼的李公是清朝掌管漕运的一个官员，觅得风水宝地造了一座小楼，那个地方以此楼得名，至今仍叫李公楼。在清朝末年，天津卫做生意的大买卖人，都在李公楼一带建造四合院居住，做买卖的讲究和气生财，经常捐助布施，因此成了首善之地。李延章以为自己住到李公楼，便可以做李公，掏钱把那片地全部买下来，他还嫌不够大，临近的几个村子也让他给买了。说是买，其实是强取豪夺，并没有出多少钱，当中有几片坟地，那都是几百年前的老坟，埋在里边的大多是穷人，由于年代久远，几乎找不出后人，是无主的荒坟，连盗墓贼也不去挖。因为棺材里只有死人骨头，运气好的话，顶多抠出一两枚压口的老钱，实在没有油水。按李延章的本意，随便扔到漫洼野地里也就是了，可是他怕败坏自己的名声，让人在身后戳脊梁，不能担那份骂名，他又不想多花钱，怎么办呢？刮地虎眼珠子一转，计上心来。三义庙后头是个乱死坑，许多无人收敛的路倒尸都被扔在那，李延章便命人把推平老坟迁动的棺材，全部放在庙后大土坑，又用砖头编上号，记下是哪家哪家的坟，总共是两百多口棺材，说是等找到风水好的地方再好生掩埋，实际上就此不管了。李延章这件事办得太损阴德，当然没有好下场。迁坟不久，他路过运河码头，正赶上吊运货物，吊在半空的木箱突然落下来，将李延章砸了个万朵桃花开，脑袋都砸碎了，就是请来手艺高明的皮匠也缝不回去。结果在装棺材下葬时，棺中只是个无头的尸身，以榆木做了个人头代替。

李延章死后，三义庙大坟坑由官府草草掩埋。地方偏僻，很少有人往这边来，人们几乎忘了三义庙还有这么个大坟坑。经过几十年的日晒雨淋，坟上浮土越来越少，使得三义庙荒坟中横七竖八的棺材露了出来。

三

送煤的王苦娃哪知道三义庙乱葬坟是怎么回事，他只想帮他娘完成心愿，找个没人的地方烧纸。以往阴历七月十五，马路上没什么人，各家店铺早早的关门上板，尤其不许小孩出门，把路让给领受施舍的孤魂野鬼，出去烧纸的全是善男信女。这不同于清明冬至，扫墓、送寒衣、烧纸是烧给自家先人。鬼节佛道色彩较重，20世纪五六十年代虽然没了以前那些忌讳，但是出去烧纸王苦娃还是怕让人看见，等到半夜才出门。不能去人口稠密的胡同和马路，也不能去北宁公园。那地方天黑之后虽然闭园，但有守夜的老头，因为闲得难受，所以警惕性极高，只要有点风吹草动，老头立刻打起手电筒赶来查看。所以他不得不绕到北宁公园后的荒地。从没上这儿来过，没想到还有座破庙。庙后那个大坟坑里全是棺材，他倒是不怕，王苦娃自问没做过任何亏心事。心正胆壮的愣头青，到庙里给刘关张磕了个头，在后墙下找了个背风的地方，将老娘做好的烧纸放好，划根火柴点上火，眼看纸灰打转。旧时迷信，以为这是鬼来了，其实是烧纸产生的气流。他捡了个枯树枝子扒灰——烧纸忌讳烧一半，必须让纸烧透了——并且在嘴里念叨几句："烧纸带烤手，斗牌赢一斗；烧纸带烤脚，摔倒捡个大元宝；烧纸带烤脸，福禄寿喜全都来；烧纸带烤腚，一年到头不长病。"

以往在阴历七月十五，民间将扔馒头叫作放焰口，乃是布施各方饿鬼之举。事实上扔到地上的馒头不会有鬼来吃，待会儿便被野狗叼去了，等于是变相喂狗，也不是谁都扔得起馒头，赶上饥年荒岁，粮食给活人吃尚且不够，哪有多余的让鬼吃？故此有些地方用烧纸钱来替代，一年当中，有好几个鬼节，阴历七月十五的风俗在民间既多且杂，各地有各地的不同，比如"施孤台、招魂幡、摆香案、烧纸钱、扔馒头、放河灯"，怎么做的都有，宗旨相同，全是为了施舍没有主家祭祀的孤魂野鬼，和尚老道跟着做法事卖河灯，趁机捞几个钱。

王苦娃每年都出来烧纸钱，他本人说不上信，也说不上不信，他想："如果积德行善真有好报，怎么老娘的腿不见好，我也只能背煤为生，每日里汗流不止，挣扎过活，难道是上辈子没做好事？问题谁会记得上辈子做过什么，纵有业债，也不该报应在我头上……"因果上的事，他一想便觉得头大，不愿意多想，还是老娘说得对："人活一辈子，只管行好事，切莫问前程，心中无愧便是福。"

他每次烧纸，总有这番胡思乱想的念头。烧完纸钱，已是半夜10点前后，他收拾一下地上的灰烬，刚打算往家走，然而风吹月落，天黑得看不见路了。王苦娃正愁怎么回去，忽听庙后坟穴中有块棺材板"咯吱吱"

作响。那边是长满荒草的土坑，黑夜里听到木头板子响，不是棺材里的响动又是什么？虽说他胆大气粗，半夜在没有灯火的破庙中，听得棺材板作响，也不免头发直竖，身上的汗毛孔全都张开了嘴。

这时天上有风，朦朦胧胧的月光又从云层中透下来，他眼前能瞧见东西了，心想："棺材里装的是死人尸骨，怎么会有响动，难道是野狗掏棺？"

早年间，荒郊的野狗很多，有种野狗头大如斗，它们白天躲得远远的，看到哪处坟地埋下死人，等到半夜，跑过去掏坟掘土，一头撞开棺材挡板，扒出里头的死尸吃肠子。赶上战乱年月，坟浅棺薄或拿草席子裹尸的穷人，埋下去十有八九要喂野狗，骨肉狼藉，惨状难以尽述。王苦娃心正，他想到此处，当即捡起根棍子往外走，心道："如若是野狗掏死人尸骨，岂可袖手旁观，待我上前将野狗赶开，那也是阴功一件。"

此刻坟穴中一口棺材突然开了，王苦娃却没看到野狗在那儿，好像是棺材里的死人从里边推开了棺材盖，他忙把踏出破庙的一条腿缩了回来，躲在墙后瞪眼张望。但见棺中伸出一只手，接着冒出个脑袋，月光朦胧，离远了看不真切，隐隐约约看到一个似人似兽的东西，身上有白毛寸许，二目放光，两手有如鹰爪，从棺材里匍匐而出，转身下拜。要说也怪，棺盖竟自合拢，夜雾弥漫，那东西身形一晃，拨开乱草，往西而去，顷刻不见。

四

王苦娃躲在破庙里看得呆了，真如木雕泥塑一般。他老家在关中，听过不少乡下打旱魃的事，从三义庙棺材里出来的东西，怎么看怎么是僵尸变成的旱魃。相传死尸埋在坟中，吸尽了云气，致使这一方发生旱灾。以往旱情严重，方圆几百里内庄稼绝收，那就要祭祀龙王爷，各家各户在门首张贴纸符祈雨，然后请来风水先生望气。望出哪个坟里出了旱魃，便锣鼓齐鸣，聚集民众，上坟地打旱魃。百年之魃，可以挖出来鞭打焚烧，千年以上的旱魃，尸气和尸血能传瘟疫，斩不得也烧不得，只能捆起来压在塔下。这种风俗源自关中，关中水土深厚，黄土地下多干尸，出现旱灾，便以为是干尸吸尽了云气。王苦娃曾见过几次打旱魃，对此深信不疑——怪不得1958年天津卫一夏无雨，竟是三义庙坟地里出了旱魃。

他想去找人，却担心自己看错了，万一声张出去，三义庙中又没有旱魃，岂不是自找麻烦？或许只是个专偷死人压口钱的盗墓贼，王苦娃心想："如若真是旱魃，去后必返，因为此怪白天要躲在棺材里，我先不出声，远远地躲在破庙中看个究竟，等我看明白了，再理会也不迟。"他向来胆大好事，以为只要不出声，再看一次也不打紧，没准不是旱魃，而是偷坟盗墓的贼人，用不着大惊小怪。三义庙后墙塌了个大窟窿，他躲在墙后，一声不响地注视着坟地，荒烟衰草间一片寂静，夜风拂动乱草枯树，投在月下的影子，如同山鬼般张牙舞爪。王苦娃到底是胆大心直，换个胆小的早吓跑了。等到后半夜，月色西沉，仍不见动静，王苦娃心说："准是看错了，那是个偷棺盗宝的贼人，要不怎么对着棺材下拜呢？让我在这儿白等了半夜，哪有什么旱魃？不过……荒坟野地里的破棺材中，除了几枚压口的老钱，又有什么东西好偷？"

他心中胡思乱想，等得久了，忍不住打起瞌睡，蓦地冷风袭身，打了个寒战，霎时间睡意全无。王苦娃睁眼一看，却见坟头荒草一阵乱晃，棺材中的死人已经回来了。他在破庙里蹲到半夜，脚都麻了，将手扶在墙上，却摸到冷冰冰、活泼泼一物。黑暗中看不出是个什么东西，有可能是墙缝里钻出的壁虎，夜里出来吃蚊虫，撞到了王苦娃手中，不咬人也能吓人一跳。王苦娃赶紧往后缩手，怎奈顾得了前顾不了后，手肘撞到了庙中的供桌，发出"砰"的一声，他心里跟着一紧，响动虽然不大，但在深更半夜，听上去分外真切。他自知情况不好，抬头看见破墙外一张枯树皮般的怪脸，两目如灯盏，映月泛出绿光。

王苦娃见惊动了旱魃，也自慌了手脚，叫得一声苦，不知高低。他跌个跟头，转身奔着庙门跑去，怎知那尸怪来去如风，早从墙后转到了门前，伸出两臂作势欲扑。亏得王苦娃硬生生刹住脚步，才没有直接撞到尸怪身上，只好又往后退，躲到了刘关张的泥胎神像背后。尸怪到了庙门前，突然停下不动，口中叽叽有声。王苦娃大为不解，喘着粗气看看四周，心想："原来这东西不敢进庙，定是畏惧庙中的泥胎塑像，三义当中毕竟有关公……"他这个念头还没转完，却听庙门处"咔啦"一声巨响，那庙门本已半毁，此刻让那旱魃一撞，登时往上飞去，带着股劲风呼啸而至，重重撞在殿顶，门板又掉在地上，殿顶被它撞开个窟窿，连砖带瓦落下来一大片，刘关张塑像上也落满了灰土，三个泥胎神像土地爷似的灰头土脸，全都遮没了面目。

王苦娃大惊，心想："全凭三义灵应护佑，方才侥幸不死，让灰土遮住的神像与寻常泥胎有何分别？"他急忙跳上神龛用衣袖擦拭泥像，怎知三义庙建于几百年前，荒毁多年，久无香火，泥胎脸上的油彩让风吹得变脆了，那层漆皮一碰就脱落下来。尸怪已然跃进庙中，张臂来扑，一人一尸围绕泥胎塑像兜圈子，转得两三个来回，王苦娃已是腿脚发软，喘作一团。两下离得越来越近，王苦娃眼见大势已去，怕只怕小命难保，逼到这个地步，也是狗急跳墙人急生智，他一眼瞥见殿顶塌了个窟窿，心说："黄鼠狼放救命屁，还有最后这么一下！"

五

王苦娃看旱魃身子僵硬，他急中生智，手足并用攀登后壁，爬到残檐败瓦的庙顶躲避。这口气还没等喘匀，忽然刮起一阵冷风，云迷月黑，蒿草乱晃，旱魃一跃而起，伸出双臂直奔王苦娃扑来，距庙顶只不到半尺，它这一扑落地，口中叽叽有声，紧接着又往上扑。王苦娃见旱魃纵身跃起，一次比一次高，三两次便会跳上庙顶，忙抓起瓦片，对着跃上来的旱魃用力砸去，一块布纹厚瓦，打在旱魃头上击得粉碎。

旱魃上不来，王苦娃也下不去，僵持了不知多久，听得远处有鸡鸣声传来。东方渐白，庙下没了动静，他受这一番惊吓已是精疲力竭，探头往下看，只见旱魃倒在地上一动不动，他仍不敢下去。不久有人寻来，原来王苦娃的老娘让他去烧纸，自己留在家一边做针线活，一边等着儿子，可王苦娃这一出门，却好似泥牛入海、风筝断线。

老娘在家里左等不见回来，右等也不见回来，等到后半夜还不见人。老娘担心他黑天半夜出了什么意外，央求左邻右舍帮忙找寻。大伙得知王苦娃偷着出门烧纸，必定是去了没人的地方，应该不会走太远。想想周围没有没人的地方，北站一带人来人往，粮房店胡同虽然僻静，却也有人居住，北宁公园中有守夜看门的老头，这都不是烧纸的地方。而宁园后身有个三义庙，那破庙年久破败，前不着村后不着店，跟宁园隔着条大土沟，王苦娃十之八九是到破庙里烧纸去了。人们天亮时分找过来，看到王苦娃躲在破庙檐顶上面无人色，后墙下倒着个死尸。众人见状，皆是吃了一惊，等到把王苦娃接下来，听他说明经过，愈加骇然。

在场之人对王苦娃所言之事，有的信有的不信，信的以为是旱魃，不信的以为王苦娃偷坟挖出个死人。可三义庙棺材里只有枯骨干尸，破衣寸缕难寻，没有值钱的陪葬器物，应该不会有人吃饱了撑的深更半夜挖坟开棺。说来说去，谁都没个主张，众人报告上去，不敢提什么旱魃，反正三义庙棺材里的死人，是许多年前迁坟动土埋下的尸骸，不可能是王苦娃所杀。王苦娃在鬼节烧纸至多是迷信愚昧，终究不是什么大事，顶多进行一番说服教育，让他下次别再烧纸了。死尸送去火化场处理，尽量把事往下压，想要大事化小，小事化无。可民间的谣言并未因此平息，人们私下里议论说，1958年这场旱灾，也许正是由于三义庙旱魃作怪，但更多的人则认为"209号坟墓"才是主要原因。

王苦娃去三义庙烧纸，出在1958年阴历十五半夜，之前提到的"209号坟墓"，与这件事发生在同一天，也是阴历十五的晚上。不过一张嘴，说不了两家事，说完三义庙，再说"209号坟墓"。

六

咱们说的"209号坟墓"，位置也离北站宁园不远，地名叫王串场。据说以前有个打谷场，主人是王串子，合起来称为"王串子打谷场"，说着太长，简称为王串场。清朝末年开始，不少民房盖了起来，有好几条胡同，209号是其中一间房屋。房主叫赵甲，三十出头还打着光棍，以前从外地进城，当过学徒摆过摊，起早贪黑的挺不容易的，好不容易挣钱买下这间小平房。解放后，他在火车站前一家国营早点铺做油炸果子，炸果子就是炸油条，或叫棒槌或叫果子，也有当中带鸡蛋的油饼，早点铺兼卖豆浆、馄饨、包子，一早开门，下午才收。赵甲专管油条，天冷还好说，夏天守着滚热的油锅，全身的油渍混着汗水，也确实受罪。

赵甲在老家有个老兄弟叫赵乙，比他小了十几岁，这一年来寻兄长落脚，想进下厂找份活儿干，临时住到他哥哥赵甲家中。一间房子哥儿俩住，那时候的民房大小几乎一样，都是丈许见方，十平方米左右，两边各搭了一个铺板，赵甲睡左边，赵乙睡右边。住了没几天，赵乙发现这屋里不对劲儿，住到此处，总是口渴，喝多少水也不顶用。

刚开始，赵甲对赵乙说："兄弟，现在下厂的活儿是一个萝卜一个坑，光有力气不行，得有门路，有道是一等的送上门，二等的去找门，三等的没有门，你我四等的也还不如。说来容易，奈何无门无路，哪是咱想找就能找到的，我看你先在这儿住几天，然后回老家算了。"

赵乙听这话不对味儿，问道："哥你是不是嫌我？"

赵甲说："想哪儿去了，你是我兄弟，我怎么会嫌你。"

赵乙说："那你怎么要撵我走？是嫌我住这碍着你了？"

赵甲说："你不知道，我这房子不干净，以前是个坟头。"

赵乙说："当真是坟头上起的房？"

赵甲说："我骗你作甚，如若不是这样的房子，我一个卖早点的买得起吗？"

赵乙说："那是迷信，既然你敢住，我也不怕。"

赵甲说："你在这儿住着不要紧，可别乱动我屋里的东西。"

赵乙不信他哥哥说的话，以为是哥哥攒了娶媳妇儿的钱藏到屋里。他一个卖早点的，除此之外还能有什么东西？怎么拿自己兄弟当贼似的防着？

赵乙当即住在209号，赵甲每天天一亮就起，5点来钟便到早点铺里支油锅炸果子。那时候赵乙还在倒头大睡，一直找不着活儿干，每天无所事事，也没觉得屋里有什么不干净。除了经常口渴，没有任何反常之处，更当赵甲那些吓唬人的话是胡言乱语。这天夜里他睡得不沉，感到跟前站着个人，那时候天已经蒙蒙亮了，屋里不是全黑，他眯缝着眼看那人是谁，一看是赵甲站在屋里，不声不响，瞪着两眼盯着他。赵乙恍恍惚惚看出那人是赵甲，心知哥哥起得早，要去早点铺生火炸果子，哪天不是这样，因此没怎么在意，也就躺着没动，想不到接下来发生的事情，可是奇了怪了。

七

赵甲站在屋里动也不动，直勾勾地盯住赵乙。过了半晌，又去他床头下摸索，好像摸到一个物事，拿到手中看看还在，似乎松了口气，又将那物事放回床头，这才出门，去早点铺卖油条了。

赵乙好生不解："我哥在我床头藏了什么，又不放心，看到那东西还在才踏实，却怕让我看见？"他也是好奇，立即起身去看，伸手摸到张破旧的黄纸符，还是解放前驱邪的符咒，他心想："这是我亲哥吗？赶我走不成，便想把我吓走，看我不把你这鬼画符给烧了！"这天他一气之下，把黄纸符烧成了灰，赌气到马路上转了一天，又在同乡家里蹭了顿饭，赵乙吃饱喝足，直到天黑才想起回家。

当天正好是1958年阴历十五，天黑之后路上没什么行人，蚊虫、蝙蝠好像都比往常少。赵乙胆小，记起是鬼节，心里头害怕，之前的一肚子气全消了，仔细想想哥哥不会容不下他，总归是打断骨头连着筋有如手足一般的亲哥俩，有可能错怪兄长了。他越想越是惭愧，赶紧回到家，去胡同口的水龙头前边。那时的平房屋里没有自来水，有的胡同里有公共自来水管子，有的还是打井水。他到水龙头前胡乱抹了把脸，又冲冲脚，张开嘴灌下一肚子凉水，他也不怕闹肚子。不知道为什么总是口渴，喝多少水也不够，有可能是天气太热的原因，天热出汗出得多，所以总想喝水，对此事他也从未多想，喝完水推门进了屋。

赵甲每天干活儿特别累，起得早，所以早早地便睡了。赵乙在外边东一头西一头的乱转，不定什么时候回来，他就给他兄弟留了个门，不把门从里边上门，免得兄弟回来还要敲门，饭菜也用纱笼盖好放在桌子上。

赵乙和平时一样，推门进了屋，听赵甲打着鼾声已经入睡，他怕把他哥吵醒，有什么话明天再说不迟，所以没点灯。屋子总共十来平方米，闭着眼也能摸上床，他反手闩上门。常言道"破家值万贯"，后半夜还是要防贼。俗话说贼不走空，万一有小偷小摸溜进来，那些贼看到屋里有一头蒜一根葱也偷，顶可恨的是有贼偷鞋子偷衣服。衣服鞋子虽然不值几个钱，却是当用的东西，总不能光腚赤脚出门。老天津卫有规矩，天气再热都不能光脚出门，不打裹腿至少也得穿双布鞋。鞋子好坏搁一边，泥腿子才光脚走路，那样没规矩，让人看不起，因此有句老话——脚底下没鞋穷半截。

赵甲入乡随俗，也不愿意不穿鞋让人看不起，为此他三天两头地嘱咐赵乙，让他回来想着放门闩，提防有贼进来偷鞋。赵乙以前没一次记得住，当天居然没忘，进来先关好屋门，随后躺在床板上，不一会儿就见了周公。睡到半夜，赵乙发觉身上有东西，他困得睁不开眼，那屋里也黑，什么都看不到，迷迷糊糊的用手一摸，手指触到冰冷滑腻的肌肤，却是一个女子的手。

八

赵乙心里明白，想睁眼却睁不开，也起身不得，感觉那女子缓缓从他身上爬过，随即听到旁边的铺板"嘎吱嘎吱"地乱响，他实在困得不行，翻个身又睡着了。

不知不觉睡到天光大亮，他起来看见赵甲还躺在那儿不动，往常这时候早去卖油条了，今天是怎么了？他忙下地去推，可过去一看发现不对，那人直挺挺的，脸色发青，身子都凉了，横尸在屋里。昨天他进屋时，赵甲还在打鼾睡觉，怎么一睁眼人就死了？是半夜进来贼了，可看屋门插得好好的，不可能进来人，即使进来人，出去也不可能将屋门从内侧闩上。忽然他想起昨天晚上屋里似乎有个女子，他大惊失色，叫着屋里有鬼，急忙跑出去找人。

街坊四邻听说209号出了人命，全都赶来看，有腿儿快的跑去报了案，来人看赵甲身上没有外伤，乃是夜间猝死，并非命案。赵乙不答应，他非说屋里有个女鬼，是女鬼把他哥掐死的。没有人信他的话，他不顾阻拦，冲进屋揭起铺板，见那下边的砖多处松动，显是有人动过，抠开两块砖赫然是个一头长发的干尸。

经过辨认，干尸是解放前失踪的一个年轻寡妇。如此一来，事情变大了。经过咱们简短节说，209号曾是一座老坟，迁坟盖房的时候，从坟中挖出了干尸，当地很少有干尸，出了干尸即是旱魃，因此没人愿意在这儿

住。解放前，赵甲贪便宜住到209号，估计他是看上住在隔壁的一个年轻寡妇。有天夜里，他借故将小寡妇带进屋，逼奸不成，伤了人命，外头人多眼多，无法抛尸，只好埋在铺板下头。他也知道209号以前是个坟，风水不好，于是请来一道"天官压鬼咒"，把纸符贴到床头。小寡妇无亲无故，突然失踪不见，人们以为她和哪个相好的跑了，那会儿世道也乱，没有人来理会此事。赵甲自以为神也不知鬼也不觉，哪承想1958年阴历十五这天，赵乙跟他怄气，偷着揭掉了纸符，致使他在屋中暴毙。后来因为赵甲已死，这个案子不了了之。

人们更愿意相信赵乙的一面之词，要按他的话说，是铺板下的女鬼半夜出来，将他兄长赵甲活活掐死。209号本来是个老坟，出过旱魃，赵甲在屋中埋尸，那女子也成了旱魃，要不怎么住在这儿的人总是口渴。胡同里草木枯槁，井打得再深也没水。209号坟墓的事一下子传遍了，至今还有人在说，可是大部分传得走了样，怎么说的都有，加入了很多怪力乱神的内容。实际情况是兄弟俩住一个屋子里，哥哥莫名其妙地半夜猝死，兄弟报案说屋里有鬼，随后挖出干尸，此案即是209号坟墓传说的由来。

总之是同一天，前后差不了几个小时，三义庙和209号坟墓两地，分别发现干尸。官面儿上不认为那是旱魃，可是不信不行。当天中午不到，西北浓云密布，雷声滚滚，下起一场大雨，干枯的河道全有了水。河工们刚挖到海张五那座塔下的洞口，赶上下雨涨水，没办法再往下挖，从此停工。

咱把话说回来，阴历七月十六下午，天气突变，云层中传来闷雷之声。挖大河的活儿不得不停，郭师傅在河边看见天气上来了，想要找个地方躲避，忽然望见有道黑气连天接地，似有龙蛇变化，灰蒙蒙的天越来越黑，这道黑气很快被阴云挡住，再也看不到了。以前人们认为云雾挂天为龙蛇之变，郭师傅发现云雾有龙蛇变化的方向，应在北宁公园粮房胡同。此时他记起张半仙说过的话，粮房店胡同凶宅里果然有东西，而且这东西一旦出来，一定会水漫天津卫，要闹大水了。

第十九章　火炼人皮纸

一

1958年挖大河防汛，阴历七月十五过后，三义庙和王串场接连发现两具干尸，海河两边水土并不深厚，很少有干尸，外边都传是挖出了旱魃。不管谣言是真是假，反正随后下起大雨，连下了两天两夜，河道泛涨。

变天之前，郭师傅看见远处有道黑气，方知粮房胡同凶宅埋宝的传言不虚。这东西快成气候了，再不想点办法，迟早有一天要水漫海河，淹没天津卫。他蓦地想起听过老时年间的一个传说，咱们要把整个前因后果说明白了，再往前说，那是清朝末年发生的事。

那个时候的大清国内忧外患，正是四海动荡，天下大乱，天津卫出过一位奇人。那是在南门口摆摊算卦的催道成，人称催老道，以算卦说书为生，也没见他算得有多准，糊弄外来的还行。当地人全知道催老道算卦是"十卦九不准"，但是催老道会说古经，能说全套的《精忠岳飞传》。岳飞乃是被我佛如来收在头顶佛光中的金翅大鹏鸟，只为女土蝠听我佛讲经时放了个拐弯屁，惹恼了金翅大鹏明王，一口啄死女土蝠，因此被贬下界，半道又啄死了铁背虬龙，投胎托生成了抗金保宋的岳飞。女土蝠和铁背虬龙也投胎来找岳飞报仇，有这些神怪佛道相互间的因果报应，加上岳家军怎么打金兵、怎么摆阵、怎么破阵，说起来更是悬念迭起、扣人心弦。那时候的人们专爱听这些，催老道不仅会说，还会胡编，在江湖上颇有人缘。那年头有人缘就是有饭缘，他连说书带算卦，勉强混口饭吃。

别看催老道混得不怎么样，据说他可有真本事，手段非同小可，只是命里担不住，有能耐却不敢用，所以日子过得很紧。他也不是真老道，有家有口，穿一身破旧道袍，用来摆摊充门面。

那一年好几个省同时闹饥荒，先是黄河泛滥，随后蝗灾接着旱灾，种不下大田，赤地千里，城里还凑合能活，城外饿殍遍野，人都饿红了眼，谁还顾得上算卦听书？催老道家里等米下锅，只好去赶白事会。当时有个大户人家的老爷死了，缺个执事，执事就是站到灵堂前，等僧人们超度完了，他要念诵祭文。此外如果有人过来祭拜，从大门外由信马引进正堂，执事便在旁边吆喝："一叩头，二叩头，三叩头，家属还礼。"前来吊孝的人们和家属全听执事吆喝，让下跪就下跪，让磕头就磕头，相当于灵堂上掌局的主管，俗称"大了"。

这家财东老爷去世，要办白事会，正好缺少一位执事，催老道应了差。操持白事看似容易，却不是谁都能做，旧社会迷信忌讳太多了，可说到稀奇古怪的事，识文断字儿之人也没有催老道懂得多。他自称"谋赛张良、智欺诸葛"，灶王爷灶王奶奶、五湖四海龙王、前后地主财神，没有他不熟的。他寻思："这活儿不错，有个脑袋会说话的都能做，闭着眼也不会出错，管吃管喝还拿一份犒劳，可比在南门口摆摊喝西北风好多了，从摆灵到出殡一共是七天，七天之内算是不用发愁没地方混饭了，往后再说往后的。"哪承想由此惹下一场大祸。

<h2 style="text-align:center">二</h2>

财主家当天半夜要雇工搭过街灵棚，转天开始吊唁。催老道应了白事会的差，先领一份定钱，回家准备，起个大早，穿戴齐整出门，头几天揭不开锅，饿得前心贴后背，本想到了白事会上再吃，不过按规矩去了得先

干活儿，过了晌午才开饭。他心想："肚子里没东西吃喝起来哪儿有底气，头一天去可别给人家吃喝砸了，得找个地方吃了早点再去。"正好路过一家"大福来锅巴菜"，抬腿进去要了两个烧饼、一碗锅巴菜。

锅巴菜是天津卫特有的一种早点，价钱很便宜，俩大子儿一碗。催老道往常好吃这口，可当下赶上荒年，要不是得了白事会的定钱，也舍不得吃。等伙计把锅巴菜端上来，催老道一看还得是大福来的锅巴菜，佐料全，锅巴薄，做得就是那么地道。

大福来是上百年的老字号，店主姓张，相传受过皇封，早年间没有多大名气，人们不认，但是真材实料绝不含糊：绿豆磨面摊成煎饼，凉透了切成小片，芝麻酱配上诸般佐料调成卤汁，吃的时候抓切好的锅巴放进卤汁，盛到碗里，浇麻酱、咸料、腐乳、辣椒油，再放上点香菜，隔几条街都能闻到这个香美气味，卖相也好。有天来了个阔老头，带着几个跟班，吃完这家的锅巴菜连声说好，转天一位御前侍卫到门前，跟掌柜的说道："恭喜恭喜，你的大福来了。"掌柜的不明其意："我家小本买卖哪来的大福？"御前侍卫告诉掌柜的："昨天皇上微服私访到你店中，吃了你做的锅巴菜觉得好，要赏你。"从此这家的锅巴菜名扬天下，慕名而来的食客络绎不绝，开了十几家分店，掌柜的将店名改为"大福来"。

催老道手头窘迫，两三个月未尝此味，这天吃得口滑停不下，一连吃了三碗锅巴菜，方去办白事的财主家应差。他倒霉就倒霉在这三碗锅巴菜上了，到得白事会，人家这边大门前的灵棚已经搭好了，两个信马一个在大门里，一个在二门外，灵堂设在正屋，超度诵经的和尚老道请了一屋。本家是老爷亡故，少爷少奶奶披麻戴孝，以下众家人和各路亲朋，全在灵堂外候着。催老道去的时候已经开始诵经念咒了，他赶紧装扮好站到灵前，旁边有个给他打下手的叫吴大宝，是催老道挂名的徒弟，也是跟着混饭吃的一位，目不识丁，拎个茶壶，等着给诵经的和尚老道们斟茶倒水。催老道曾说吴大宝这名起得不好，吴等于无，大宝指的是元宝，连起来是一个大宝没有，手中无钱，那不是穷光棍又是什么？

和尚道士在灵棚中超度亡魂，这里边不都是僧人，有在家的居士，都得会念经，那也是一门功夫。死人前七天为头七，到送路出殡为止，每一

天都要念五捧经，上午两段下午两段，夜里再来一段大的。其中的空当由
执事念祭文，让孝子贤孙和前来吊唁的人上来磕头，催老道就干这个，耳
听诵经已毕，第一捧经念完了，展开祭文诵读。他常年在南门说书算卦，
嘴上有功夫，装模作样，声情并茂，听得灵堂下哭成一片，念完祭文该吆
喝吊唁磕头了，催老道往左右一看，心说："大事不好！"

三

　　原来催老道前几天没怎么吃饭，肚子里没食儿，早上连吃三碗锅巴
菜，挂不住了，念完祭文几乎憋出虚恭，急着上茅房。可是几十号吊唁的
人排在灵堂外，只等执事吆喝上去磕头，总不能让这么多人在此干等，如
何是好？

　　催老道眼珠子一转，将在旁边打下手的徒弟吴大宝拽过来，又把那份
祭文塞到吴大宝手中："为师得去趟茅房，你先在这儿招呼着，为师平时怎
么吆喝你就怎么吆喝，孝子跪，叩头，再叩头，三叩头，孝子之后是儿媳
妇儿，记住了吗？"

　　吴大宝不认字，祭文他念不了，吆喝磕头他听得多了，没有什么难的，
便告诉催老道："师傅你放心，这活儿交给我了，您赶紧去吧，带草纸没？"

　　催老道顾不上多说，抓起地上的烧纸，风急火急，捂着肚子奔茅房去了。

　　吴大宝放下茶壶，手捧祭文，开始吆喝吊唁，招呼一声孝子跪。本家
少爷排在头一个，谁先谁后，这都是有顺序的，按人头招呼不会出错，那
位少爷听执事叫到他，立即进灵堂跪倒在地，大放悲声。

　　接下来吴大宝该吆喝"叩头"，可他是蛤蟆垫桌腿儿，鼓起肚子硬上，
眼看灵堂上下那么多人都瞧着自己，不免有些怯场。他一紧张忘了词，心
里想的是"叩头"，吆喝出口变成了"跟头"。

　　那位少爷生在有钱人家，人情世故一概不懂，也没经过白事，这是头
一次。之前有人告诉他，在灵堂上一定得听执事的，执事让你做什么你做
什么，该磕头就磕头，该哭就使劲哭，要不然别人准说你不孝。他只记得
这番话，听执事吆喝"跟头"，他一打愣，"跟头"什么意思？翻跟头？他怕
担不孝的骂名，不会翻跟头也得翻，反正是蛤蟆垫桌腿儿，鼓起肚子硬上

吧。当即双手和脑地顶地，撅起屁股在灵堂上翻了个跟头，堂上堂下的人都看傻了眼，怎么意思这是？

吴大宝吃喝顺了口，让孝子翻了三个跟头，等本家少爷翻过跟头，往下是这家少奶奶，怀有六七个月的身孕，心里明白躲不过去，谁敢担不孝的骂名？可实在是翻不了跟头，苦求道："趴地上给您打个滚行不行？"

这时候堂下吊唁的人们不干了，哪有让孝子在灵堂上翻跟头的？灵堂上的执事不是催老道吗，怎么换了吴大宝？大家不免认为吴大宝是受催老道指示，故意搅闹灵堂，这比刨人祖坟还要可恨。大户人家结交的都是有权有势之辈，这些人没一个好惹的，腿上拔根汗毛也比吴大宝和催老道的腰粗，当即叫来一伙如狼似虎的家丁，放倒吴大宝，一顿乱棍揍个半死，又气冲冲去找催老道算总账。

催老道刚从茅房出来，听得风声不对，跳进黄河也洗不清了，好汉不吃眼前亏，脚底板抹油溜出城，一时不敢回去，身上又没几个钱，想先到乡下避避风头。他拿白事会那份定钱买了几天的干粮，胡乱裹上，一路走过南洼地界。出城后但见各处庄稼荒芜，路上听到消息，河南有大批灾民造反，朝廷调遣直隶驻军镇压，杀戮甚重，沿途尽是逃难北上的饥民和乱兵，地方上多有逃亡之屋。走到后来连饥民也看不到了，人都饿死了，到处是死人，他心下惨然，凄凄惶惶的独行。途中经过一片坟地，只见坟头后蹿出一条黑狗，个头都快赶上牛犊子了，口中叼着一个小孩，瞪起两个血红的狗眼，对着催老道龇牙低吼。

四

催老道手无寸铁，以为要在坟地中喂了狗了，却是命不当绝。忽然又蹿来一条恶狗，张口来夺黑狗叼着的死孩子，两条野狗相争不下，催老道趁机落荒而逃。漫洼野地中没有路径，他东撞一头，西撞一头，跌跌撞撞也不知该往哪儿走，行出二里多地，忽然站住不走了，他那双眼也贼，看出路旁这块地不太对劲儿。地上的乱草枯黄打蔫儿，但是土层跟周围的地皮一样，这就很明显地底下准有古冢。年深岁久，坟头已经没了，也不见墓前的石兽石碑，大概是古冢墓砖外面裹了层白膏泥，所以地上的草长不起来。他走上前拔出草根来看了看，果然带有老坟土的阴气，封土下有白膏泥的至少是个王侯墓。若在以往，催老道不敢动挖坟盗墓这份心思，但是逃荒在外，身上没钱寸步难行，各地天灾人祸不断，也没处卖卦，能在路边遇到一座古墓，岂不是现成的财帛？

催老道心想一不做二不休，左右是个歹，不如盗了古墓，取出金玉珍宝，远走高飞。想得挺好，可他不是专门吃倒斗这碗饭的人，虽然会看风水找阴阳宅，却没有掘土挖洞开桃园的手艺，孤身一个人盗墓取宝有些吃力。好在荒村野地，周围十几里不见人烟，只要有水有干粮，在附近荒村中找间破屋住上几天，什么时候挖出东西来什么时候算完。他打定主意，想先备齐水粮，还得踅摸两件挖坟的家伙，要不然没法下手。此时红日西坠，催老道担心再遇上野狗，见距古墓不远有条道路——这是个路口，官道边上有条不起眼儿的岔路，路旁长草没人，荆棘丛生，好像很多年没人走过了。

催老道久走江湖，心知小道不好走，豺狼土匪哪个也不好惹，便顺着官道往前走，刚走不远，迎头过来只毛驴，可能是逃难之家跑丢的牲口，这毛驴也是命大，没让难民们宰掉吃肉。催老道大喜，心说："真是想什么来什么，这头毛驴正好给老道我驮东西。"他上前牵过毛驴，骑到驴背之上。这一来得了便宜，又不敢走大道了，怕碰上丢驴的人，掉头走了小道。有驴子至少不用怕野狗了，毛驴急了尥蹶子，野狗纵然凶恶，也惹不起驴马骡子一类的大牲口。

此外有种迷信的说法，僵尸怕驴叫。催老道白得了一头毛驴，盗墓的胆子可壮多了。他骑上驴顺着小路往前走，路径崎岖，好不荒凉，那毛驴子脾气倔，走三步退两步。约莫行出二里，催老道瞧见路旁是处荒村——盗挖古墓并非一天两天能干完的活儿，必须找个地方过夜——心想此村距古墓不远，不如在村中找个遮风挡雨的房子住进去，晚上睡觉，白天挖坟。于是他牵着驴走过去，荒芜的田地间有锄头，顺手捡起让毛驴托着，留待挖坟之际使用，到了村口，暮霭苍茫中，看到路旁石碑上刻着"玄灯村"三字。

催老道心里嘀咕："好古怪的村名，玄者黑也，玄灯村可不是黑灯村吗？难不成晚上家家户户都不点灯？"

五

催老道闯荡江湖多年，不在乎一个人在荒村野店中过夜，眼看玄灯村是个无人的废村——村里人可能全都出去逃难了——却不知为何起了这么个古怪村名，不得不多加提防。他牵驴进了村，只见村子布局十分奇特，房屋围成一圈，所有的门窗都朝内开，不南不北。村子当中是块空地，当中有个大石灯，状甚古老，少说也有几百年之久。走进去才发现，此地并非无人荒村，仅有一户人家，住了个六十来岁的老汉，脸色发灰，身边带个蠢汉，也是土里土气，看样子是父子二人。

催老道见村子里有人居住，那就不方便自己找住处了，上前打个稽首，对那老头说自己是个卖野药的道人，到村子附近挖草药，想在这村子里找间屋子住几天，干粮吃食自己全带好了，请老头行个方便。

老汉说："与人方便，自己方便，何况周围除了这玄灯村，再没有可以投宿的地方，前不着村后不着店，不住这儿还能住哪儿？不过村中的房屋大多年久破败，墙颓壁倒，透风露雨，只怕屈尊了道长。"

催老道说："咱走江湖的人，出门在外，不挑宿头，有间破屋土炕即可，总好过露宿荒野。"

老头见这道人执意要在村中借宿，就用手指了指旁边，说道："道长如果不嫌弃，可以到那间屋子里住两天。"

催老道千恩万谢，问老汉："村子里为什么只有老丈与令郎二人，其余的村民到哪儿去了？又为何叫玄灯村，莫非晚上不能掌灯？"

老汉摇头说："年头不好，村里人全出去逃荒了，只留下我和这傻儿子在此拾荒捡柴挣扎过活。其余的事啊，道长你就别多问了，我是看你没地方过夜，这才好心留你住下，你住在这村子里无妨，却须依我三件事。"

催老道心说："穷乡僻壤，规矩还不少！"口中却道，"不多不多，不知是哪三件事，还请老丈示下。"

老汉说："其一，道长夜里点灯无妨，但是天黑之后，不管听到看到外边有什么，千万不可理会，更不准走出屋子半步。"

催老道暗自纳罕，晚上不准出屋？村子里有什么见不得人的东西？好在他是白天挖坟盗墓，此事可以依从。

老头问："其二，不分早晚，道长切不可踏进我们爷儿俩住的屋子。"

此刻天色将晚，催老道站在门外，那老头和蠢汉站在门内，他看不到屋里的情形。无非是间村屋，能有什么值钱物事，还要防贼似的防着外人？却不知村中为何有此规矩？

老头说："道长别多心，我全是为了你好，只是不便明言，你还要依我第三件事，那就是什么都别问，能答应你便住下，倘若不答应，趁早去找别的地方投宿。"

催老道忙说："贫道外来是客，主人既然吩咐下来，又怎敢不从。"

他口中虽然这么说，但是一听就知道，村中定有不可告人之秘，可是为了盗墓取宝，他也管不了那么多了，只求有个地方过夜，挖开古墓之后立刻远走高飞，当即应允下来。天黑之后，他闭门不出，吃了块干粮充饥，只在屋中睡觉，头一天就这么住下了。躺到床上和衣而卧，他想起之前听那老头所说的一番话，心知晚上肯定出事，睡觉也得睁着一只眼。

六

催老道躺在炕上觉得口渴，吃干粮时没喝水，到晚上嗓子眼儿冒烟，后悔没找那老头要碗水喝。此时天已经黑了，老头嘱咐三件事，夜里不能出屋便是第一件。他心想天虽然黑了，却刚黑不久，没到半夜，不如趁现在去讨口汤水，也许那老头不会见怪。当下从屋里出来，一看外头有月光，可老头爷儿俩住的屋子房门紧闭，里边没点灯，他走到近前想要叩门，耳听屋中有"叽叽咯咯"的声音，好像有两个女子在低声说话。

催老道心下大奇："老头声称村子里仅有他父子两个，怎会有妇人说话的声音？"又一想："怪不得那老头不让我半夜出门，原来他们要做这等苟且之事，没准还是拐带来的人口，待我看个究竟……"

他趴在门前，透过缝隙往屋里看。此刻月色微明，隐约瞧出屋中桌椅和那爷儿俩的轮廓，二人侧着身子，一个头朝东，一个头朝西，后背相对，打头碰脚躺在炕上，似已睡去多时，一丈见方的屋子，一眼就全看过来了，哪有什么女子？

催老道心下骇异，身上鸡皮疙瘩起了一片，明知没有听错，但他提醒自己多一事不如少一事，一个人逃难在外，到这里人生地不熟，又没有相识的可以让他讨个消息，也只有见怪不怪了，眼下还是盗墓挖宝要紧，不可旁生枝节再找麻烦。这么一打岔，也不觉得口渴了，悄悄回到隔壁屋中，关好了木板门躺下睡觉。到了深夜，大概在三更前后，忽听屋外有脚步声响。他不看明白了到底是放不下心，用手指蘸唾沫点破窗户纸，屏住呼吸，往外偷眼观瞧，只见许多人排成一排，从村中的空地前走过，男女老少鸡鸭猫狗皆有，还有骑马赶驴的。当时乌云遮月，他在屋里看过去，仅能瞧见模模糊糊的黑影，那些人大半夜的走过去，过一会儿又往回走，来来往往直到四更前后，方才消失不见。

催老道冷汗直冒，躲在屋里瞪起眼看了半夜，心下又惊又疑，暗想："莫非是死去村民们变成了鬼？这些人为何阴魂不散？村中那对父子到底在遮掩什么？"他知道留在村子里可能会有凶险，但想起那座古墓，怎能眼睁睁看着快吃到嘴的鸭子飞了。催老道财迷心窍，终究是舍不得走，等到天亮，装作一切如常，声称去挖草药，骑上驴扛着锄头出了村子。事先看好了古冢的所在，到地方不多耽搁，抬眼看天上的日头辨别棺木朝向，迈步丈量，当即动手开挖。盗墓贼通常在夜里干活，里头确实有些迷信的讲究，主要还是怕被别人撞见。

此处旷野无人，倒也免去了那些顾虑，另外白天阳气盛，一不会闹鬼二不会乍尸，不必有那么多顾忌。催老道虽不吃倒斗这碗饭，却常跟阴阳二宅打交道，老坟古墓里的物事见得多了，然而眼前这座古墓里的东西，却是出乎意料之外。

七

且说催老道一个人连刨带挖，整整忙活了一天，刚把古冢刨开一半。抬眼看日头偏西了，赶紧收拾锄镐，骑上毛驴往村里走，晚上又住到玄灯村，天黑下来进屋睡觉。咱简短节说吧，催老道一连在玄灯村住了三天，每天三更半夜，准有很多人在村子里走来走去。催老道暗中窥探了几次，都赶上阴云密布，村中没有灯火，黑咕隆咚的也没看清是人是鬼。他试着从隔壁老头和蠢汉口中探出口风，无奈那父子两个少言寡语，一句有用的话都问不出来。反正眼看着快要挖开古墓了，催老道心想别没事找事了，明天再有半天工夫，尽可将坟土刨开，掏出值钱的东西当天就走，一天也不在这到处透着古怪的村子里多住了。他盘算打得挺好，转天该走的时候却走不成了。

早上天一亮，催老道啃了几口干粮，赶着去挖坟掘墓。挖开最后一层白膏泥，下面是用古砖砌成的墓穴，当中摆着个石头棺材。催老道没有倒斗的手艺，抠开墓砖，再撬这口棺材，着实费了不少力气，然而开了棺才看见，石棺中仅有枯骨一具。

催老道大失所望，没想到墓主人竟是纸衣瓦棺的薄葬。墓主人生前怕让贼人倒斗，因此再怎样显贵，也只不过用纸糊衣服，石板当棺材，不带半件金银玉器。催老道跺脚叹气："白耽误好几天工夫，看来没那个福分，一文钱也落不得受用……"

他正自唉声叹气怨天怨命的时候，瞧见石棺里唯一一个像样的东西，是个大得出奇的葫芦。那也是件上千年的古物了，拴着牛皮绳子可以挂在身上，里面沉甸甸的似乎有些东西，拔开塞子倒了半天，却什么也倒不出来。催老道寻思："这个大葫芦必定是墓主人异常珍惜之物，要不然不会带进石棺，我得带回去找人瞧瞧。"想到这儿，他给石棺中的枯骨作了个揖："爷台仙去已久，留此身外之物又有何用，不如让贫道带去，总好过埋没黄土。"催老道说完，又把石棺合拢，填回砖石覆以泥土，然后将葫芦塞进麻袋，骑上毛驴子想要动身走人。可是天色将晚，只好在玄灯村多住一夜。

催老道回村进屋，闩好门关好窗，躺床上翻来覆去睡不着，起身点了根蜡烛，仔细端详着个葫芦，心想："即便里头的东西不值钱，毕竟也是件有成色的古物，把它挂在身上出外行走，人家准以为老道我这葫芦里装有神妙丹药……"想到得意处，把葫芦挂在腰上试弄，冷不丁想起一件事，失声叫道："不好！"

深更半夜，催老道想起今天回来，忘了把驴拴上了。还指望把驴骑到集市上卖掉，换几个钱当作盘缠，否则身上一个大子儿没有，如何在路上行

走？他一时着急，鞋子也顾不上穿，推开屋门就出去了，也不想想那驴没拴着，要跑可早跑了，出去一看，村中那些黑乎乎的鬼魂，正好在面前经过。

八

此时明月在天，银霜铺地，催老道看到面前这些人根本不是村民们的阴魂，而是穿着古衣古冠，或披甲提刀、或蟒袍玉带、或霞皮凤冠，其中也不乏神头鬼脸的怪物，走路的姿势僵硬诡异，胳膊腿儿都打直，跟在野台子上唱戏的打扮相似，正围着村中的石灯转圈，这些人看见屋里出来个人，立时奔着他过来了。

催老道顿时全身打个寒战，情知不妙，急忙往屋里退，忘了还有门槛，仰面摔倒在地。应了那句老话，人不该死总有救。那个从古冢里挖出来的葫芦还挂在腰间，葫芦底撞到地面，蓦地里冒出一个火球，这时那些穿着古代衣冠的人都拥到跟前了，迎面撞到火球上，轰然烧成了一团，发出"嗷嗷"惨叫之声，随着火势越烧越大，转眼间尽成飞灰，四周弥漫着一股尸臭，良久不散。

催老道恍然明白过来，枯骨身边的葫芦，内中装有机簧，填满了西域火龙膏，用力拍打底部，能往外喷吐天雷地火。听闻辽代有位火葫芦王，以前这地界是辽国的地盘，古墓中的枯骨多半是此人。此刻惊魂未定，催老道眼看那头驴早没了。多亏前几天把驴拴到门口，驴叫能驱邪，村子里的鬼怪不敢进门。今天忘了拴上，毛驴自己跑了，要不是盗墓挖出天雷地火葫芦，怕是难逃一死。他打算尽快离开这是非之地，挣扎起身，记起干粮还在屋里，外头兵荒马乱，到处都是饿死的人，要逃命也得裹上干粮再逃。他推门进屋想拿干粮，可是心慌意乱，匆忙中不及分辨，推开门才发觉进错了屋子，进了老头父子所住的村屋。

外边月光如水，屋里仍是很黑，催老道推开屋门，一抬眼似乎看到两个女子，他怔了一怔，揉眼再看，那老头和蠢汉直挺挺地站在屋里。他心知不对，还没想明白到底是怎么回事，就见那二人突然转过身来，这一转身又都变成了女子，发出"叽叽咯咯"的声响，怪里怪气的脸怎么看也不是活人。

催老道看出老头和蠢汉身后，紧贴着一层人皮纸似的东西，同村中那些鬼怪一样，是人皮纸成精。他想放出葫芦中的天雷地火，烧掉这两张人皮纸，可势必殃及那父子二人，也是急中生智，从怀中摸出一根钢针，分别对着两张人皮纸刺出去。但听两声尖叫，老头和蠢汉扑倒在地，两张人皮纸晃晃悠悠的要逃。催老道窥得真切，一拍葫芦底，天雷地火打在两张人皮纸上，立时烧作飞灰。

父子两人缓缓苏醒，跪倒在地"咣咣"磕头，谢过催老道的救命之恩，原来玄灯村自古是做皮影戏的艺人聚居。皮影戏也叫灯影戏或玄灯戏，村子里家家户户都有祖传的手艺，用羊皮扎成戏俑，天黑后在灯前放一块白布，艺人们躲到后头口中唱曲，手里操纵戏俑，在白布上现出彩影。村里人三五成群结成戏班，外出演灯影戏谋生，男女老少所有人都能做会演，做得皮俑堪称一绝。每年祭祖师之时，要在村中石灯周围绕上一圈白布，在月下演灯影戏。

祖祖辈辈都以这门手艺为生，如此过了几百年，这碗饭就不好吃了。因为同行是冤家，冤家太多，要想赚钱就得有别人做不出来的绝活儿。于是有村民剥取活人的人皮，做成人皮纸，这种人皮纸做成戏用，能以假乱真，看着和活人没多大分别。从那时开始，家家户户都做，路过玄灯村投宿的人，往往被村民害死做成了人皮纸。钱是挣了不少，不料人皮纸阴气重，放在木箱里上百年即可成形。有一年演罢灯影戏，一时疏忽忘了封箱，人皮纸出来作祟，将村里人全吃了，然后四出作祟，每天晚上聚到此处。整个玄灯村只有这老汉和儿子幸存下来，但也被人皮纸附在背后，这些年一直困在村子里，多亏催老道火炼人皮纸，其怪遂绝。

九

老头父子对催老道述说经过，只恨破瓦寒窑，无以为报。老头翻箱倒柜找出几根三寸多长、钉棺材用的大钉子，捧在手中送给催老道，说是当年封箱用的东西。

催老道在荒村古冢中得的天雷地火葫芦虽好，却不顶饿，见老头给他几根棺材钉，想不明白是何用意。走江湖吃开口饭的人忌讳钉子，因为碰钉子是砸饭碗之兆。他寻思黑天半夜那毛驴子跑不多远，没准就在附近，找回来还可以卖钱，顾不得同老头父子多说，连夜出去找驴。可是想时容易做时难，那头毛驴早不知跑到什么地方去了，他在漫洼野地里找到天亮，驴毛也没找到一根。天亮时分回到玄灯村，心中好不沮丧，想跟那老头辞行，可是屋里没人，只有两尊泥像倒在地上，看形貌与那父子二人颇为相似。催老道大吃一惊，方知是玄灯村中供奉的祖师像年久有灵，忙捡起屋中的几根棺材钉，拿到手里沉甸甸的，叩之冷然有声。催老道识货，心知那几根棺材钉子不是寻常之物。

催老道寻思："当年玄灯村的村民，用人皮纸演灯影戏，他们担心人皮作怪，不知从哪儿找来几根棺材钉，钉住放人皮纸的箱子，后因大意忘了封箱，致使人皮纸四出为祟，全村尽遭此劫。如今这几枚棺材钉落在老道手里，说不定往后有大用处。"当即收了棺材钉，背上天雷地火葫芦，插烛般对那两尊泥像拜了几拜，觅路离开玄灯村。听说河南饥荒战乱，官兵和义军到处杀人，去那边是九死一生，催老道只得掉头往关东走。后来催老道避过风头，又回到天津卫，仍旧在南门口摆摊说书。他的天雷地火葫芦，烧人皮纸时耗尽了机括，里头装填的火龙膏和硝石硫黄也没了，空葫芦已经不能再用。

催老道与巡河队的老师傅相熟，他曾说天津卫在九河下稍，有伏龙之势，自古以来水患难除，几时见到天上云雾有龙蛇之变，那么在几年之内必定会有场大洪水，到时水漫天津卫，将会淹死人畜无数，如果能够提前找出妖气所在，或许可以免去这场劫难，到时候用得上这那几根棺材钉，从此将棺材钉埋在龙王庙义庄之下。打清朝末年到1958年，中间隔了段民国，转眼过去几十年，只有郭师傅还记得此事，要对付粮房店胡同凶宅里的东西，没有催老道留下的那几根棺材钉只怕不行。

解放初期拆除河龙庙义庄之时，郭师傅已经把棺材钉取出来，裹在油布包中，这几年始终放在自己家的炕下，可问题是粮房店胡同凶宅里的东西在哪儿？这么多人找过这么多次，也没找出来。传说白记棺材铺掌柜的凶宅埋宝，埋的究竟是个什么东西？他想自己一个人可做不成此事，得找几个信得过的兄弟帮忙，于是让丁卯去找李大愣和张半仙，商量对付"粮房店胡同凶宅"里的鬼怪。

第二十章　粮房店胡同凶宅

一

　　1958年持续的干旱，几个月不见半个雨点，海河旱得都快见底了。事有凑巧，直到阴历七月十六，在三义庙和王串场先后挖出两具干尸，不知是不是旱魃，反正下起了大雨，挖河防汛的活儿全停了。郭师傅让丁卯去找张半仙、李大愣，正好媳妇儿不在家，他包饺子备酒，想等那哥儿仨一同吃饺子喝酒，再商量凶宅取宝的事情。

　　自打家里进了狐狸，灶台上的年画被毁，郭师傅心里就不踏实。前两天他又请人画了张灶王爷，倒不是为了风水迷信，家里没有灶王爷的年画，总觉得少点什么。

　　张半仙听说吃饺子，很快就到了，二人坐在灶台前闲聊。

　　郭师傅没提粮房店胡同凶宅，他要等丁卯和李大愣到了，煮上饺子再说正事。

　　张半仙一眼瞥见灶王爷年画，心下一惊，额头上见了冷汗，问郭师傅："灶王爷怎么变样了？"

郭师傅说："不是旧画，以前那张贴得年头太久破损了，刚换上去一张，不值得大惊小怪。"

张半仙说："郭爷，你可知每年腊月二十三灶王爷上天，前后一共走多少天？"

郭师傅说："这你可问不住我，住平房的哪家灶台上不贴年画，低头不见抬头见的，灶王爷我也熟，每年腊月二十三上天，大年三十回家，来回七八天，不定是七天还是八天，因为年有大年小年，小年走七天，大年走八天。"

张半仙说："你看你也知道，请灶王爷得按日子不是，不到大年三十儿贴灶神犯忌讳，你的饭碗要砸。"

郭师傅说："我不过是个捞河漂子的，整天跟浮尸打交道，这样的饭碗砸了也不可惜。"

张半仙说："砸了饭碗也还罢了，犯不上为这个发愁，可另有一个大忌讳，郭爷我再问你，灶王爷上天，走前门还是走后门？"

郭师傅说："半仙你问得太歪，这可把我问住了，我哪知灶王爷走前门还是走后门。"

张半仙说："我问的可不歪，本儿上有。"

郭师傅说："这话也有本儿？那你说说，灶王爷走前门走后门？"

张半仙说："灶王爷哪个门也不走，皆因门有门神。前门是怀抱双锏的秦琼秦叔宝，后门是手执铜鞭的尉迟敬德，既然有前后门神守着，那就不是灶王爷走的路，灶王爷钻灶膛，一把火化青烟，顺着烟道上天。"

郭师傅一想："还真是这么回事，像这些乱七八糟的，没人论得过张半仙，可灶王爷走不走门，跟我有何相干？"

张半仙说："灶王爷走的是烟道，画中神像应当正对烟道，你却把年画贴歪了，这不是撞了灶神的头吗？"

郭师傅听张半仙说完，看看那张画，是有些偏，闹不明白这其中有什么讲儿，但一定不是好兆头。

张半仙刚才已看出不祥之兆，又问郭师傅是什么时辰贴的年画，他脚踏八卦，看明白方位，闭上眼掐指一算，不觉"哎哟"一声。

二

郭师傅和张半仙正说年画贴得不好，凡是出乎常理，都不是好兆头。

话未落地，丁卯跑回来告诉郭师傅："李大愣出事了！"

李大愣解放之后一度到火车站干搬运，去年又去当了盐丁，在宁河煮盐。那个活儿不累，挣的却不少，煮完海盐装进麻袋，放到大车里运走。出盐的地方当然是盐碱地，不下雨还好，让大雨浸泡，地面就成了年糕，踩上去一步一陷。当天有装盐包的大车陷在泥里，李大愣和五六个人在后边推，怎么也推不动，众人一较劲，想把车推出泥坑，哪知车轴断了，大车往后压下来。李大愣见势不好，想要躲开，可他两脚陷在泥中拔不出，直接被车轮碾过，死于非命。

常言道"风云可测，生死难料"，郭师傅和张半仙听说此事，半晌没回过神儿来，这些年哥儿几个在一块，那是多好的交情。李大愣活人一个，怎么说没就没了？三人嗟叹不已。李大愣是个光棍，没家没口，只能偷着在三节两供，多给他烧些纸钱。

当天晚上，郭师傅等人没心思吃饺子，各自低头喝闷酒，但粮房店胡同凶宅的东西也不是小事，如今没了李大愣，他们三个也不得不做。

郭师傅就着冷酒，说出前因后果。据说白记棺材铺里藏了一个很值钱的东西，但是过了几十年之久，包括白家的后人白四虎在内，谁也找不出这屋里的东西，从上到下刨地三尺，四面墙全找遍了，没有出奇的东西。白四虎刨锛打劫，害了许多条人命。1954年被捕枪毙，从他家中搜出一具女尸，用大盐腌住，在屋子里放了十年，竟然没有腐烂发臭。从此人们都说那是一处凶宅，可是凶宅中的女尸，并非白家祖辈放在屋里的东西。这些年到凶宅盗宝的贼人也不少，谁都没能得手。前不久，有个不务正业的大乌豆，此人贪心不足，深更半夜到粮房店胡同凶宅走了一趟。由于他身上背了人命，两手空空而回，刚到家就被公安逮住了。据此人招供，他在粮房店胡同凶宅中见到一对眼睛，有茶盘子大小，但是经人查看，屋里确实没东西。要么是大乌豆做贼心虚看错了，要么是他胡言乱语，总之是没人相信。

　　但是到今天，郭师傅也信了此事。很可能是粮房店胡同凶宅里的东西年久为怪，有了道行，往后会引来大水。这么离奇的事，官不管，民不管，跟谁说谁也不会信，那就只有郭师傅、丁卯、张半仙他们三个人去做。

　　张半仙说："郭爷，不是我给你泼冷水，粮房店胡同凶宅里的东西有上应龙蛇之变，不下万年道行，凭咱们哥儿仨，怎么对付得了它？"

　　郭师傅从炕底下掏出那几根棺材钉，说道："难就难在不知那东西在哪儿，只要是找出来，我能让它永世不得翻身。"

　　张半仙沉吟半晌，说道："既然有郭爷你这句话，我帮你找出躲在粮房店胡同凶宅里的东西。"

三

　　阴雨连绵，从白天下到深夜，三个人只顾说话，到半夜还没吃饭，肚子里都打上鼓了。丁卯去把凉饺子热了一热，三人胡乱吃了几个，打点精神，合计怎么找出凶宅里的东西。

　　张半仙说："粮房店胡同凶宅只有一怪，怪就怪在传言凶宅有宝，却没人找得到，听说刨锛打劫的白四虎脑子不好，白家祖上如何在屋子里埋宝，到白四虎这辈儿失传了，也或许根本没传下来。"

　　丁卯说："与其在这里空口说白话，不如我去粮房胡同走一趟，我这眼尖，没准能看出些蛛丝马迹，顺藤摸瓜查他个水落石出。"

　　郭师傅摇头道："去凶宅取宝的人都这么想，可是粮房店胡同那两间屋子只差揭顶扒墙了，该看的全有人看过了，该找的也全有人找过了，我等不知底细，再去多少趟也是枉然。"

　　张半仙说："郭爷、丁爷，你们想想，粮房店胡同凶宅是白记棺材铺老掌柜的房子，我想棺材铺的生意虽然赚钱，到底不是老八大家那等巨富，再说天津卫老八大家尚且没有传世重宝，他一个卖棺材的买卖人家里，又会有什么不得了的东西？"

　　郭师傅说："棺材铺无非是卖寿材的，与别的买卖铺户没什么两样，要赶上死人多的年头，卖棺材的也能发财，不过棺材铺有钱是有钱，有什么宝那可难说了。"

丁卯说:"庚子年拆天津城,棺材铺掌柜捡城砖盖的房,听老辈儿人所言,城砖可是一宝。"

张半仙说:"不然,城砖块大,又不易裂,用来盖房比普通的窑砖好得多,发大水也冲不倒,所以民间说城砖为宝,那也不过是个比喻,岂是重宝?"

丁卯说:"我实在想不出了,如果是个看不见摸不到的东西,即使将粮房店胡同的房屋全拆了也是白费力气,怎么会有这么邪门儿的事?"

张半仙仰面苦思,自言自语地说:"白记棺材铺老掌柜家里能有什么宝?粮房店胡同凶宅是空屋,那东西又不在别处,明明在那屋里,可是摆在眼皮子底下也没人看得出来,它会是个什么东西?"

郭师傅沉稳老道,虽是水上公安,他这辈子可也破过不少奇案,经验特别丰富。丁卯精明干练,向来是郭师傅的得力帮手。加上个一肚子馊主意,号称无所不知的张半仙。他们仨人凑一块,也顶得过半个诸葛亮了。可从半夜想到天亮,怎么想都是钻进死胡同,郭师傅觉得张半仙话里有话,他知道此人心眼儿多,好像知道些什么,却担心泄露天机,揣着明白装糊涂,如果张半仙不把窗户纸捅破,那一番话说了也等于没说。

郭师傅心想:"赶在闹大水之前,找出粮房店胡同凶宅的东西就是,今年大旱,到阴历七月之后,汛期已过,虽然下了雨,却不会再有洪水,来日方长,也不争这一时。"他打算过几天去找张半仙问个明白,却忘了张半仙看见灶王爷年画说出的兆头——要丢饭碗。

四

当时有人往上边揭发,说社会上很多无中生有的谣言,都是从郭师傅身上而来,影响极为不好。好在有老梁替他说好话,但是也不让郭师傅和丁卯再当水上公安了,丁卯被调去南洼,郭师傅则发到盘山看守水库,其实在水上公安做临时工打捞浮尸这种差事,不是什么好活儿。水里泡得肿胀的腐尸,恶臭难闻,一向没人愿意干,虽然说可以积阴德,尘世上却只见活人受罪,何曾有死鬼带枷?

相比之下，守水库轻松得多，只是那地方偏僻，条件艰苦，吃不上喝不上。大山里的水库周围人迹罕至，要去附近的村子至少走二十里山路，十天半个月不见一个人来。守水库主要是看着不让当地村民们来捉鱼。郭师傅干了半辈子水上公安，没想到突然不让他干了。不过天下的事，往往是吉凶相伴，福祸相依。单看盘山水库，到底是不比在天津卫做水上公安，可从长远一看，1959年开始进入了三年困难时期，全国上下节粮度荒，人们吃不饱饭，掉在马路上的烂菜叶子都让人捡去吃了。他那几年多亏是在盘山水库，水库里有鱼，山上长黄蓿，是种能吃的东西。别管怎么说，至少没挨饿。郭师傅知道人们饿急眼了，所以看到村民到水库偷鱼，他也是睁一只眼闭一只眼，不忍去管，为此没少背黑锅，到后来水库里的鱼都让人吃没了。

郭师傅开始还不放心粮房店胡同凶宅，但是接下来的几年，饭都吃不饱，他要守着水库不能离开，而且干旱多雨水少，没有要发大水的迹象，他以为自己想得太多，那屋子里什么东西都没有，渐渐将此事放松下来，也不知后来粮房店胡同凶宅拆是没拆。

咱们是有话则长，无话则短，简短节说吧。过了节粮度荒那几年，到1963年，也就是发大水的那一年。1963年闹大水，是自从有记录以来，最大的几次洪水之一，为两三百年一遇。这一年的夏天，气候反常，伏天平均气温高达40℃，雷雨频繁。从河南等地飞来大量的蝗虫，引来铺天盖地的麻雀。蝗虫实在太多了，天都变成了黄乎乎的，还出现了"鱼翻坑"的迹象。河面上经常浮着一层翻出白肚的死鱼，以往认为"河有雾、鱼翻坑、鸡鸣夜、犬吠云"，说白了是"狗对着天上的云狂叫，公鸡半夜三更打鸣，河水莫名其妙变浑浊，大量死鱼浮出水面"，全都是大地震的前兆，有一定的道理，但并非绝对准确。咱们就拿"鱼翻坑"来说，未必是地震的前兆，那也许是别的原因。

1963年天津卫海河里出现了许多死鱼，以前从没见过这种事情，使得人心惶惶，上边想找个有经验的人看一看，到底出了什么事，就把郭师傅调回来，再次到水上公安当个临时工，家属还留在盘山水库。郭师傅心说你们这是"用人朝前，不用人朝后"，可海河里出了事，他也不能不管，突然出现那么多死鱼，一不是河水有变，二不是有人炸鱼，想来是河里有了不该有的东西。

五

1963年的海河中，连续出现大量死鱼。郭师傅在盘山水库见到过类似的事情，一定是进了外来的怪鱼，但是海河几十公里长，水深河宽，支流众多，想要查明真相，又谈何容易？

郭师傅正为此事发愁，解放桥下淹死了一个人，他急忙过去。这一年雨水大，各条河道的水位往上涨，天也热得厉害，马路上跟蒸笼似的。有个半大小子叫二子，十二三岁，长得黑不溜秋，头上剃个半秃不秃的二茬儿，每年都到解放桥下游野泳，水性出奇的好，跳水扎猛子谁也比不过他，非常熟悉桥下的河道。他出去游野泳，家里从来不担心，这天不知是怎么了，下学之后跟几个同伴到了解放桥。那时候游野泳，没有人穿游泳裤衩，大人们穿个大裤衩子，半大小子们一律光屁股，几个孩子跳进河里，游得正痛快，忽然发现二子在河里折跟头。起初还以为是他又在耍什么绝招，可看那情形不对，不大一会儿，脸朝下浮在河面上不动了，大伙慌了神儿，七手八脚将二子拖到河边，再看早已气绝，肚子鼓鼓着，好像是在河里呛死的。

家人抚尸大哭，在这一带游野泳的人围过来看，那些人大多认识二子，知道这小子水性不错，怎么不明不白的淹死了？

这时候郭师傅也到了，见这孩子挺尸在地，屁股后边有血，他用手在肚子上一按，死尸口鼻往外冒水，河水混着血水。按了没几下，死尸吐出一条黑乎乎的东西，半似鱼半似蛇，全身溜滑，劲儿大得惊人，大小伙子在地上竟按它不住。郭师傅认得此鱼，叫作雀鳝，是性情凶猛的淡水鱼，海河里从古未见。今年雨水多，前些天发了两次水，或许是那时候有雀鳝混进海河，河里的鱼都让它们咬死了。二子下河游泳，让雀鳝钻进了肚子，这东西比泥鳅钻得还快，肚子里进了活物，水性再好也难活命，逮住一条两条只怕不能根除，还好此鱼过不去一冬，明年这时候就没了，要想在这之前除掉，只能下绝户网。郭师傅指了几个地方，让人们多下绝户网，海河水系以外的鱼入侵，解放前也曾有过，不足为患，真正让他感到不安的是海河水位涨得太高了，如果再有持续的暴雨，城里的平房全得让大水淹没。郭师傅抬头看看天，阴沉沉的好似憋着场大雨，鸟群乌泱乌泱的从头顶上飞过，此时传来消息，说是下了紧急通知，让河边的住户立刻疏散。

1963年8月连降暴雨，海河五大支流同时上涨，发生了几百年不遇的特大洪水，各个水库倒坝，天津卫外围已是一片汪洋，无数村子遭受了灭顶之灾。浪涌高达几米，第一波洪峰即将到来，来得又快又猛，天津城的形势危如累卵，市委下发了全体总动员的命令，以当地民兵公安各个机关单位为主，人不分男女，同上大堤防汛。

六

当天的动员令发布下来，马路上很快就没人了，老人和孩子去高地避难，其余的人两人一副扁担一个筐，全往大堤方向跑。按计划是挑土往堤坝上填，那条大堤长达三百多公里，让洪水冲破一个口子天津城就完了。虽然是年年加固，之前可没遇到过这么大的洪峰，规模超出了以往任何一次。

当时的水上公安，全是郭师傅带过的徒弟，他们跟着人流上了大堤，但见黑压压的人头，人山人海不见边际。没想到来了这么多人，这还不得有几十万人？这么多人，哪个单位的都有，有整个单位一同过来。那些人有男有女，有老有少，体力不同，有人跑得快先到了，有人跑得慢还没到，也有听到动员令自己跑来的，不知道该听谁指挥。面临如此大灾，人人自危，大堤上你推我挤乱成了一团。

很多人认识郭师傅，大伙都说："郭师傅是河神，咱们别乱，全听郭师傅的。"

郭师傅看这阵势太大了，他也指挥不来。可这么多人都等他说话，没法推脱，好在他吃巡河队这碗饭，对堤坝如何防洪是熟门熟路。他说："大堤挡洪水是越高越好，咱们分三队，第一队到堤后取土，第二队运到堤上，第三队加高大堤。"

众人轰然答应，立刻忙活儿起来，开始取土固堤，不过三百多公里的大堤，来了不下几十万人，郭师傅能带动的只是一小片，其余各处仍是乱哄哄的。又下起了大雨，人们冒着滂沱大雨，在泥泞的大堤上更是混乱。在这个紧要关头，十万驻军跑步赶到了大堤，军队训练有素，有组织有纪律，以连为单位，分头到各处抢险。部队一到，乱纷纷的人群立刻有了主心骨，从混乱中稳定下来，跟着军队搬土运石，天上好似漏了窟窿，倾盆大雨哗哗地下个不停，白昼如夜，面对面说话都听不到。

人们身上全湿透了，鞋子掉了顾不上捡，衣服和肩膀让扁担磨破了，也顾不得理会，跌倒了再爬起来。很多人脱力昏倒，被抬下去，过会儿明白过来，又跑回堤坝干活儿，风雨交加，四周全是黑茫茫的。忽然大堤下的水花翻滚，有无数耗子蹿上大堤，没命似的在人们脚底下跑过，多到一落脚就会踩到一只。

郭师傅抬眼望去，只见远处有白线一道，正在迅速逼近防汛大堤，心知是水头到了。水头就是洪峰，白线越变越宽，转眼间洪波卷至，水头重重撞到长堤上，人们觉得脚下震颤，堤坝裂开了好几条口子。

众人尽皆失色，但见洪峰来势凶猛，谁也不敢怠慢，军民人等舍生忘死，堵住了大堤上的多处裂口。直到天黑，总算是顶住了第一波洪峰，五六十万人各个累得不成样子，拿雨衣往身上一裹，倒在堤坝上便睡，不一会儿鼾声连成了一片。有的人睡过去就再也没能醒转，有的人睡醒了睁眼一看吓一跳，大堤上不仅是人，还有数不清的老鼠、青蛙、蛇，这些东西出于本能，也在洪水到来之时，逃往高处躲避，出现了人与蛇鼠共眠的罕见景象。

七

1963年8月，百年不遇的特大洪水围困天津城，几十万军民舍生忘死，拼命挡住了第一波洪峰。郭师傅跟其余军民在堤坝上，连续一天一夜对对防洪堤进行加固，死活守住了大堤，又接到命令先不能撤，因为还有更大的第二波洪峰。堤坝的损毁情况非常严重，即便第二波洪峰跟之前的规模相同，到处开裂的长堤也难以承受，何况是势头更大，虽然在上游决口分洪，但是没起太大作用，形势极为严峻。

这天傍晚，大雨刚停，郭师傅吃过后方送来的饭，坐在大堤上歇口气。不过是下午五六点钟，却看那天色黑得吓人，估计第二波洪峰明天一早会到。他忽然想起粮房店胡同凶宅之事，那几根棺材钉，他始终揣在身上，心想："粮房店胡同凶宅里的东西应龙蛇之变，当年巡河队的老师傅留下话来，不将此怪除掉，还得招来有更大的水头，不去那凶宅中看个明白，到底是不能放心。"

郭师傅趁着雨停，找他徒弟要了辆自行车，也没说去哪儿，挂上手电筒，下了河堤一路往北宁公园而去。大堤挡住了外围的洪峰，天津城里的河道也在涨水，地势低的地方齐腰深，得推着车过去，马路上没电，路灯全是黑的，人都撤到高处去了。到宁园附近，郭师傅看各家关门闭户，屋里没有一个人，简直像是进了空城。

他想连夜到粮房店胡同凶宅里看看，天亮前再赶回大堤，别落个临阵脱逃的名声。

前几年北宁公园扩湖，准备拆除粮房店胡同的民房，一条胡同拆去了多半，随后开始节粮度荒，扩湖的活儿便停了。粮房店胡同拆剩一半的房子，仍和当年一样没人动过，郭师傅找到白四虎住过的两间屋子，胡同里没有住户也没有灯光，天上黑云如山，两间破屋的门窗都没了，屋里屋外漆黑一团，死气沉沉的，连只蚊子都没有。

郭师傅打亮手电筒，将那几根棺材钉握在手中，迈步进到屋中，先闻到一股刺鼻的潮气。他四处一照，屋里的墙皮全掉没了，里面的城砖砌得好不齐整，顶棚漏雨，裱糊顶棚的牛皮纸已经烂尽，抬头能看见布满灰土蛛网的房梁屋檩，再往上是屋瓦。就这么两间破屋，除了砖头是庚子年拆下的城砖，别的和普通民房没有两样。这种十平方米一间的老房子随处可见。他边看边想当年张半仙说过的话："粮房店胡同凶宅里的东西，也许就躲在人们的眼皮子底下，明明看到了，却以为屋里什么都没有……"那是为什么？

郭师傅一块砖一块砖地看，又拿手电筒把屋顶和几个角落照遍了，也没看出有不对的地方，但他能感觉到屋里有股阴气，让人寒毛直竖。如果是平常的房屋，不该有这样的感觉，难道还有想不到的地方？他不死心，胆子也是真大，关上手电筒，坐在墙根下闭上眼，反复思索整件事情："庚子年白记棺材铺掌柜的盖房埋宝，一个卖棺材的家里边会有什么宝？莫非是这屋子……"

郭师傅刚想到了一点头绪，忽听屋里有人"哧哧"冷笑，他心下一凛，立即睁眼去看，只见有条长约丈许的大蜥蜴，头上生角，身在雾中，从壁上蜿蜒而下，正张开血口向他吞来。

<h2 style="text-align:center">八</h2>

郭师傅吃惊不小，大蜥蜴头上有角，岂不是应了龙蛇之变？躲在粮房店胡同凶宅里的，一定是这个东西，为什么平时谁都看不到它？它究竟躲在什么地方？

此时不容多想，眼看那东西张开大口而来，郭师傅顺手握住一根棺材钉，对着它戳了过去，但听一声怪叫。他一下子坐起身，心口怦怦直跳，眼前漆黑无光，屋里生息皆无，好像什么都没有。他忙摸到手电筒，打开往周围照了一遍，也是不见一物，心说："我可能是累坏了，坐在屋里不知不觉睡着了，却做了这么个梦，怎么跟真的似的？"

郭师傅发觉原本握在手里的棺材钉掉在地上，弯腰一一拾起，却少了一根，到处找不见。他心下骇然，在屋里四处找寻，只要找到那根棺材钉，就知道粮房店胡同凶宅里是什么东西了。他四壁、地面找了个遍，也不见有棺材钉，他又往屋顶上找。猛然一道闪电，亮同白昼，他恰好看到棺材钉钉在屋梁上，拨去梁上的尘土蛛网，竟是一段丈余长的阴沉楠木，遍体木纹如甲，一端有两个窟窿，好像有眼，郭师傅看得骇诧不已。

此时西北方的黑云一团一团涌上来，雷声如炸，大雨如注。他心里大概明白是怎么回事了。白记棺材铺掌柜不知从哪儿得了一段阴沉金丝楠椁板，似有化龙之兆，庚子年拆城砖盖房时，将这楠木当作屋梁。不用问，他一定是妄图借龙气改风水，因此告诉后人这屋里的东西不能擅动。谁也想不到粮房店胡同凶宅里的东西，原来是这屋子的木梁。这东西成了气候，只是道行不够。刨锛打劫的白四虎，招供时说听这屋里有人说话；来此盗宝的大乌豆，也声称看到屋顶有个茶盘子大的头，全是这根房梁作怪。当然凡此类说法，不过是人们的迷信铺张而已。

郭师傅将余下的棺材钉，全钉在了屋梁上。忙活到天亮，他想起还得回大堤防洪，匆忙离开粮房胡同。不久第二波水头到了，比之前的更大，几十万人死守大堤，可身后海河里的水挡不住了，以前挖的泄洪河也抵御不了如此大水。实在没办法了，千钧一发的关头上面下令掘开海挡，天津城里的大水进了海，终于顶住了1963年这场百年不遇的大洪水。转过年来，粮房店胡同彻底拆除。郭师傅找来丁卯和张半仙做帮手，将那根楠木从瓦砾堆中扒出来，以铁锁贯穿，绑上一尊迁坟动土被扔掉的石狮子，一同沉入挖大河那年挖出的大洞之中。

那地方通着地下河，形成了一个漩涡，有海张五造的半截埋骨塔堵着，沉到河眼里的东西永远别想出来。当然，谁都明白，民间口头传说的东西多是穿凿附会，自不必多作解释。而海河水患的平息，主要还是靠了政府与人民大众付出的努力。此后整治海河水患逐步见到成效，天津城地宁人和，再也没发过这样的大水。

河神第一段故事是"恶狗村捉妖"，发生在解放之前；第二段故事是"粮房胡同凶宅"，全部发生在20世纪五六十年代，打从捉拿刨锈打劫的白四虎开始，到1963年发大水、钉住棺材板沉入河底为止，算是告一段落。

附录：我的全部作品目录

（以时间先后为顺序）

《凶宅猛鬼》

《雨夜谈鬼事》（又名《死亡循环》）

《迷航昆仑墟》（又名《阴森一夏》）

《鬼吹灯1：精绝古城》

《鬼吹灯2：龙岭迷窟》

《鬼吹灯3：云南虫谷》

《鬼吹灯4：昆仑神宫》

《鬼吹灯5：黄皮子坟》

《鬼吹灯6：南海归墟》

《鬼吹灯7：怒晴湘西》

《鬼吹灯8：巫峡棺山》

《贼猫》

《牧野诡事》

《谜踪之国1：雾隐占婆》

《谜踪之国2：楼兰妖耳》

《谜踪之国3：神农天匦》

《谜踪之国4：幽潜重泉》

《死亡循环》

《死亡循环2：门岭怪谈》

《我的邻居是妖怪》

《傩神·鬼方志怪》

《河神·鬼水怪谈》2013年首发

除上述作品之外，皆为盗版假冒或同人作品，敬请广大读友明鉴。

征稿启事

还在想那阴阳河、铁盒冤魂、镜子阵、粮房店胡同吗？还在担心鬼水、人皮炸弹、老马猴、旱魃吗？熬到深夜看完本书的你，是否依然蜷缩在被窝不敢熄灯？

害怕了没有？

激动了没有？

看够了没有？

河神的故事讲到这里，剩下的不只是回忆和心跳，还有那些挥散不去的"河妖""水怪"。这些魂牵梦绕的故事，你是不是也似曾相识？你的家乡、你到过的地方，是不是也出现过"河神"传说？每个读者心中都有一个"河神"的形象，每个人的脑海里都有一个属于自己的悬疑世界。当一切谜团被发现、破解、公布于众，你是否也决定与之一较高下？我们或许可以不去想，但郭爷后来的传说，怎能不牵动你的心？

拿起你的笔，我们一起来悬疑，《河神》传奇系列等你续写……

活动细则：

1. 以"海""河""水塘"等水概念为主题的通俗悬疑小说为主，辅以其他主题的悬疑、推理、冒险探秘等类型小说。

2. 保证原创，要有新意：饱满独特的人物形象，丰富新颖的想象，精巧出奇的构思，扑朔迷离的情节，别出心裁的知识内涵等。

3. 结构完整，内容积极；不涉及政治、宗教、色情、封建迷信等问题。

4. 体裁：小说、故事、传闻记录整理等皆可。

5. 篇幅要求：系列长篇：14万字以上；系列中短篇：1~2万字。

联系方式：

投稿信箱：timepublish@sina.com

官方网站：http://www.bjsdsj.com.cn

官方微博：http://e.weibo.com/sdsj2011　@时代书局

咨询互动微博：http://weibo.com/sdsj01　@北京时代华文书局第一事业部

通信地址：北京市东城区安定门外大街136号皇城国际大厦A座8层 张先生 收

邮政编码：100011

　　我们将特邀著名悬疑作家天下霸唱担任主审评委，从投稿作品中选取公认最精彩、最完整、最新颖、最具潜质的悬疑文学作品，集结出版，重磅打造。

　　除征集原创作品外，我们也广泛征集悬疑作品的插画设计及系列书标志设计。

　　所有来稿，文责自负，请勿一稿多投。我们将会在30个工作日内反馈信息，60个工作日仍未收到用稿通知的，稿件可自行处理。推荐作品请注明出处和原作者联系方式。

　　以上征集作品一经确定出版，即按稿付酬。优稿优酬，欢迎赐稿。

读者问卷调查

性　别：＿＿＿＿　星　座：＿＿＿＿　年　龄：＿＿＿＿

您是在哪里获知本书的：＿＿＿＿＿＿＿＿＿＿＿＿＿＿＿

您是在哪里购买到本书的：＿＿＿＿＿＿＿＿＿＿＿＿＿＿

您对本书的建议：＿＿＿＿＿＿＿＿＿＿＿＿＿＿＿＿＿＿

您还购买过哪些悬疑作品：＿＿＿＿＿＿＿＿＿＿＿＿＿＿

请列举两名您最喜爱的悬疑作家：＿＿＿＿＿＿＿＿＿＿＿

　　将此函剪下按上面地址寄回，可获得最新百万畅销书《河神》签名本、与天下霸唱零距离亲密接触的机会。

图书在版编目（CIP）数据

河神·鬼水怪谈/天下霸唱著.—合肥：安徽人民出版社，2012.12
ISBN 978-7-212-06073-2

Ⅰ.①河… Ⅱ.①天… Ⅲ.①长篇小说－中国－当代 Ⅳ.①I247.5

中国版本图书馆 CIP 数据核字 (2012) 第 299336 号

河神·鬼水怪谈

作　　　者｜天下霸唱
出 版 人｜胡正义
选题策划｜张国平
责任编辑｜杨迎会　邢　楠
责任校对｜邢　楠
责任印制｜范玉洁
营销推广｜赵秀彦　赵　旭
装帧设计｜天行云翼　赵芝英

出　　　版｜时代出版传媒股份有限公司　http://www.press-mart.com
　　　　　　安徽人民出版社　http://www.ahpeople.com
　　　　　　合肥市政务文化新区翡翠路 1118 号出版传媒广场 8 楼
　　　　　　邮编：230071
发　　　行｜北京时代华文书局有限公司
　　　　　　北京市东城区安定门外大街 138 号皇城国际大厦 A 座 8 楼
　　　　　　邮编：100011　电话：010 - 64267120　010 - 64267397
印　　　刷｜北京中印联印务有限公司　电话：010 - 87331056
　　　　　　（如发现印装质量问题，影响阅读，请与印刷厂联系调换）

开　　　本｜787×1092　1/16
印　　　张｜17
字　　　数｜244 千字
版　　　次｜2013 年 2 月第 1 版　2013 年 2 月第 1 次印刷
书　　　号｜ISBN 978-7-212-06073-2
定　　　价｜22.80 元